WEP

俳句年鑑

［二〇二三］

WEP 俳句年鑑 [二〇二三] 目次

この一年のわたしの俳句……7

小諸の虚子　青山　丈　8
私の中の「戦争と平和」　行方　克巳　10
混沌と混乱の世に詠う　渡辺誠一郎　12
「沖」50週年・「俳人協会60周年」　能村　研三　14
「パピルス」創刊五周年を迎えて　坂本　宮尾　16
寧楽の春　藤本美和子　18
アタマもココロも柔らかく　津高里永子　20
対象に慈しみを持つ　依田　善朗　22
季語の嘉する句をめざして　奥坂　まや　24
五周年を機に　松岡　隆子　26
標　星野　高士　28
俳句に感謝　森田純一郎　30
生と死　坊城　俊樹　32
吹雪月　鳥居真里子　34
今年もどこかにいる　堀田　季何　36
わたしの俳句と読んだ本　津川絵理子　38
火の記憶、偶然の驚き　生駒　大祐　40
激動の停滞　関　悦史　42

近ごろ思うことども　45

俳句は問答　坪内稔典　46
俳句少年であった室生犀星　岸本尚毅　50
「雲母第二百号」管見　井上康明　52
この秋は　鈴木しげを　54
地球の中で共に生きる　酒井弘司　56
新興俳句と三・一一と写生と季語と　栗林浩　58
前衛の超克
――外周としての軍事・労働・短歌・俳句・新聞・誓子　筑紫磐井　60
「宇宙的視座」と「存在者」再考　角谷昌子　66
平和への祈り　俳句は祈り　坂口昌弘　70
新しい俳句という幻想　鈴木五鈴　76
野菜は世界を巡る　南うみを　78
「元気な老人俳句」を作ろう　菅野孝夫　80
「蝸牛角上の争い」　波戸岡旭　84
バナナフィッシュの飛び込む音を聴く　柳生正名　86
雲の党派　二〇二二年管見　高山れおな　90
俳句の「国際化」と
「ユネスコ無形文化遺産登録」を考える　西池冬扇　92

自選七句　1150名8049句　101

俳人名簿

この一年のわたしの俳句

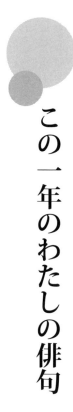

小諸の虚子

青山　丈

とうとう、コロナ疫禍による自粛生活で今年も終りそうだ。思った時に思った処へ行くことがままにならない日常の中で、どんどん去って行く春夏秋冬に、俳句を作って楽しみ、生き甲斐を求めてきた人達の悲鳴が今も聞こえてくる。

四季の自然とのかかわりを遮断された日常生活を余儀無くされていると、直ぐ思い浮かぶのは虚子の『俳句への道』の一文だ。「俳句は自然（花鳥）を詠ひ、自然の変化に伴ふ生活を詠ふ」と繰り返し書いている。

少し省略して書いたが、外出がままにならず、自然に触れられず、人と会うことも出来ない、まさに虚子の言葉の裏返しの社会情況が俳句の世界に見えてきた。その現象の一つが夏井いつきの「プレバト!!」の視聴率だ。

二〇一三年（平成二十五年）スタートのこの番組は今年で九年目を迎えて、夜七時のゴールデンタイムのオンエアで一段と高い視聴率を上げている。「バラエティー番組が教養番組になっちゃった」とディレクターがぼやいたというが、俳句愛好者が景物を詠む時間をテレビの前の時間に置きかえてしまったようだ。「そんなこと私は知らん、わたしは俳句の種蒔きしてるだけじゃ」といつきさんの鼻息は荒い。

「プレバト!!」現象よりもっと大きなコロナ現象がある。それはこの国を代表する大新聞の俳句の投稿欄に寄せる作品の変化だ。今更ここで指摘するまでもなく、自然詠の減少、人事句の増加、この現象は新聞投句のみではなく、俳句総合誌、各結社誌にも明らかだ。天変地異や、疫災が三年も続けば、季語、季題、季感を柱にする俳句愛好者にとっては、春夏秋冬は、暑いか、寒いかの身辺詠に傾くしかないではないか、と言う悲観的に考える人がいる。かと思うとその逆を考える元気な俳人もいる。私の古くからの先輩でこんなことを言っている。「俺は吟行なんてしないよ、歳時記なんて要らない。『高島易断所編の神宮館本暦』一冊あればいい。全て家に居て、イメージで句を作るんだ」と、更に「これからこの国は人生百歳を平常に生きる時代になるんだから、コロナで巣籠りを余儀なくされている今、丁度いい機会だからうんと脳細胞を働かせて想像で句を創造、イメージで作句したらいいのだ。ネット社会が更に進展して百歳のＳＤＧｓはもう走り出しているんだから」と、これもまた夏井いつきさんに負けず意気軒昂だ。

家に籠る上での健康保持という話になると、私は直ぐ高濱虚子の全集の中の写生文集にある「小諸雑記」の一章〈縁側散歩〉を思い出す。少し引用させて頂く。

五月頃からさきになると、小諸も暖かになつて来るので、縁からすぐ庭に下り立つて用足しに出掛けたり散歩に出かけたりすることなども身軽に出来るのであるが、この頃のやうな冬は、庭に雪が積つてゐるし、その上風が吹く日が多いので外に出るにしても外套に身をかため、マスクを掛け、綿の入つた頭巾で頭から顔をうづめ、手袋をして出掛けねばならぬので、一寸億劫であるところから、食後、重たい腹を抱へて、炬燵にくすぶつてばかりも居られないので、私は三間半の縁側を行つたり来たりして一時間ばかりを費すことがよくある。（略）初めは普通の調子で歩いてゐるがだん〳〵その足に力が入つて、どん〳〵と音を立て、歩くやうになり、又勢をつけて早く歩くやうになる。（略）若しこの時に冬日がちらと顔を見せて、赫ッと硝子戸に光が射すと、忽ち私の歩はゆるんで、猫が身体をすりつけるやうに硝子戸に身をすりつけてその日影を恋ひ歩くのである。

私は軽井沢や小諸懐古園へ行った際は必ずこの虚子庵に立ち寄って、八畳と六畳に並ぶ庭側の縁側に坐って過ごすことにして数度になるが、庵の隣に建つ記念館の職員さんが来て、三間半の縁側の表面にある摺り足の跡を撫でて「虚子先生の足の跡ですよ」と聞くたびに胸を熱くしてきた。

「この一年のわたしの俳句」については、人並の自粛で自ずと生活吟、身辺吟の傾向を強くした。それに伴って、これも自ずから文語体より口語体を意識した上での表現を試みたが、文語の魅力は捨て切れないし、口語体も今のところ口語調という程度で、不勉強を託つばかりだが、このコロナにより振りまわされた作句環境から得た〈だから俳句と生きる〉という希望は大切にしたい。

前述した、虚子の小諸の疎開雑記には、「寒い小諸でも風の無い冬日豊かな日は、縁側散歩はせず温い支度をして、浅間山の噴煙を遠く見ながら近くの小径を丹念に歩いた」と書いている。

私の住む千住からは、どこの山も見えないが、少し歩くと、芭蕉が奥の細道への旅立ちで深川から舟で揚がった千住大橋の袂に出る、そこから北への細い旧道が一本通っている。虚子のように初蝶には会えないが、普段着のままでも、白いマスクさえすれば賑やかな街中を人知れず散歩が出来るので日毎歩いている。

エープリル・フールの靴を家で脱ぐ　　丈
寂聴が逝き梟が見たくなる
鰯雲だらけになつたので帰る

私の中の「戦争と平和」

行方　克巳

新型コロナのパンデミックと、プーチンのウクライナ侵攻に、世界中が振り回されている。
昨年（二〇二一年）の十一月二十一日、京都左京区にある光雲寺（南禅寺の境外塔頭、東福門院の菩提寺）で、「魂のギターと俳句モンキーズ」という集りを持った。ギタリストに中村ヨシミツ、ボーカル三原ミユキ、そして二人とも申年生まれの坪内稔典と行方克巳によるコラボレーションである。
京中紅葉が美しい盛りで人出も多く、夜はライトアップされた高台寺の紅葉を楽しんだ。

人影のさして萍紅葉かな
紅葉且散る石のうへ水のうへ
筏なし柵なして散紅葉

久しぶりに嵯峨野の辺りまで足を伸ばしてみた。

綿虫や煤け給ひて祇王祇女
寂聴も祇王も留守や雪蛍

主を失った寂庵はひっそりと静まり返っている。祇王寺の辺りもさすがに人影は少い。
ウクライナへ派兵したプーチンは、スターリンやヒトラーと並ぶ巨悪の独裁者に名を列ねようとしている。そういえばプーチンの本名はラスプーチンであった。

蓬餅冷たし遠き野に戦火

そう思っていたが、世界情勢はプーチンの仕掛けたこの戦争で大きく変わりつつある。
勿論よい意味での変化などあろうはずはなく、日本でもそれは同様である。

戦争は遠くて近し犬ふぐり

あり得ないと思われてきた第三次世界大戦が、それも核の恐怖をもたらすような戦争が次第に現実みを帯びてきた。
平和ボケ日本といわれて久しい。平和ボケを肯うことこそ平和そのものであると信じていたのだが、それも何だかあやしくなってきた。

花冷のエスカレーターにも奈落
春昼のしづけさに何憤る
廃墟なり今春灯のともらねば
べつたりとビラの貼り付き春の泥

フェイクならず春泥になじまぬ血糊
そして日本
踏まれずに咲いてすみれもたんぽぽも

私たちは今、束の間の平和のうちにいるのだろうか。刻々とテレビ画面を通して伝えられるウクライナ情勢を、ただ見守る他はないのだろうか。自分達の国が、キャタピラに踏みにじられ、住居が、病院や学校などが見境いもなく破壊されている。平和な日常生活を楽しんでいた家族が引き裂かれ殺されている現実。そういう事実があることさえ知らされていないロシアの国民。私達から見ればロシア人もウクライナ人も何の変わるところはないのである。プーチンには彼なりの論理があり、野望があるに違いない。しかし、もしモスクワが、ペテルブルグが爆撃され、あの美しい街並が破壊されたら、ロシア人はどう思うだろう。

日本はいま新型コロナがますます猛威を振いつつあるが、それにもかかわらず国民の生活は至ってのんびりとしている。

朔日《つきたち》の花の小路にあそびけり
柳条の水漬けば緑つながれる
夜桜のその水深の空邃《ふか》く
死水はこよひの味酒《うまき》花ほかひ

ウクライナの人々を思う心の一方で、京の夜桜に美酒に酔う旅がある――。

さて、現在私たちは『知音歳時記』の編集中である。いくつかの問題の中に、例えば、多くの歳時記が、「西瓜」を秋に定めていることによる矛盾がある。昔は露地栽培が普通であった水瓜はいまほとんどがハウス栽培により、その最盛期は夏である。季を秋から夏に移せばよいと思うのだが、最近出版の『角川俳句大歳時記』も矛盾を抱えつつ秋としている。今後の課題となってゆくだろう。

最後に、私の作らしいと思う句をあげる。

ときなしのぼんぼん時計日借時
春の雷黒鍵ばかり叩く子よ
遠足のカババカカバと囃しつつ
蓬餅生きてゐるものだけが食ふ
千載のからくれなゐや牡丹の芽
ほのぼのと昏れて昭和の日なりけり
いちまいの屏風仕立の白雨かな
バードウィーク托卵といふ生きざまも
山椒魚のやうに息して息止めて

混沌と混乱の世に詠う

渡辺誠一郎

近頃、我家の近くで青大将に四度出会った。神々しく美しい姿であった。蛇に出合うと幸運が訪れると言われるが、今年はとりたてて悪いこともなかったので、「御利益」があったのかも知れない。蝮に替えた一句。

心臓を引き摺り消える蝮かな

東日本大震災から、はや十年が過ぎたが、私の胸の奥には、災禍の記憶が今も重石のように残っている。

三月の闇が濃くして眠られぬ
津波跡鹹き風吹く彼岸後

私の住む宮城県塩竈市は、太平洋沿岸の港町で、被災地である。当時私は復旧の仕事に携わり、被災の悲惨な状況を目の当たりにした。俳句は詠んだものの、惨禍の状況を直接的に表すものやメッセージ性の強いものは詠めなかった。後世への記憶を継承するとの意識も薄かった。ただ自らの心象を吐露しただけだ。大震災で学んだのは、惨状を内面化、内向化していくことの大切さである。日常と非日常とは表裏の関係にある。中国の故事に、「吉凶は糾える縄の如し」がある。吉事と凶事がいつ入れ替わるかはいつも闇の中。災害は繰り返しやってくる。ただし希望を失うべきではない。

一寸の手前も闇や髪洗う
雪解川明日が必ず来るように

大震災の後には、新型コロナウイルスが世界中に拡散し、今も感染者は増減を繰り返している。しばらくは消毒とマスクを手放せないだろう。多くの俳句大会は中止を余儀なくされたが、対面の句会は少しずつ復活しつつある。

疫病の世に人衰えて夜の鹿

新型コロナウイルスの蔓延は、人間社会の脆さを露呈させた。他方、地球上に住む我々は、互いの繋がりを断ち切れぬ一つの世界にある事を、改めて思い知らされた。俳句の世界では、リモートの活用が盛んになってきている。遠距離の俳人との句会などが容易になった。私も先日、Zoomを使って、北海道や東京に住む若い人たちと意見交換ができた。刺激的で面白かった。新しい情報の手段によって、俳句の世界が、一気に国境さえ越えることすら容易になった。今後の俳句文化の変化に注目している。

それでも世の中には、変わるものと変わらぬものがある。それゆえ、変わらぬ日常こそを大切にしたいと思う。

水の神手をふれたれば秋の水
地下道に風上のあり秋はじめ
国葬の日は近づきぬ鯊日和
どの家も屋根をのせたる秋気かな

新型コロナウイルスの終りが見えない中、2月24日、突然ロシアがウクライナへ侵攻した。

戦端が開く疫病の春なりき
「美ならざるはなし」戦争も豆飯も

高村光太郎の「美」の言葉は、私にしてみれば皮相的な見方ではなく実感である。戦争と豆飯も含め、人間の手にかかるものは全て、「美」なのだという不条理。

ゼレンスキーもプーチンも来よ春炬燵

二十一世紀になっても、戦争をやめられないわれわれ人類は愚かである。戦争当事者が、武器を置き、春炬燵に一緒に入って、平和について語り合えないのかと思うのは、幻想であろうか。

人類は未熟に老いぬ梅開く

戦列とは違うみちのくの蟻の列

今年はいくつかの賞（詩歌文学館賞、俳句四季大賞、現代俳句協会賞など）の選考に携わり、多くの句集に触れる機会があった。それぞれの俳人の思いを広く知る貴重な機会となった。他方、俳人の高齢化や俳句人口の急減、そして経済的に不安定な非正規労働者の急増や年金制度の不安定化などを考えると、出費のかかるこのような句集文化が将来も続くのだろうかと危惧する。これからは、ネット上での句集が増えてきそうだ。

昨年末、久しぶりに短い旅に出た。奄美大島に住んだ孤高の画家田中一村の足跡を追うことができた。夜は、黒糖酒と油そうめんに舌鼓を打って酩酊のうちに奄美の闇に沈んだ。今年になり、なんとか俳句になった。

極月の名瀬立神に畏まる
奄美大浜焚火明りと潮明り
一村の肋の隙に冬の泥

世の中は落ち着かない。私は私なりに時代と向き合い、日常の中で俳句を詠み続けていきたいと思っている。

夢の世の夢にも飽きて秋刀魚焼く
我いつか鯨を追って呆けたし

「沖」50周年・「俳人協会60周年」

能村　研三

「沖」創刊50周年

「沖」の創刊50周年を2020年の秋に迎えることから、この日に向けて様々な準備を整え、栄えある日を迎えようとしていた。ところが、長引くコロナ禍により、予定を変更し翌年の2021年秋に一年遅れで記念大会を計画したが、これもやむなく中止となり、年が変わった2022年の1月に新年大会を兼ねて内輪のお祝いの会を催すことを予定し、実施の方向で準備を終えた。ところがコロナ禍の第6波が始まり、再々度中止を余儀なくされた。それからはコロナの感染者グラフと毎日睨み合わせながら開催することが出来るかの方向性を探った。2月をピークに感染者が下がり始めたので、最後の願いを込めて5月22日に当初の規模を大幅に縮小して実施することにした。登四郎忌が5月24日で、21年目となることからこの日を選んだ。お祝いの会の名称も「沖創刊50周年新緑祝賀会」とした。まさに三度目の正直（実際はホテルの日程交渉は六度）を信じて規模を縮小しながらも開催することができた。当初の開催予定から実に20か月の延期となった開催であったので、実施できたことは一入の喜びであった。

あるがまま春は行つたり来たりかな
曲がるたび風新しく聖五月

当日の祝賀会会場には壁面に沿って、「沖」の創刊号から50周年記念号までの記念号16冊の表紙絵を大きなパネルにして飾った。

50年間の記念号、16冊を手元に置いて、それぞれ眺めてみると改めて「沖」50年に関わっていただいた多くの先輩諸氏の「沖」に対しての篤い思いと力添えがあったことを感じた。

初代の編集長は林翔先生が創刊号から通巻150号までの13年間、表紙絵は創刊号加藤利以地氏のペン画で飾り、その後は上谷昌憲、野村東央留各氏が担当した。2代目編集長は渡辺昭が担当創刊15周年から20周年まで、表紙絵は植木力、中原道夫等が担当。3代目編集長は私が担当、中原道夫が表紙を飾った。4代目編集長は北川英子が担当、能村登四郎から研三への主宰移行期の編集に携わった。この時期は熊谷博人が表紙を担当した。創刊35周年、40周年記念号は千田百里が担当。編集長退任後は50周年まで同人会長を務めていただいた。

現編集長辻美奈子は通巻500号、45周年、そして50

周年と担当いただき、50周年以降は編集長に加えて同人会長も務めている。現在は池田蘭径が表紙絵を担当している。

記念号16冊から50年の歩みを俯瞰してみたが、本号まで創刊から６００冊を越える雑誌には多くの人たちが様々なかたちで「沖」一誌に関わっていただいていることを思うと謝恩の気持ちで一杯である。

「俳人協会」60周年

昭和36年に発足した俳人協会は昨年の秋、創立60周年を迎えた。昭和36年11月16日に行われた第一回の発起人会で初代会長に中村草田男、顧問に飯田蛇笏、富安風生、水原秋櫻子、山口青邨、山口誓子を迎え歩み出した。以来中村草田男、水原秋櫻子、大野林火、安住敦、沢木欣一、松崎鉄之介、鷹羽狩行、大串章の８人の歴代会長のもとにこれまで順調な発展を遂げてきた。

60周年の式典を丁度60年目の令和３年11月16日に開催しようと、そこに向けて記念事業を進めてきた。記念事業の出版物として、俳人協会の発足から60年の歩みを年度ごとに編集した『俳人協会六十年史』、歴代会長８人の講演録をまとめた『声のアルバム　歴代会長講演録より』、俳人協会所蔵の名品を紹介した『俳人協会所蔵名品集　近世俳諧の潮流』、『俳人協会名品集　近現代俳句の歩み』、俳人協会賞33冊を集めた『俳人協会賞作品集　第三集』、会報誌「俳句文学館」に長年連載された２５０編の随筆を収録した『ふるさとの情景』の６冊の本を刊行することができた。一どきに６冊の本を刊行するのはこれまでの協会の歴史では無かったことで、多くの会員をはじめ俳句愛好者に喜ばれた。

俳人協会では、発足当初から草間時彦、村山古郷が中心となり、芭蕉、丈草、其角、蕪村、一茶関連等の書簡や軸、短冊等の古典俳諧資料を昭和50年代より積極的に購入してきた。同様に会員の方々からの子規、虚子、碧梧桐、秋櫻子、多佳子、波郷等の貴重な軸、色紙、短冊等の寄贈を得てきた。

これらのお宝をただ収蔵しているだけでなく、広く多くの俳句愛好者にお見せしようと、協会創立60周年記念事業として俳句文学館三階にある展示室を大幅リニューアルして11月から「俳人協会所蔵名品展」を開催することになった。「近世俳諧の潮流」の企画としての古典俳諧資料の展示とともに、会議室を使った「歴代会長八名の足跡」の展示も行うことになった。

私にとって今年はコロナ禍で延期になっていた二つの周年事業を何とか終えることが出来たことは大変嬉しいことであった。

「パピルス」創刊五周年を迎えて

坂本　宮尾

私にとって今年の大きな出来事は、主宰する季刊俳誌「パピルス」が創刊五周年を迎えたことである。二〇一八年一月から始めたこの小さな俳誌は、二〇二二年冬号で二十冊発行したことになる。創刊当初は慣れないことばかりの手探り状態で、しかも新型コロナ感染拡大の影響で句会を開けないという時期もあったが、通信句会を開くなどして、会員に支えられながら滞りなく活動を続けられた。ふり返ってみて、想像していたほどの困難はなく、苦しいこともなかった。

主宰誌をもつことで、毎号さまざまなテーマについて思うままに綴る場ができたことが、なによりも嬉しかった。俳句以外に、演劇や旅のことなど、ずっと書きたいと思っていたトピックを記すことができた。「パピルス」は俳句と文章を両輪とする雑誌だが、この五年間にみごとなエッセイを書く会員が増えた。書く機会を得たことで才能が開花したのであろう。

九月にささやかな祝いの会を上野精養軒で開く運びとなり、その準備として暑い時期に毎晩墨を磨って記念品用の短冊などを書いた。

青墨の香に膝正す涼新た
草の絮飛んで鉛筆やはらかし
帯締めてもらひ素秋の祝ひごと

会員数も増えてきたので、次の二十冊に向かって気を引き締めて、会員とともに励んでゆきたいと強く思った。

主宰することになって以来、毎号十七句を発表するため、句作りに追われるようになった。外に出てじっさいにものに接して、その感動を詠むというのが私の基本姿勢なのだが、コロナ禍でなかなか遠出ができない状況になった。そのため家のなかの日常生活から句材を探し、近くの練馬区の石神井公園周辺を一人で吟行した。通っていると、池に来る野鳥、池畔の植物、昆虫などの変化も感じられて新鮮であった。

夏暁や厨に氷できる音
アイロンに古き香水蘇る
今朝着きしばかりの鴨も交じりをり
虎落笛夜空より濃く屋敷林
ふらここをしばらく揺らしてから帰宅
永き日の果樹苗を売る旧家かな

やがてもう少し足を伸ばして、都市の水辺の景を詠んでみたくなった。京浜運河に面した海芝浦駅まで鶴見線に乗り、運河に沿ったホームに立ったり、埋立地である夢の島を訪ねてみた。どちらも茫洋として、うまく核となるものが見つからず、思うような句にはならなかった。さらにあちこち散策し、地下鉄東西町線の門前中町の付近で、心に響く景を見つけることができた。運河と隅田川が交差する場所で句を詠んだ。

青梅雨の運河にゆるき交差点
日盛の草の驕りをまぶしめり
虹仰ぎつつ橋渡る終戦日

考えてみれば私は、先に頭のなかでイメージを作りあげて、それに合致する実景を探していたようだ。せっかく発見した気に入ったポイントなので、もう少し作品を作りたいと思っている。

四回目のワクチンを接種した後で、思い切って奥琵琶湖周辺に吟行に出かけることにした。観光客が少なく、久しぶりに句友と一緒にゆっくりと風景を見て回り、小さな句会をもつことができて充実した旅であった。やはり俳句の楽しみは友との交流にあると思った。

月までの距離語り合ふ橋涼し
若鮎の耀く鼓動手に摑む
靴脱ぎて御廟を拝す青時雨
梅雨兆す湊にひくく鳶の笛
万緑や手に載りさうな竹生島
浮御堂湖のすずしさ全方位

さらに秋の新潟にも遠出した。三条市の山奥の秘湯に泊り、弥彦神社に詣でた。

犬蓼に仕事終へたる足洗ふ
渓流の音をくぐりて夕河鹿
越後一宮まで稔り田のひろびろと
海の風今年煙草を摘みすすむ

越後平野に豊かに稲穂が揺れる光景は、眩しいばかりで、米どころの稔りの秋を満喫した。

今年もたくさんの俳句関係の本が出版された。家にいる時間が長いので、新刊をゆっくりひもとく喜びを味わった。『稲畑汀子俳句集成』、文庫本の『川端茅舎』など、全句集、また俳句集成がこのところ数多く出版されている。作家の全貌を知るうえで有益だと思った。長い間私の懸案であった杉田久女の全句集が出版されることになって、目下少しずつその校訂を進めているところだ。これが刊行されると、私の久女への長い旅路がようやく終わることになる。

寧楽の春

藤本美和子

今春、長年の夢が叶った。

女身仏に春剝落のつづきをり　細見綾子

この句が秋篠寺の伎芸天を詠んだものだと知ってから私の心のなかにはいつしか「女身仏」の姿が勝手に浮かぶようになった。この句と出会ったのは一体いつのことだったのか。ずいぶん以前のような気がする。

秋篠寺は奈良にある。これまでにも何度か奈良行きを企てたが、体調が優れなかったり、悪天候に見舞われるなど、その都度予期せぬことが起こってはことごとくだめになった。縁がないのだな、と半ばあきらめながら、「女身仏」への夢は膨らむばかりだった。

綾子の著書に『奈良百句』がある。その著書の「あとがき」に「『奈良百句』は法隆寺（昭和十二年）よりはじまり、元興寺極楽坊（昭和五十七年）まで収録されています。この間四十五年の月日が流れています。その期間の奈良大和での折々の句から百句を選びました。奈良大和は私のあこがれの地です。いつでも心の中に栖んでいたところです」と書いている。綾子は明治四十年兵庫県生まれ。つまりこの百句は綾子三十歳から七十五歳までの作品ということになる。この著書によると冒頭の句は昭和四十五年作、綾子六十三歳のときの句である。大和奈良に通い始めてから三十年余の歳月を経て授かった句……。そう考えるだけで気が遠くなるが、それだけの歳月を重ねてきた人にだけに見えた、いや見せた伎芸天の姿であろう。

秋篠寺で頂戴したパンフレットの解説によると「女身仏」（前述の著書のなかで綾子は「あえて女身仏といったのはこの伎藝天の永遠の、美しさへの私の讃歌である」と書いている。）、つまり「伝伎芸天立像」の頭部は奈良時代末期、体部は鎌倉時代のもの、という。まさに「永遠」という時間の加わった美しさである。

さて私の奈良行きが叶ったのは新型コロナウイルス第六波の最中。しかも新型コロナウイルス対策の「まん延防止等重点措置」が発令中という時期、感染者が爆発的に増えていた二月の終り。日差しは明るいものの寒の戻りのような日々が続く時だった。

急な思いつきで決行した旅だったが、折も折、新幹線は空席ばかりでほぼ貸し切り状態。憧れのNホテルの予約もすんなりととれた。

田起しの畦わたりゆく伎芸天　美和子
み仏に燐寸擦る音冴返る
料峭の火の影を得て伎芸天
立像や白梅の蕊あきらかに
伎芸天立像おはす春の闇
遅き日の野阜に聞く鳥のこゑ

若草も南都のいろの器かな　秋篠窯

初日は近鉄西大寺駅から秋篠寺まで徒歩で往復。一句目は秋篠寺に行く途中の田を詠んだものである。「田起し」を終えたばかりの畦道を通らせてもらった。

私の胸のなかに佇む「女身仏」は綾子の句から受けた印象がやはり今でも強い。そして「春剝落のつづきをり」という強烈なフレーズから勝手にできあがった像のイメージはとてつもなく明るい。

だが実際、堂内に安置された像高二メートル余の立像は思い描いていた像よりほのかに暗く思われた。明りは私が捧げた蠟燭だけだったせいだろうか。

ただ時期が時期であっただけに訪れる人が少ないのは幸いだった。立像の佇む空間にたっぷりと身を置く時間がとれたからだ。この日のように観光客の少ない秋篠寺や奈良の都を見ることはおそらくこの先ないといってもいいだろう。この思いつきの旅を決行できてよかった、としみじみ思う。

宿泊先のホテルからは若草山が望めた。「若草山焼き」はかつて二月に行われたようだが、今は一月の第四土曜日に行われる。この時はすでに山焼き後、一か月ほど経た山の姿であった。

焼山のいただき見ゆる鴨居かな　美和子
焼山のおろそかならぬ日数もて
魚氷に上る奈良漬を苞とせむ
春かたまけてひと椀の奈良茶粥

これらは一泊したホテルでの嘱目である。宿泊客はけっこういたが、それでも平時に比べると少ない。「奈良漬」も好物の一品だが、なんといっても「奈良茶粥」が美味しかった。私の生地は和歌山県なので「茶粥」の味は故郷の味でもある。香ばしいほうじ茶の香りのする粥にほっこり気持ちが和んだ。

思えばコロナウイルス禍のなかで賜った貴重な時間であった。これらの句は「寧楽の春」というタイトルで「俳句」五月号に掲載して頂く機会を得たことも有難かった。

相も変わらず疫病の世が続く日々だが、徐々に日常が戻りつつある。時間を見つけてふたたび伎芸天、いや綾子の「女身仏」に会いにゆきたいものだ。

アタマもココロも柔らかく

津高里永子

この二月に第二句集『寸法直し』を刊行した。これがいちばんの今年の収穫であった。あたふたと日々を送る中で、自分を少しは見つめたいと思い立ち、十五年間の七千句ほどの句を呼び起こして作業した。

その体力づくりの前哨戦となったものが二つあった。ひとつは、去年六月に同人誌「墨《ＢＯＫＵ》」を友人たちとの創刊（年二回発行）、それから、もうひとつ、「ちょっとふりかえって」と題して奈良の友人、森澤程さんとのハガキ俳句の発送。百人ほどの方々に月一回ずつ送り続けて、二十枚以上になった。

「墨《ＢＯＫＵ》」と、このハガキ俳句の共通点は、手書きの要素をどこかに取り入れていることである。「墨《ＢＯＫＵ》」は、自分の句を手書きのままで載せ、それに写真や絵画、書などの自分の作品とコラボさせている。一方、ハガキ俳句のほうも毎回、色鉛筆でゆるゆる線描きしたのをスキャンし、それに一人五句ずつ載せて一枚の便りとして出す。拙い絵ながら楽しい作業である。

これまでも私は「小熊座」に投句し、「すめらぎ」という貴重な句座も与えられてきた。そこで充分学んでこられたし、自由になる時間も少ないのに、より手間がかかることに手を染めてしまった理由は、これらが私のアタマやココロを柔らかくしてくれるからである。

そのおかげで第二句集も、第一句集のときよりもずっと、アタマを柔らかく、わが産出物である句を眺めることができ、ある一定の選ぶ基準も決められた。例えば、「如く」俳句を句集になるべく入れないこと、そして、前書きもできるだけ置かないことなど。

海外詠は、同じ地、同じ国で詠んだものを一ページ三句、もしくは見開きの六句に収まるように編んで、前書きがなくてもわかるようにした。

同じ語句が続くことを避けるための推敲や、私の欠点である接続詞「て」の多用、助動詞「き」の連体形「し」の誤用などの訂正、さらに最適な動詞かどうかなども吟味していった。今、改めて冷静な眼で見てみて削除すればよかった句もあるが、私の推敲が成功か失敗かは読者の方々の判断に任せるとして、いくつか、今年の反省として誌面が許すかぎり、例をあげてみようと思う。

最初から三句は、過去でもない「し」をなんとか現在に掬い上げた例、四句目から七句目までは、ついつい使ってしまう安易の「て」をこれまた終止形などできっぱりしてみた例、あとの四句は我ながらうまくいったと自負している動詞の選択例である。

ひらきたる本短夜の戻り癖　里永子
原句　短夜やひらきし本の戻り癖
愛欲や手折りて氷柱手を滑る　〃
原句　愛欲や折りし氷柱が手を滑る
忘年会帰り吊革のびちぢみ　〃
原句　忘年会果てし吊革のびちぢみ
湯たんぽの音せり缶の不凍液　〃
原句　湯たんぽの音して缶の不凍液
息吸ふや吐くや水母の海に向く　〃
原句　息をして吐いて水母の海に向く
雷鳴に坐り直しぬ窓の猫　〃
原句　雷鳴に坐り直して窓の猫
波音に沿へり無月の酒場まで　〃
原句　波音に沿つて無月の酒場まで
仲違ひせずに別るる寒さかな　〃
原句　仲違ひせずして別るるしぐれ雲
ダービーが始まる膝の骨が鳴る　〃
原句　ダービーが近づく膝の骨が鳴る
雷鳴につられてまはる換気扇　〃
原句　雷鳴に慌ててまはる換気扇
新米を研ぐや余計なこと言はず　〃
原句　新米を炊くや余計なこと言はず

津髙のツは津波のツなり地虫鳴く　里永子

ところで、この場を借りて、ひとつふたつ、弁明したい句がある。例えば掲句、津波自体を軽く扱っていると思われるかもしれないことを承知で句集に入れた句である。「津髙」（ツタカ）というわが苗字はとても聞きづらいらしく、いつも電話口では、「大津」の「津」または津軽の「津」に高い低いの「たか」です、と大声で言ってようやくわかってもらえていた。ところが、あの大震災の後、「あ、津波のツですね。」と聞き返す人が増えてしまったのである。それを聞くたびに「はい、そうです」とは答えつつ、とても複雑な気持であった。それで掲句が生まれてしまったわけだが、私の失敗は、この句に安直に季語を入れたことである。後悔している。下五は「電話切る」「聞き返すな」でもよかったのである。

脈絡もなくて野分の薄荷飴　里永子

掲句は印刷されて初めて字の間違いに気がついた句。私の句集には、「絡」が「略」になっている。もう少し、じっくりと見直せばよかったのであるが、発行日「二〇二二年二月二二日」に拘ってしまった焦りによるものである。この誌面をお借りして訂正させていただきたい。

対象に慈しみを持つ

依田　善朗

職を退いてからというもの、基本的に吟行で句を作るようになった。現場では、二つの季語が同時に目に入ってくることは当たり前。季節の食い違うものも同時に見ることになる。今までは、一つの俳句に季語を二つ入れる事はなかった。ましてや季節の違うものを入れるのはあり得ないと感じていた。しかし吟行していると、季節の違うものは併存するのであるし、これを描かなくては何のための吟行かと思うようになった。年末に菊坂を歩いて、金魚店に入った。今までなら夏の季物だからということで、描く対象から即座に切り捨てていたであろう。しかし、何とかして冬の金魚を描きたくなった。

出目金に冷たき鼻を見られけり

という作ができた。この句を始めとして、現場を重視して、出会ったものを大切に詠むようにしている。

立冬や白きも交へ蓼の粒

も同じ精神である。

吟行に行く場所は二か所。一か所は自宅から車で十分ほどの蓮田黒浜沼である。秋からバードウォッチングをしている人が徐々に集まりだす。十月の始め、思いがけず鷹柱を見ることができた。一人であったら、発見できなかったであろう。専門の方がいて教えてくれたのだ。サシバが二羽、ぐるぐると旋回している。相当な高みである。上昇気流を待って一気に高度を上げて南に帰行するのだ。その一週間後、今度は三十羽近くの鷹柱に遭遇した。黒浜沼ではこんなに多くの鷹柱は珍しいという。皆興奮している。サシバを始めとし南に帰る鳥、そして留鳥であるオオタカ、北からやってきたばかりのノスリと様々なタイプの鷹が渦を形成しているのだ。

やはらかな風頬にあり鷹柱

耳鳴りのするまで無音鷹柱

一口に見て写生すると言っても、対象に対する知識、そして何より対象に対する慈しみが大切だということを感じている。

雁を見て風見え風に雁の見ゆ

寒禽の水飛び散るがごとく消ゆ

光りつつ粒が礫に大鷲に

追ひつける距離を逃げゆく鳥の恋

鳥に興味が出て、同時に鳥を慈しむ気持ちも強くなった。鳥の句が一気に増えた一年でもあった。
吟行場所が一定であると、行く前からどこに何があるかわかっている。そのため、今日はあそこで何を詠もうということを決めて出発することもある。今まではそういう作り方はしなかった。

幹の影氷に嵌まり動かざる

これは北本自然公園での作。黒浜沼と共に私のホームグラウンドだ。池に張った氷を詠むぞと意気込んで出かけたのだ。草田男もやはり季語を決めて、出かけていったと聞いたことがある。

日まみれの蜘蛛の卵塊春来る
幹の熱土に通へりすみれ草

これらの句も行く前から決めて詠んだものである。〈蜘蛛の卵塊〉は自然観察員の方に教えてもらい、どうしても詠みたかった。また、やはり自然観察員の方に木の幹は土に熱を伝えるということを教わり、これも何とか作りたかった。
また、昨年は作れず、今年こそは作りたいと思うものもあった。

古草に深々蜂の巣の沈む
椿落つ音を違へて蕾落つ

古草と椿の蕾は前年手を変え品を変えて挑戦したが、納得のゆく作は生まれなかった。今年同じ場所に佇んでできた時は嬉しかった。
一人目の孫が二歳になり、さらに二人目の孫が生まれた。孫俳句と揶揄されるが、それだけに挑戦したいという気持ちにもなる。

三寒に四温にをさな言葉殖ゆ
首すわる赤子の重み麦の秋
赤子の目茄子に吸はれて動かざる
水中花赤子吐く息声となる

対象となる孫を情に流されず、どれだけ客観的に描けるかがカギであると思う。しかし、客観的であると同時に慈しみがやはり大事なのだ。
三月には、「磁石」で初めての吟行会をさいたま市の岩槻で行った。コロナのために、新結社の活動はままならない。少しずつ進めていくしかない。

むらさきにけぶる置き眉古今雛
享保雛貝の白さに足のぞく

季語の嘉する句をめざして

奥坂　まや

俳句を始めた時、それまでとは全く異なる言葉の使い方に、たいへん驚いた。「取り合せ」という手法だ。

言葉は、声に出された場合でも文字として書かれた場合でも、他の人に意味を伝えるために存在する。そのためには、言葉と言葉のつながりが明快でなければならない。それなのに「取り合せ」では、両者の関係が想像もつかないことすらある。

骰子の一の目赤し春の山　波多野爽波

初心者には、この句の季語と十二音のつながりは、まず理解できないと思う。『俳文学大辞典』の「取り合せ」の項には「二つの題材を効果的に配合し、その相互映発により詩趣を醸成する」（尾形仂）と記されている。

この、意味としては直接関係しないが、深いところでつながっている二者を配合する方法は、世界にほとんど例をみない言葉の使い方だ。シュールレアリスムの自動筆記も似たようなやり方ではあるが、成功例はそう多くはない。それに比べて俳句の場合は、芭蕉の時代から、正統な方法として確立されている。「取り合せ」は、世界に誇ってよい、とても斬新な詩の形式なのだ。

句作の経験を積んでいけば、爽波の句も、世界の始りを象徴する「一」の数字と、骰子の目のなかで唯一の鮮やかな赤の彩りとが、草木や鳥獣の新しい命が溢れ出してくる「春の山」によく合って、まさに相互映発の詩趣をもたらしていることが分かる。

藤田湘子に師事し、「鷹」に入会して俳句を作り始めた時、「取り合せ」の中の「二物衝撃」が奨励されていたこともあり、私自身の句作の、ひとつの目標としてきた。今年の作品として、

夜桜やゲームセンター銃声充ち　奥坂まや

を挙げたい。「声」の席題で出来た句。「鷹」は、湘子主宰の時代から、席題は漢字一字が決まりで、その字を季語に使ってはいけない。熟語から発想することになるので、「取り合せ」が作りやすいとの趣旨なのだ。「声」から「銃声」へ思いがいったのは、やはり二月末からのウクライナ侵攻が心に重くわだかまっていたからだろう。

季語を決める時に私は必ず、お供物としての十二音が、どの季語になら喜んでもらえるのかという視点で、歳時記を探る。「夜桜」はすぐに目に留まった。美しい残酷性と闇の暗黒を持つ「夜桜」の季語になら、まばゆ

い光と激しい銃声を放つゲームセンターの景が喜んでもらえそうだと感じたからだ。

「WEP俳句通信」128号にも寄稿した掲句は、池田澄子さんがメールで褒めてくださった。

去年今年貫く棒の如きもの　高浜虚子

流れ行く大根の葉の早さかな

「去年今年」の句は、俳句を始める前から、とても惹かれていた。斬新な比喩もまた、詩の方法として、対象に瑞々しい輝きをもたらす。そして、この方法での作句の場合も、喜んでもらえる比喩を季語に捧げたい。

吊るすなり重湯のやうな鮟鱇を　奥坂まや

母の故郷が茨城県北端の漁港・大津町（現・北茨城市）なので、名産物のひとつである鮟鱇の鍋は大好物だし、吊るし切りも何回か見ている。二十年ほど前、民宿に泊まった時、小さい鮟鱇を持たしてもらった。水がいっぱい入っている重たい袋の感触で、たぷたぷという音が聞こえて来そうだった。

歳時記をめくっていて、「鮟鱇」の個所でその時のことが不意に蘇って出来た句。「重湯」の表現で、単なる水とは違う、充実した液体感が伝われば、鮟鱇に嘉してもらえそうだ。「鷹」の鑑賞欄で、堀田季何さんに取り上げていただいた。

虚子の大根の句は、俳句を始めた頃はまったく良さが分からず、こんなくだらない句が名句と言われるのが不思議だった。それだけに、何年か後に再会した時の感動は忘れられない。すごい迅さで流れてゆく葉が実際に見えてきて、水の冷たさまで感じられた。写生の凄みが会得できた瞬間だった。

しかし、湘子から「おまえには目が無い」と言われたほど写生句は苦手で、なかなか満足のいく句が作れない。「夜桜に寄せオートバイまだ熱し」の句で、写生が出来るようになったなと湘子に言ってもらえた時は、初巻頭より嬉しかった。


群れ咲きてほのと水気《すいき》や著莪の花　奥坂まや

ひと月に一回は行なっている吟行で、毎年著莪の花は目にしている。今年の井の頭公園の吟行で、初めて手応えのある写生が出来た。

著莪の花に惹かれるのは、いつも漂わせている仄かな水気ゆえだったと分かって嬉しかった。やはり季語とは幾度も幾度も逢瀬を重ねないと、見て感じているものが言葉にはならないのだと、あらためて実感した。

掲句は、小川軽舟主宰によって「鷹」の推薦30句に選ばれた。

五周年を機に

松岡　隆子

　本年の四月小誌「栞」は創刊五周年を迎えた。顧みてこの五年間は試練の連続だった。無事軌道に乗ったかに思えた二年目の秋、岡本眸先生が逝去された。一周忌を過ぎ漸く気持ちの整理がついた頃COVID—19のパンデミックによって日常が一変し、予定していた三周年の集いも見送ることとなった。五周年記念大会は何とか開催したいと会場だけは予約しておいた。三月二十一日に蔓延防止重点措置が解除されることになり、やっと四月二十四日に開催の運びとなった。記念句会と式典のみで乾杯もなく会話も慎んでのささやかな会ではあったが、一堂に会して各賞受賞者を称え、句集上梓を祝い、新同人を迎えることができ、祝意に満ちた一日となった。

　五周年は一つの大きな区切りである。「朝」の俳句理念を継承する中でこれから更に「栞」としての新しさを求めていかなければならない。「自然との関わりの中に日々の哀歓を詠む」という俳句信条の下に、自分の俳句をどう進化させていくかということを真剣に考えたい。新らしさとは単に発想や表現の新しさではない。自分自身の俳句を高めようという心意気があれば自ずと新しい境地が開けていくはずだ。

　最近刊行された西池冬扇著『明日への触手』を読んだ。その「あとがき」に「俳句の目指す興趣は、時代による影響を受ける。今後それがどうなるか、またどうあるべきかを、幾人かの俳人の作品を通して考察した。」とあり、九人の俳人のうちの一人に青山丈さんの名前があった。「静かなる変革者」と題したその論考は含蓄に富んでいた。青山さんは現在「棒」の代表として活躍されており、進化し続ける俳人として注目されている。「栞」では蘇芳集の巻頭作家として常に新しい句境を展開され栞俳句を先導してくださっている。

お飾を真つ直ぐにして留守にする　丈
剥いた皮まだ置いてある春炬燵
タオルなど首に垂らすと盆が来る
行き過ぎた辺りより見る吾亦紅
煤逃の昼のクスリも持つて出る

「栞」にはもう一人独自の世界を詠み続ける女流俳人がいる。野路斉子さんである。野路さんは「朝」創刊時より岡本主宰の俳句活動を支えてこられた方で、今も私設の眸ライブラリーには主宰の全作品をはじめ膨大な資料が収められている。自らに師の作品の模倣を固く戒められ、類想のない独自の世界を追求しておられる。

桜咲く歩けば歩いただけの分　斉子
遠くから見るだけの春窓あれば
けふ締切のやうな髪切虫の声
秋の日の雀確かなすずめ色
雪女明日来ると云ふ笹の揺れ

青山さん、野路さんの後に続く蘇芳集作家の作品もそれぞれに独自性が見られ頼もしい。

冬の灯を殖やして文字を落ちつかす　憲子
奔放な夢におどろき明易し　正吉
囀の始まる森を私す　幸敏
誰も荷を提げ原爆忌の電車　陶代子
道場の落花一片これを掃く　末黒
言ふ程のことでなけれど蝶に遭ふ　美知子

さて、肝心なわたしの俳句はというと独自性という点ではなはだ覚束ない。

惜春の橋を渡るに振り返る　隆子
その先は何がなんだか蜷の道
予定変更凌霄のどつと咲き
秋蝶の高きは風となりゆける

存分に吹かれみるみる枯蓮

二句目の「蜷の道」の句について「WEP俳句通信」128号で鈴木五鈴氏より温かい評をいただいた。

「何がなんだか」はいかにも蜷の道を象徴する文言として見事だと思う。何も写生していないようだが却って景がよく見えてくる。だがこうした言回しは、作者にとっては珍しいように思う。(中略)どちらかと言うと、破綻のない綺麗な文語表現を専らにする方という印象を持っていたのであるが、良い意味で裏切られた。(中略)作者の俳句はますます自在化するのではないか、と期待したい一句であった。

上五中七はふと浮かんだフレーズである。いつもの自分の句柄とは違う点16句の中に入れることの迷いがあっただけに、鈴木氏の評は励みになった。「蜷の道」は私にとっては新しい句材だった。知ってはいたがよくよく見たのはその時が初めてだった。新しい句材とは単に目新しい句材ではない。作者にとって目新しいものが新しい句材なのだと思うと、わが句の進化にも期待が持てそうだ。五周年を機に連衆と共に新たな句境を切り開いていきたい。

標

星野　高士

　この頁を書いていると今年もそろそろ終わりに近いなと実感している。

　まだまだコロナの広がりと自粛、そして密になってはいけないという日々が続いているが、もう政府もあきらめたのか、旅行者も増えて、飲食業界も人が戻ってきたようである。

　一時は座の文学を一番大事にしている俳句の世界にも危機感はみんな共有したと思う。

　私も俳句会が生活の一部となっているので、振り返ってみると危うい日々を送ってきたのである。

　俳句は発表してこその文学であり、無記名選句の民主主義が他にない緊張感と喜怒哀楽にあるからだ。

　その上での評価は正に虚子の言った「極楽の文学」としたところ。

　もっとも極楽があれば地獄もあるので、却って楽しい時間でもある。

　「ＷＥＰ俳句通信」での超党派の「新十二番勝負」も当初一、二年ぐらい続ければと思っていたが、同じホスト役の藤本美和子さんとも十三年来の句会を共にしてお互い手の内を見せたり隠したりし乍ら、十年以上の年月が経ったことになる。

　この句会もコロナの頃は何回か中止や延期を繰り返し乍ら、また再開した時は、座の文学の有難さをしみじみと思ったばかりである。

　毎回違う俳壇の名高い方々に来ていただき、公開句会をするのであるし、いろんな話も聞けるので、面白く充実した時間は有難い。

　結社の句会と違い後腐れなく進行できるのは何よりだ。

　大崎さんを始めスタッフも同じ時間を共有できているのも臨場感があって尚よい。

　先日は若手中心の句会も開かれ、今の俳壇の流れも直かに感じ取れることもあった。

　その中には地味な写生句もあったが、これこそ近未来の俳句の根元であると思ったのは土台がぶれていないというところである。

　しかし取り合せや二物衝撃ほどの派手さはないので、あまり流行らないかも知れない。

　私の「玉藻」も創刊九十二年となり、二回延期になった祝賀会もやっと開催する事ができた。

　自身の句集も八年振りに出版できたことも令和四年の

記憶にとどめておきたいと思っているが、日々流されないように次の俳句を目指したいところである。

また鎌倉虚子立子記念館も創立二十一年目となり、いろんな方々が句会場としても使っていただけそうである。

これも一時閉館していたので、昨今の自粛明けは嬉しいことでもある。

鎌倉は大河ドラマの影響もあり、土日に限らず人が沢山来ている場所。

虚子も鎌倉には五十年という人生の大半をここで過ごしている。

鎌倉を驚かしたる余寒あり　虚子
浪音の由比ヶ浜より初電車　同
大佛に袈裟掛にある冬日かな　同
人遊び下る石段神の春　同
随身の前の子供や佛の春　同

また星野立子も鎌倉を詠んだ句が沢山ある。

大仏の冬日は山に移りけり　立子
鎌倉の谷戸の冬日を恋ひ歩く　同
雛飾りつゝふと命惜しきかな　同
虚子忌とは斯く墨すりて紙切りて　同
大仏に足場かけたり小六月　同

これ等に限らず鎌倉の俳句は数あるが、こういった吟行を大事にしてきた両者の作品は今読んでも新しいことに気がつく。

これこそ俳句の永遠性が色褪せないものにしていると言っても過言ではない。

あきらかに地球温暖化となっていく時代をどう季題と向き合えばよいのかと言われているが、そんな時代をどう詠みこんでいくかは、未だ見ていない自分の俳句の励みになるといつも思っている。

句会は題詠のときと吟行或いは当日の席題の場合があり、どれも重要であるが、吟行をするとその都度新しい発見がある。

同じ場所に三十年以上行っていてもその日によって発見があるので俳句は止められない。

出た処勝負は臨場感が沢山あって楽しい。虚子が武蔵野探勝会を百回もやった意味が少しづつわかってきた一年でもあった。

地下鉄を出てすぐ寺や扇置く　高士
秋声や仰ぐ高さに時の鐘　同

俳句に感謝

森田純一郎

私が主宰する俳誌「かつらぎ」も御多分に洩れず、この三年間コロナ禍に翻弄されて来ている。実父であり、先師の森田峠の頃から続けておられる誌友の多くは、すでに八十代後半となっており、ただでさえ高齢化が進んでいる上に、コロナという追討ちをかけられて一つ一つの句会参加者数は激減してしまった。

という私自身も五月初めに感染してしまい、十日間の自宅療養を余儀なくされた。写生俳句を標榜する俳誌の主宰として吟行に出掛けられないということが、これほど辛いものかということを実感したものである。

歯応へはあれど初茄子味のせず
梅雨近し五感の一つ消えにけり

幸いすぐに回復はしたが、罹患して二日目あたりから味覚が消えたことには衝撃を受けた。梅干しを食べても酸っぱくなく、視覚によって味の記憶を辿りつつ食事をするしかなかったことは辛かった。

疫に籠り卯月曇に籠りけり
病み明けの我に薔薇の香強すぎる

待望の吟行に行けるようになったが、今度は薔薇園の香りの強さに閉口した。人間とは本当に勝手なものだと思ったものだ。

自分の体調が戻ったこともあり、六月以降はやや無謀とも思えるほどの吟行、句会そして少人数での宴席に出掛けた。

若葉風吹き入る東司借りにけり
田楽に三河弁よく似合ひけり
はからずも投入堂へ峠の忌
河鹿笛遠し大山なほ遠し

前半二句は罹患前だが東海地区同人会で岡崎へ行った時のもの、後半二句は回復後に中四国同人会で倉吉へ行った時のものである。

やはり、写生派の俳人にとっては吟行、吟旅が何よりの楽しみであり、句を生み出す原点なのだと再認識させられた。

今年後半は、ほぼ完全に以前と同じ頻度での句会、吟行、教室などが再開された。

餅飯殿抜け日盛のなら町へ

由来読む簾上げたる奈良格子

「かつらぎ」発祥の地である奈良へは、毎月第一日曜の大和俳句会他、様々の吟行で訪れているが、四季折々に魅力を発見することの出来る土地である。

何あれどハンザキ動くことあらず
赤目牛像へと梅雨の容赦なし
四十八滝へ半夏の雨を行く

名張の赤目四十八滝へも久々に行くことが出来た。大阪の街中より二、三度は気温が低いように感じた。

余花の雨宇治十帖の碑を洗ふ
宇治川を眺めの座敷夏料理
金髪を宇治の白南風靡かする

昨年三月に前任の茨木和生氏の後を受けて俳人協会理事関西支部長となった。毎年八月の初めには現代俳句講座と名打ち、龍谷大学を中心とするコンソーシアム京都への四日間の寄附講座を行っている。俳人協会関西支部の幹事や各結社誌主宰が講演、句会指導を行い、うち一日は宇治川吟行も実施している。今年は、ウクライナからの女子留学生の参加もあった。今後とも、この講座を継続することにより、若い人達に俳句の魅力を伝えてゆきたいと思っている。

大神に月詠み人の集ひけり
繞道の長きを月の照らしけり
三句碑をあまねく照らす良夜かな

昨年十月に峠と私の親子句碑が建立され、青畝句碑と共に三句碑の立つ大神神社は「かつらぎ」の聖地とも言える所となった。今年九月十日の観月祭には、他結社の誌友も迎え盛大に観月句会を実施、夜には祈禱殿に於いて当日入選句の披講を交えての神事も執り行われた。

「かつらぎ」は、再来年に創刊九十五周年を迎える。昭和の4Sの一人であった阿波野青畝が創刊し、私の父である森田峠が継いだ結社誌を継続発展させることが三代目主宰である私に課せられた役目だと思っている。また、父と全く同じ責任を負うこととなったが、微力ながらも関西俳壇の活性化に努めたいと思っている。

発行所でもある私の自宅は「かつらぎ」のために提供しているようなもので、編集長である家内の教子共々この十年間は、完全な休みを取ったことがない。健康で仕事を続けられていることに感謝しつつ、平凡でも充実した毎日を送りたいと願う。

秋灯下夫婦して守る一誌かな

生と死

坊城　俊樹

この一年の大きなテーマは「生と死」であった。肉親や親族の死。親しい友人の死。恩師の死。仲の良かった俳人の死。これらに塗れた一年間であった。

どの死も平等で、その大きさと重さは近いか遠いかの違い。たとい人間でなくとも、動物でも昆虫でも死は死である。それらの句をこの一年間見渡してみたら、なんと多くの句があったか、その数に少し戦慄を覚えた。

余談だが、私自身も病床にある事多く、これらは即ちそんな歳回りになったのだろう。あるいは過去の生き様への因果応報でもあろう。

つまり天地有情の俳句とは「生老病死」の日記でもあり、それを解脱して仏果を得るという教えに至ったのならよいのだが。


「落蟬」

蟬の死である。それは短命の象徴。どこか古武士の様を連想させる。生あるうちは大音響だが、死すと寡黙。

死す蟬の大音声の夜となりぬ　　俊樹
蟬墜ちて死して寡黙の夜となりぬ
落ち蟬の眼とはなほ瑠璃なりし

「中子忌」

中子とは私の母の名。

「中庸」を重んじなさいと虚子から命名された。俊厚は父の名。坊城家の男の名はみな「俊」が付く。

秋の雲流れ中子となりしかな
銀漢へ消ゆ俊厚に逢ふために
星流れ母の流れてしまひたる

「絵画館」

絵画館と青山墓地は東京都港区にある。総石造りの建物は堅牢で、まるで要塞か神の墓石に似る。

暑き固き墓石めきたる絵画館
青山の墓みな灼けて饒舌に
殉教の墓へマリアの小鳥来る

「空蟬」

空蟬は源氏物語にもあるが、そもそも蟬の抜け殻。その生死はいつも幻のようで儚い。病葉もまた然り。

空蟬の夢の中なる天の川
樹の影に病葉の影なかりけり

繁りたる葉に病葉となる定め

「軍馬像」
この軍馬像や零戦は靖國神社にある。恐らく大戦の時に中国の大陸を闊歩した馬だろう。

零戦へ素つぴんの母裸足の子
血の色のあつぱつぱ着て教会へ
夏野見る夏野に果てし軍馬像

「薔薇」
著名な財閥の洋館の庭は薔薇で覆われていた。なんと薔薇とは罪深い花であることよ。

白き薔薇とて原罪となりしかな
薔薇萎れマリアカラスとなりしかな
薔薇を食ふ虫永遠の罪を負ひ

「魂」
魂とは死者のものも神や仏のものもある。むろん生きている身体にも宿る。どれも同じく尊い。

仏すり減る冬菊を供華として
魂は螺旋階段昇る春
今生の春を弔ふ羅漢たち

「首無し地蔵」
明治の廃仏毀釈の風習によって破壊された神仏たちの魂はいまだ彷徨う。人間とは動物界で最も愚かな生き物。

首探す首無し地蔵へも立春
首無しの地蔵は見えぬ春の星
もののふの五輪塔とは春の土

「抱擁」
抱擁という行為のなんと尊いことか。神と人。人と人。生者と死者。供花や蝶はそれを媒介する。

右大臣正二位の供華枯れてゐる
抱擁すマリアは寒き手を拡げ
罅割れし冬の寝墓に蝶ひとつ

「螢」
螢とは死者の魂そのものだとも思われている。何も人の魂ばかりでなく、有りと有らゆる生命、宇宙の法則の灯火かもしれぬ。

死にゆける死者しづかなる夜の秋
月光に死せる螢の舞ひやまず
法師蟬の読経時雨となりしかな

吹雪月

鳥居真里子

「どうして、どうしてなの」。それは胸が張り裂けそうな報せだった。令和四年七月十一日、なんの前触れもなく兄が逝った。わずか二週間前、姉の七七忌を終えたばかりだというのに、追い打ちをかけるように兄までが。なんという酷い仕打ちだろう。十歳年上の兄は私にとって父のような存在だった。そして十六歳年の離れた姉、鈴木節子は母のような存在であった。名誉主宰として「門」の円滑な運営を支えるよき相談相手だった。兄の葬儀はまるで姉の葬儀を再現しているような錯覚に包まれた。柩のなかに眠る兄の顔は姉の顔と重なり、まわりで手を合わせる親族のどの顔もみな同じである。錯覚などではない。今まさに同胞のふたつの死が時を同じくして始まり、そして終わっていったのである。それは私自身もまた、ゆらゆらと忍び来るあの世に絡め取られる年齢に近づいているということを実感した時でもあった。

姉兄を相次いで亡くした影響もあって、今年は追悼句も含め死をテーマに詠んだ作品が多くを占めたかも知れない。追悼句といえども、お空の姉に「つまらない追悼句ね」などと笑われるのはやはり悔しいし、これなら姉も納得、と確信が持てるまで推敲に推敲を重ねなければならない。死者と死の儀式の一部始終、その現実と精神の風景をどのように折り合いをつけ十七音に昇華したらいいのか。外界に存在する具体的なモノを精神世界へ限りなく引き寄せてみようとするも、なかなかしっくりとは閃かない。ところがである。思いあぐねているそのさなか、眼前の死の風景へ精神そのものがすっぽりとおさまっていくような不思議な感覚に襲われたのだ。おそらく、特別な人の死に直面した切羽詰まる祈るような意識がそうさせたのかも知れない。

吹雪月ふぶく姉さま空へ空へ
洗はれて姉は泰山木の花
聖五月火酒のごとくに節子骨
ネムのハナ花の合図のきれいな死
夏霧の霧吊るしおく姉の死後
さるをがせてふこの世の刺青七七忌
兄者逝くまだ烏瓜の実が青い
さつきまで青蟬とゐた兄と姉
魂の剝製ふたつ夜の木槿

一句目の「吹雪月」は陰暦五月の異称。見ごろを迎えた真っ白な卯の花を雪に見立てたもので、私自身も初めて使う季語である。「歳時記には載っていませんが、ネットで知ったのですか」。そんな指摘を受けたが、たしかに植物や生き物に異称はつきものだし、月もまた例外ではない。私は国語大辞典で偶然見つけたのだが、たんに異称だからというだけで珍しがって使うことなどありえない。珍しいという言葉の意味、語感より、己の体質に心地よく響く言葉を作品にしたいとつねづね思っているからだ。「吹雪月」にしても、その言葉の美しさに惹かれしばらくの間あたためていたのだった。あの天性の明るさで生き切った姉、節子の旅立ちにはまさにぴったりではないか。「吹雪月」と「姉さま」のふたつの言葉が離れることなく引き合う瞬間の一句だったのである。

われが灰になる日の桜乱舞せよ　節子

螢火を吐かねばならぬ乱舞せよ　真里子

自らの死を察したかのように「門」誌五月号に発表した作品。そしてそれに呼応しての私の作。今にして思えば姉の突然の死に日々追われることも多々あり、天に向かって愚痴をこぼすことも少なくなかったかも知れない。情けない妹である。

ふたりを見送ってはや数ケ月。永の別れを静かに実感しつつある。両親の死にも増して痛手を大きく感じたのは、私の年齢にもよるのだろう。俳句はいかに瞬間の言葉であるか。改めてその思いを強くする。瞬間を永遠に留める十七音。わが体質をもって詠みたい言葉が見つかるうちは、作句もまた寄り添ってくれるだろう。

産んでしまつた淋しさパセリに塩

十月桜夜汽車のやうに髪束ね

くちびるのなかに雨ふる緋のダリア

紅柄格子吹雪くと夜はちよつと死ね

神隠しかすかに桃の朽ちる音

るり色に生まれ変はつて夜霧売り

肉屋の鏡にはなすすきとははと

行つたことのある青沼いま吹雪く沼

毒消しはいらんかね八月の卵

鳥の死や花となるまで水を縫ふ

十七音の表現から意味を消してゆく。独特の間をもって意味を消してゆく。そこに消され封じ込まれた景色や心情が、逆により深く読み手のこころに届くような作品作りをと願いつつも、往々にして独りよがりになりがちである。しかし行きつ戻りつ、迷路に入り込んでいるような葛藤が続く限り、私は俳句を愛してゆける。役者に楽屋と舞台があるように俳人にもそれに似た関係がある。楽屋はさしずめ作句現場、舞台は発表された十七音の誌(紙)面。そのはざまに作者はいつもいる。そこは混沌とした言葉の舞台裏のようにも思えてくる。

今年もどこかにいる

堀田 季何

この一年、私の俳句はさほど変わっていない。文体や技巧の面では相変わらず試行錯誤を繰り返しているが、少なくとも、テーマはそのままである。実際、私が俳句で扱うテーマは、二十年以上変わっていない。人間と社会である。要は、現代に生きている人間として、人間及び人間の生きる世界のリアルに興味があるのだ。

少し前まで、こういった私の俳句は徹底的に批判されてきた。露悪的、観念的、道徳的、不謹慎、といった批判をはじめ、意味を込めすぎ、楽しくない、俳句でこんなものを読みたくない、といった批判も多かった。同じ世代でも当時いた結社でも、私の作品は浮いていた。

しかし、この数年、特に、この一年、俳人たちの意識は大きく変わった。日々を描こうにも、日常は、靴紐がほどけたり、庭のチューリップが咲いたりする面白おかしい世界ではなくなってしまった。目下、最も身近な自然は疫病であり、最も耳にする人為はウクライナ侵攻と世界的な物価高である。花鳥諷詠は益々私たちの日常から乖離してしまった。ただのコロナ俳句や時事俳句も多いが、それらのレベルを越えた、生命、戦争、不条理などをテーマにした、人間や世界の実相に迫る、ヘビーヴァースの俳句が増えてきた。私の俳句に似ているものも散見されるようになった。

そう、私の俳句はようやく理解されるようになったのだ。私からすれば、人類史に疫病、戦争、貧困、暴力、搾取、検閲といったものは付き物で、一度たりとも消えたことがなかったが、ずっと平和ボケしていた多くの俳人たちは、この疫禍になって、やっと気づき始めたようである。他者の不幸に起因するので「おかげで」という言葉は使いたくないが、昨年上梓した句集『人類の午後』が、この一年、様々な立場の俳人たちに注目していただけたのは疫病の「おかげで」ある。同書所収の句が、現在進行中の全体主義や言論統制、非正規労働者の境遇、移民問題、SNSでのヘイト、ワクチン差別などとシンクロする象徴的リアリズムの句であるという指摘をよく受ける。奇妙なことに、私の俳句が、それらのことを全て予言していた、という不思議な指摘もたまにある。例えば、〈アフガンの起伏に富める蒲団かな〉という句が、二〇二一年のアフガニスタンにおける政権崩壊よりだいぶ前に書かれている、という具合である。

私は予言者でも手品師でもない。私は、人類の不変的かつ普遍的な性《さが》を描いているだけで、そういった性《さが》が様々な時間と空間で顕在化してしまうのは確率的な必然である。同じ句集にある〈戦争と戦争の間の朧かな〉の通り、今年は、ウクライナ侵攻（戦争に発展）が勃発したが、私の句は予言の句でもなんでもない。

今年の角川「俳句」三月号には、

選り分けて俘虜の遺品や夕焚火
ゆきげみちのぼり流民《るみん》や国境へ

といった句を寄稿したが、作句して編集部に送ったのはまだ一月である。ウクライナ侵攻が起きたのは直後のことで、残念なことに、私の句の通りになった。「びーぐる」55号掲載の

われわれの侵略行為すみれすみれ

も同様である。「俳句人」に掲載された

ミサイルに雲雀と名づけ放ちやる

は、近日、ロシアが実現させてしまうかもしれない。「俳壇」二月号掲載の

山眠るふところ深く兵を入れ

は、クリミアで激戦化すれば実現してしまう。

冒頭で、私の俳句はさほど変わっていないと書いたが、確かに、私の俳句は災害や戦争だけではない。そういったものも含まれるだけである。人間という存在を思い、自分自身の感覚を辿れば、

狐火や心臓ときに思考する
鳥と帰る輪郭だけの人間が

という句が降りてくる。人間の存在でも、少し外に視線を向けると、

マネキンを抱へて春とすれ違ふ
あたたかし粘土が息をしはじめて

といった句が湧き出でる。信仰心という卦体なものを考えると、

寒雲を出でて神の手神の足

という形になってくる。形といえば、形そのものを疑いたくなる。

万緑の朽ちゆくものを沙漠とす

という句を得たれば、ああ、そもそもどこにいるのだ、私たちは。

空間は時間を知らず石に花

わたしの俳句と読んだ本

津川絵理子

ここ数年出掛けて行って人と会う機会が減った。この一年も同じようなことであった。しかしあまり苦にならなかった。そもそもコロナ禍以前も、人と会うことは多くはなかったのだし。

家に居るときは、ぽつぽつと本を読んでいた。俳句以外の本では、小説、海外の小説が多かった。アルゼンチン、フランス、パレスチナ、オーストリアなど。アメリカではカーソン・マッカラーズ『結婚式のメンバー』とフラナリー・オコナーの短編集が面白かった。

コピー機の上にも本やクロッカス　絵理子

二人ともジョージア州出身の作家で、その描写の、アメリカ南部の独特の空気に「異国」を感じた。ただの海外旅行では多分見ることのできない深部を覗いてしまったような。とくにオコナーの作品は、自分の身を切りながら読み手の心を刺すかのようだ。

また、春にコロナの濃厚接触者となり、一時外出できなくなった。ちょうど桜の咲く時期と重なり、家の窓から山の遠い桜を見つめながら悶々とした日を送った。桜を見に行きたいと思った。こんなに私は桜を待っていたのだっけ、と不思議な気がした。そして桜の歌を読めばわずかな気晴らしになるのではないかと思いつき、和歌を読みはじめた。

本ののど大きくひらく落花かな　絵理子

そんな気まぐれな読書はやがて源実朝の歌に行きついた。手元にあるアンソロジーでは、実朝の歌は異彩を放っている。どれか一首を選ぶとすれば、〈炎のみ虚空にみてる阿鼻地獄行方もなしと言ふもはかなし〉〈大海の磯もとどろに寄する波われてくだけてさけてちるかも〉などの特異な歌になりがちだ。しかし『金槐和歌集』を読むと、そうした歌ばかりではない。ますます実朝について知りたくなった。それで注釈書、小林秀雄や吉本隆明の評論などを読んでいった。その中で好きなのは、太宰治『右大臣実朝』だった。朧のような実朝を中心に物語が進んでいく。こういうところは谷崎潤一郎『少将滋幹の母』にちょっと似ている。

春惜しむ詞華集といふ花を手に　絵理子

出歩くことの少ない一年ではあったが、ささやかな楽しみといえば、街へ出て本屋へ行き、帰りに喫茶店で買った本を読んでのんびりすることだった。そのコースは決まっていて、同じ本屋同じ喫茶店である。レコードを大音量で聞かせるジャズ喫茶で、大きなスピーカーに向かってテーブルと椅子が置かれている。席では会話禁止。というより大音量なので、話をしても聞こえない。だから隣の席のおしゃべりがうるさくて、本の内容が頭に入らない、という残念なことは起こらない。その店の音楽はだいたい古いジャズで、歌が入ることはまずないから気を取られることもない。安心して読書を楽しめるのだ。

本屋に行くときは、大抵リュックを背負っている。でも夏になると、生成りの布鞄にする。暑くて背中が蒸れるのを防ぐためだ。気軽に洗濯できる利点もある。随分年季が入ってきたが、今年も活躍してくれた。

布かばん四角にたたむ更衣　絵理子

電子書籍よりやはり紙の本が読みやすいのだが次々買ってくると置き場所に困る。実家から持ってきた本は少しずつ処分したが、それでも捨てられない本もある。きっともう読むことはないのだけれど。それと本ではないが、祖父の日記が何冊かある。人の日記を読むのは気がひける、と言いながら手元にあるので読んでみた。小説家志望だっただけあって、読ませるのだが、何しろ暗い。自分や祖母の病気のこととか、商売がうまくいかないだとか、読んでいて気分が落ち込んだ。やはり人の日記は読まない方が良い。

底紅や開くことなき形見の書　絵理子
今は無き本屋が本に秋の暮　〃

ところで、先日夏葉社の『定本 本屋図鑑』をぱらぱら捲っていたら、海文堂書店の記事を見つけて懐かしく思った。創業以来百年近く神戸で親しまれた本屋である。私もよく行ったが、今はもう無い。閉店の日近くになると、常連客が集まって別れを惜しんでいた。この海文堂に、本の中だけれどまた会えるなんて嬉しい、と喜んだら俳句になっていた。俳句はときどき、しゃっくりみたいにとび出してくる。

それにしてもこうした読書体験が俳句と結びつくのか、自分でも本当のところはよく分からない。俳句を作るために本を読むわけではないが、読書と俳句は無関係ではなさそうだ。俳句と同じように、日々私を支えてくれているのだから。ただのんびりページを捲っていると、豊かな泉になった気分になる。いつかまた俳句になれば良いとは思うが、別にならなくても良い。

秋風やページめくれば百年過ぐ　絵理子

火の記憶、偶然の驚き

生駒　大祐

一．自身の作について

二〇一九年に第一句集である『水界園丁』を纏め、ここ一年ほど次の方向性を模索していたが、それが作としていくつか形になってきたのが本年であった。当初は「水」が重要なモチーフであった『水界園丁』を引き継ぐ形で「火」をモチーフの一つとした俳句を少しずつ作っていた。その方向性も一句一句の単位では納得のゆく作品が出来ることもあったが、「火」があまりにも強い素材すぎて大味の俳句ばかりになってしまい、連作や句集に纏める観点では正直しっくり来ていなかった。

全て火の喩と春の鴨相寄りぬ　　生駒大祐
火の透くるところ愚かし燕
火の裏に俎板を置く猫の恋
火の記憶一つだになき彼岸かな

そんな折に高橋睦郎氏と話す機会があり、「人生楽しく好きなようにやれば良い」という主旨の示唆を受けて考えが変わった。既にある火種を大きく育ててゆくのも重要な仕事だが、飽きっぽい自分に向いているのは常に新境地を求め続ける姿勢だろう。第二句集はできれば三十代のうちに編みたい。そして、出来るだけ遠くへと行きたいと思う。

羅や水のたふれて遠くまで　　同

二．自身の論について

論の活動として最も力が入ったのは「俳句」二〇二二年六月号（角川学芸出版）に掲載された、「『俳句』と時代」記事の一九九七年－二〇二二年分の執筆である。これは「俳句」誌の創刊七〇周年を記念して企画されたもので、七〇年分の「俳句」誌を五名の執筆者で割り振り、それぞれがその時代と併せて回顧しながら解説するというものので、私は最も現在に近いパートを担当した。二五年分、計三〇〇冊以上の雑誌を読破するのは正直大変であったが、それ以上に得るものは大きかった。丁度「俳句ブーム」と呼ばれた一連のムーブメントが終わり、平成無風とも呼ばれる時期の多くを含む年代であるが、現在の俳句を担う俳人たちが次々と活躍し出すのを早送りで見られたことは非常に興味深かった。当然一つの雑誌の変遷だけで俳句の全体を見通すのは全く不可能であり、他の雑誌の変遷も見たくなるが、ある史観から見た俳句の一側面で脳内の地図を更新することができた。

当初私は、総合誌を誌面がシステマチックに構成された「必然」の場だと感じていた。（中略）誌面そのものは確かに編集部のある考えのもと構成されているが、そこに展開される「論」や「語り」、「作」は「偶然」出会って雑誌として結実するものであり、雑誌の一冊一冊、記事の一本一本に名句の取り合わせにも似た驚きがあった。（以上、右記の記事より引用）

三．所属誌「ねじまわし」について

大塚凱と二人で発行している同人誌「ねじまわし」の三号を発行した。年二回発行の小さな同人誌だが、小さいからこそできることがあると思っている。第三号の特集企画は「俳句三〇本ノック」。俳句の本質を掠める三〇問の問に答えて議論することでそれぞれの俳句観を深めることが狙いだ。大塚・生駒に加えてゲストの依光陽子氏、阪西敦子氏に回答いただき、議論した。阪西氏の無季俳句が読めただけでも成功だと自負している。第四号も既に作り始めていて、二〇二二年一一月に発行されているはずである。特集企画は「ボキャブラドラフト会議」。内容はぜひ読んで確かめてみていただきたい。

四．他者の作について

この一年で読んだ句集で三冊挙げるならば、『呼応』（相子智恵、左右社、二〇二一）『ことり』（小川楓子、港の人、二〇二二）『雲は友』（岸本尚毅、ふらんす堂、二〇二二）である。『呼応』については「ねじまわし」第三号に書評を書き、『ことり』については新宿紀伊國屋書店でトークイベントを行い、『雲は友』についてはインターネット上で読書会を行った。面白いと思った句集についてきちんと応答できたことは本年の達成の一つだったと考える。

北斎漫画ぽろぽろ人のこぼるる秋　相子智恵
群青世界セーターを頭の抜くるまで　同
素足ですし羊歯類の王ですわたし　小川楓子
秋やハレルヤ絵具ぐんぐん絞る　同
榾といふ榾の炎のつながれる　岸本尚毅
避暑の子かこの町の子か駆けてゆく　同

五．宿題

今年を振り返ってみて、作に関してはインプット・アウトプット共に平年並みにはできていたように思うが、論に関しては両者共に自身に求める水準には足りていないと感じた。子供が生まれ時間的制約が大きいことが第一要因だが、書きたい論（特に「参照性」という言葉について）、読みたい論（没故作家の全集の論をまとめて読みたい）共にあるので、二〇二三年は少しずつでも進めて行ければと思う。

激動の停滞

関　悦史

すでに作ったことがあるような句ばかりが出来てしまった一年だった。もともと私は句会にも吟行にも出ない方なのでコロナ禍の影響はさしてないはずだったが、誰にも会うことのない密室俳人に戻り、刺激が乏しくなりすぎていたらしい。最近やや復調して興が乗ってきた気がする。以下、順不同でこの一年の自作句を見ていく。

ドラゴン娘とスーパーフラットの淵に潜む

アニメ『小林さんちのメイドラゴン』その他の作品では、ドラゴンが美少女キャラに変身する。「スーパーフラット」は現代美術作家の村上隆が、伝統的な日本画と現代のアニメ絵に共通する奥行のなさ、余白の多さ、平板さから抽出した概念。今年見ていたアニメ作品と「スーパーフラット」と季語「龍淵に潜む」の三つが頭のなかで交差し一秒で出来た句。淵に潜むといっても平板なアニメ絵のなかのことというイメージの変容がそのまま日常生活の反映ともなった。

生き残る少女二人に水の冬

こちらもオタク文化関連の句。女性同士の関係性を描く「百合」ものも近年作品数が多い。前出の『小林さんちのメイドラゴン』もそのひとつだが、この句はそれとは無関係で、世界終末後を舞台とする作品群のイメージをなぞっただけのもの。

「SFマガジン」の百合特集も昨年話題になった。

警官も鍋も撃たれる早かな
都市に浮く大金魚見え人を撥ね

これらは「サイバーパンク2077」なるゲームの精密なCGで作られた世界を見せられつつ即吟した「吟行」句。ライブドアニュースが制作している「ゲームさんぽ」というコンテンツがYouTubeに上がっている。ゲームの架空世界をいろんなジャンルの専門家と独自の視点で読み込み楽しむというもので、私が参加したゲームさんぽ吟行も今年行ったもので四作目となる。

荒廃した未来都市が舞台となっているゲームなので、一句目の町なかの銃撃戦も、二句目の都市に浮く巨大金魚の立体映像もその世界でのただの嘱目、写生である。この回で一緒に吟行したのは北大路翼さん、中山奈々さんの二人だった。コンテンツの性質上、俳句に全く興味のない層が見てくれているので、多少は俳句普及の役にも立っているのかもしれない。ただしアニメと違い、私当人はゲームを全くしないので、プレーヤーとしては何がどうなればいいのか未だにわからない。
他ジャンルの作品から二次制作的に作った句としては〈ホモ・サピエンスが地獄も須臾の銀河かな〉というのもある。これはかつて角川文庫やハヤカワ文庫の小松左京作品の表紙を飾っていた、暗い宇宙を背景にギリシア彫刻めいた人体が劇的に犇く生頼範義のイラストを俳句化したもの。個人的なノスタルジアの対象なので、似た題材は過去にも何度か扱っている。

白きこゑ満ちて木の葉の降り来たる

こちらは現実世界の、ごく近所の神社での吟行句。コロナ禍で遠出しにくい状況が続いていることに鑑みてか「俳句界」が「五感で詠む!～みる俳句・きく俳句」という特集を組んだ。そこに出したものである。五感を動員してマンネリ化を防ごうという趣旨だったのでこの句では視覚と聴覚を合わせてみたが、鴇田智哉の影響圏に入ってしまった気がしなくもない。

安井浩司消失後海彼大噴煙

安井浩司さんが一月十四日に他界された。その翌日、トンガで大噴火があった。相互に何の関係もない偶発的な事柄だが、黙示録的ともいえる世界を俳句で構築し続けた安井氏の死去にふさわしい事態のようにも思えた。

ゴルバチョフの屍をプーチンの見下ろす秋

エリザベス二世、ゴダールなど著名人の訃報が続いたが、今のところ句にしてあるのはこれだけか。報道写真で見たままの景。冷戦終結の立役者の死は、前世紀的な侵略戦争が勃発したなかでのことだった。

マンションをミサイルが削ぎ空は青

そのロシアのウクライナへの侵攻が始まったのが二月。何とも言いようのない衝撃を受けつつも、句にはほとんどしなかった。この句は人が普通に暮らしていた建物が瞬時に戦場の廃墟に変わった映像を見て勝手に出てきた。「平和」が大事と言われても心に届きにくいが、「日常」が取り戻したいとなると身に迫る。
二〇〇八～二〇〇九年のガザ紛争のときは憤懣抑えがたい心もちで〈人類に空爆のある雑煮かな〉なる句を作ったが、そのときに比べると自分の反応が鈍い。この十年間、着実に自滅に向かう国で暮らすうちに、諦観に近い何ものかが芽生えてきたためらしい。その原因のひとつであった安倍元首相も七月に殺害されたが、これについては大した句は降ってこなかった。

近ごろ思うことども

俳句は問答

坪内稔典

老俳人

「俳人蕪村は、五〇歳以降に誕生した」と言っても過言ではない。これは『蕪村句集』（角川ソフィア文庫）の解説にある玉城司さんの言葉である。玉城さんはこの句集に蕪村の一〇〇〇句（彼の句のほぼ三分の一）を作句年代順に収めているが、若い日の蕪村にはこれといって見るべき句がない。

蕪村は二〇代の初めに夜半亭巴人の内弟子になったが、画業の修行などに注力し、俳句はずっと余技的だった。画家として暮らし始めた五〇代になって、仲間と三菓社を結び、句会を開くようになった。京都に定住した蕪村は、五十五歳の年、仲間に推されて夜半亭を継承、俳句の先生（宗匠）になった。つまり俳壇デビューである。

浮世の月見過ごしにけり末二年　井原西鶴

この西鶴の句には「人間五十年の究《きわま》り、それさへ我にはあまりたるに、ましてや」という前書きがある。一般的に五十年が人の寿命であるが自分には五十年は長すぎる。それなのに、五十年を二年も過ぎてなお月を見ている、と西鶴。西鶴は五十二年を生き、つまり、この句を辞世にして一生を終えた。西鶴と同時代の松尾芭蕉は四十九歳で他界したが、彼は翁とか芭蕉翁と呼ばれていた。江戸時代は四十歳が初老であり、芭蕉の「奥の細道」の旅なども老人の旅だった。芭蕉の開眼の作と言われる「古池や蛙飛びこむ水の音」は四十三歳の作だから、芭蕉もまた老いの俳人と見てもよいだろう。芭蕉、西鶴、蕪村は活躍する老人だった。

もういちど、玉城さんの『蕪村句集』にもどるが、五十歳より若いころの作では次の二句がよい。

夏河を越すうれしさよ手に草履
春の海終日《ひねもす》のたりのたりかな

もっともこの二句も四〇代の作だから、結局彼は老人の句を残したのであった。かつて『郷愁の詩人与謝蕪村』（一九三六年）を書いた萩原朔太郎は、蕪村の俳句に「浪漫的の青春性」を指摘し、蕪村のポエジーの実体は「魂の故郷にたいする郷愁」であり「子守唄の哀切な思慕」だった、と述べた。青春性という用語にやや違和感があるが、何かへの哀切な思慕を蕪村の句に読み取ることは賛成だ。その思慕とは、平易にいえば何かへのあこがれであり、希望。それは多くの人が持つ感情であり、別に青春特有のものではない。

春の暮家路に遠き人ばかり

絶頂の城たのもしき若葉かな
菜の花や月は東に日は西に
ゆく春やおもたき琵琶の抱き心
愁ひつつ岡にのぼれば花いばら
遅き日のつもりて遠き昔かな
大とこの糞《くそ》ひりおはす枯野かな
春風や堤長うして家遠し
鮒ずしや彦根の城に雲かかる
さみだれや大河を前に家二軒

五〇代の末から六〇代の初めのころの句を挙げた。蕪村、絶好調という感じだ。どの句も注釈というか解説を要しない。五七五の表現が直接に読者の琴線を震わせる感じだ。もちろん、今は使わない「琵琶」（弦楽器）「大とこ」（高僧）のような語があるが、こういう語は国語辞典を引くと意味がすぐ分かる。

注釈なしに今でも読者に響く句、それが傑作なのだと言ってよい。そして、そういう句が特に多いのが芭蕉であり蕪村である。ついでだから芭蕉翁の十句も挙げておこう。

曙や白魚しろきこと一寸
水取や氷の僧の沓の音
名月や池をめぐりて夜もすがら
行く春や鳥啼き魚の目は涙
五月雨の降り残してや光堂
閑《しずか》さや岩にしみ入る蟬の声
荒海や佐渡に横たふ天の川
生きながら一つに氷る海鼠かな
梅が香にのつと日の出る山路かな
旅に病んで夢は枯野をかけ廻る

芭蕉のこれらの句も胸に直接響くだろう。ちょっと余談だが、先に名を挙げた西鶴だと、ほとんどの句が注釈を必要とする。西鶴の五七五の言葉はダイレクトに読者の胸にやってこない。彼は浮世草子という新しい読み物の世界を開いたが、俳句的な才能はうまく開花できなかったのではないか。

季語は動くもの

江戸時代の話をしたが、俳句では不思議なことに、江戸時代の言葉が地続きというか、ダイレクトに胸に響く。これがたとえば和歌になると、あるいは漢詩になると、そうはいかない。ほとんどが注釈を必要とする。

どうして、芭蕉や蕪村の句は胸に響くのか。五七五という言葉の少なさ、そして今と昔をつなぐ一種の共通語としての季語があるから、だと思われる。もちろん、分からない（胸に響かない）句も多い。いや、芭蕉や蕪村の句にしても大半は分からない。それが、読者にとっての俳句の現実だろう。

現在の句だって、ほとんどは分からない。たとえば新刊の句集を開いた場合、いいと思う句が数句もあれば拾い物だ。ほとんどの句は駄作、あるいはごく一般的な句である。駄作の域を脱け出すには何か技術というか、工夫がいるのだろうか。

いると思う。端的にいえば大胆な発想と表現が必要だ。芭蕉はそれを新しさと言い、蕪村は俗を去ると言った。その理屈はともかくとして、たとえば芭蕉の

閑さや岩にしみ入る蟬の声

は大胆である。鳴き声が岩にしみ入るという見方（これが発想）がすごいし、それを「閑さや」（しずかだなあ！）とまず言って、その静かさの具体性を「岩にしみ入る蟬の声」と端的に言い切ったところがさらにすごい。別の言い方をすると、とっても静かなものはなんだ、と問いかけて、その答えとして「岩にしみ入る蟬の声」を示したのだ。問いと答えのこの問答が芭蕉の五七五のとっても大きな特色だ。「曙や」「水取や」「名月や」「行く春や」「荒海や」はいずれもその問答形式で成り立っている。いや、ほかの句もそうだ。「五月雨の降り残してや」（五月雨が降り残しているよ、あれは何だ）という問いに「光堂」と答えているし、生きながら一つに氷るのはなんだという問いの答えが海鼠だ。

蕪村の句だって、問いと答えが核になっている。

春の暮家路に遠き人ばかり

この句を例にすると、「春の暮って？」という問いに、「家路に遠き人ばかり」だよ、と答えている。家を忘れて歓楽にふける人、あるいは帰りたくない人がいて、家と此処との対立というか葛藤が五七五の言葉の世界を複雑に広げる。

気づいている人がいると思うが、この問いと答えはかなり恣意的である。

愁ひつつ岡にのぼれば花いばら

愁いを抱いて岡へ登ったらどうなるという問いに「花いばら」、すなわち野バラに出会うよ、と答えているのだが、この「花いばら」は「白い蝶」でも「桐の花」でも「豆の花」でもよいかもしれない。

愁ひつつ岡にのぼれば花蜜柑

これなど、人によっては「花いばら」より好きだ、と感じるかも。この程度に、俳句の問いと答えは恣意的なのだ。

俳人はよく、その季語は動く、と言う。右で述べたようなことが季語が動く実際だが、実は、季語は動いてよいのである。むしろ、動くべきものとして問いと答えの構造を支えている。

でたらめを楽しむ

私が書いてきた問いと答えは、俳句用語としては取り合わせにあたる。取り合わせは俳句の基本の構造であり、これがあるから、五〇〇年以上も俳句が続いているのである。

問いに対する答えは常に恣意的だから尽きることがない。

梅見して寿司屋の貝の美しく　三宅やよい

緑陰へ寄るしましまの老人たち

玉葱を引き抜くからだ軽くなる

右は私たちの俳句同人誌「猫街」六号から引いた。問いと答えの構造を意識して読んでみて欲しい。梅見するとどうなるか、という問いに対して「寿司屋の貝の美しく」と答えているのだ。梅見をして寿司屋に行きたくなるではないか。「緑陰へ寄るのは何だ?」という問いには「しましまの老人たち」という答え。この答え、シマウマみたいな老人だろうか。玉葱を引き抜くという問いに「からだ軽くなる」と応じたのはよく分る気がする。玉葱のサラダがうまそうだ。

緑立つタツノオトシゴ的浮遊　芳野ヒロユキ

ネジバナへ近寄るフランケンの鼻

露草になるはずだったチンアナゴ

これも先の「猫街」にある俳句。この作者の特色は問いと答えの恣意性がことに強いことだ。恣意性とはやさしく言えばでたらめさだが、私たちの間では、強い恣意性を跳び過ぎ、と言い慣わしている。ネジバナの句は私には跳び過ぎと感じられて難解だが、チンアナゴは実は露草だよという問答は、露草を新鮮に感じさせる。

枇杷むけば夜には雨が降るだろう　赤石　忍

老人は一人一本心太

打ち水を避けると届く地中海

またまた「猫街」の仲間の作だ。「打ち水を避けると」どうなるという問いに「届く地中海」と応じたのは見事だ。涼しさが地中海的(?)に広がるではないか。「枇杷むけば」の答えはいくらでも違ったものが出てきそうだが、その恣意性の広がり、あるいは多様性が、五七五という小さな表現を複雑にも多様にもする。

言葉と言葉の出会いにある恣意性、つまりでたらめを存分に楽しむのが俳句の醍醐味。写生などという近代俳句を覆った方法は、俳人たちをマインドコントロール状態に置いたが、問答でそのコントロールを破って欲しいものだ。

俳句は五七五、しかも季語もあって、とってもきっちりしている感じがする。でも、俳句の表現の核は問答という恣意性だ。とってもとってもでたらめなのである。

言うまでもないだろうが、恣意性とは言葉が本来的に持っている自由だ。でたらめを存分に楽しむ文芸、それが俳句なのだろう。

俳句少年であった室生犀星

岸本尚毅

『室生犀星俳句集』（岩波文庫）の選句を行った。底本は犀星の長女の室生朝子が編集した『室生犀星句集—魚眠洞全句』。犀星の句を網羅した底本の収録句は一七四七句。これを文庫版では八四七句に絞った。恩田侑布子編の岩波文庫『久保田万太郎俳句集』は「全句八千句から九百句を精選」とある。万太郎の句集より、犀星の句集のほうが句数の絞り方が緩い。八千を九百に絞るのと、千七百を八百に絞るのでは絞り方が違う。残す句の割合はおよそ一割と五割。この違いは選句者の意識に影響しそうである。八千を九百に絞るのは抜粋である。抜粋ゆえ佳句を見逃してはならないというプレッシャーは当然感じる。いっぽう千七百を八百に絞るときは、句に○×をつけてゆく感じである。技巧の確かな万太郎に比べ、犀星は無骨ながら作者の肉声を感じる句が多い。それゆえ犀星の句の選句は捨てる辛さを伴う。残す句も多いので、犀星ファンから、こんな句を採るのに、なぜあの句を採らないのかと叱られることは必定である。

犀星の句は二十歳前後までの初期作品と、三十代半ばの句作再開の後の作品に分かれる。山本健吉『現代俳句』の取り上げる「青梅の臀うつくしくそろひけり」「ゆきふるといひしばかりの人しづか」など八句はいずれも句作再開後の作。犀星独特の蕩けるような叙情は詩人として成熟した後のものである。いっぽう関森勝夫『文人たちの句境』が取り上げる「雪みちを雛箱かつぎはは が来る」など八句のうち、以下の四句は初期の作である。

火を掻いて鉛筆焦す火鉢哉（明治四十二年）
海鸁打つや悪《にく》まれる子世に蔓《はびこ》りて（明治四十年）
山家集読終へて雁を聞にけり（明治三十九年）
糸瓜忌に柿もぐ庵のならひ哉（明治四十一年）

犀星は明治二十二年生。糸瓜忌の句は子規の死の六年後の作である。松山の俳句甲子園に出る高校生ほどの年齢で、犀星はずいぶん老成した句を作っていた。

「犀星は俳句にはじまり俳句に終った人」だと室生朝子は『魚眠洞全句』の帯に記した。犀星は晩年まで句作を続けたが、それ以上に「俳句にはじまり」という言葉は重い。

周知の通り、犀星は旧金沢藩士の実父が密かに生ませた子である。生後すぐ養子に出され、十三歳で金沢地裁の「給仕」として奉職。上司の手ほどきで俳句に熱中。十代にして新聞俳壇の常連入選者として名を知られた。不遇な少年だった犀星を文学の道へ押し出したのは俳句での成功体験だった。総句数一七四七句の『魚眠洞全句』の約三分の一にあたる五百六十句は、二十歳前後までに北国新聞等に入選した句である。ただし公刊の句集では明治時代の句はバッサリ捨てられている。第一句集『魚眠洞発句集』に採った五十余句を除き、若き日の五百余句は犀星の句集に載ることはなかった。おそらく犀星自身は、芥川龍之介との俳縁を得た三十代半ば以降の句作こそが自分の俳句だと考え、二十歳頃までの句は若書きとして切り捨てたのであろう。

岩波文庫版の選句にあたっては、読まれる機会の比較的少ない初期の作品を二三三句取り上げた。この数は文庫版の句数の四分の一強にあたる。犀星初期の佳句をいくつか拾おう。「朝寒や日影漾ふいさゝ川」「金魚売出て春行く都かな」「秋山や静かに聴けば海の声」「百舌鳴いて高き谺や谷深し」「時雨るゝに非ず欅の散る夜也」「小春日や障子にうつる籠の鳥」「末枯の一軒寒し石の怪」「学寮や顔塗られをる昼寝人」「鉄拳や柘榴の珠の紅に」「囀や朝飯遅き日曜日」「雨細き若葉の裏の毛虫哉」「馬の耳に蠅冬籠る夕かな」「蟹芦を登らんとするや日の永き」「固くなる目白の糞や冬近し」「竹法螺を吹く島人や冬の海」「銀杏樹下古着渡世や燕飛ぶ」「これきりの煙花なりやと人散ず」「縄切れて傾く垣や蕗の薹」「片割れて夕日喰ひ入る柘榴哉」「団栗や土の凹みに根の凹に」など。若さと巧さが見事に両立している。写実、叙情、俳味など句柄は多彩。人事句も達者だが、小動物を詠んだ句にはとくに生彩がある。

犀星が最初に俳句を習ったのは十五歳、近所の俳諧宗匠からだという。当時の俳壇は子規死後の「碧虚対立時代」だった。俳句に目覚めた犀星は当時の俳風を新旧問わず自家薬籠中のものとし、新聞俳壇で名を馳せた。当時の句には俳句少年犀星の才がキラキラと輝いている。

その後、二十歳前後から犀星の志は詩に移り、さらに小説に軸足を移す。詩壇文壇に地歩を築いた後に再開した俳句は、犀星にとってどんな意味を持っていたのだろうか。「詩を小説にほろぼされた」犀星は「その無念と痛恨を、少年の日になれ親しんだ詩のカタチ（形骸）――俳句――を利用してなぐさめ、なだめるしかない」と富岡多恵子『室生犀星』はいう。この富岡の見立てが犀星の句にあてはまっているかどうか。興味のある方は岩波文庫『室生犀星俳句集』をご一読願いたい。

「雲母第二百号」管見

井上康明

飯田蛇笏が主宰した「雲母」は昭和七年九月号が二百号となった。その二百号を繙いてみたい。

大正初年、高濱虚子選の「ホトトギス」雑詠欄で活躍して以来、約二十年、昭和七年といえば蛇笏は四十七歳、壮年の蛇笏が浮かび上がる。二十年に亘る歳月を経て、この頃、蛇笏は簡潔な題材に自在な把握を示し、多くの秀作を生み出していた。

「雲母」二百号からは、古典に学びつつ、日々の作品について、その内容をつぶさに吟味してその可否を問うという、作品本意の姿勢が窺われる。

目次を見ると、飯田蛇笏選の雑詠欄「春夏秋冬」を最後に置いて、冒頭「二百号を迎えて雑詠欄を顧る」と題した蛇笏の文章、「山廬近詠」と題された蛇笏の作品、蛇笏を含む俳人十名による「合評」、佐々木有風、乙顔幽夢選の募集俳句、俳諧歌の紹介、天保年間の甲斐俳壇についての回顧録などが並ぶ。また、牧野紅洞による「上海事変従軍記」があってこの年の上海事変を伝えている。投句者の居住地も「哈爾浜」「撫順」「マラッカ」「台南」「軍艦由良」など時節を反映している。

表紙は、平福百穂の日本画の素描、水車に笹の葉がかかる図柄であり趣が深い。濃い墨が「雲母」と誌名を示し、これも百穂の筆である。扉絵は川端龍子、自在な筆勢の見ざる、聞かざる、言わざるの三猿の図。飄逸な印象の扉絵である。

蛇笏の「二百号を迎えて雑詠欄を顧る」という回想は、八頁に亘り創刊以来十八年の「雲母」の編集者、発行者の推移を縷々語る。「雲母」の前身「キラゝ」は、大正四年五月、愛知県から創刊され、蛇笏は、大正六年には主宰者となり、誌名を「雲母」と改めた。大正末年から昭和にかけ、発行所が愛知から甲府に移り、やがて昭和五年、飯田蛇笏宅に置かれ、ここで編集、発行、雑詠選が行われる体制が整ってゆく。

蛇笏の「山廬近詠」は「採る茄子」など十一句。

採る茄子の手籠にきゆアとなきにけり

形代の深みの波にゆられけり

石まくら夜闌の水にうつりけり

簪《カザシ》もてかきたつる灯や乏し妻

それぞれ物語を思わせつつ、冷やかに対象をとらえゆるやかに描写している。つやつやと光る茄子が、籠のなかで音を立てる。「きゆア」という音は鼠を連想させ、童心が弾む。穢れを宿された形代が川の波に揺られている情景は、「深みの波」という表現にどこか引き込まれるような深さを感じさせる。「石まくら」は「いそまくら」と読み、水辺で石を枕に旅寝する意。七夕に二星が天の河原で会うこと。深夜の水が、二人の逢瀬を映す。簪の句は、灯の皿を簪で掻き立てるつつましい妻を描く。秋夜の季節感はあるが無季、ともに物語が宿る。

蛇笏選の「春夏秋冬」の巻頭は

梅雨ふかき四埵の雲の鴉かな　佐々木有風
簪ふかし遍寂光のほたるかご
皮椅子にあをき光りのほたる籠
螢とぶや鎖しづめて夜の鷺

「四埵」とは四方へ垂れる意であろう。梅雨時の垂れこめる雲に、鴉が舞う光景を想像した。寂光の蛍籠、青い光の蛍籠、檻のなかで鎖につながれている鷺の辺りを蛍が飛ぶ姿、どれも濃密な詩情を醸す光景である。

この誌面で興味深いのは、蛇笏が歯に衣着せず、俳句評を行っているところである。瞥見録では山廬の署名で高濱虚子、水原秋櫻子、赤星水竹居等の句を取り上げる。

蛇笏は、「ホトトギス」八月号の虚子の句「内赤く外緑なる日傘かな」「いつまでも繋げる馬や栗の花」を引く。この二句には感銘を深くしないとし、それより「病人のこんのつきたる残暑かな」は秀抜な老練さを示し深刻味を味わうことができるとその優劣を語る。

また、「馬酔木」八月号の水原秋櫻子の「この鮠か涼しき木々を攀づるちふ」「熱帯魚見惚るる顔のいとまあれや」は新境地かもしれないが、共鳴できないと反対し、それより「水照りに羅府の夏日をわが思ふ」に賛成し「蕗の葉に尾鰭あまりぬ花うぐひ」は無条件に新鮮味を感ずると認めている。「阿蘇」に水竹居の「人寄れば寄るほど暑し霊祭」があるが、まさしく月並だと手厳しい。蛇笏は、季語に宿る清新な季節感と情景との均衡を冷静に判断している。

また、「合評会」と題した佐海、左耳聾、南北、半春、弾丸、鍬江、蒼石、唐淵、有風と蛇笏による俳句合評は、九頁に亘って九句をそれぞれ十人で鑑賞し賛否を問う。

更に「十一稿漫評」と題して、蛇笏は、各地の句会から寄せられた「百五十句集」とした俳句について懇切に鑑賞する。これは八頁に亘る各地句会報であり、蛇笏が一句一句優劣を語る。たとえば「北江戸句会」の岡部弾丸の「刈られたるまだき昼顔流れけり」を蛇笏は、「はつらつたる生動、まさに眼前を流れるようだ。この作にこもる気迫をうかがわなければならぬ」と絶賛する。

「雲母」投句者への蛇笏の熱心な対応に目を瞠らされる。「雲母」二百号記念号において飯田蛇笏は、潑剌と発言している。

この秋は

鈴木しげを

最近思ったことをいくらか言葉にしたい。自分は思想家ではないのでこの一年身の周りに現実に起きた物事についての感想という程度のものである。例えばいまだに終息しない新型コロナウイルス感染への不安。ロシアのウクライナ軍事進攻の長期化。かつてのベトナム戦争のような泥沼に陥る危惧。北朝鮮のミサイル攻撃の挑発への憤り。安倍元首相の痛ましい凶弾死と国葬についての賛否。はたまた五輪汚職等々。実にさまざまな事が目まぐるしく駈けまわる。それをぼくは一言、困ったことだぐらいにしか思わないで過ごしている。だからダメなんだという声がきこえてきそうであるが前述の一つ一つにはまってしまったら頭がこわれてしまう。今のぼくにはクライマックスシリーズの望みも断たれてしまったジャイアンツの方が一大事なのだ。

そういうわけで自分は物事を深く考えることが出来ないたちらしい。それでよく俳句をやっているねと云われそうだが俳句は短いからいい。至言もだいたい短いものである。思いつきなぞというとその場しのぎのイメージがつよいけれどもあんがい俳句の本質をついているように思う。つまりぼくの打坐即刻である。その思いつきに魅せられていつの間にか六十年が経ってしまった。それで

一行詩六十年や沙羅の花

という句を作った。沙羅の花に少しオーバーにいえば夢まぼろしの一瞬の時空を託したつもりであるが……。

二十歳のころ胸部疾患で入院したのが俳句との出合いである。それがまた波郷俳句への扉であった。幸い病は癒えて社会に出ることが出来、人並みに家庭を持つよろこびや幸せを知ることが出来た。この間、肉親や師友との別離も多々あった。そうした喜怒哀楽の一瞬一瞬を俳句で残せたことをありがたく思う。

気がつけば八十。先日「鶴」の創刊九百号記念祝賀会を無事終えることが出来た報告をかねて波郷先生の墓に参った。いつも行く蕎麦屋に車を止めて深沙堂へ詣り、堂の裏手の湧水にしばらく耳を傾けてから墓山への石階を上った。いつも軽く進む歩が重く感じて息がはずんだ。やはり齢だなと思う。

芭蕉の最晩年の句

この秋は何で年よる雲に鳥　　芭蕉

がなんとなく泛んだ。この句には「旅懐」の前書があって旅を栖とした芭蕉らしい感懐である。「何で年よる」この秋の身の衰えはと自らつぶやいた芭蕉。支考の「笈

日記」に「此句はその朝より心に籠てねんじ申されしに、下の五文字、寸々の腸をさかれける也」とある。「雲に鳥」は旅鳥が雲間に消えていくさま。鳥は芭蕉自身の姿であろう。「鳥雲に入る」の季語が当時あったのかどうか。鳥雲にではなく雲に鳥。芭蕉がはらわたからしぼり出した言葉というのがよくわかる。芭蕉は旅先で病に倒れて死の覚悟が出来ていた。それで「この秋」の「この」の自覚が出てきたと思う。芭蕉は青年期によほど人生の無常を経験したものか、雲に鳥といった旅路への憧憬があったのだろう。故郷の伊賀から江戸に下る時、芭蕉は二十九歳、もう若者とは云えない年齢であったが

雲とへだつ友かや雁のいきわかれ

という留別の句をのこしたという。この句にすでに雲や鳥が詠まれていて、前掲の「この秋は」の句の雲や鳥に呼応しているのである。留別の句から二十年、芭蕉の脳裏には郷里伊賀での吟があったのではないか。

この秋の肋の痩や猫じやらし　　波　郷

波郷にも「この秋」の句がある。昭和三十四年の秋の作と思われる。あき子夫人の『夫帰り来よ』の中で「私たち夫婦の生涯で最も充実した幸福の時代といえるのではないだろうか」と述べている。波郷の俳人としての名声はいうまでもない。何より闘病の日々を乗り越え句会や吟行や小旅行をたのしむ体力が戻って平安な通常の生活をおくることが出来たことへの感謝があき子夫人の言葉にうかがえる。だからというわけではないが波郷の「この秋」の句の感慨は芭蕉の句に見える命の切迫感や悲愴感はない。波郷は芭蕉の句を意識していたことだろう。この秋の肋の痩せは芭蕉の何で年よると同じ感懐といっていい。しかし、波郷は下五を猫じやらしと置くことで孤影の情を消している。己をどこか戯画化して詠んでいるのだ。この秋は肋が痩せて肺活量は減ってきていますがまあまあ元気ですよとメッセージを送っている。

今年もあと一ヶ月ほどで波郷忌がくる。年々波郷忌追善句会を営んできたが五十年忌をもって句会は一区切とした。

波郷忌や暖かければありがたし　　麦丘人

星野麦丘人は戦後の「鶴」第二次復刊の十月号から編集に従事した。石田波郷、石塚友二の「鶴」を支え友二亡きあと主宰を継承、以後平成二十五年五月に亡くなる迄二十六年間の長きに亘って「鶴」を牽引した。師波郷を生涯の師と敬慕してやまない。掲句は麦丘人八十五歳の波郷忌の感慨である。波郷墓前に参り先生はいつまでも五十六歳でいいですねとつぶやいたことだろう。麦丘人俳句の軽妙洒脱の境は齢を重ねるほどに光彩を放った。ぼくもこんなふうに師に語りかけられる自然体の老人になりたいものである。

地球の中で共に生きる

酒井弘司

今年は、予期せぬ出来ごとから始まった。

それは、二月二十四日のロシアによるウクライナの侵攻。だれもが想像だにしなかったことである。

国外に脱出するウクライナ人の人々を始め、多くの国々の人が、不安定な経済の逼迫にさいなまれ、真剣に人類の「いのち」のことを考えるようになった年でもあった。

ロシアによる侵攻は、のちになって考えてみると、資本主義や民主主義のあり方を根本から問い直すよう、迫っているようにも思えてくる。

臨床心理学者の河合隼雄さんは、二十一世紀の初頭、今世紀は人間関係がいっそう緊密になっていく世紀と言うことを、たしか生前に話していたが、よもや二十世紀の第二次世界大戦と言う、人類にとっての危機を再び招来するようなことは、だれも想像しなかったに違いない。

そこで、思い出すのが、

鶏《とり》たちにカンナは見えぬかもしれぬ　　渡辺白泉

の一句。昭和十年の作である。

鶏の鶏冠とカンナの鮮烈な赤色を対比させ、その真っ赤な鶏冠をもった鶏には、カンナの赤色は見えないのかも知れない、と言うのだ。

この一句では、だれにも見えるものが、近くの同類にあるものには、見えにくいと言う視覚の危うさを、逆説的に表現しているようにみえる。

昭和十年と言う時代は、天皇機関説事件が起き、その翌年には大規模な軍備拡張計画に入っていった。

そう考えると、時代の趨勢に従って生きた人たちにとっては、時代状況に潜む危険さを見ぬくことが出来ないと言う、批判精神をもった句にもみえてくる。

いま、この原稿を書いているのは十月上旬。ウクライナのロシアによる侵攻は続行。いつ終結の方向が見えてくるのか、かいもく見当がつかない。

海を隔てた他国のこととはいえ、いつわが国に、火の粉がふりかかってくるのかと思うと、地球の国々は遥かのようで、ことが起これば、直近に紛争は飛びこんでくる。

このような状況の今日、現代を生きるわたしたちは、俳句にどのようなことを期待していけばよいのか。

もとより俳句は、自然に目を向けるものと言われてきたが、自然と共に社会にも視座を向けることが必須と言えよう。
わたしの俳句仲間の作品にも、

ウクライナの空爆

幼子の父奪いたる寒き春　後藤　田鶴

ロシア、ウクライナ侵略

木の芽風なきがらはみな仰向ける　米山　幸喜
三月十日ピカソゲルニカウクライナ　川井　順子
戦さはや地球巻き込む茎立時　桜井まゆみ
風光る遠くて近きウクライナ　江成　幸子
死者生者行きどころなく春の闇　清水　和代
国境を知らぬヒマワリ芽吹きおり　目黒　洋子
兵士見よ雲の割れ目の満月を　辻　升人
星祭りキーウの子も書く願いごと　和田　義盛

ロシアによるウクライナ侵攻の時期を追って、作品を並べてみた。句会で、また結社誌で発表された作品である。

わたしたちの地球は、テレビや新聞の報道によって、ますます身近なものに、またスマートフォンの発達は、その速度を加速度的にちぢめてきている。

前掲の作品は、そのような報道を個々に感受し、日常の中、個々の表現で具現化したものである。

どの作品から感じられることも、その基底には、かけがえのない「いのち」への呼びかけが感受できよう。

その一方で、

戦なき国よ今年も蟬山河　中岡　昌太

と言う作品を読むと、戦火から七十七年目を迎えた、わが国に住む幸せも、ひしひしと感じることができる。

毎年、八月になると、わたしには口を衝いて出てくる一句がある。

昭和哀へ馬の音する夕かな　三橋　敏雄

昭和四十二年の作品である。

なによりもこの句は、太平洋戦争への鎮魂の句。

戦時に使われた馬とともに、大陸を攻める兵士の姿が幻影のように見え隠れして、遥か過ぎ去った戦時の時代が蘇ってくる。

そして、上句の「昭和哀へ」の語句からは、六十数年と言う長い歳月にわたって使われた「昭和」と言う元号が、一瞬のうちに戦時の闇に消え去っていくのをみる。

そのことを思うにつけ、同じ地球の中で共に生きる同胞の幸せな時代を、切に待ちたい。

新興俳句と三・一一と写生と季語と

栗林　浩

　私が俳句に入った動機は渡辺白泉だったので、新興俳句にどっぷり浸かり、さらにそれを考え直す時間が多かった。昭和六年から十六年にかけての新興俳句運動は、独断的な言い方を許して戴ければ、金科玉条化した「俳句＝写生」や「花鳥諷詠」からの脱却であった。「写生」は、明治前期までの月並俳句からの脱却に大きな効果があったし、現在も多くの俳人にとって、俳句成就への出発基地であることは間違いがない。子規が「写生」を以て月並俳句を壊滅させ、俳句を文学化しようとしたと同じように、秋櫻子の運動は「反写生」あるいは「超写生」を以って文学に近づこうとした。

　モノやコトから得た感動・感興を、写生的に描写し、読者に伝達し、その意図の通りに読者に再現してもらうための表現形式として、「俳句」ほどそれに向いていないものはない。十七音しか許されず、しかも季語・季題に三分の一ほどの音数を取られてしまう。季語が必要不可欠でない短歌は三十一音全部を言いたいことに使える（十七音しか許されないから季語の力を借り、季語を使わないから三十一音が必要なんだというのは分かる）。

　俳句の不便さに我慢がならなかったのが、新興俳句の無季派である。季語を使わなくても、それをカバーして余りある枢要な詩語を用いることで、詩としての俳句が成立するという考えも、ごく自然である。その大きな詩語には、往々にして「戦争」という言葉が含まれ、今日的には「地震」「津波」「フクシマ」なども含まれよう。兜太が使った「爆心」（その季語相当の効果を草田男もしぶしぶ認めたのだったが）もこの中に入ろう。

　歴史的には、季語の働きを味方にするか、あるいは超越するかで、新興俳句運動は分れてしまった。昭和十年代、国の方向が国民の一大結束を必要とする事態に至り、無季派が文学的にではなく政治的な力により排除され、壊滅させられた。だが、自然発生的に生れた文芸傾向が体制によって弾圧された場合、時間が経ってその体制の力が及ばなくなると、昔の理想がまた燎原の火のように燃え盛るのは、ごく自然な流れである。筆者がいままで学習して書いてきた俳人西東三鬼、渡辺白泉、細谷源二、中台春嶺、高屋窓秋、横山白虹らは、一時休俳した作家もいるが、みな戦後も盛んに非伝承派的俳句に取り組んだ人々だった。その流れの中に、赤尾兜子、林田紀音夫、神尾彩史もいて、私は彼らの作品を楽しんだものだった。

　この流れに対抗して、伝統派は自らの存在意義を強く意識し、再結束し始めた。新興俳句の片方の流れがそのまま社会性俳句となり、前衛俳句となったと短絡的に言うことは、おそらく正しくないであろうが、新興俳句の考え方が、戦後の非伝承派の精神的拠所として復活したと見ても誤りではないだろう。その間、現象的には、新興俳句のもう片方の有季派は、伝統俳句派よりもさらに古さを磨いたように、私には、見えたものだった。

新興俳句運動の無季派は、貧困や労働や戦争を書いた。プロレタリア俳句であり、戦火想望俳句である。厳しい労働や戦火を俳句として書き上げるとき、殿上人が綿々と伝承してきた季語・季題は相性が良くなかった。戦争や労働に対する「私」や「社会」の感受を書こうとするとき、花鳥諷詠や客観写生ではなく、人の心の襞を描く必要があった。これは、新興俳句という言葉がなくなっても、戦後の非伝承派俳句の流れの中に生きている。

東日本大震災＝三・一一は悲惨であった。この不幸な事象により、俳句というものは見直されねばならないのだろうか？　三・一一に匹敵するものとして、過去には関東大震災があり、広島・長崎の原爆や沖縄で象徴される敗戦があり、阪神淡路大震災があった。その都度、俳句が変わるかも知れないというベクトルが働いた。しかし、結果として震災のような自然現象によって俳句が大きく変わることはなかったと私は思っている（スペイン風邪や今回の新型コロナウイルス禍を含めてもよい）。ただし、敗戦による体制崩壊により、表現の制限がなくなったとき、俳句は変わった。それは人間の自由を縛るために人間が作っていた「箍」が無くなったからである。誰に気兼ねなく、本音を詠めるからである。自然界の変化＝天変地異よりも、人為的な社会体制の崩壊が原因で俳句が変ったのである。「サブカルチャー」というものに「俳句文化」が属しているかどうかはさて置き、「サブカルチャー」は、特に極端に揺れ、幅が広くなった。美術、映画、音楽、みな然りである。昭和の経済大恐慌も、人間が作った仕組みの崩壊であり、以降、様々な仕組みが変った。関東大震災が直接変えたわけではない。

だが、今回の原発事故を伴う複合震災は、国民の価値観を大きく変えた「敗戦」（沖縄や原爆を含む）と同様、全国民が今まで経験しなかったものである。だから、ありえるとすれば「敗戦」時に匹敵する変化が俳句にもあるのかも知れない。自然の脅威だけなら過去に幾度もあった。しかし、今回は人間が良かれと思って重ねてきた努力を根本的に否定しかねない状況を作り出したからである。敗戦と同様に、「命」や「絆」といった点での価値観を変貌させる大事件であった。日常の小さな波に隠されて気が付かないだけで、俳句表現史上の大きな変化の波がゆっくりと時間をかけて来ているのかもしれない。

前衛の超克
──外周としての軍事・労働・短歌・俳句・新聞・誓子

筑紫磐井

「俳句四季」4月号に「特集・前衛俳句とは何か──21世紀の「前衛」を考える」が特集されている。「俳句四季」は最近野心的なテーマを設定し、10月号は「今こそ社会性俳句」で特集を組むという。これはこれで俳句史的観点の欠けている俳壇にとってはいいことであろう。さて、話題を戻して前衛俳句は、新しくも古い問題であるが、これを本号では、堀本吟、秋尾敏、今泉康弘、川名大、田中亜美、千倉由穂、西川火尖、日野百草、堀田季何、森凜柚という顔ぶれで論じられている。なかなか力のこもった論が多かったが、どのくらいこの特集の反響があったであろうか。「現代俳句」7月号「現代俳句時評4」で赤野四羽氏がこれについて「現代の前衛とタブラ・ラサ」と題して論じているのが目に留まった。

順番として「俳句四季」4月号から触れるが、これはなかなか俳句初心者には難しい設問である。俳句初心者にはわからないということは、私にもわかったつもりであっても心から腑に落ちないということになるからだ。10氏の論を見ていると、前衛の本質を論じているものと、如何に前衛が生まれたかを探求しているものとがある。例えば今回の論者の中では、川名大氏が論冒頭で「前衛俳句の概念は既成のパラダイムを疑い、打破する果敢なフロンティア精神に根ざすもの」と述べているものが前者の代表例に当たるだろう。これに引き替え、堀本吟氏は抽象的に前衛とは何かを語らず関西前衛派を中心としたその歴史を実証的に語る。川名氏の定義が問然することがない通説のように見えながら、一方で「前衛俳句の概念は既成のパラダイムを疑い、打破する果敢なフロンティア精神に根ざすもの」ではない、という命題を論理的に否定しきれないという悩みをどこまで行っても持つ。このために、今回の、それも多くの若い論者からは21世紀には前衛はなくなる、あるいは現在前衛は存在しないと述べる。そうするとどうしても堀本氏のような実証路線に立ち戻る必要が出てくる。

これを踏まえた「現代俳句」の赤野四羽氏の時評はやや堀本説に近く、更に西欧のアバンギャルドの歴史（あるいはそこからの乖離）を重ねて行く。標題に掲げた「タブラ・ラサ（白紙）」もマリネッティ（未来派）に由来する。現代ではアバンギャルドは終了している、だからといってアバンギャルドが無意味、失敗だったという芸術家はいない、前衛俳句も然り、血肉となって現代俳句に既に溶け込んでいるという結論を示している。

＊

さて、堀本、赤野氏の路線に沿って前衛俳句の始原の検討を行ってみたい。前衛とは何だったのか、前衛とは如何にあるべきか、前衛は死んだのか、まだ前衛に可能性があるのか等の基礎となる事実である。

以前、新興俳句という用語の使用開始の時点の意味を眺めて来た（「馬酔木」令和3年10月号）。いわばターミノロジー問題である。ただそのためには、新興の使用開始時点を眺めてみる必要があること、俳句だけではなく他のジャンル（短歌や詩、芸術）との比較を眺めてみることが重要なことに気付いた。今回、前衛についても同じ手法を用いてみたいと思う。

①前衛はもともと軍事用語で英語の advance guard, vanguard、フランス語の avant-garde である。ただ意外に意味は限定的で、単に前方にいる部隊というだけではなく、「行軍する兵隊の安全を保護し、その進路を捜索し、障害物を除去し、又命令の旨趣に従い、あるいは敵を襲撃し、あるいはこれを撃退し、或いは頃刻の間抗拒をなし、以て本軍をして戦闘の準備をなさしむるに任ずべきもの」（『野外演習軌典』明治15年）とある。このことから、本隊があっての前衛ということがわかる。

②実は、既に「共産党宣言」でも「前衛」という言葉は出てくる。二月革命やパリコンミューンの武力蜂起は軍事活動に匹敵するからだ。そしてレーニンが労働運動における前衛として、「労働階級に対する前衛としての共産党」と定義したことにより、プロレタリア運動の担い手をさすようになる。社会や階級を先導する集団という意味だろう。各国共産党はしばしば自らを前衛党と位置付けている。また社会主義時事評論誌や戦後の共産党理論誌に『前衛』と名付けている。

日本では労農芸術家連盟から独立した前衛芸術家同盟（機関誌名「前衛」）がその初期の用例であろう。

このような中で、プロレタリア系の文学に前衛という呼称が使われている。

○プロレタリア前衛小説戯曲新選集（昭和5年）
○前衛文芸選集（昭和5年）
○前衛芸術選集（昭和5年）

③従って、単に前に位置する、とか先進的な、という意味ではなかった。ただ日本では、テニスの net player、front player やバレー、バスケットの forward を前衛と呼んでいた。少し誤解が生まれたようだ。

こうしたことから、次のことが言えると思う。当然広く、軍事や労働運動を踏まえての前衛の考察だ。

(1)前衛の原義には組織分業が存在している。それは、本隊(軍事にあっては陸軍本部・大隊、労働運動にあっては労働者階級、文芸にあっては社会や大衆)と前衛部隊である。

(2)前衛は、前衛のためにあるのではなくて、本隊が任務を全うするために存在するものである。

(3)したがって、前衛が本隊になることは絶対にありえない。それは前衛の存在意義に反するからである。

＊

(文学上に)前衛の意味がいち早く用いられたのは、欧米の小説戯曲や詩であり、翻訳を通して日本でも紹介される。詩人たちが挙げている例としては、具体的には、高踏派、象徴派、未来派、ダダイズム、立体派、超現実主義、イマジズム等といわれている(プロレタリア芸術は微妙な位置にある)。しかし不思議なのは、これらは「新興」であげられる例と余り変わらないことだ。海外の主義を日本語に訳せば、新興とも前衛とも同じことになるのだろうか。ここは新興を考える場ではないので、取りあえず問題を先送りして、海外の諸主義と前衛だけについて考えよう。いずれにしろ、こうした詩人たちの考え方に共感したのはまず歌人だったようだ。1955~60年にかけて「短歌研究」や「短歌」の誌上で前衛短歌の問題が取り上げられる。詩人、小説家だけではなく(俳句雑誌ではなく、短歌雑誌での前衛論争に)俳人も参加しているのは面白いことだが、やはり論争の中心は、塚本邦雄、菱川善夫らの歌人だった。

1957年の金子兜太の造型俳句論以前の短歌関係の論文・記事を見てみる。

●前衛短歌

現代に於ける前衛の意味　北園克衛　日本短歌　1951・7
前衛精神と短歌　加藤克巳　短歌研究　1955・7
前衛短歌の方法を繞って　大岡信・塚本邦雄　短歌研究　1956・3
特集・前衛と民衆の芸術　前衛の位置　短歌研究　1956・8
ただこれだけの唄／塚本邦雄
前衛の場について／鮎川信夫
自明の理／山本太郎
思想の韻律／孝橋謙二
短歌の中の現代詩／上田三四二
前衛短歌の規定／菱川善夫

労働の実感と表現／佐多稲子
民衆短歌の母胎／武川忠一
療養者と個性／竹安繁治
前衛短歌の規定　菱川善夫　短歌研究　1956・9
前衛と伝統　高尾亮一　短歌研究　1957・4
昭和詩の前衛運動　北園克衛　短歌研究　1957・4
政治と文学と前衛の課題　吉本隆明 他　短歌研究　1957・5
前衛短歌のすべて（塚本邦雄氏に応えて）斉藤正二　短歌　1957・10
モダニズム・前衛派・難解派の諸問題　岩田 正 他　短歌　1957・10
（以下参考・造型俳句論以降）
前衛批判に応えて（対談）　塚本邦雄 他　短歌　1959・4
特集・前衛の次にくるもの　星野 徹 他　短歌研究　1960・1
リアリズムと前衛の問題――新人論争　短歌　1960・6
前衛短歌私見　小野十三郎　短歌研究　1961・4

前衛短歌が先述した前衛の本意に適っていることは、これら論争の中で前衛と対峙・密接しているのが伝統だけではなく民衆もあることから分る。これこそが前衛問題の最初期の宿題であった。短歌の後の段階の俳句にはこうした民衆への共感が薄いようである。

さて次に俳句における前衛の登場を眺めてみる。明らかに前衛短歌の後に前衛俳句は登場している。

●前衛俳句

俳句の造型について　金子兜太　俳句　1957・2
難解俳句とは何か（特集）　俳句　1959・2
難解俳句特集をめぐって　俳句　1959・3
（前衛俳句批判・寺山修司／前衛作家10人集への感想・志城柏）
難解派の現況レポート　俳句　1959・12
「前衛を探る」（俳句）　加藤楸邨・山口誓子　朝日新聞　1960・10・11
前衛俳句への疑い　山口誓子　朝日新聞　1961・6・12
造型俳句六章　金子兜太　俳句　1961・1～6

前衛俳句という言葉の戦後の初出について言えば、「前衛俳句について」（高柳重信　現代俳句　1949・10）があるが、この論文によって前衛俳句の烽火が上がったということではないので、一応通説に従って上に掲げた論文・記事によって前衛俳句は登場したと考えておく。特徴的なことは、前衛俳句の始まりといわれているにもかかわらず、「前衛俳句」のことばが一般的に普及し始める前に造型俳句とか難解俳句とか呼ばれており、朝日新聞によって初めて広く使われることになったと言えることだろう。

●前衛川柳

短歌、俳句を眺めた以上川柳を抜かすわけにはいかない。なぜなら、川柳は、他のどの定型短詩よりも早く「新興」を叫んだからだ。新興川柳が生まれてから、新興短歌も新興俳句も生まれた。新興川柳なかりせば果たして新興短歌・新興俳句も生まれたかどうかわからない。こんな密接な関係があるにもかかわらず、前衛詩から前衛短歌、そして前衛俳句が生まれているが、とうとう前衛川柳は生まれていないようだ。新興、前衛という言葉の論争はこんなところも踏まえる必要がありそうだ。

＊

話を、前衛俳句に戻してみる。前衛俳句論争は、「俳句」の特集「俳句の難解性について」で不可解な分裂をしている。この特集では、「前衛作家10人集」と言う作品を発表させているが、5つの論評の方ではすべて難解俳句をテーマとしている。このうち前衛俳句に批判的な平畑静塔と西東三鬼だけが難解俳句を前衛俳句と名づけて批判している。若い作家は難解俳句を難解俳句として受け取っているだけなのだ。これら難解俳句を前衛俳句として肯定的に呼ぶのはこの特集の次号で歌人寺山修司によって前衛短歌になぞらえて「前衛俳句」と呼んだのがはじめと言ってもよいようだ。

この特集の後、大きな転換を迎える。朝日新聞が前衛特集を始めたのである。俳句にとどまらず社会全体の動きとして、「前衛を探る」という企画が始まった。前衛は、すでに述べたように前衛俳句にとどまらず、多様な分野に取り上げられるようになる（不思議なことに塚本邦雄、寺山修司を擁する短歌、当時もっとも前衛を代表するに相応しい彫刻家岡本太郎は含まれていないが）。

①建築（菊竹清訓）②グラフィックデザイナー（杉浦康平）③写真作家（東松照明）④音楽（武満徹）⑤工芸（清水洋）⑥詩（吉岡實）⑦映画（大島渚）⑧演劇（浅利慶太）⑨推理小説（星新一）⑩絵画（堂本尚郎）⑪俳句（金子兜太・堀葦男）⑫いけばな（中川幸夫）⑬墨象・書（磯部翔風・榊莫山）⑭彫刻（毛利武士郎）⑮テレビドラマの演出家（和田勉）⑯第三の新漫人（真鍋博）⑰日本舞踊（西崎みどり）⑱記録映画作家（羽仁進）⑲小説（倉橋由美子）

19分野の21人である（俳句と墨象・書では東京版と大阪版で別の人物が挙げられている）。これだけの人が前衛として紹介されていた。現在見ても、もはや前衛を超越した一流の芸術家が多いように思える。「昨日の前衛は今日の前衛ではない」というのはあながち嘘ではない。こういう文脈で見ると、兜太も前衛の枠をはみ出したことがよくわかる。しかし、兜太の造型俳句もまたこの時点から代表的前衛となったのだ。

この時、俳句で取り上げられたのは金子兜太と堀葦男で、兜太は東京版で加藤楸邨が、葦男は大阪版で山口誓子が論じたが、誓子は葦男に批判的だった。誓子は葦男を前衛俳句の有能な実験者としながらも、葦男の考えている前衛俳句を俳句として見ることは誤りだと述べている（60年10月11日）。

何分堀葦男に限っての批評で、短い文章でもあるので十分に言い尽くしていないところがある。しかしこれを補う主張が見える。山口誓子は、61年6月12日の朝日新聞に「前衛俳句への疑い／前衛詩の切れはし？／金子兜太氏に問う「俳句性」」という記事を書いている。

ここで誓子は、前衛俳句を連想で結び付けてゆく作り方（渡辺正彰の記憶術の連想結合法）だという。このやり方を吉岡實の詩を例に類似を見て、前衛俳句はシュルレアリスムとどう違うのか、俳句性はどこに行ったのかと問いかける。この記事の直前の5月31日に朝日新聞に掲載された金子兜太の「現代俳句への誘い」を引き、前衛俳句における俳句性の欠如を論駁している。最終的には金子が引いた、兜太・兜子・葦男の作品を「無意味であるから意味を持つ」のだろうと諷している。10月の論考以上に6月の誓子の論は前衛俳句に批判的である。特にその主張は、前衛俳句における意味のなさ、俳句性のなさから前衛詩の切れはしに過ぎないと酷評している。

しかし誓子のこの批判は拙劣だろう。前衛俳句が前衛詩の切れ端というのなら、伝統俳句は伝統詩（これが何を指すかよく分からないが、四季派の詩と考えてもよい）の切れ端だろう。そうなのだ、俳句は常に詩の切れ端なのだ。切れ端こそが力を生み出すのだ。

渡辺正彰の連想結合法も実は記憶と創造の辺境を指し示している。未だに海馬と創造の関係は未解明だ。

前衛俳句はシュルレアリスムとどう違うのか、と言う問いは、マリネッティの未来派は誓子俳句そっくりであると投げ返したい。未来派はファシズムに接近したと言われているが、本当は逆に未来派こそファシズムの温床だった。ファシズムは政治の未来派だったのだから。誓子の戦争俳句の容認はこう考えると納得できる。

以上いささか過激だが、前衛を考えるヒントになろう。

「宇宙的視座」と「存在者」再考

角谷昌子

三年ほど続いた新型コロナ感染症の世界規模のパンデミックが、ようやく収束の兆しを見せている。だが、二〇二二年二月に始まったロシアのウクライナ侵攻は、その後も止む兆しがない。世界では、温暖化が深刻な自然環境悪化をもたらし、専制主義国家が民主主義国家の数を凌駕してポピュリズムが横行し、軍拡が進んで核兵器使用がほのめかされ、各国で物価高が日常生活を脅かして貧富の差は拡大する。こんな時代にあって、どんな態度で俳句に向かい合えばよいのか困惑してしまう。

近ごろ、各誌の掲載句を見ると、感染症関連の作は減少傾向にあるが、災害など環境問題、国内・国際政治批判はじめ、特に多いのはウクライナの戦況を憂えた句だ。だが俳句のほとんどが現状報告と私見を十七音にしただけのスローガンになり、季語があっても働きは乏しい。

◇大峯あきらの世界再考

①真の文学的精神とは

『大峯あきら全句集』刊行に際して「晨」の中村雅樹代表から「琹」執筆の依頼を受け、あきらの俳句と評論を再読する機会があり、次の戦争論が目に留まった。

あきらが戦後二十年経って発表した「文学の塩―友岡子郷氏へ」（「青」S40・9）は、子郷宛の手紙の体裁を取った、自己の詩人としての姿勢を表明した論である。この文章が書かれた背景を説明しておこう。

原子公平と飴山実の戦後俳句の価値（「相互了解事項」として）に関する論争があり、この二人に向かって文学の本質に触れていない個人的感想だとあきらが難じた。すると、それを読んだ子郷が反駁して「戦による傷」は時代の人間的な状況にかかわり、「平和な時の傷」は個人的なものだとして、戦時と平和時の人間の精神的なダメージの相違を述べ、現代の生活者として、俳人や文学者の状況認識の重要性を主張した。それに対してあきらは、両方の傷が教科書的に峻別できるものではなく、もしそうならば文学における認識は必要なくなると主張する。あきらの論から主要な部分を抜粋してみたい。

○文学の誠実は、（中略）平和の傷と戦の傷との間のもっと根源的な関係の認識を目ざそうといたします。

○戦のときも平和のときも、人間がその中にある「同じ」状況であります。その同じものはいつも人間存在の根底をなし、それを観ずる人間の深い「知見」はあるのだが、そのことはつねに明白だとは限らない。

○「瞑想的思弁」が現代詩人にあるまじき行為であるとしてどんなに非難されても、私は自分自身で考える自由を放棄するわけにはゆきません。

あきらは、小林秀雄の真珠湾攻撃の航空写真を見て書かれた「戦争と平和」を例に挙げて「戦のときも平和のときも」小林が直覚したのは「人間的存在の根底」であり、戦争の事実や心理が問題なのではないと断言する。子郷の言うように状況認識を持てとの言動こそ、「一種の言論統制、思想の画一主義」であり、自分は、この種の思想統制に抵抗し、「瞑想的思弁」を保って「真の文学的精神」を追求する姿勢を貫くと述べる。

あきらにとって原子・飴山の論争は「戦による傷の意識をある程度相互了解事項として戦後俳句の価値を論じ合」う「馴れあい」でしかなく、「戦争の被害意識」はまるで「神聖にして侵すべからざるタブー」だとしか思えない。あきらの「文学の塩」のタイトルが意味するのは、そのように安易な「相互了解」を拒絶して文学が文学たりうる精神の自立性のことであった。

②「花鳥諷詠」から「宇宙的視座」へ

高浜虚子は、芭蕉俳句の根底には「宇宙の動脈に触れた消息」があると言った。この虚子の指摘についてあきらは、虚子の「花鳥諷詠」とは、壮大な天地運行の中に生き、かつ滅びる命を捉えることで、虚子には芭蕉と同じ宇宙的視座があると述べた。そして虚子は「花鳥諷詠」を「自然界」に伴う「人事界」の現象と位置づけたので、人間の命も草木の命もなんの違いもないとあきらは考えた。虚子は「花鳥諷詠」を「四時の移り変り」と規定したので震災や戦争、災害、社会問題はこの秩序から外れるため主題にはならない。

大戦中、中村草田男が、小諸に疎開していた虚子を訪ねて戦局の不安を訴えた時、虚子は「此の戦争は結局なんとかなり得るように成る。そう信じている」と答え、俳句は影響を受けないことを伝えた。虚子の俳句への姿勢は戦争中でも変わらなかった。あきらの「花鳥諷詠」観はさらに宗教家、哲学者、文学者として鍛えられ、「宇宙的視座」に結実していったように思える。

③宇宙的視座の尊重

あきらは、「宇宙的視座」の下では、人間の命は、ほかの万物の命と等しく、「大いなる宇宙の命の現れ」であり、小説やドラマは人間的視座なのに対し、詩は宇宙的視座から生まれ、俳句とは、「一つの宇宙的視座を遂行する言語」と説いた。文学の精髄を求めてたどり着いた境地だ。

虫の夜の星空に浮く地球かな　　あきら
日蝕の風吹いてゐる蓬かな
青空の太陽系に羽子をつく
まだ若きこの惑星に南瓜咲く
凍る夜の星辰めぐる音すなり
がちやがちやに夜な夜な赤き火星かな
いつまでも花のうしろにある日かな
草枯れて地球あまねく日が当り

どの句も広大な天体と身近な対象を対比させ、ある句は膨張し、ある句は収斂され、永劫の時空へ誘われてゆく。天体と季語の交響をなすこれらの句から、「花鳥諷詠」とは、天地運行の壮大なリズムの中に生滅する命を描くことであり、芭蕉の「風雅の誠」の敷衍、詩の本質論への飽くなき追求だと思えてくる。哲学・宗教・俳句の根源を求め、戦時や災害時の特殊性を状況認識として文学の場へ安易に持ち込むことを避け、詩人の深い知見を希求する態度は最晩年でも決してゆるがなかった。そのようなあきら作品に触れると魂が解放されるようだ。

◇「存在者」金子兜太再考

①生活者としての立脚点

あきらと金子兜太の対談（H28・角川「俳句」七月号）で兜太は、宇宙を流れる力こそ存在であり、その表れが人間、すなわち自分という「存在者」であると述べ、あきらはハイデガーが人間を「現存在」と呼んだ論によれば、兜太の産土が基盤の「存在者」は概念が曖昧であり、俳句において宇宙的な存在を言語で追求する重要性を説いた。この対談で、兜太は、東日本大震災の句をあきらが〈はかりなき事もたらしぬ春の海〉の一句だけしか詠まなかったことに不満をいだき、その理由を問う。兜太は震災の悲惨さを詠むべく格闘したが、僧侶・哲学者であるあきらが、あまりに泰然自若としているように感じたのだろう。

この対談を読んだ当時、私は兜太の追求に同感した。時代意識を持ち、さまざまな問題に取り組んで俳句を詠むのが創作者としての使命だと感じていた。それは、師系である草田男、鍵和田秞子の創作姿勢でもあった。虚子が「花鳥諷詠」の規定外とした震災、戦争、災害、社会問題が近年頻発し、さらに感染症拡大にともなって日常生活が激変した。現代を生きる者としてこれらの問題から目を逸らすわけにはいかないと思っていた。

②「存在者」の足跡

俳句の本質は常に変わらないとする虚子の姿勢を尊重したあきらに対し、最晩年の金子兜太は、この対談で疑義を呈した。「存在」の深さを求めて時代の諸問題と格闘した兜太にとって、虚子の「花鳥諷詠」に基づくあきらの俳句観と嚙み合わないのは当然だった。兜太はトラック島での過酷な戦争体験を基に反戦への思いを背骨に据えて時代を凝視し、美意識や洗練などの桎梏から自らを解放した土俗的「存在者」だった。「平和の俳句」(東京新聞)の選者となり、三年間で十三万以上の投稿数を国内外から得て、俳句を大衆の詩として社会活動にまで広げたオピニオンリーダーでもあった。俳句の果たせる一つの役割を示してくれた「存在者」である。

おおかみに螢が一つ付いていた　兜太

この句の「おおかみ」の表すものは何か。戦争、疫病、災害など負の象徴か、まつろわぬ者の精神の象徴か。「螢」は苦しみから解放し、慰撫する魂の救いの光だろうか。さまざまに読み取れることから、この句は普遍性を抱く。

左義長や武器という武器焼いてしまえ　兜太
津波のあとに老女生きてあり死なぬ
放射能に追われ流浪の母子に子猫
被曝の人や牛や夏野をただ歩く
被曝の牛たち水田に立ちて死を待つ
炎天の墓碑まざとあり生きてきし
福島や被曝の野面海の怒り

このように兜太は最晩年まで、時代の荒波を浴びながら、総身を濡らして創作を続け、その姿勢には被曝者ばかりでなく、創作者、一般の読者も大いに励まされた。

◇あきらと兜太から学ぶこと

かつて兜太の実生活者として時代を認識する態度に強い共感を覚えたが、ウクライナの戦況が緊迫感を増すにつれて、あきらが貫いた姿勢の重要さも実感するようになった。あきらも兜太も存在の根底、文学の深みを求めて俳句という詩型式の可能性を追求した。現代を生きる実生活者としての俳句がスローガンの羅列になる恐れもあり、文学の精髄を希求することによって単なる理想論に陥る場合もあろう。あきら、兜太という先達の作品を再考し、自分の創作態度を真摯に見直すこと、さらには次世代に彼らの業績をしっかり伝えることが、いまの自分にとって必要なのだと思っている。

平和への祈り　俳句は祈り

坂口昌弘

編集部からの依頼に沿って、「近頃思っていること」を自由に書かせていただきたい。

疫禍なほ戦禍なほ桃蕾みけり　堀　瞳子
西方より戦火の匂ふ霾降れり　能村研三
船星や国を追はれし民のこと　藤田直子
落葉ふりひとあやまちを繰りかへす　藤木清子

今年（令和四年）の大きな社会的事件はロシアのウクライナ侵攻と三年目のコロナ禍であろう。十月現在、どちらも終息していない。個人的には今まで社会性俳句や戦争句には関心がなかったが、ウクライナ侵攻が起ってからは他国の出来事のように思えなくなった。

引用した最初の三句は、結社誌の中でロシアのウクライナ侵攻について詠まれた句である。「運河」に掲載された堀瞳子の句は、コロナ禍と戦禍という続く災難の中でも桃の花は蕾をつけている造化の変わらぬ営みを見つけている。能村研三と藤田直子の句は、他国の戦争であっても、戦争で苦しむ民の心を思いやっている。藤木清子の句は真珠湾攻撃の約三年前の句である。人類の歴史は戦争の繰り返しである。

あまり社会性俳句を詠まない伝統俳句（有季定型）系の俳人達もコロナ禍や戦禍に心を痛めて俳句に詠まざるを得ない。社会性俳句や新興俳句（無季戦争句）を高く評価する人たちはこの戦争に対し、どう行動しているのだろうか。俳句は戦争をなくすために何か出来ることがあるのだろうか。有季定型の伝統俳句系の俳人が遠く離れた他国の戦争について俳句に詠むのはあまりにもロシアの侵略に大義がなく、日本の経済が戦禍の影響を受けているからであろう。テレビや新聞で連日、戦禍の状況を伝えていて他人事とは思えない。人間としての心を持っている限り、一般人を無差別に殺している画面を見れば、俳句に詠まざるを得ない気持ちになるであろう。

戦争を詠むのは「地獄の文学」、花鳥風月を詠むのは「極楽の文学」と高濱虚子はいい、俳句は極楽の文学だといったが、現在は、造化・自然を詠む俳人もコロナ禍や戦禍を俳句に詠まざるを得ない状況になっている。

虚子は、「俳句は花鳥諷詠の文学であるから勢い極楽の文学になる」といい、貧窮、病苦等陰惨な人生を描くものは「地獄の文学」とする。「極楽の文学」は逃避の文学ではなく、病苦と闘う勇気を得る文学であると断定した。社会性俳句はこの世の地獄を強調するが、地獄の句を詠んでも地獄はなくならず、俳人は幸福にならない。この世の地獄をなくすことは、俳句の目的ではなくて政治の仕事であろう。しかし、地獄の状態がなくならないと、造化・自然を安心して詠めないから地獄がなくなることを祈らざるを得ない。戦争が俳句に何の影響も与えなかったと虚子が戦後に語ったことが批判されたが、逆に言えば、俳句が戦争に何の影響も与えないということである。虚子も「ホトトギス」の俳人も戦争を詠んでいたから、戦争が俳句に影響を与えないという意味は、俳句で戦争を詠むかどうかという問題ではない。もっと深い根源的な問題を提起している。戦争が俳句に何の影響も与えないということの本意は、俳句が戦争や政策に何の影響も与えないということである。政府・官僚の政策を文学で批判しても残念ながら方針はまったく変わらない。政治は選挙でしか変わらない。選挙に文学、特に俳句は殆ど影響しないだろう。

コロナ禍も戦禍も世界の政治と経済に大きい影響を及ぼした。これらの社会的事件を俳句に詠むことは社会性俳句であろう。しかし、現在の社会性俳句は昭和二十八年ごろ論じられたものとは内容が異なっている。

社会性論議の発端は、昭和二十八年十一月号の「俳句」の企画「俳句と社会性の吟味」だという。編集長の大野林火による企画の契機となったのは、中村草田男の句集『銀河依然』の「私は、今後、制度と人間性の中にひそむ『残忍』の一事を凝視して、眼をそらすまいと、自分に誓ふ」という跋文であった。鈴木六林男は「俳句を通じて、我等は何を為すべきかの文学精神が大切」「俳句に社会性が必要なのである」という。また、沢木欣一は「社会性のある俳句とは、社会主義的イデオロギーを根底に持った生き方、態度、意識、感覚から産まれる俳句を指す」と述べていた。しかし、俳句が制度の中の残忍さを詠んだだけでは、実効力はない。最終目標は、残忍さの解消であり、それは俳句文学の目的ではなく政治の目的となるが、まずは俳句で制度の中の残忍さを指摘することが大切だという意見であろう。

日本の人口は減少傾向にあるが世界の人口は増加している。インド、中東、アフリカの国々の人口は増加し、エネルギーと食料の問題は日本にも大きい影響を与える。世界的には領土拡大の問題が生じている。

ロシアの侵攻はウクライナを自国の領土としたいというプーチン大統領の政治的決断であり、明瞭に一方的な侵略戦争である。最近では、中国が軍事演習の名目で、台湾を軍艦で包囲し、中国本土から撃たれたミサイルは沖縄近くまで届いている。尖閣諸島では中国と日本の艦隊がにらみ合っている。ロシアも北海道近くまで艦隊を集め軍事演習をしている。何かを契機にして大きい戦争が始まる可能性がある。

戦争は自国の政治家・官僚が始めるだけでなく、他国の政治家が起こす可能性が高い。日本は他国を侵略しない、他国の人々を殺したくないというのは戦後の日本人の祈りであるが、残念ながら、他国が日本に侵攻しないとは限らない。日本海や太平洋の海域にミサイルが撃たれている恐ろしい時代である。外交の努力で解決してほしいというのは個人的な祈りであるが、ロシアのウクライナ侵攻には外交努力がまったく効果がないことを知らされた。今のところ国連も各国外交も何の効果もない。

日本の俳人が他国の戦争に反対して声明文を出しても、戦争の実情を句に詠んでも何の実質的効果もないが、黙っていることが出来ない人たちの祈りであろう。

効果がないとわかっていても俳句に詠まざるを得ないから人はコロナ禍や戦禍を俳句に詠む。それは社会性俳句というよりも、終息への切ない祈りの心であろう。

俳句の究極の使命は心の真実の祈りの表現ではなかろうか。実効力はなくとも人は何かに何かを祈らざるを得ない。すべての民族の文化と宗教に共通しているのは祈りの心であろう。

戦争は繰り返す。一九一七年から四年間に何度もソビエト軍はウクライナに侵攻した。約百年後の現在、ロシア軍がプーチン大統領の命令によってウクライナに侵攻して、一般市民を殺害するこの世の地獄がテレビで放映されている。現状は、欧米諸国の武器提供を受けてはいるが、ひたすらウクライナ人が自らの防衛によって侵略を防いでいる。

ロシア正教はロシアの侵略を肯定し、ウクライナ正教はロシアの侵攻を非難し、カソリックのローマ法王は欧米諸国側につき、宗教は代理戦争のようになり、宗教は戦争解決のためには何の役にも立っていない。戦前日本では文学以上に、宗教団体が弾圧の対象であった。

欧州・ロシアは全て同じキリスト教であるにもかかわらず、隣人を愛することは見られず、殺し合いをしている。隣人を愛せという言葉は、おなじ宗派の隣人だけを愛せという意味だと思想家はいう。

太平洋戦争が原爆で終わったように、戦争は行きつくところまで行かないと終わらないのだろうか。多くの殺人をした国が勝つという不条理がこの世の現実である。すべての理想的意見がまったく通じない現実は恐ろしい。

他国の戦争を詠む句は結社誌では今のところそれほど多くないが、文学・俳句で戦争を終結させることが出来ない。俳句は戦争を解決できず、ただ戦争の恐ろしさを詠むことが出来るだけであるがテレビの画面には及ばない。最後は言葉で他国の平和と死者の冥福を祈るだけである。

今日のロシアの侵攻は、かつて日本が韓国併合をし、満州国を作り真珠湾を爆撃した戦争を思わせる。

日清・日露戦争に勝利した日本は止まるところを知らず戦争の道をひたすら進んで来た。ペリーの黒船の到来によって開国をせざるを得なかった徳川幕府は、その後明治政府にかわり富国強兵の道を歩まざるを得なかった。

しかしやはり侵略戦争による韓国併合や満州国の設立はやるべきではないことであった。もちろんこれらは平和になった今発言できることであり戦前に発言すれば投獄される可能性があった。投獄されてまで正論を述べる人はほとんどいない。戦時中の新興俳句弾圧事件でも俳人は政府・官僚の望む通りに署名して出獄を許されているが、批判できる俳人はいない。

今、世界の多くの人々がロシアのウクライナへの侵攻を批判しているように、かつて世界の多くの人々は、日本の朝鮮半島や中国への侵攻を批判していた。とりわけ真珠湾攻撃はアメリカを怒らせ広島・長崎への原爆投下をもたらした。真珠湾攻撃を反省する日本人は少ない。

ロシア国内で戦争反対を唱える人々の投獄は、日本の新興俳句弾圧事件を思わせる。

新興俳句の本質であった無季戦争句を詠んだ俳人は弾圧事件で検挙、投獄され、新興俳句は終焉したとされる。逆に言えば、検挙されなかった俳人の俳句は、新興俳句ではなかったのである。あるいは投獄されることをおそれて無季戦争句を詠まなかった俳人は新興俳句ではなかったのである。

歴史の真実はあとからわかる。当時の異常な戦時下では、新興俳句の本質は理解されていなかった。

撃ちて叫ぶ傷兵に水を与ふなと　秋元不死男
地平線かなしと勝てりわが軍歌　平畑静塔
きゃつらの戦争で見ろ黒い煙吐く煙突だぞ　栗林一石路
八月一日反戦デモに押しかける兄弟輝しい顔だ　橋本夢道

これらは、水原秋櫻子が「ホトトギス」から独立する事件や秋櫻子の俳句観とは無関係に、自らの俳句観を述べ、反戦の句を詠んで新興俳句をリードし、新興俳句弾圧事件で投獄された俳人の俳句である。ロシアでは、戦争に反対する人々は投獄され、死刑の判決を受けることもある。日本では、戦前には戦争反対を表現した文学者は投獄された。

山口誓子は厳密な新興俳句は無季戦争句だといったが自らは無季戦争句を詠まなかった。新興俳句を語る現代の俳人でも、新興俳句の代表句を選ぶ時には、一石路や夢道の句を選ばず直接的な反戦の句を避けてきた。

秋櫻子は久保田万太郎に、「新興俳句は私が名付けたわけぢやないのです。私達の俳句を他の人が新興俳句と命名」したといい、「馬酔木は新興俳句から落伍してしまつたなどと云はれるので一体何のことやらちつとも分らないのです」という。秋櫻子が自らの句を新興俳句とは無関係だといい新興俳句から離脱したことはないと断言したのだから俳人は秋櫻子が新興俳句を始めたという誤解・偏見を捨てるべきである。河東碧梧桐の著書『新興俳句の道』を秋櫻子は最も嫌った。戦争句を詠んで投獄された俳人を論じないと新興俳句の本質が正しく理解できない。新興俳句は反・虚子において新傾向俳句に近い。

秋櫻子は虚子から独立したために多くの反・虚子の俳人は秋櫻子を新傾向俳句の路線と同じように誤解してしまったのである。秋櫻子は自ら進む道をひたすら「馬酔木」を通じて進んだだけである。新興俳句運動など全く無関係であった。誤解した俳人は秋櫻子が運動から離れたと誤解したのである。もともと関係のない秋櫻子が、関係ないとわかった時に残ったのは無季戦争句を詠んだ俳人たちである。秋櫻子が詠んだロマン的で短歌的な俳句の内容は極楽俳句であり、新興俳句の俳人が詠んだ地獄の俳句の内容には無関係であった。

新興俳句の本質は戦争に関係する。明治から昭和にかけては戦争の時代である。敏感な俳人は戦争に対する態度を考えざるを得なかった。新興俳句が起った時代の環境は戦争一色の時代であった。戦争を考えない俳人はいなかったであろう。虚子や秋櫻子のように戦争は詠まず有季定型の伝統俳句を詠むか、無季・戦争句の新興俳句を詠むかに分かれた。戦争は俳人に態度を問う。

新興俳句の本質とは何か。

新興俳句は秋櫻子が始めたという意見は間違っていて、中国や他国に侵略した日本の政治に反対した俳人が起こした運動である。日本が侵略戦争をしている最中に戦争反対を表現する句を詠んだからこそ新興俳句運動の存在意義がある。検挙や投獄を避けて反戦の句を詠まず戦場で殺人をした俳人は新興俳句の本質ではない。無季句を詠むなら「馬酔木」を出て欲しいと秋櫻子に忠告されて高屋窓秋は「馬酔木」を離脱したことを秋櫻子は楠本憲吉に述べている。検挙をおそれ満州に逃げ、戦争句を詠まなかった窓秋も新興俳句の本質ではない。窓秋は秋櫻子と異なり、窓秋独自の道を歩んだのである。

戦争中に〈捕虜を斬るキラリキラリと水ひかる〉や〈陽あたゝかきときおほきみを祈りまつれ〉と、殺人行為と天皇を詠んだ富澤赤黄男も新興俳句の本質ではない。赤黄男は多くの俳人と一緒に俳句運動を起こすような性格ではない。赤黄男も秋櫻子とは無縁に赤黄男独自の詩的俳句の道を歩んだのである。個別に論じるべきである。

勇気をもって無季戦争句を詠み続け検挙された俳人の運動が新興俳句の本質である。国が戦争中に反戦句を詠むことは勇気のいることである。

「俳句」(昭和五十五年五月号)の鼎談で、平畑静塔は「(新興俳句は)やっぱり人民戦線文学運動だと思う」「本当の新興俳句になったというのは、私はやっぱり戦争俳句からだと思う」というように、新興俳句を無季・戦争俳句に限定した方が史実に即する。歴史の真実は後から分る。「人民戦線文学運動」といい、「赤」に近かったと静塔自ら告白し、当時の政策に反発していた。静塔は小野蕪子の忠告を聞いていれば投獄されずにすんでいたと反省している。蕪子は黒幕ではなく、投獄されるような句を詠むなと俳人に忠告していた。黒幕とは黙って隠れて行動する人である。内務省の役人は蕪子の情報はなくとも情報を集め分析していた。三谷昭は弾圧事件での検事局について「ヒューマニティの確立は、彼等の意図する軍閥支配の方向とは全く相容れぬものであった」といい。昭や静塔は弾圧を政府側からみれば当然と理解していた。今のロシア国内で戦争反対をいえば投獄されることを思うと、戦前に、戦争反対の声をあげて俳句に詠んだ無季戦争句は、芸術的・詩的という利己的な甘さはないが、平和を希求した激しい表現であった。戦争反対の句には詩的な表現は無用であり、スローガン的にならざるを得ない。作品の評価など意識していられない。

戦争が起こった時に戦争反対を詠むことが出来る人は勇気ある俳人であるが、極めて少数の俳人にすぎない。

金子兜太は戦後の平和な時代には反戦句を詠むが、戦場に行く前には反戦思想をもっていない。「正直に白状するけれども、戦争というものをやってみたいという気持ちさえも、どこかにあったんだな」と『昭和二十年夏、僕は兵士だった』の中で告白した。森澄雄のように、戦後、戦争について語らない俳人も多い。戦時中に日本軍がしたことを思えば、平和な時代に戦争反対を軽々しく詠むことには抵抗があるだろう。日本が侵略行為をして多くの人を殺したことを深く反省すれば、軍部・政府・官僚の命令で殺人をしたとは簡単に自己弁護できないであろう。戦争中に人を殺しても、戦後は国の指導者が悪いことにして、自らの殺人行為については俳句に詠まず反省をしないことが、戦争が続く原因の一つである。人は皆、自分だけが正しいと思い、悪いことは他人のせいにする自己主張と自己弁護が戦争を再び起こす。

戦争という人を殺すことに反対する句を詠むことは平和への祈りである。

新しい俳句という幻想

鈴木五鈴

句会などで、しばしば耳にするのが「その句は古臭い」との発言。しかし、具体的に「どこが、どのような理由で古臭い」のかについて、具体的に指摘されることは少ないように思う。

一方で、総合誌等の企画による、あなたの感銘句は、などとする俳人アンケート等によると、必ず芭蕉や蕪村・一茶、さらには虚子・秋桜子・誓子等々の句が多く挙げられる。もちろん結社に属する俳人は、その主宰またはその師系に属する俳人を選択する傾向にある点は否めないが、そこが学びの原点でもある以上、それは自然な反応なのかもしれない。

しかし、「現代俳句は正岡子規に始まる」とされるにもかかわらず、未だに近世俳人句への鑽仰が止まないのは何故なのだろうか。誰も古いとは言わないのだ。

そもそも「発句」とは、連歌・俳諧での、第一句の称であるが、芭蕉が活躍した元禄の頃には「発句合」が流行したと伝わる。それは、発句を合わせて判者がその優劣を定める遊びであり、いわゆる点取俳諧も同類と目されよう。芭蕉はこれを嫌った。しかし、遊びとは言え、五七五のみで成り立つ俳諧が流行していたという事実は無視できない。すでに「俳句」への歩みが、無意識的にではあるが、始まっていたと言えるのかもしれない。しかし、明治に至るまで点取俳諧は漫然と残存していた。子規の「俳句」はこうした遊芸まがいの句を、強引に排除することで成立したのである。

『芭蕉雑談』において子規は「発句は文学なり、連俳は文学にあらず」と断定する。子規は芭蕉の発句を批判しつつも、「独り俳諧の面目を一新したるに止まらずして、実に万葉以後日本文学の面目を一新したるなり」との評価を与える。そして間もなく『俳諧大要』において「発句」を「俳句」と言い換え、「俳句は文学の一部なり」と高らかに宣言するのである。

その「俳句」の武器は、写生（実際のありのままを写す+その構成や組み立て）であり、更には文明開化以来の新文物を指し示す語彙を積極的に取り込む姿勢にあった。例えば、『芭蕉雑談』『俳諧大要』と同年（明治二十八年）の句集『寒山落木』には〈元朝や車ときめく二重橋〉〈春の夜や傾城町の電氣燈〉〈電信に雀の並ぶ小春かな〉等の句に新文物への眼差しを見ることができよう。

しかし、子規の俳句の文体は、切字の活用を含めて芭蕉以来の伝統から脱することはなかった。

子規の写生を、彼の死後、積極的に継承・推進しようとした一人に〈赤い椿白い椿と落ちにけり〉と詠んだ河東碧梧桐がいた。しかし彼の過剰なまでに「新」を求める性向は、新傾向への模索の一環として俳句形式の破壊等にまで踏み込み、「無中心論」から「自由律」へ、更には「ルビ俳句」へと突っ走る。まさに「はぢける如く」（虚子）碧梧桐は駆け抜け、そして逝ったのである。

一方で、碧梧桐のライバルでもあった高浜虚子は「上つ面の新しげに見えてその實陳腐なるものを、中核から新しいものと誤解することが少なくない……中略……「新」という叫び聲は自ら俳壇の落伍者である如く感じてゐる人を脅かすのには無上の武器である」（『進むべき俳句の道』）と述べ、自ら「守舊派」と号しつつ、「深は新なり」を静かに実践してゆくのである。その虚子の「ホトトギス」には多くの才能が蝟集し、花鳥諷詠・客観写生を旗印として俳句界を席巻していくこととなる。

しかし、「俳句は文学」と断定した子規と、「俳句は俳句」という立場の虚子との違いは、ここで明確にしておかなければならない。その後の「反・虚子」の主因の一つはここに淵源すると思えるからだ。水原秋桜子の「ホトトギス」からの離脱、それに伴う新興俳句運動の高まり等々は、形を替えた「俳句＝文学」運動と見なすことが可能かもしれない。一方で、文体や表現手法等への積極的な取り組みがあった事実も看過してはなるまい。

今日の俳句界も、多かれ少なかれ、その二つの大きな流れを受け継いでいることを自覚しておく必要がある。その上で、表層的な目新しさに翻弄される愚は戒めなければなるまい。改めて虚子の「深は新なり」を思う。

おそらく「深」への志は、「不易流行」を忘却してはありえないと私考するが、一体、これからの俳句はどこへ向かうのだろうか。少なくとも、マスコミ的な発想での流行優先句は「新」という言葉のみが虚しく踊り、いずれ錆びる運命にあろう。

ところで、子規、虚子とは別に、石田波郷の「俳句は文学ではない」、森澄雄の「俳句は文学よりも大きい」との文言も残されている。

こうした発言は、芭蕉の「新しみは俳諧の花なり」（三冊子）を前提とした、去来の「この道は心・辞ともに新味をもって命とす」（不玉宛書簡）等を踏まえた、彼らなりの俳句への対し方ではなかったかと忖度する。

芭蕉の「新しみ」は、「風雅の誠」を追求する不断の自己脱皮によってのみ生じるのである。とりわけ我々凡人は「辞（ことば）」の新味には反応しやすいが、「心」までの自己脱皮にはなかなか至らない、というのが実情ではないだろうか。「深は新なり」の「深」を心に、より大きい俳句を目指したいものである。

野菜は世界を巡る

南うみを

野菜作りの経験をもとに、俳句総合誌に野菜の歴史、栽培方法、野菜の料理、そして関連する俳句などコンパクトにまとめて連載したことがある。

そこであらためて知ったのは、日本独自の野菜はほとんどなく、中国やヨーロッパ、アメリカなどから伝わり、日本の風土に合わせ定着させたことである。

日本の野菜たちはいつ頃伝わってきたのだろうか。里芋でそれを辿ってみる。里芋の原産地は東南アジアの湿地帯で、これが中国南部で栽培され、南太平洋やインド、東南アジア、中国、日本などに伝わったと言われる。

里芋は稲の渡来より早く、縄文時代には栽培され主食の一つとして広がった。里芋は親芋、子芋、孫芋と一株から沢山獲れるので、子孫繁栄や豊作を祈る儀礼食にも用いられた。また主食が米に替わってからも、例えば関西の雑煮の餅が丸いのは、里芋に似せたからだと言われ、里芋の文化が深く浸透していたことがわかる。

次に大根を辿ってみる。原産地は中央アジア説、中国説、インド説、西南アジア説と分かれる。すでに古代エジプトでは、紀元前二七〇〇年頃には栽培され、ピラミッド建築の工事人の食料に使われていたと記録されている。日本では『古事記』に「於朋泥」(おほね)の名で記録されているので、大和朝廷と中国との交流から伝わったことがわかる。

また平安時代には牛蒡が中国から伝わってきた。この牛蒡は、他の国では野菜ではなく薬用として栽培されたが、日本では野菜として栽培されてきた。その点では日本独自の野菜と言えるかもしれない。牛蒡は独特の香りと風味から、武将が戦に出る時に、戦勝の祈願として食したり、神事や仏事のおりに儀礼食として用いられたと伝えられている。

更に時代を下がり、室町時代後期になると、中国からほうれん草が伝わり全国に広まる。ほうれん草の原産地はイラン地方で、回教徒によりヨーロッパやアジアへ伝わったと言われる。ヨーロッパのほうれん草は、一九世紀にはアメリカへ渡り重要野菜の一つになった。ほうれん草はビタミンA、B、Cのほかミネラルを多く含み、デイズニーの漫画映画では、ポパイを大活躍させる魔法の缶詰になった。またほうれん草には「西洋ほうれん草」と日本に中国から伝わった「日本ほうれん草」がある。現在はスーパーでは見かけなくなったが、葉に切れ込みがあり、根が赤いのが「日本ほうれん草」である。高浜虚子編の『季寄せ』

では、「ほうれん草」は二月の季語となっているが、これは冬を越した「日本ほうれん草」が旨くなる時期だからである。かの織田信長や豊臣秀吉、徳川家康の武将たちが戦の最中、赤い根のほうれん草を食べて英気を養っていたのではないかとふと想う。

次に馬鈴薯であるが、ナス科の多年草で、南米のアンデス山岳地帯を原産とする。この付近では六世紀前より栽培され、後のインカ文明の食糧の一つになったと考えられる。ヨーロッパへはスペインのインカ帝国征服（一五三三）以後に伝えられ、ドイツやロシアなど冷涼な北ヨーロッパでは、主食として重要な作物になった。わが国へはオランダ人によって慶長三年（一五九八）に、ジャワ、当時のジャガタラから長崎に導入された。「じゃがいも」の名はジャガタラから伝わった「いも」から呼ばれるようになった。また「馬鈴薯」は、薯の形が馬の付ける鈴に似ているから呼ばれたと言われている。馬鈴薯は原産地が冷涼地であるため、成熟しても土の中で寒さに耐えられる。明治時代になり富国の政策で、北海道で大々的に栽培し、秋に収穫されて「馬鈴薯」の一大産地となっている。これに基づき高浜虚子編の『季寄せ』では十月の季語となっている。ただし私の住む関西では初夏に一番よく獲れる。「二度薯」と言って秋にも獲れるが少量で、実際に作っている者としては、季語としての位置づけにやや違和感を持つ。

次にトマトであるが、これもナス科の一年草で、南米のアンデス山中、インカ帝国が栄えたあたりの高原に原産し、有史以前から栽培されていたようである。ヨーロッパへは、やはりスペイン人によって十六世紀に伝えられ、初めは観賞用だったが、イタリア人が食用にするようになり、欧米各地に広がり、今では欠かせない野菜となっている。わが国へは、寛永年間に長崎に伝来したとあるが、本格的には明治初期に「赤茄子」（あかなす）の名で試作されたが、匂いや強い酸味、色が日本人の好みに合わず普及しなかった。大正時代になり、品種改良が進み一般的な野菜として栽培されるようになった。戦後はサラダの食文化が定着し、重要野菜となっている。スーパーなどでは一年を通して売られているが、旬は七月で、七月の季語となっている。ちなみにトマトはナス科と述べたが、ナス科の野菜にはこのほか、茄子、ピーマン、唐辛子、馬鈴薯がありみな親類である。

これまで主だった野菜の歴史を縄文期以降見てきたが、中国や中央アジア、中東、ヨーロッパの国々の交流、またスペイン、ポルトガル、オランダなどの南米や東南アジアへの植民地政策などにより、野菜は世界中を駆け巡り、それぞれの国に定着してきたことがわかる。

「元気な老人俳句」を作ろう

菅野孝夫

俳人の高齢化が言われて久しい。俳人協会会員の平均年齢が毎年一つずつ高くなっていると聞いたのは十年以上も前のことで、いま何歳なのか知らないが、俳句を始める人の年齢がそもそも六十から七十歳台が多くなっているのだから、八十歳に近いのではないかと思う。

協会では五十歳未満の会員を対象に「若手句会」とか「オンライン句会」「ネット句会」など、あれこれ考えて若手を育てようとしているようだが、私の所属する結社に「若手」は数えるほどしかいない。六十歳の会員は、若いと言われて大事にされる。

送られてくる雑誌は年々薄くなっている。ひとつの主宰誌が廃刊になると数冊の雑誌と数人の主宰が生れるが、なかには数十人から百人に満たない会員のものもあって作句力、指導力に疑問を抱きたくなる「主宰」も出てくる。自分もその中の一人だが、優秀な主宰がそんなにいるわけがないから、自然の成行きだ。

公民館の俳句教室やカルチャーセンターの先生と生徒の関係は、その講座が終ってしまえばお終いで、あっさりとしたものだ。何人かは指導者の所属する結社に入る人がいるが、秋櫻子や波郷の時代と比べても、師匠と弟子の関係は明らかに希薄になっている。かくして結社の魅力がますます色あせて、若者から敬遠される。

新聞の俳句欄に投句するだけの人、仲間内で楽しむだけの人たちは結社に入らないし、本当に若い俳人たちは自分たちの世界を作り、羨ましいほど自由気ままに俳句と遊んでいる。彼らに期待したいところだが、彼らの俳句は就職や結婚や子育てなどで長続きしないようなので、あまり結社のためにはならない。

私は年一回、小・中学生や高校生を対象とした地方の俳句大会の選者をしている。十人ほどの中学一年生に俳句を教えることもあるが、上手下手はともかく彼らはこともなく俳句を作る。すこしアドバイスするだけで生き生きとした作品を見せてくれる。彼らの何人かが五、六十年後に思い出して俳句を始めるかもしれないから、あまり悲観的にならなくていいだろう。

実際に俳句は、もう老人のためのものになってしまった感がある。世の中の流れがそうなってしまったので仕方がないが、そうなったらなったで、老人の作品を作ればいいだけのことだ。老人の周りには、俳句のもとがいくらでも転がっている。

芭蕉（一六四四～一六九四）が、伊賀上野天満宮に「貝

おほひ」を奉納して、俳諧師となる決意を示したのは二十九歳のときで、江戸に出て来たのは三十一歳の冬から翌年の春らしい。亡くなったのは五十一歳だから、芭蕉が俳諧師としてあったのはほぼ二十年でしかない。翁と呼ばれた芭蕉だが、現役のまま死んでしまった彼には「老後」はなかったと言える。

私達はいま、九十歳はおろか百歳も珍しくはない時代に生れ合わせている。あまり突然だったので、仕事を辞めたあと、長すぎる老後をどう過ごしたらいいのか戸惑っているようだ。結果として、俳句でもやろうかという人が出てくるのは悪いことではない。七十歳で始めたとしても九十までは二十年、百歳まで生きたら三十年も俳句のための時間がある。これほど喜ぶべきことはない。俳句のための時間は十分にある。

東京の世田谷区に住んでいた堀之内千代さんが、初めて句会に参加したのは、東日本大震災の日だった。句会の途中に大きな揺れが来て大騒ぎになったので、忘れようとしても忘れられない。そのとき彼女は八十七歳で、俳句は全くの初心者だった。

千代さんは心臓に問題があってペースメーカーを埋め込んでいて、脚には人工の骨が入っていた。そのうえに乳癌の手術もしているという。まさに満身創痍だが、心から俳句を楽しんでいた。

人間の脳は幾つになっても成長するもののようで、どんどん吸収していい句を詠んだ。素質にも恵まれたのだろう。俳句を始めたら時間がいくらあっても足りないのよ。まいにち楽しく過ごせるのは俳句のお陰です、と言っていた彼女は、九十一歳のとき『百歳の計』という句集を出して、周囲を驚ろかした。

たぎる汗あと一坪の草むしり　　堀之内千代
秋の日の紫蘇をとんとん刻みけり　　〃
束の間の海の輝き寒落暉　　〃
早起きは三文の徳雪の富士　　〃
永らへて多病息災雪見酒　　〃

千代さんもしかし、歳には勝てず、平成二十九年三月、百歳を待たずに亡くなってしまった。入院中の千代さんから、「寝ていると、なんだかたくさん俳句が出来てしまって」と、ベッドの上で何かの紙の裏などに書いた句が編集長に送られて来て、どうしましょうと言う。何句か判読して、私が鑑賞文を書いて「特作」として発表することにした。

電話があって「野火」の三月号は病院に送って欲しいと言われたというので、特作の知らせをもってお見舞いに行った編集長に、「それは多分見られないわ」と彼女は言ったという。残念ながらその通りになってしまったが、俳句が彼女の晩年を豊かにしたのは間違いない。死の直前まで俳人を虜にする、俳句にはそんな力がある。このような人がいるのだから、俳句はなくならないだろう。若手がいたほうがいいに決まっているが、俳人の老齢化を嘆く必要はない。

千代さんの最後の作品は次のようなものだ。

積年の疲れ点滴月見えて　　堀之内千代
一人子の老々介護冬日差す　　〃
丹沢も富士も冠雪冴返る　　〃

もう一人紹介したい。千葉県の長生郡長生村に、鵜沢よしえさんという百歳の俳人がいて、毎月休まず俳句を発表している。

末の子の乙女さびたる春ショール　　鵜沢よしえ
永き日のソファーにルーペ雑記帳　　〃
鎌研いでもらひしお礼缶ビール　　〃
古茶新茶話相手に子が居りて　　〃
夕虹や買ひ物袋ぶら下げて　　〃

これが正真正銘百歳の人の俳句だ。近くに娘さんがいて何かと面倒をみてくれるようだが、普段は一人暮らしで自分のことは自分でするという。先日、久しぶりにお会いしたが、背筋が伸びて声に張りがあり、とても百歳とは思えない若々しさだった。なによりも圧倒されたのは気持の若さ、精神の瑞々しさだ。頭に年をとらせていないのだ。

年寄りになるのは仕方がないが、年寄りじみるのは厭だ。老人になるのはいいが、老人臭い俳句は嫌いだ。世の中のことを分かったように思うのはいいが、分かったような俳句は詠みたくない。

年をとるのは怖くない。怖いのは年とった気分になってしまうことだ。年寄りじみた俳句を詠んで、それを軽みだ、俳諧味だと勘違いしてしまうことだ。

最近しばしば「若いですね」と言われる。若い人にこんなことは言わないので、見た目にも、私は立派な老人になったのだろう。先日私よりも年寄りと思われる人が目の前に立った。若い者が寝たふりをしているので席を譲ったが、電車でも席を譲られることが多くなった。自分が八十を越してしまったなんて何かの間違いではないかと思ったりするが、間違いなく計算は合っている。

しかし私は、自分を老人とは思っていない。量販店のシャツで間に合わせて、ブランド物を着る気も、買う金もないが、小ざっぱりとして、若く見られたいと思っている。月に一度か二月に三度の山あるきをして体を苛めているし、食べ物は家人が考えてくれている。仕事に追われていた時代はしょっちゅう疲れて寝込み、体重も五十数キロしかなかったが、今は六十四から五キロと、今までで一番充実している。精神は四十歳のままだ。

そんなことを言っても病気の人はどうするの、と言われた。確かにそうだが、体調を崩し、病気と折合いをつけながら、それでも俳句を捨てない人たちが大勢いる。千代さんは決して健康体ではなかった。よしえさんも年相応の恙を抱えている。子規の作品の多くは「病床六尺」から生み出されたものだ。比べるのもおこがましいが、私も毎日二種類の薬を飲んで、サプリメントの助けを借りている。いつ病気になってもおかしくない歳になったから、ある時ぽっくり行くかもしれない。

私は、病気で弱っている人に「頑張れ」と言うほど無神経ではない。病院のベッドの上でも、百歳になってもなお、俳句を詠み続ける精神力に圧倒され、尊敬していると言いたいのだ。立派です、と頭を下げている。私にはそこまで出来る自信はない。

俳句も体力だとつくづく思う。身体に力がないと俳句も駄目になる。体力の衰えは年々確実にくる。こればかりは逃げようもないが、八十にならないと分からないことがある。理解できないことがある。病気になって初めて気がつくことだってある。死にそうにならなければ解らないことだってあるはずだ。

私が最近、手本にしている作品がある。こうなりたいと願っている作家が青山丈さんだ。丈さんの雑誌の同人になれたことを幸せだったと感謝している。

買つてきたばかりのポインセチアかな　　青山　丈
ぶらんこの音のうしろを通りけり　〃
行つたばかりの成人の日の電車　〃
裏山の椿がいいと裏山へ　〃
啓蟄のどんぶりめしの箸を割る　〃

この軽快さは健康的で、淡白で味わい深く、意味がないのに奥が深い。やさしく言っているのに内容はゆたかだ。「栞」の同人青山丈さんは昭和五年のお生れ。同人誌「棒」の代表者でもある。

買って来たばかりのポインセチアだけ、ぶらんこの音のうしろを通っただけ、行ったばかりの成人の日の電車と言っただけ。「裏山の椿がいいと」裏山へ。「啓蟄のどんぶりめしの」箸を割る。全く何でもないことを言葉の力によって奥行きのある作品に仕立てている。これこそ二十一世紀の、「元気な老人俳句」だ。何よりも説教じみていないのがいい。年寄り臭くないのがいい。

老人になるのは仕方がない。老人じみた俳句を作らなければいいだけのことだ。せっかく恵まれた人生後半の自由時間を、しょぼくれていては勿体ない。私は堂々と、老人俳句を詠もうと思う。

「蝸牛角上の争い」

波戸岡　旭

我が「天頂」の創刊は、平成十一年（一九九九）十一月。以来、二十三年余になる。結社の句作の信条は、「清新なこころざし」・「遊心・遊目・活語」・「自然の中の自分・自分の中の自然を詠む」を掲げている。これらの信条は、信条であるとともに、私自身、永遠に解けない命題であるとも思っている。それゆえ、解明に向かって論究することは言を俟たないが、しかし、句作のためには、これらの信条は、口中で繰り返す呪言・呪文であっていいと思っている。すなわち、「自然の中の自分を詠む・自分の中の自然を詠む・自然の中の自分を詠む・自分の中の自然の中の自分の中の・・・を詠む」というように、常に繰り返し繰り返しして句作に励みたいと思っている。

ところで、今は二十一世紀に入って二十余年が経つが、この新世紀になってから、たてつづけに、文字どおりの驚地動天の天災・人災が続いて起きている。ニューヨーク同時多発テロ事件、東北大震災・フクシマ原発事故・新潟県中越地震・熊本地震、そしてロシアのウクライナ侵略戦争はまだ続いており、加えて三年続きの世界規模のコロナ禍の中というふうにである。風雅とは真逆の惨事ばかりである。息苦しく、憂々鬱々たる気分に陥りそうになる。だが、考えてみるまでもなく、生老病死の此の世の中自体、元来、憂鬱なのである。憂鬱な人生だからこそ、風雅の道があるのである。それゆえ憂鬱な世の中の出来事に対しても、風雅と諧謔との余裕の心をもって、自然の中の自分・自分の中の自然を詠み続けることが大事であると思う。以下に、最近の「天頂」誌の中から、そうした作品をいくつか挙げてみたい。

角の上騒がしいぞと蝸牛　島村紀子

「蝸牛角上の争い」という中国の故事を踏まえた滑稽句であるが、同時にロシアのウクライナ侵略戦争を揶揄した時事句でもある。「角上の争い」は、『荘子』に載る寓話で、かたつむりの二つの角がゴニョゴニョ蠢《うごめ》くさまを幻想的に超拡大化して、二つの小国が、多数の戦死者を出して、領土争いをするさまに準《なぞ》らえて、侵略戦争がいかに愚かしいことであるかを諷諭したもの。此の世に戦争という愚行がなぜ止まないのか。紀元前四世紀の「かたつむり」の寓話の意図が、二十一世紀の現代に至ってもなお解けないということなのか。この句は、角を動かしながらゆるゆると進むかたつむりの愛らしさを詠みながら、併せて、変わらぬ人間の愚かさを揶揄し、風刺した、かつてのポンチ絵を思い出させるような句である。

なお、同じ作者に次の句もある。

比良八荒まつろはぬ者鬼と呼ぶ　島村紀子

「まつろはぬ者」とは、「服従しない者」という意味。すなわち、征服しようとする側は、服従しないで抵抗し続ける者たちのことを、「鬼」とか「鬼畜」とさげすみ呼ぶという句意。しかし、相手を「鬼」と蔑む者もまた「鬼」であろう。所詮、戦争というものは、人を「鬼」に貶《おとし》め、「鬼」と「鬼」との争いなのである。神話や古代史の中の「鬼」にはロマンがあるが、今の世の侵略戦争における「鬼」は無惨極まりない。現今のロシアのウクライナへの侵略報道を見るにつけ、時ならぬ寒風の吹きすさぶ中に晒されているごとく、心が凍りつく。時空を、詩情あふれる古代の戦史に仮託しつつ、ロシアのウクライナ侵略を憂うる心情を詠んだ句。「比良八荒」は、冬の季節風の名残なので冷たく強い風である。

三月や命さらひし海の黙　岡本洋子

新版の角川歳時記には、「東北大震災（東日本大震災）」が季語として立項されているようだが、この句は「三月や」だけで「東北大震災」のことだと分かる。しかし、これはまだ十一年後の今だから分かるのであって、数十年後には前書きがないと分からなくなるかも知れない。「命さらひし」と情を消した言い方によって、逆に大津波の無惨さ悲惨さを強く印象づけている。津波は、家屋も車も田畑も流し去った。日常の生活をごっそり浚った。が、なによりも「命」を浚われたことが最大の悲劇である。報道をもとに詠もうとするのは、なかなか難しいものであるが、深い哀悼の心をもって対すれば、いくらかは真実に近づいて詠めるものなのかもしれない。

戦争に人を束ねし桜咲く　石川豊子

爛漫の花の下に佇んでの痛恨の回想句である。戦争体験のこの回想のきっかけは、言うまでもなくロシアのウクライナ侵略戦争・昨今の近隣諸国との軍政上の摩擦などであろう。かつて「花は桜木人は武士　その桜木に囲まるる　世に靖国の御社よ　御国の為にいさぎよく　花と散りにし人々の　魂はここにぞ鎮れる（下略）」と、明治の尋常小学唱歌に歌われたように、明治以後、桜はやまと魂の象徴とされ、やまと魂は、戦時中、「国への忠誠心」「戦争への士気向上」のスローガンに使われて、侵略戦争を美化した。政府は、国家（天皇）のために桜のように散れというイデオロギー政策を展開していった。それは明治・大正・昭和の第二次世界大戦の敗戦時まで続いたのであった。美麗可憐な「桜」が人を束ねた時代。しかしそれは戦争のために束ねられたのであった。二度とあってはならぬ過ちであるが、それは「桜」のまったく知らぬこと。「戦争に人を束ねし桜」の措辞の意味するところは深い。

五月《さつき》忌《いみ》汨《べき》羅《ら》の淵の深からむ　旭

バナナフィッシュの飛び込む音を聴く

柳生正名

２０２０年代初頭の人間界を揺るがしたコロナ禍が最高潮に達する一方、ロシアによるウクライナ侵攻、安倍晋三元首相の暗殺――歴史家はやがて21世紀前半を決定づけた一年と振り返るのではないか。２０２２年とはそのような年だった。国内に目を転じても、「平成」から「令和」に至る時代潮流の変化が鮮明になりつつある印象がある。

一方、「平成無風」の流れをそのまま引き継いだ「令和」の俳句界の無風ぶりは相変わらずの感が否めない。ならば、人間が織り成す「時代」と、やはり同じ人間の営為そのものであるはずの「俳句」の間に生じた様相のずれを見極めていくことが俳句に携わる者の責務だろう。

その自覚の下、この1年あまりのうちに刊行された俳句に関する理論書を概観し、真に論じるに値すると感じた一巻を取り上げたい。年間ベストの俳論を紹介することは「年鑑」の記事という本稿の趣旨にもかなうはずだ。そもそも「平成無風」という言葉自体、この時代の俳句論壇の状況を揶揄して用いられた言葉と記憶する。その片隅で自戒の念を込めて、という意味合いもある。

◆『謎ときサリンジャー　自殺したのは誰なのか』

竹内康浩　朴舜起 著　新潮選書

「『バナナフィッシュにうってつけの日』というあまりに有名なJ・D・サリンジャーの作品は、一発の銃声で締めくくられる。」

この一文で始まる本書は２０２１年8月に刊行された。書名自体がいかにも今風にキャッチーである。しかし、サリンジャーは第二次世界大戦の欧州戦線への従軍経験――それもあのノルマンディー上陸作戦！――を持つ。少々驚くが、実は金子兜太と同年生まれである。今も世界で一年に50万部が売れ、「永遠の青春文学」とされる代表作『ライ麦畑でつかまえて』を記したのは終戦からわずか5年目。『バナナフィッシュ』を巻頭に収めた短編集『ナインストーリーズ』刊行が53年、以後は『バナナフィッシュ』の主人公でかつての天才少年シーモアを中心とする〈グラース家のサーガ（物語）〉を書き継ぐが、その幼少期を描いた『ハプワース16　１９２４年』を65年に発表して以後、一切の作品発表を停止。半世紀近く文学的沈黙を貫いたまま、２０１０年に91歳でその生涯を閉じた。

同年齢の兜太が98歳で他界するまで旺盛な句作を続けたのと対照的な道筋に思える。ただ戦中の青春を鮮烈に描いた兜太の第一句集『少年』が55年刊。社会性・前衛俳句の第一人者として脚光を浴びた「前期兜太」が71年刊の第4句集『暗緑地誌』以後、「衆の詩」への志向を強め、一部から「変節」を批判されたことを考えるとき、前衛の旗手としての兜太は、シーモアさながら文学的早逝の道を歩んだサリンジャーからほぼ5年遅れで大きな創作上の節目を経験したようにも見える。

海を隔てて一世紀前に生を受け、青春期に戦争を肉体のレベルで実体験した人間が文学と関わるときの典型的な在りようをこの二人は体現しているのかもしれない。実際、本書のタイトルにもなった「自殺」の背景に、言語化を拒むかのような作者自身の戦争体験の真実が隠されていることは間違いない。

流れ星蚊帳を刺すかに流れけり
銃眼に母のごとくに海覗く
水脈《みお》の果て炎天の墓碑を置きて去る

などの戦場詠を収めた『少年』を嚆矢とする兜太の一生涯の句作のうちに、あえて俳句化されなかった戦場の実像の影がちらつく印象が拭えないのと同様に……

その上で、緻密に組み立てられたクロスワードパズルさながらにあくまで言葉に立脚した視点に立ちつつ、サリンジャー文学の全貌をめぐる「謎とき」を試みた本書を、あえて「俳論書」として取り上げたのには明確な根拠がある。その詳細をここで紹介するには紙幅の問題もあり、またそれ以上に上質なミステリーの結末を評文で明かしてしまうことにもなる。と言って、何も語らねば、平成・令和のガラパゴス的俳句観に身を浸している俳句関係者がこの書を手に取ることはほぼないだろう。

だからこそ、ここでは本書に読むことができる俳句論の輪郭線のいくばくかを示したい。冒頭にその名が登場する短編小説『バナナフィッシュにうってつけの日』には「バナナフィッシュ」という魚が登場する。この魚について、リゾート地の砂浜で戦争帰りの青年シーモア・グラースは、数日前に出合った幼女シビルに向かって

あのね、バナナがどっさり入ってる穴の中に泳いで入って行くんだ。入るときにはごく普通の形をした魚なんだよ。ところが、いったん穴の中に入ると、豚みたいに行儀が悪くなる。ぼくの知ってるバナナフィッシュにはね、バナナ穴の中に入って、バナナを七十八本も平らげた奴がいる。

（日本語版ウィキペディアより）

と説いて聞かせる。貪食の結果、太って穴から出られなくなる宿命さえ告げる。彼はシビルにバナナフィッシュをつかまえようと提案するが、そこへ大波がやってきて

2人を襲い、シビルは「バナナフィッシュが一匹見えた」と言う――こんな具合に話は進む。

◆バナナとしての芭蕉

シーモアすなわちサリンジャーの創造の産物にすぎない「バナナフィッシュ」だが、後に漫画家の吉田秋生が自身の長編作品に『BANANA FISH』、シンガーソングライターの佐野元春は自身のアルバムに『ナポレオンフィッシュと泳ぐ日』のタイトルを与えた。ともにシーモアの語った魚を直接、登場させてはいない。しかし、この小説が持つ謎めいた世界の中で、何かとてつもなく深い存在の象徴としてのイメージ喚起力に、自身の創造力を共振させた結果、生まれた果実であることはそれぞれ間違いない。サブカルチャーの世界では、この語が一種のパワーワード化しているといってよいだろう。

この『バナナフィッシュ』が隠喩するものを炙りだすことはサリンジャー読みにとって最大のテーマであろう。それはそれとして、俳句人にとって衝撃的なのは、サリンジャーのうちでこの「バナナ」は松尾芭蕉と直結していた、とする本書の指摘だ。

芭蕉がバナナの意であることは、古くから英語で紹介されている。十九世紀末のウィリアム・ジョージ・アストンによる『日本文学史』には、「芭蕉は江戸の深川に東屋を自分で建て、窓の外に芭蕉（a banana-tree）を植えた。それが生い茂ったので、そこから彼は芭蕉（バナナ）という名をもらい、後世にも芭蕉として知られるようになったのである」とある。また一九一一年に出版されたバジル・ホール・チェンバレインの『日本の詩歌』でも、芭蕉の名前が「バナナ・ツリー」に由来していると書かれている。

芭蕉＝バナナという知識は、当時の米国文学通の間では常識化していた。そうした中、サリンジャーは自身の作品に芭蕉の句を直接引用してもいる。それは巻頭に『バナナフィッシュ』を据えた作品集『ナインストーリーズ』の掉尾を飾る短編『テディー』でのことだ。

「やがて死ぬけしきは見えず蟬の声」とテディーは唐突に言った。

「この道や行く人なしに秋の暮」

ニコルソンは微笑みながら、「それは何だい。もう一回言ってくれないか」と頼んだ。

「二つとも日本の詩ですよ。感情の表現であふれている、なんてことはないでしょう」とテディーは言った。

テディーは10歳の神童的存在だ。話し相手の大人が「詩とは感情の表現に尽きる」という西欧における旧式かつ常識論風の文学論を持ち出したのに対し、芭蕉の句がそうした詩歌観とは一線を画しつつ、より真の詩としての輝きを放つことを力説する。翻訳を通じて俳諧に接したエズラ・パウンドらイマジストたちが、この表現形式のうちに行き詰った西洋詩の新たな方向性を見出したのと同じ見地に立つといってよい。神童とはいえ、「可愛くない」存在に思えてしまうが、サリンジャー読みの間では彼がシーモアの幼時を映す存在であることは常識だ。

『ナインストーリーズ』の編集作業と『テディー』の執筆は52年後半から翌年初にかけてほぼ同時進行していたと考えられる。とすれば冒頭の『バナナフィッシュ』と末尾の『テディー』は、実は同一人物を通常の時系列とは逆に、青年時から少年時へとさかのぼって描くことで、循環《ループ》する時間性にこの集全体を包みこむ構想を意図したとも感じられる。それは俳句の内に流れる時間の特殊性について、芭蕉が「発句の事は行きて帰る心の味はひなり」(『三冊子』)と捉えたこと、さらに山本健吉が『純粋俳句』論で加藤楸邨の「(俳句は)読み了へたところから再び全句に反響する性格」という言葉を引用し、「行き着いたところからふたたびもとへ帰ろうとする」俳句の詩型に着目したことにもどこか通じる。

さらに本書では一般にシーモアが自らのこめかみを撃ち抜き、自死したと解されている『バナナフィッシュ』の結末で響いた「銃声」を、『ナインストーリーズ』の扉に引用として記された「二つの手による拍手の音を私たちは知っている。しかし、一つの手による拍手の音とは何か」という江戸中期の臨済禅中興の祖・白隠の公案「隻手音声」と関連付ける。それにとどまらず

古池や蛙飛び込む水の音

という芭蕉の一句の音と重ねて聴くことを提案する。

文学論では書き手のイマジネーションが暴走し、肝心のテクストそのものや実証的な作者の生活史を無視した砂上楼閣的な議論に陥る例は少なくない。この結論だけ聴けば、本書もその類と誤解されかねない――それほどの衝撃的かつ魅惑的な論理展開である。ただこれが、サリンジャーの記した言葉に徹頭徹尾執した結果の自然かつ論理的な帰着であることは、本書を実際に読めば容易に理解できる。

俳人にとっては「また俳句の本質につながる決定的な芭蕉論を部外者によってものにされてしまった」という苦い思いを胸に抱かざるを得ない一冊だろう。それを覚悟でひも解くことが「無風」を生きる者の一つの義務だとさえ、言っておこう。

(了、敬称略)

雲の党派　二〇二二年管見

高山れおな

　今年はなのか今年もなのか知らないが、俳句の世界は総体的には静かに感じられる。しかし、じつはインターネットの世界ではなかなか騒がしい案件が持ち上がっている。第六回芝不器男俳句新人賞の選考をめぐるトラブルがそれで、応募者の一人で最後までグランプリを争った髙鸞石が選考の過程に抗議して中村和弘奨励賞を辞退、選考会終了後に特別賞委員だった関悦史がもらした不用意なひと言がＺＯＯＭの中継で流れてしまい、火に油を注いだという一件である。選考会が行われたのは五月であるが、髙鸞石はその後もツイッターなどで発言を続け、外野の参加も多少はあり、という展開になっていた。十月になって選考会の議事録が公開され、その記述についてまたぞろ議論が起こっているというのが、十月十六日現在の状況である。

　こう書いてきてなんであるが、この件を気に掛けながらも、本気の興味は持てずにいる。髙鸞石の発言や作品は、ここ数年、ネット上で見てきた。また、他方の当事者である関悦史や筑紫磐井は同人誌仲間であり（前者は「翻車魚」の、後者は「豈」の）、賞の運営の中心にいる西村我尼吾や対馬康子もごく親しい人たちである。むしろ、自分はどうしてこの件にこれ程までに興味が持てないのだろうということに興味があるというような、妙な気分が続いている。

　尾崎紅葉についての本を出す関係で、周辺の俳人の句集やら俳誌やらを幾らか読んだ。そのうち、秋声会の主幹である角田竹冷が編纂した選句集『俳諧木太刀』の巻頭の凡例に、〈俳句に流派なきは深く信ずる所なれども〉云々とあるのに引っかかった。内容はさておき、妙に違和感のある言い方だなと感じたのだ。その理由は、同じく竹冷の『聴雨窓俳話』を読み、「俳諧流派」の章に至って氷解した。

> 一今の人時に誤つて俳諧に流派があるかの如くに云ふ者がある。（中略）近く日本派であるとか、秋声派であるとか、旧派であるとか、新派であるとか云うてゐる。夫れが仮の符牒であると心得てゐれば差支はないが、何だか其区別《ケヂメ》も知らずに騒がれるには少々困つたものである。

　俳句の世界において、史上最も強烈に党派的だったのが子規の日本派だろう。竹冷の流派なき云々は、おそらく日本派の攻撃的な党派性に対する批判を主とした発言なのだ。問題は、本質的には正統な態度を持した竹冷とその一派が、まさに日本派の党派性によって駆逐され、俳句史的に抹消されてしまったことだ。党派性とはエネルギーそのものだと思わざるを得ない。不器男賞の件に、私が一向に興味を持てないのは、結句、党派的情熱という名のエネルギーを欠いているためなのだろう。

今年の新刊句集から、印象に残ったものを幾つか。中原道夫『橋』は第十四句集。

彼方とは流るる星の着けぬ先
自撮棒破魔弓せめぎあふ騒《ぞめき》
一老が一狼と化し雪解野を

一句目や三句目のような、伸びやかなロマンティシズムを感じさせる句に出会えたのは嬉しい。特に一句目の空間の把握は斬新ではあるまいか。二句目は「せめぎあふ騒《ぞめき》」というこの作者らしい言葉遣いが、現代風俗のねちっこい写実のうちによく生きている。

杉原祐之『十一月の橋』は、第二句集。

オーロラの下に粉雪ちらつける
づかづかと政治家来たる踊の輪
風邪の子に風邪でなき子ののしかかる

栞文で岸本尚毅が言うところの「素っ気ない」表現のうちに捉えられた、表層の多彩さを楽しんだ。この世代の作者の句集に選挙風景の句が複数含まれていたのは意外。電気メーカーの優秀な営業マンらしいが、職場俳句的な作品が散見されたのも稀なことだ。作品の素っ気なさは、作者の人間的な空虚さの現われでもあるはずで、それはこちらにも大いに身に覚えのある話だ。

岸本尚毅『雲は友』は第六句集。これまでの句集名は、漢字一字ないし二字の名詞ばかりだったから、情緒性の強い短句を書名としたことにまずは驚いた。標題句は、

風は歌雲は友なる墓洗ふ

であるが、ちょっと聖フランチェスコの「太陽の讃歌」ばりではあるまいか。

槌の鏄柄に及びたる砧かな
沈む日のいつまでもある冬木かな
眠りつつ舌なめづりをして子猫

感銘した句は多い。この作者の写生の巧妙さは常のことだが、今句集の句は、柔軟さと主情的な時間性の表出において、過去の作品に勝っているように感じた。

俳句の「国際化」と「ユネスコ無形文化遺産登録」を考える

西池冬扇

(1) 近頃の俳句の大きな課題

毎年数種類の俳句に関する年鑑が出版されている。その一年間の俳句界の活動を総括したものである。『現代俳句年鑑』(現代俳句協会)のように、その年の所属会員の作品と活動の記録に徹しているものもある。しかし商業誌の年鑑はそれぞれ俳句界全体を俯瞰しており、その年発表された作品を主体としつつも、様々な企画はそれなりに購買意欲を誘発するための編集となっている。

私は巻頭等に載せられている小論文を読むのが楽しみである。現在、俳句の世界をリードしている方々が、俳句情勢をどのように捉えているか、また未来への展望をどのように考えているか、という内容を期待するからである。期待に充分応えてくれるかは措くとしても、論者毎に内容は多様であり面白い。『WEP俳句年鑑』はここ数年同じテーマ名、「近ごろ思うことども」と題して多くの作家が思うところを掲載している。百家争鳴というほどではないにしても、情勢分析あり、抱負あり、個人的つぶやきあり、まさににぎやかで読みごたえがある。

半面全体としての方向性が見えにくいといううらみがある。その対極が角川の『俳句年鑑』である。毎年一編の「巻頭提言」と題した論考を掲載する。それゆえ、ここ数年の流れの整理しやすさがある。

この10年間の角川『俳句年鑑』の「巻頭言」の題名をリストアップしてみる。

2013年　小澤　實「木と生きる」
2014年　片山由美子「歳月の重ね方」
2015年　小川軽舟「俳句のユーモア」
2016年　酒井佐忠「俳句の明日へ——世界詩に向けて」
2017年　宇多喜代子「過去は未来」
2018年　西村和子「昭和も遠く」
2019年　高橋睦郎「俳句はどういう詩か」
2020年　仁平　勝「新興俳句に思うこと」
2021年　井上弘美「こころを寄せる(ウィズコロナの時代に)」
2022年　対馬康子「俳句とは何か——有馬朗人の目指した俳句の国際化の意義」

ここ数年の傾向としては「そもそも論」的に俳句の本質を問い直す傾向が増加していると感じる。2019年の高橋氏のタイトルはまさにそもそも論のタイトルだし、2021年の井上氏は時代の変化を踏まえての座というものの問い直しをしている。現代は「そもそも論」的に俳句を問い直す時期であるのは多くの人が感じていると思うから、納得性のあるテーマのなりゆきである。2022年の対馬氏は「俳句とは何か」というドラスティックなタイトルをつけている。だが、この「俳句とは何か」にはサブタイトルがあり、「有馬朗人の目指した俳句の国際化の意義」であり、国際化への「提言」である。実は真正面から俳句の国際化を論じた提言はここ十年に二つあった。俳句の未来を考慮した観点からの酒井佐忠氏の「俳句の明日へ――世界詩に向けて」、俳句のそもそも論からの対馬康子氏の「俳句とは何か――有馬朗人の目指した俳句の国際化の意義」である。

これらの提言のあることから、俳句人の関心の深さは十分示されているのだが、今日的段階でも、整理されていないまま、特に「俳句のユネスコ無形文化遺産登録」という運動として情勢が推移しているのが非常に気になる。そこであえて、年初の「思うことども」として意見を述べたい。私は、俳句の「国際化」の評価と方向付けが、視座を変えたそもそも論として今年も喫緊の課題だと思う。

（2）俳句の「国際化」と「ユネスコ無形文化遺産登録」は目的とするところが違う。

2020年の12月に他界した、有馬朗人は最も熱心に俳句の国際化を推進していた一人である。そのため1989年に、国際俳句交流協会（HIA）を俳人協会、現代俳句協会、日本伝統俳句協会の支援を受けて設立。機関誌『HI』を発行して、俳句大会、シンポジウム・講演を通し会員に国際交流の場を提供している。

加えて2017年4月24日には「俳句」のユネスコ無形文化遺産登録をめざす協議会「俳句ユネスコ無形文化遺産登録推進協議会」を発足させている。2022年に行われたHIAの俳句大会で、元欧州理事会議長であるヘルマン・ファンロンパイ氏（注：彼は海外のハイジンとして著名である）が挨拶の中で語っているように、【国際俳句交流協会会長有馬朗人先生により推進協議会が組織され、主要俳句4団体と47の地方自治体とともに力を合わせて設立の運びとなった】のがいきさつである。

有馬朗人が述べる俳句の「国際化」とは何を目指していたのかを確認しておこう。HIA概要に記載してある設立目的がある。

……20世紀初頭に欧米に紹介されて以来、俳句は各国に普及し、いまや世界中で俳句が愛好されています。国際俳句交流協会は、世界の俳人との交流と親睦を図り、広まりつつある俳句と俳句文化の相互交流を促進することを目的として設立されました。当協会は、現在日本の代表的俳句団体である、〈現代俳句協会〉〈俳人協会〉〈日本伝統俳句協会〉の三大協会の支持のもとに設立されたものです。……

ここから読み取れるのは、俳句はすでに世界に一定程度普及しており、さらなる普及と俳句文化の交流を目指すということである。さらに国内に現存する俳句の三大協会の支持を述べていることも意義がある。では俳句文化を広めていこうという根本的理由は何処にあるのであろうか。有馬朗人は様々なところで語っているが、例えば2022年の機関誌「HI」の155号に掲載された論文（「HI」126号の転載である）「俳句で世界を平和に」では、俳句の大衆性・俳句の普遍性・俳句の平和性・次世代への教育に言及している。

この有馬の主張に呼応するようにブリュッセルで開かれたヘルマン・ファンロンパイ氏の「ＨＩＡ創立25周年記念シンポジウム」における講演は西洋人の俳句の捉え方の一つの典型を表した格調ある内容である。少し長いが引用する。

……われわれ人間はすべて複雑な個性の持ち主です。俳句は私の性格に合っています。私は自然や季節が好きです――科学者や環境学者だからではなく、私は「美の愛好家」（aesthete）だからです。俳句の持つ表現の明解さも好きです――短い言葉で明快に自己表現をすることが私は好きです。それは私を育んだラテン語の伝統に通じるものです。おまけに逆説も好きです――意表を突いた、一見矛盾した見方で物事を捉える逆説的な表現が好きです。

そんなわけで、俳句は私にピッタリなのです。俳句を愛してやまない理由は他にもあります。技術の発展に伴って複雑化し懐疑心が横行する現代世界にあって、俳句の「簡素さ」は際立っていること。そして競争、敵愾心、嫉妬心が渦巻くこの地球上で、俳句が奏でる「調和」の調べは貴重な存在であること、がその理由なのです。

人類社会が発展すればするほど、人々は争いや嫉妬心や虚栄心のない「至上の楽園」を探し求めます。至上の楽園とは、「平和」と「和解」、そして「調和」の世界です。人々が健康に恵まれ、だれが見ても分かりやすい世界のことです。

私は俳句に出会うずっと前から、このような生き方を身につけていました。俳句との出会いは、そんな私の生きざまと信念に王冠を戴いたようなものです。必然の巡り会いと言えるでしょう。私が俳句の門を叩いたのです。俳句が向こうからやって来たのではありませんよ。別な言い方をしましょう。俳句は私の生活の一部です。俳句が私の生活を変えたのであります。生活を変えて俳句に出会えたのです。……

要約すると、自然美の愛好、逆説的表現も含む短い自己表現、加えて、「至上の楽園」を希求する「簡潔」と「調和」の調べが俳句の性格であるとファンロンパイ氏は考えているのである。私自身のことをいえば、この両氏の講演内容を読み「ＨＩＡ」に入会した。

一方「ユネスコ無形文化遺産」に登録されることは世界的に俳句への関心を増すことになる。そのことが「ＨＩＡ」で無形文化遺産登録活動に力をそそぐ原動力となっていると思われる。

ここで気になるのは「ユネスコ無形文化遺産」ということの意味である。正確なというか、細かいことは意外と知られていないように思われたので蛇足かも知れぬが述べてみる。

まず「世界遺産」という呼び方自体はユネスコの条約にもとづく。「世界遺産とは、地球の生成と人類の歴史によって生み出され、過去から現在へと引き継がれ、そして私たちが未来の世代に引き継いでいくべきかけがえのない宝物」という規定で、保護・保全していくための国際条約である。１９７２年第17回ＵＮＥＳＣＯ総会にて「世界の文化遺産及び自然遺産の保護に関する条約」（通称：世界遺産条約）として採択されている。もともとは保護・保全を必要とする有形の文化財を対象とする条約から出てきた言葉である。

この考え方は無形の文化財にも及ぶ。異なるところは「伝統的な慣習や文化は、実際に存在する場所や建物とちがって、修復すれば保存できるというものではない」というところだ。日本は２００４年６月に条約締結をした。つまり文化的慣習などが、消滅しないために、登録して保護していこうという目的の条約である。更に詳しく文化庁の条約の説明を引用しよう。

……「無形文化遺産の保護に関する条約」（無形文化遺産保護条約）は、グローバリゼーションの進展や社会の変容などに伴い、無形文化遺産に衰退や消滅などの脅威がもたらされるとの認識から、無形文化遺産の保護を目的として、２００３年のユネスコ総会において採択された。この条約によって、世界遺産条約が対象としてきた有形の文化遺産に加え、無形文化遺産についても国際的保護を推進する枠組みが整った。条約の策定段階から積極的に関わってきた日本は、２００４年にこの条約を締結した。

この条約においては、口承による伝統及び表現、芸能、社会的慣習、儀式及び祭礼行事、自然及び万物に関する知識及び慣習、伝統工芸技術といった無形文化遺産について、締約国が自国内で目録を作成し、保護措置をとること、また、国際的な保護として、「人類の無形文化遺産の代表的な一覧表」や「緊急に保護する必要がある無形文化遺産の一覧表」の作成、国際的な援助などが定められている。……

と述べられている。ユネスコ無形文化遺産登録が根拠とする「無形文化遺産の保護に関する条約」は、もともと社会変容によって衰退・消滅する無形の伝統文化に対し、目録を作成（登録）し、保護し、援助しようという趣旨なのである。従って、俳句精神を世界に広めようとする「俳句の国際化」ということと、目的とするところの精神には大きな隔たりがある。俳人たちを中心とするこの問題をめぐる世論の中には、現状の認識に対する隔たり、つまり俳句が海外に向かって広まっていることを強く意識するのか、あるいは放置すれば衰退・消滅すると認識しているのか、が在るようにも思える。だがそれだけではない、後述するがその根底にある最も大きな隔たりには「座としての俳句文芸」の認識の有り様がかかわっていると考えている。この問題に対してはメタな視点が必要だと考える。

（3）反対する人の主張を概観する

ところで、「俳句の国際化」に関しては、「日本の文化で育ったものでなければ理解できない」から、「英語で書かれたものは似非俳句である」まで、いろいろな消極的な意見はあるが、正面切って異を唱える人はほとんどお目にかからない。だが、「ユネスコ無形文化遺産登録」の動きに疑義を挟む人は少なからず存在する。俳句の愛好者の大半は「我関せず」かもしれないが、私の周囲の俳人たちの中には積極的に疑問を挟む人がいて、しかも、そのほとんどが普段から敬愛する思慮深い俳人達である。それで問題の大きさを感じてしまったわけであるが、これらの意見は決して少数派として無視すべきものではないどころか、ドラスティックな問題を含んでいるような気がする。様々な見聞きした意見を集約し皆さんが懸念しているところを私なりにまとめてみた。

①　俳句は「遺産」ではないという意見

きっと、「遺産」という言葉への過度の反応だと思うが、俳句は「遺産」ではないという意見がある。根底にある俳句消滅危惧のおそれが、遺産とよばれることへの嫌悪感を示すのかも知れない。ある意味では同感ではあるが、問題はそんな感情的レベルでは解決しない。

一旦、消滅云々をはなれて、無形文化遺産として何が注目されるべきかという視点から考えてみよう。俳句で最も驚くべきことは、その大衆性であり、人の輪・協調の精神である。ひとつの国の中で百万ともいわれる詩歌を嗜む人々があり、毎年それに対応する作品が発表され続けている。これは文化そのものの伝承と言わずしてなんであろうか。そしてその作品を生み出す母体になっているのが、人の輪・協調を礎とする座とか結社とか、種々の形式の俳句イベントであり、江戸時代以来何百年にわたり日本の中に息づいて居る文化である。一口にいう「座の文芸」とよべる俳句の本質的側面である。ところが、この「座の文芸」ともいうべき本質的側面は残念ながら社会の変化とともに消失しつつあるのは事実である。社会の変化は人間社会の様相の変化に起因するが、地域共同社会の変質や活字離れ等種々指摘するのは簡単だが、いまだ決め手になる対応策はない。むしろその意味でこそ無形文化遺産として保護の対象になりうるともいえるのである。

②誰がその伝承者かという意見

無形文化財であれば、その伝承者は誰であるのかという問題が存在する。遺産というのならだれがその技術の伝承者ということになるのか、能や歌舞伎などの伝統芸能よりややこしそうな、たしかに大問題である。生臭い問題でもある。

この問題の背景には日本国とＵＮＥＳＣＯの二つの制度の混同がある。日本の無形文化財に関して、「指定」と「登録」は扱いが異なるということがらから考えると判りやすい。以下は文化庁の説明の引用である。

……無形文化財は、人間の「わざ」そのものであり、具体的にはそのわざを体得した個人または個人の集団によって体現される。国は、無形文化財のうち重要なものを重要無形文化財に指定し、同時に、これらのわざを高度に体現しているものを保持者または保持団体に認定し、我が国の伝統的なわざの継承を図っている。保持者等の認定には「各個認定」、「総合認定」、「保持団体認定」の3方式がとられている。

重要無形文化財の保持のため、国は、各個認定の保持者（いわゆる「人間国宝」）に対し特別助成金（年額２００万円）を交付しているほか、保持団体、地方公共団体等の行う伝承者養成事業、公開事業に対しその経費の一部を助成している。このほか、国立劇場においては、能楽、文楽、歌舞伎、演芸等の芸能に関して、それぞれの後継者養成のための研修事業等を行っている。……

たしかに日本国の制度上の扱いから言って、具体的な個人や団体の指定と言うことになると大問題である。私もこと文芸に対しては、そのような国定俳人の誕生には反対である。芸術に対する、国家の補助は手厚い程よい、しかし、それは芸術活動が国家という権力からの独立が保障されている限りの話である。人間の社会の歴史がそのことの正しさと危うさを物語っている。国家が行う顕彰制度としてはすでに文化勲章等々があるではないか。

ここでわれわれは、「ユネスコ無形文化遺産登録」のもともとの趣旨と何が文化遺産に値するのかをよく考える必要があるのではないか。俳句が「ユネスコ無形文化遺産登録」に値するとすれば、その理念の高さと大衆性においてである。そのことの方が継承者云々を論じるより、本質的ではないか。

③俳句組織の集権化

「ユネスコ無形文化遺産登録化」運動を機軸として、俳句組織の集権化が進行することへの懸念を述べる方もいる。その方はどの協会にも属しておられない。ここで俳句の組織について述べたい。

有馬朗人は「ＨＩＡ」を設立するに当たって、またその後も繰り返し、「ＨＩＡ」の設立に関して【現在日本の代表的俳句団体である、〈現代俳句協会〉〈俳人協会〉〈日本伝統俳句協会〉の三大協会の支持のもとに設立されたものです】と述べている。このことは彼が何を現状の俳句界に望んでいたかを、私なりに強く感じさせるのである。私が最初に有馬朗人に声をかけていただいたのは、１９８６年のこと、私の第1句集を読んでくださり長い毛筆のお手紙を頂戴した。だが、その後には数えるほどしかお話を伺ったことがないことが、とても悔やまれる。だがひとつ強烈に心に残ったことがある、先生の何かの俳句講演のおりに、現在の俳句界の状況についてのご意見を直接うかがった時のことである。そのとき先生は三協会の分立の現状における無意味さを指摘された。たしかにそのとおりで、協会設立のころの状況としてはそれなりの意味があったのかもしれぬが、現代では三協会が分立している意義は、協会の幹部を除いては何もない。むしろ、無理に独自性を出そうとして、不自然な規則などを作っているのではないか。少なくとも多くの俳句愛好者にとって、自ら三協会のどれを選択したかという主体的な意識を持つ人はまれであろう。

俳句を離れて社会は地域の時代といわれ、またネットワーク的スキームの時代が到来しつつある。協会組織のあり方もよく考えるべき時ではないか。

地域を中心とした大きな組織に「大阪俳人クラブ」があり、私自身も加入している。ここでは三協会わけへだてなく、仲良く俳句を楽しんでいる。「大阪俳人クラブ」の大会の時、「中央（東京）」の協会からの来賓挨拶で毎年の如く聞くのは「関西は仲が良くてよい」ということだ。関西の人間が特に全体的に人間の質が良いというのでなければ、それは三協会の垣根がないという現実がしからしめているのであろう。

協会の理念の差異は現代において現実的課題としては存在しない。もし、いまだに俳句の考え方がちがうということを重視するならば、それはその方の結社の主張とすれば良い。同じ考えの人々を集めて協会を作り、他の考えを圧倒しようとするのは多様性の時代の発想ではない。地域からでもよい、三協会の垣根はどんどん取り払っていくべきだ。

（4）基本にある俳句の問題点とメタな視座の必要性

俳句が国際的に人気のある理由は、俳句という短詩型表現の根底にある、自然感・生命感、いわば宇宙観とでもいうような理念に異文化の人々が感動を覚えるからであるのは間違いない。座の文学としての面白さに興味を持つ人はいるかもしれないが、決してそれが本質的な理由ではない。多くの外国の俳人は根底にある芭蕉の禅の心に関心を示し、また西洋人とは異なる自然への接し方に感動を覚えている方も多い。

俳句への外国人の理解、俳句を理解しようとする人たちの質と量は、ひょっとしたら私たちが想像するより大きい。数年前、私は縁があって、ルーマニアのブカレスト大学とコンスタンツァの俳句協会（1993年にルーマニアで設立された俳句協会）で俳句の話をする機会をいただいたことがある。ブカレスト大学の日本語学科の学生は、むろん日本語で俳句を作っていたが、日本の愛好者とほとんど変わらぬレベルのものがかなりあった。理解はかなり深い。コンスタンツァの俳句協会の方々は、英語またはルーマニア語で、いわゆる〝HAIKU〟を創作しており、いわば自然を中心的素材とした三行詩を楽しんでいた。通常の会合では、自分の作品の朗読を行なって鑑賞しあうようで、その日もお年寄りのご婦人や青年が自分の作品を朗読してくれた。HAIKUを楽しむ多くの方々の目標は自分の句集を出版することにおいており、また詩を通してのサロン的雰囲気を楽しんでいるようだった。

限定された経験だが、やはりHAIKUの愛好者は俳句の自然感に興味を感じることが主であり、サロン的雰囲気を座とすれば、それを楽しむ傾向もあることはある程度、というところである。

また「国際化」と同時に現在の課題となっている、「ユネスコ無形文化遺産登録」の問題は、将来の俳句文芸のあり方を考えた上で、その中に戦略的に位置づけて考えていくべきであろう。もしこの運動が現在の三協会の分立を正しく止揚していく方向にむかうのであれば、大いに支持すべきであるが、単に三協会の保身と中央集権化に向かうのであれば、疑義が生じるところである。（了）

自選七句

11150名8049句

〈鴻〉

相川　健［あいかわけん］

甲斐駒や雪蛍とぶバス乗場
風は秋いささ群竹さはさはと
団栗を踏んで縄文人となる
非日常てふ日常に慣れて春
みどり児や柿の若葉の透きとほる
時の記念日踏切の鳴りどほし
茄子焼いて父子の会話戻りけり

〈澤〉

相子智恵［あいこちえ］

をのこ打つ豆や玻璃戸の爆ぜ鳴りぬ
コロナ陽性涅槃会と思ひけり
山藤の水漬く大蔓櫂に押す
明るむや金魚の水のはや汚れ
金魚の口伸びたり糞をかすめたる
旱雲射的の銃の持ち重り
射的銃にコルク押し込む溽暑かな

〈郭公〉

会田　繭［あいだまゆ］

明日下る南の尾根いなびかり
秋の燈や等高線をなぞりゐて
老鹿の眼に山風の映りゐる
角ありて秋の日差しを意のままに
啄木鳥やこぼしつつ汲む沢の水
色鳥の瞳おほきく来たりけり
野の花は野の風に生れ秋の空

〈鬣TATEGAMI〉

青木澄江［あおきすみえ］

包丁の刃が上を向く今朝の冬
宇宙まで汚す人類冴返る
春の夢余韻がしかとある枕
人間に戻りたくても春の猫
あるとするなら初蝶の残り香よ
雛罌粟は手の内の赤見せあって
香辛料利かす真夏の間柄

青木千秋［あおきせんしゅう］〈羅《ra》〉

明け方の夢のこじれや秋出水
一行は残暑に触るる一筆箋
新藁の音の軽さを積み重ね
マスクして停滞したる思考力
初蝶と日差し分けあふ吾の背中
一匙に揺れるゼリーやらいてう忌
夏帽子買ひたる本を胸に抱き

青木ひろ子［あおきひろこ］〈門〉

朝からの青蜥蜴からややこしき
或る症候群つまぐれの種子しゅるる
触れてみよやがて忘れる鳳仙花
降りもしない乗りもしない虫の国行
日本に時雨新入者のＡＩ
毬を蹴る鳥がいたり二月ゆく
夜桜や狐の宴ならゆるす

青島哲夫［あおしまてつお］〈青岬〉

葉鶏頭血圧測る朝と夜
騎馬戦の閧の声聞く草の花
近代戦勝ち負けつかぬ雲の峰
遠ざける人とのまあひ秋灯し
秋刀魚焼くいつも不安に検診日
台風来ビニール袋も空に舞ふ
店頭の細き秋刀魚に涙ぐむ

青島　迪［あおしまみち］〈不退座〉

春の泥よけたつもりがよろけたる
かっこうや泣きたいときの風呂そうじ
蟬の殻思わず拾う明日も晴れ
サンダルをつっかけて出る盆の月
厚切のビーフステーキ寒波急
ベランダにひとり煙草よ冬銀河
吐く息の豊かに白く嘘を言う

〈やぶれ傘・棒〉
青谷小枝［あおたにさえ］

紅茶二杯目さへづりを聞き分けて
まだ空の少し明るく初螢
煮くづるるまで煮て茄子のボロネーゼ
暖房が効いて甘めのジンフィーズ
かくれんぼたれか冬木の陰にゐる
風花の屋根の高さに来て見ゆる
冬夕焼け蛇口の水の風に散る

〈栞〉
青山　丈［あおやまじょう］

限りなくなりさうになる鰯雲
柚を買ふ人を見たので柚を買ふ
浅草の月の半ばの松飾り
藪巻をされた樹へ行くだけのこと
咲きだして見ると普通の紅椿
どれも百円どれも浮く浮いてこい
タオルなど首に垂らすと盆が来る

〈郭公〉
青山幸則［あおやまゆきのり］

うち晴れて梅を捥ぐ日の相模灘
短夜の点りて昏き病舎の灯
野良猫の孕みてゐたる暑さかな
豊年の二人で担ぐ触れ太鼓
霜月の茶箱に仕舞ふ母の物
初霜の犬が曳き摺る鎖の環
甲斐駒ヶ岳雲を放ちて夏に入る

〈風土〉
赤石梨花［あかいしりか］

海峡は潮上げをり芽立時
水平に朝の広がる百千鳥
一切を水槽に透く海月かな
足るを知る暮らしや旧きサングラス
古みちの葎括られ小望月
吾亦紅心ほのかに詠はむと
秋めけるもののひとつに象の皺

〈笹〉
赤木和代 ［あかぎかずよ］

千里眼千里耳欲しや初山河
薄氷やものみな終のかたちもつ
天蓋の風触るる日の花祭
陽光の弾むまつさら春日傘
端麗な白き重さの白牡丹
秋航や琵琶湖を守る峯あまた
木の実独楽回らず横へふて腐れ

〈汀・りいの〉
赤瀬川恵実 ［あかせがわけいじつ］

一匹の蟻出棺のクラクション
ぼんやりと耳鳴りのせり木下闇
飯の香の漲つてゐる秋の宵
雨音も拾つてしまふ櫟の実
お手玉をひとつ振り上ぐ黄落期
銅鑼を一打淡淡として夕長し
鷹の空鷹匠の空一つなる

〈りいの〉
赤瀬川至安 ［あかせがわしあん］

水始めて涸るカラヤン広場の石
稲妻は鉄の匂ひを乗せて来る
東京をどおんと跨ぐ秋の虹
鬼城忌や安中村の紅葉鮒
擦れ違ふ女の吐息秋の蟬
新宿の謎のあなぐら鯨鍋
狸出づ期末試験の真つただなか

〈吾亦紅の会〉
赤塚一犀 ［あかつかいっさい］

ふらここや交互に揺るるマスクの子
春田守る凧の羽搏き荒々し
シェア畑の人影多し子供の日
朱の残る阿吽の像や若かへで
連れ合ひを窓辺に誘ふ後の月
側室の御霊屋ひそと冬浅し
腰痛のペンギン歩き春隣

〈都市〉
秋澤夏斗［あきざわかと］

悪相の鴉となりて夏来る
吾の後を追うて代田の山の影
山粧ふ雲の間より百の日矢
兄妹老いて故郷の赤とんぼ
蓑虫や同じ会社に半世紀
五十年通ひしバーやセロリ噛む
大寒や蹴つて歩けと整体師

〈夏野〉
秋山朔太郎［あきやまさくたろう］

柿色の夕陽懐し酉のまち
明日は明日の風に手櫛や木の葉髪
東風吹けば梅園西に動くかな
春昼の渇きに白湯を処方さる
軽鳧の子に孟母三遷お引つ越し
涼しさや八十路の肩に倶生神
裏木戸の夕日に声す花茗荷

〈海棠〉
秋山恬子［あきやましづこ］

京の陽の日々にやはらか山笑ふ
天水の壁にきらめく日永かな
あをあをと新樹光浴ぶ予後慣し
向日葵やベエと舌出す顔体操
あめつちの治まり秋の澄みにけり
冬至湯の混む混む湯気のありがたし
捨てたるにあらぬふるさと枇杷の花

〈不退座〉
秋山しのぶ［あきやましのぶ］

梅ほころぶ郵便土日届かぬも
芽吹き山座せばなんだか眠たくて
凌霄花朝の散歩は千歩ほど
雨晴れて紅ほんのりと酔芙蓉
桃の箱に空席ふたつ匂いけり
曳かれゆく浚渫船や秋燕
ポケットにウィスキーある探梅行

〈やぶれ傘〉
秋山信行〔あきやまのぶゆき〕

風花は磧に日暮れきたるころ
探梅の川の淵まできて日暮
立春の寺の厨に煙立つ
累代の墓石の崩えて青田中
西に星でてゐて北に稲びかり
日の暮れてより鶏頭の濃かりけり
大粒の雨のまた来る蕎麦の花

〈家・円座・晨〉
秋山百合子〔あきやまゆりこ〕

人生を色どりしもの冬の塵
立春の運動場に砂埃
夏椿正座のあとを転びけり
香水を吾がために振る淋しさよ
螢袋夜汽車の音のひびきけり
淋しさにつく草の実を宥しけり
松原に晩秋のみち細くあり

〈帆〉
浅井民子〔あさいたみこ〕

貝に盛る海のあれこれ夏の航
ひなげしの揺れやまざるよ巴里遠し
潮風を聞く籐椅子の座り癖
月まどか子へ弾く父のマンドリン
湧水の尽きず新蕎麦茹で上がる
妣の針わたくしの針祭りけり
調教の葦毛や楡の若葉風

〈八千草〉
芦川まり〔あしかわまり〕

春を待つ植えしアボカド二つ三つ
陽春や奉書包の菓子の香に
杉風も深川浅蜊愛でしかな
花手毬老いの途中を朗らかに
蘊蓄言いし亡夫《つま》それっきり鱧料理
寡婦という耳慣れぬ日々新松子
夫没日の赤丸にじむ古暦

〈風土〉
浅田光代［あさだみつよ］

鬼柚子にどかとぶつかる日和かな
一日のもう夕暮れや茶の咲いて
金堂に微塵ののぼる今朝の冬
浮御堂一辺よりの大嚏
おらびとも違ふ芽吹きの雑木山
緑蔭に髪をくくりて巫女となる
それぞれの舟屋育ちに燕の子

〈銀化・群青・滸〉
安里琉太［あさとりゅうた］

旗の日のぽいぽい鰡の釣れにけり
茶の花の蘇比なる蕊の吹かれをり
月渡るあたりの晴れて配餅
餅あひや暈ひろびろと月そこに
彼岸会や雨をよろこぶ犬の舌
海市よりおほきく白く歩み来る
水鏡みな生ぬるし躑躅山

〈樹〉
浅沼千賀子［あさぬまちかこ］

逆しまのうぐひす餅を直しけり
カーテンを開けて桜と水平線
口遊む「この木何の木」夏の月
生温き水ばかり出て原爆忌
明月や腹まん丸の布袋様
星月夜小さな森のゴッホ展
冬青空ピラミッドめく最高裁

〈ペガサス・青群・祭演・蛮〉
東　國人［あずまくにと］

上げるトス春一番がさらいゆく
菜の花忌もうこの坂は登れない
昭和の日座っていれば眠くなる
漆黒のガマより蛍また蛍
空欄ばかりの答案の束秋の暮
雪卸終ゆる頭に雪を積み
双六は一回休み父永眠

〈閏〉

東　祥子［あずまよしこ］

仲麻呂と李白を偲ぶけふの月
地球からの脱出の夢月嗤ふ
ラ・カムパネラ流るる師走の駅ピアノ
わが胸にひかりの飛礫ゆりかもめ
雛飾るアイヌの熊をそつと添へ
長堤や花の雲追ひ花神追ひ
栃の花土師器に染みる煮炊き痕跡《あと》

〈鴻〉

足立枝里［あだちえり］

ネクタイを外し焚火の番人に
建国日静かな雨の一日なり
春の灯のひとつに母の読書灯
酢をかけて魚を洗ふ遅日かな
泉より森の神話の生まれくる
火の残る串の山女魚を渡さるる
足すこし崩して月見団子かな

〈ろんど〉

足立和子［あだちかずこ］

御開帳善男善女薄暑光
御柱祭木遣りが曳いて風が押す
姨捨の野にも山にも緑さす
金木犀沸々なじむ青春歌
風音か蹄の音か盆提灯
雁渡る防人峠大峠
自在鉤爺婆かこむ夜の長し

〈香雨〉

足立幸信［あだちこうしん］

紅の紐の輝き吊し雛
傾ぎたるものはそのまま松の芯
校内で販売中や茄子の苗
雑草と聞けばさうかも高砂百合
違ひないかも鉄砲百合高砂百合
水面に逆さ金閣松手入
拝殿を吹抜くる風大祓

〈予感〉

安達みわ子［あだちみわこ］

頼りなき我が乳房なり初鏡
自転車のタイヤに空気入れて春
独り居の皿の触れ合ふ蛍の夜
過去はみな夢の切れ端夜光虫
巡回の靴音ひそむ夕月夜
すり減りの左右異なる露の靴
抱きあぐる夜泣きの病児虎落笛

〈昴〉

穴澤紘子［あなざわこうこ］

廃校の桜散り敷く鉄の門
新樹光うつ病む女《ひと》の美しき文
桜咲く子女の思春期うすき胸
羅の女《ひと》打ち揃ふ夕ごころ
夢か現か薔薇トンネルの出口なく
ふつくらの千枝子さん好き栗御飯
人は皆真の名持つ山清水

〈羅《ra》〉

阿部鷹紀［あべたかのり］

風光る母校のそばの私鉄駅
ちやん付けで妻子呼ぶ声暮遅し
何もせず休むと決める日永かな
免許証の笑はぬ写真猫柳
色褪せし赤のジャージや春の泥
帰省子の語尾に敬語の入り混じり
気の抜けた避難訓練鰯雲

〈雛〉

阿部　信［あべまこと］

波の来る度つんのめりさうに鴨
大まかに一方向へ散る桜
今朝の分だけ筍を売る媼
高々と水平線や岬は夏
虹色に吹き上げられし蜘蛛の糸
菅貫や句読点なき由緒書
といふ間に浜昼顔に囲まれし

〈花鳥〉
天野かおり［あまのかおり］

この海に滅びしものへ遠花火
稲妻を見据ゑる胸のクルスかな
冬薔薇の空の向うは眩しくて
古井戸に凍蝶の空あると云ふ
愛書積む小さきトラック卒業す
遠雷や母国のサリー深く巻き
虹の端を昏く歪ませ廃高炉

〈今日の花〉
天野眞弓［あまのまゆみ］

われ先に本流めざす雪解水
夫逝きてかばかり春の時雨かな
鳥帰る日暮に早き部屋灯す
独りも良しされど人待つ雛の酒
行間に憶ひあふるる余花の雨
絵硝子の夜のしじまや夏至の日よ
初暦亡夫の誕生日も記す

〈やぶれ傘〉
天野美登里［あまのみどり］

梅一輪ドクターヘリの戻り来る
初夏の川の流れを呑む鳥
干拓の畦道真直雪加鳴く
桔梗の蕾はじける広重忌
陽は海をそめて背高泡立草
午後五時の時報のポーが蜜柑山
初東雲紐締め直す登山靴

〈帯〉
新井秋沙［あらいあきさ］

鬼灯市なにかが揃ひすぎてをり
蓮ひらく泥美しき父の恋
夏燕水車に天と地の生まれ
墨摺つて裏もおもても梅雨の家
ダイレクトメール分厚く届く素足かな
毒茸を蹴つて他愛のなき真昼
てのひらの夜露に濡れてまた乾く

〈鴻〉
荒井一代〔あらいかずよ〕

奈良墨の匂うて冬のあたたかし
一陽来復買ひ足す樺の細工物
さざんくわの散るは双体道祖神
うぐひすの初音は確かあのあたり
花守に寄るやはらかき夜の風
堰を越す水音明るき芒種かな
前をゆく僧の抱へし菊の束

〈ろんど〉
新井京子〔あらいきょうこ〕

鐘の音の余韻を背《ナ》に蓬餅
紙風船過ぎ去りし日の風の音
レストランS《エス》D《ディ》G《ジィ》s《ズ》の夏料理
かなかなや叱られし日の塩むすび
種籾のドローンの蒔く日和かな
月の波洞窟風呂を灯しけり
霜柱踏みて一日の元気とす

〈沖・空〉
荒井千佐代〔あらいちさよ〕

波止に干す荒布かき寄せ棺下ろす
灼け石のふたつ殉教者の寝墓
方舟に片足かけて昼寝覚
主に罪を負はせて真夜の髪洗ふ
鶏が稲架のある田へ集まりぬ
巨船出るたびに大揺れ鯊釣舟
いわしぐも生は短く死は永し

〈艸〉
新井洋子〔あらいひろこ〕

カーナビに任す遠出や野菊晴
啄木鳥や門戸を鎖す別荘地
モンローか括れ自慢の大ふくべ
小鳥来るトリコロールのケーキ店
シャンパンを割つて進水秋うらら
鵙日和バス停前の何でも屋
曇天を支へきれずに銀杏散る

〈鴻・松籟〉
荒川心星［あらかわしんせい］

色即是空青嶺を写す水鏡
ほうたるに闇あり闇のあたたかし
恙なくあれ送り火の燠となる
棉吹いて歳月ばかり遠くなる
一筌の音が晩秋の山へ向く
鷹鳩と化し三河路の切通し
薔薇百花百の妖精遊びゐる

〈伊吹嶺〉
荒川英之［あらかわひでゆき］

虫捕りや饐えし匂ひの夏木立
向き合つて妻と窓拭く菊日和
冬霧に淡き街灯漱石忌
採点の寛容となる風邪心地
立春や薩摩切子の青き影
文豪に未完の一書花吹雪
鳥籠に挿す日替りの夏野菜

〈鴫〉
荒木　甫［あらきはじめ］

初夢や開けてはならぬ玉手箱
山桜同姓多き戦没者碑
あめんぼの影が動いてよりうごく
あぢさゐの白ひと色を重たげに
敗戦忌舟虫走る第二埠頭
冬瓜のひと筆描きのごと並ぶ
夕刊の見出しが歪むいなびかり

〈萌〉
荒巻信子［あらまきのぶこ］

経典の文字の角ばる余寒かな
帆柱のかすかに軋む涅槃西風
一人には余るテーブルさくらんぼ
法堂の御簾を透きくる蟬のこゑ
七十路の手に空蟬の琥珀色
生と死の間の白き曼珠沙華
山門をくぐりてよりの息白し

〈やぶれ傘〉
有賀昌子［あるがまさこ］

夏兆すうつすらとある種痘痕
干し物の手を止め四十雀さがす
薄暑光回転ドアーに人が消え
秋茄子の紺浮きあがる白磁皿
落葉みち紺の暖簾の呉服店
造成地荒れたるままに梅三分
柔らかに丹波黒豆煮る二月

〈白い部屋〉
有住洋子［ありずみようこ］

水中花雲の動かぬ日なりけり
日は雲の真裏いちぢく重たき日
身に入むや色の欠片の世界地図
谷あひの最後に焚火見し記憶
ひとところ氷柱の長き未明かな
涅槃絵図枯山水と向き合へる
百年の合間合間を茂る丘

〈ろんど〉
有本恵美子［ありもとえみこ］

水色のゆふぐれとなる花いばら
みせばやの咲いて砂子のきらめける
つつぴいと鳴く鳥を追ひ夏汀
夕星や柔らに白き花辛夷
かなかなやゆがみがらすの縁に座し
文香のただよふ文や月鈴子
漱石忌ローマ数字の腕時計

〈獺祭〉
粟村勝美［あわむらかつみ］

宙に飛ぶ小町の札や歌留多会
見はるかす山に日当り寝釈迦仏
黄昏に溶けゆく街や黄金虫
戦中の避難の記憶草いきれ
鉄柵に距つ基地なほ敗戦日
大津皇子眠る陵墓や百千鳥
秋灯す夫婦に無駄な部屋の数

〈海原〉
安西　篤［あんざいあつし］

カフカ忌やコロナ禍まかり通るなり
持時間なき夕焼に見つめらる
自粛とや木槿咲き継ぎまた散りぬ
命終の画像の笑みや草の花
生あらばメンタルヘルス木の実独楽
コスモスに風が来てます乗合です
生き死にの汽水に浮かぶ浮巣かな

〈やぶれ傘〉
安藤久美子［あんどうくみこ］

アナウンサー頻りに今日の寒さ言ふ
樹の下に眠る柴犬枇杷の花
碁会所はどうやら休みスイトピー
吸盤を見せさかしまに守宮かな
風通ふバルコニー席Ａランチ
卓上を立ち昇りゆく檸檬の香
躊躇なく動くワイパー秋の雨

〈阿吽・香雨〉
安養寺美人［あんようじびじん］

囀の樹を天蓋に父母の墓
花時計の中に数輪犬ふぐり
海賊の砦の島や桜まじ
青田千畳夜は一梅の星天井
すりぬける煙草のけむり蜘蛛の網
籐寝椅子父母の遺影に見おろされ
箱庭のうしろ姿の山頭火

〈鴻・札幌リラ句会〉
飯川久子［いいかわひさこ］

熊除けの鈴を鳴らして連れ立ちぬ
いろいろの音符啞へて小鳥来る
寂聴の庵を思ふ素秋かな
母の日や久留米絣を出して見る
玫瑰を夕日と共にジャムにせり
なかなかまど揺れてコロナ禍寄せつけず
園児らの騒げば木の実降り止まず

〈羅《ra》〉
飯島ユキ［いいじまゆき］

さくらまつこころひとこふこころとも
貝砂を吐くや憲法記念の日
白きもの白く晒せりらいてう忌
緑陰やパレット洗ふ水呑場
明日のため蕾む夕日の白木槿
晴れ晴れと降るどんぐりに褒め言葉
帰り咲く花に日の射す冥加かな

〈豈・磁石〉
飯田冬眞［いいだとうま］

梅が香や抜け道多き武家屋敷
一湾に白の煮え立つ鰊群来
万のこゑ濡らす礁《いくり》や海猫渡る
手のひらに銅貨の匂ふ啄木忌
青梅の夜明けの湿り持ち帰る
秋の水ぽつんと蠅の死を浮かべ
コンロの火ぐるりと回り冬に入る

〈濃美〉
飯塚勝子［いいづかかつこ］

きりぎりす爺彫る仏爺に似て
弥生の遺構まぢかに黒き稲穂垂れ
オーバーをまづフロントに会場へ
ふらり来て初蝶蕊にふれて行く
花菜漬納屋にあふるる古道具
芍薬の蕊抜きんでて炎めく
ひろびろと空のありけり燕子花

〈波〉
飯野深草［いいのしんそう］

淡海へ落花うながす三井の鐘
浦波や寄せては返す花筏
遠蛙睡魔が落とす文庫本
水脈暮れて磐余の池の残り鴨
梅雨あをし木の間隠れに竹生島
短夜のベテルギウスの余命かな
楪や母の血筋の左利き

〈夕凪・同人・晶〉
飯野幸雄〔いいのゆきお〕

オミクロン鬼クロンめと豆打てり
原爆忌核もて脅すことなかれ
異界の火めきたる猛暑酷暑かな
干魃も大洪水もなひ交ぜに
大型とふいつも通りの颱風来
冬迎へ目に物言はすマスクかな
原発禍津波禍十とせ大枯野

〈itak・アジール・藍生・雪華〉
五十嵐秀彦〔いがらしひでひこ〕

声帯は父性の記憶冬初め
夕暮れてくる焚火などしたくなる
蜂よ動詞が使ひ尽くされてゐる
夕東風を歩く誤植の貌をして
死者を抱く畳となれり大西日
星祭見おぼえのなき猫とをり
触角を喪くせしのちの花野かな

〈ひたち野〉
井川水衛〔いがわみずえ〕

歌枕を枕に京の山眠る
ぶらんこを漕げば昨日が見えて来し
筆塚にトンボ鉛筆浅き春
彼の人も此の人も逝き石鹸玉
忘れ来しもの思ひ出す夕端居
今の世は虹の彼方も夢の無き
帰省子の大きな夢を置きて去る

〈秀・星の木〉
藺草慶子〔いぐさけいこ〕

猟犬のざぶざぶ川を渡り来る
涸川の川底をゆく影法師
撃ち捕りし熊つくづくと痩せゐたり
刃先より受け取る熊の肝一片
ぞつくりと山膚見えて猟名残
日の障子開け晩年の父と母
あをあをとやどり木高き冬至かな

〈ひまわり〉
生島春江〔いくしまはるえ〕

ぎしぎしの風さらさらと渡るなり
熊ん蜂飛んでいるだけ島の昼
桜餅ふたつ入船地蔵尊
引潮に裏返りたる海月かな
星月夜緩和病棟扉閉づ
掌に受けるカリフラワーの重きこと
蕎麦食べてしぐれの町を帰りけり

〈豈・鬣TATEGAMI〉
井口時男〔いぐちときお〕

枯野のゲリラ花束を擲弾す
けだもの臭き初夢見たり獏の鼻
闇は温し光は痛し寒卵
夜警斃れて脳内真赤な寒夕焼
その前夜（いまも前夜か）雪しきる
死児たちの囀りが降る朝の街
砕けてはその場で燃えよ麦と骨

〈小さな花〉
池田暎子〔いけだえいこ〕

蒼天に伸びるクレーン木の根明く
春光一閃カーテンの隙間より
梅雨穴やこの星いよよ歪なる
まだ酔うているらし朝の酔芙蓉
籠り居て老後は長き百日白
かなかなや受けし二枚の処方箋
すがる虫あの日に届きそうな道

〈燎〉
池田和子〔いけだかずこ〕

初旅のたつぷり仰ぐ富嶽かな
畳屋の小さき看板桜草
三度目のスイッチバック濃紫陽花
名石を選び亀の子甲羅干し
裏返るたびに海月の命燃ゆ
瑠璃色の風より軽き糸蜻蛉
口癖は今が幸せ草は実に

井桁君江［いげたきみえ］〈あゆみ〉

夏立てりパラグライダー風摑む
遠くなる御輿見てゐる肩車
夜学子のコンビニ弁当四食目
読みかけに栞差し込み栗ごはん
正調の木曾節を聴く瀞は秋
店頭に別珍の足袋際物屋
凪の朝けふの段取り聞く焚火

池田啓三［いけだけいぞう］〈野火〉

毒茸よそよそしさも憎からず
九十は並の歳とし返り花
日本には俳句ありけり初景色
老いし身をふと忘れさす八重桜
夏草の背丈を越えて城の跡
父の日と知らず夕餉の席につく
雨傘を日傘に病院より戻る

池田澄子［いけだすみこ］〈豈・トイ〉

本棚の先生の場所千代の春
夏は暑し石に彫られし氏名は永久
日の暮に少し間のある酔芙蓉
逢う前の髪を手種の涼しさよ
お久しぶりと手を握ったわ過去の秋
脳の真闇の入口出口あきのかぜ
夜半から雪になるらし鯉の口

池田友之［いけだともゆき］〈ぐる芽句会〉

凧揚げて糸譲り合ふ親子かな
時計やや遅れしままに冬日差す
山茶花の垣根を透かす朝陽かな
花冷えの空のぼりゆく観覧車
風の音聞こえず裸木の揺るるのみ
曇天に幹かけのぼる冬の栗鼠
此の秋の空見ることの多かりき

〈風土〉
池田光子〔いけだみつこ〕

遊具みな位置を正して春を待つ
あめんぼう水を磨いてをりにけり
絵馬を吊る赤き結び目鳥の恋
ぐつたりとドライブインの鯉のぼり
夏料理水揺らしつつ運ばるる
茎の石夜々に沈んでゆきにけり
数へ日や鯛に跳ねたる台秤

〈青山〉
井越芳子〔いごしよしこ〕

雪嶺や赤き実に鳥はたはたす
鬱勃と押し寄せてくる枯野かな
山よりもしづかに冬の家灯る
山国に昼の過ぎゆく冬桜
枯蘆のひかりを右に曲りたる
ひと色に芒枯れたる虚空かな
溺愛のやうに革手袋赤く

〈ねじまわし〉
生駒大祐〔いこまだいすけ〕

火の透くるところ愚かし燕
ぶら下がる枝折白き山桜
水に塵花の眼は昏からむ
花柄の心でゆけり葛嵐
羅や水のたふれて遠くまで
はしやぐ声諸手に受けて月明り
芒折り取りて古書肆を泳ぎたり

〈風の道〉
井坂　宏〔いさかひろし〕

英語では言へぬ感覚水温む
ゲルニカの描きし狂気大暑なる
詩の生まる一語授かる夜の秋
流れ星地上に落ちて金平糖
寝るに惜し詩魂昂ぶる良夜かな
切株に座し晩秋の音を聴く
美しき言葉吐く時息白し

〈閏〉
伊澤やすゑ［いさわやすえ］

節電の夜や三月の雪あかり
惜春や踏みゆく影のやはらかく
冷房に冷えて地球を温むる
秋薔薇に息をふき込むやうに風
検査着はいつもぶかぶか落花生
落葉搔今日の落葉のおとなしき
神戻り給ふ足音冬の雷

〈風土〉
石井美智子［いしいみちこ］

まじなひの水刷く包丁始めかな
ゴジラ岩冬の夕焼を吐きにけり
公魚の椀で量られ朝の市
十錠の服薬介助亀鳴けり
白神の苔の膨らむ梅雨入りかな
なまはげの面彫る音や神無月
小春日や朝市に買ふ曲げわつぱ

〈鴻〉
石垣真理子［いしがきまりこ］

約束のやうにちちろの鳴く夕べ
悪役の一目でわかる村芝居
ちやん付けで呼び合ふ里の小春かな
今年酒撒いて生家の取り壊し
さりさりと削る鉛筆霜月夜
まづ親が潜つてみせる鴨の朝
春愁やマトリョーシカの長睫

〈炎環〉
石　寒太［いしかんた］

隠岐牛の巨き陰囊《ふぐり》や秋の風
隠岐島の明日へ翔ぶべし蓮《はす》の實よ
隠岐神社の新米三匙賜はりし
隠岐泊まりいま月光下馬睡り
緋扇貝嚙む愉《たの》しさや今朝の秋
径《みち》ふさぐ隠岐の黒牛秋の暮
はろばろと渉《わた》り来し隠岐島の秋

〈河〉
石工冬青［いしくとうせい］

雪割草愛でし二つの膝がしら
白眉の伸びて二ン月尽きにけり
街角のみどりの電話さくら餅
若冲の鶏鳴いて梅雨上がる
古茶新茶志功天女の瞳かな
一握の雲となる過去枇杷の花
残菊の鉢を並べし余生感

〈地祷圏・響焔〉
石倉夏生［いしくらなつお］

梅白し無菌の風を深く吸ふ
アンモナイトの渦に始まる春愁
地球儀の海はなめらか沖縄忌
春眠の奥へ躰を置いて来し
炎昼の薄い空気を吸ひ直す
雲の峰から崩壊のシンフォニー
微酔して夜の秋思に深入りす

〈梓・杉〉
石﨑　薫［いしざきかおる］

山椿泣けるやうなる色は赤
春ふかし縄文人の糸切歯
麦畑風の足あと見てをりぬ
隠れ棲む《コロナ禍》心地もよろし更衣
少女みな昔おかつぱ吾亦紅
さみしさは背ナより来り夕の鵙
石段に日のまはりたる枯蟷螂

〈百鳥〉
石﨑宏子［いしざきひろこ］

石庭の波間にひとつ落椿
鏡台の隠し抽出し花袋の忌
夕映えに河燃ゆ七月十四日
子の崩す積木の街や敗戦日
新涼の泉のやうな一書かな
十六夜や入江を巡る草の道
木登りの子に大鷹の空のあり

〈嘉祥・柵・雪解〉
石嶌　岳［いしじまがく］

てふてふの脚は雌蕊を摑みをり
白地着て油小路の寺の前
涼しさの半歩遅れて歩きをり
路地路地に神輿を据ゑて神田かな
豆腐屋も下駄屋もなくて秋の風
さびしさのさざなみ寄せてやがて冬
冬蝶の水のやうなる息をして

〈今日の花〉
石田慶子［いしだけいこ］

牛飼になると汗して五歳の児
風に鳴る岬の風車花海桐
襟巻の似合ふシーサー市場前
白波を追ふ白波に初日差す
緋桜と椰子に守られ九条碑
就活の話を孫とこどもの日
菖蒲湯や米寿へ向かふ力得し

〈鴻〉
石田蓉子［いしだようこ］

櫨紅葉鈴緒の褪せし地蔵堂
入浴剤のハーブの香る小晦日
白梅を暮色ゆるゆる包みけり
利休忌の日暮れ薄墨色にかな
ローズマリー窓辺に活けて梅雨に入る
瞽女祀る碑につと梅雨の蝶
秋雨や須恵器の罅の八方に

〈秋麗・磁石〉
石地まゆみ［いしぢまゆみ］

雄叫びをあげ出逢ひたる野火と野火
子の声が祝詞を消せる御射山祭
湖底なる縄文遺跡鳥渡る
身のうちに太鼓のひびき薬喰
みみづくの一つ此方向き涅槃変
梅雨の蝶鋏使へば寄りきたる
修羅能の語りに痩する早梅雨

〈ひたち野〉
石塚一夫［いしつかかずお］

向き合ふは新たな自分初鏡
霾ぐもり静かに空を奪ひけり
梅東風や動き出したる農暦
走馬灯遠き昭和の燐寸擦る
石庭の落款ほどの散紅葉
残心の姿のままに枯蟷螂
待つ人のゐる窓明り牡丹雪

〈海棠〉
伊集院兼久［いじゅういんかねひさ］

団栗に肩叩かれて運試し
裸木の幹を流るる寒の雨
小春日や今日も明日も日曜日
見晴るかす大海原や風光る
日ノ岬花の衣を着て御座る
雨垂れに身震ひ一つ牡丹花
山腹にたゆたふ雲や梅雨晴間

〈海棠〉
伊集院正子［いじゅういんまさこ］

みどり児の手叩き覚ゆ蕗のたう
春炬燵くり返し読む嫁の文
顕彰碑呑み込みさうに鯉幟
祝ひ事アンネ好みの薔薇送る
窯焚きの薪燃ゆる夜や星月夜
店たたむ山茶花の散るお茶の里
天赦日や年玉で買ふ赤財布

〈波〉
石渡道子［いしわたみちこ］

若草を走る嘶き日高かな
若草や光りあまねし草千里
夏山に触るるばかりのケーブルカー
我が胸を大地とするか子蟷螂
一張羅着ることなくも風入るる
土踏まず叩く勤労感謝の日
リスボンの路地や鱈売る婆の声

〈やぶれ傘〉
泉　一九［いずみいっく］

洞門の右手明るき芒原
梅の花五つを数へ家を発つ
春の灯に円空仏が笑つてる
熱川の駅前広場カンナ咲く
青森へりんごの花を見にきたの
男体山の朝の影ある草紅葉
重ね積む板に秋の日木工所

〈道〉
和泉すみ子［いずみすみこ］

落葉松はからまつと群れ春の雪
蛍火の一つばかりが迎へけり
明易しけふを覚悟の目覚めかな
これもまた涼しき遺品料理帖
秋霖の傘の重さや人恋し
米寿とや卆寿がそこに柿落葉
秋麗ジオラマのごと坂の下

〈くさくき〉
磯　直道［いそなおみち］

大川や東風の続きて波幾重
梅一輪肩に香るや男坂
論文に涙の重み卒業す
梅雨空に納骨の日の残りたり
夏空に疎開の日々のまだありぬ
瑠璃揚羽よくぞ狭庭に来てくれし
南天の花こぼれしを誰も知らず

〈ろんど〉
磯部　香［いそべこう］

春光や壁当てのまり弾みゆく
夕長しライトアップの待ち時間
リュック背に並ぶ乙女や青楓
花菖蒲少年の網近づけり
居待月記録づくめのホームラン
玻璃越しの葉のゆらめきて獺祭忌
遠富士のひらく房総大枯野

〈燎〉
板垣　浩［いたがきひろし］

富士称へ武蔵野称へ初日の出
三月来三日に一度春連れて
猩々袴師の碑師の忌に違はずに
清濁を合はせ蔵王の雪解川
憲法記念日平和とは斯く難しき
万緑を分け入る出羽の舟下り
日の盛銃声暴く闇深し

〈汀〉
市川浩実［いちかわひろみ］

鱗粉をゆたかに月の蛾《ひひる》かな
火のこゑを聴く夜となりぬ猿酒
冷まじや合せ鏡の消失点
つまづける火を火が扶け札納
電極のプラスマイナスかなぶんぶん
夜を昼を眠り継ぐ日や水中花
砂だんご砂にもどりて星涼し

〈馬酔木〉
市村明代［いちむらあきよ］

くちばしに羽ついてゐる羽抜鳥
あふむきて虫曳かれゆく蟻の道
大和絵を見にゆく後の更衣
蟷螂の貌に裏側ありにけり
高層の空の直角梅探る
埴輪の目冬青空に向いてをり
ストーブを囲みて知らぬ者どうし

〈秋麗・むさし野〉
市村栄理［いちむらえり］

うつとりと石碑は古び飛花落花
ははに似る観音ひとつ桐の花
紫陽花の波が背を押す釉子の忌
金魚玉余命を夢の中に生き
かをり立つチョコの空き箱野分の夜
高稲架や荒海は能登鍛へをり
雪吊の縄結ふ天を鳴かせては

〈馬酔木・晨〉
市村健夫［いちむらたけお］

スカートをつまみて春の渚かな
この空に大塔ありし桜かな
花筏揺らぎて鯉のしなひ来る
ジャンパーを腰に巻きゆく花野かな
綿虫を濡らさぬほどの雨のきて
年寄りの声は筒抜け山眠る
薪棚に荒釘打てり年用意

〈汀〉
市村和湖［いちむらわこ］

欸冬華《かんとうはなさく》森鷗外の恋
中空に湍のあればちる桜かな
地底湖の碧の領域夏来たる
いつの間に鏡おとろふ夜の蟬
八月の影の貼り付く地べたかな
かへらざる人まつごとく林檎おく
冬の鵙引込み線の先の海

〈知音〉
井出野浩貴［いでのひろたか］

雨の穢を雨にすすげり草の花
ランボオも旅に病みけり秋深し
木の葉髪急いて詮なきことばかり
真夜中の姿見杉田久女の忌
木々の影さだまらざるは水温む
劫を経てなほ疼くもの啄木忌
緑蔭に坐す緑蔭に解くるまで

〈森の座・群星〉
伊藤亜紀［いとうあき］

遮断機の上がれば故郷稲雀
一つづつ愚痴燃やしゆく囲炉裏の火
優等生ばかりの菊の菊花展
雪の宿昔むかしと振子の音
春光や誓ひのキスの美しく
囀や火の勢こそ登り窯
鉄線や吾を忘れゆく母なれど

〈泉〉
伊藤麻美［いとうあさみ］

東京のはづれの空や梨売られ
てつぺんの柿をもぐまで見てゐたる
枯園の枯れ尽したる案内図
針山の一本を抜く冬景色
葱坊主揺らして列車北上す
シーサーのあひだをとほる日傘かな
真夜中の時計の音と金魚かな

〈河〉
伊藤一男［いとうかずお］

青邨の居間より見ゆる巣箱かな
あかあかと魚付き林となる桜
もの言はぬ永遠の語部初桜
星涼し縄文土器に補修孔
やませ来る子捕ろの唄は今もなほ
少年の書架にデカルト夏に入る
潮騒を人声と聴く彼岸かな

〈鴻・胡桃〉
伊藤啓泉［いとうけいせん］

出羽一国ジオラマにして鳥帰る
ものの芽や空がいつしか狭くなる
谷若葉越えていではの瞽女の墓
ゲルニカの謎解き始む春隣
茂吉忌の雪掻く出羽となりにけり
いつまでも同じ自画像吾亦紅
県民歌無言で唄ふ文化の日

〈ペガサス・縷縷〉
伊藤左知子［いとうさちこ］

たんぽぽの咲きて原つぱすこし浮く
白線を踏むハチワレの孕み猫
冴返るガラスペンより滲む青
みどりの日綿棒の吸ふ耳の水
青葉若葉合わぬラジオのチューニング
待ち伏せの少女は若葉むしりけり
梅雨湿り水かきはまだ生えて来ぬ

伊東志づ江〈あゆみ〉［いとうしづえ］

春愁ひ忙しいんでまた今度
薄氷をいちいち割つて傘の先
本当はシャイなんだけどアマリリス
根拠なき自信の若さ青葡萄
知らぬ間に随分と満ち梅雨の月
ゴジラ真似て白息競ふ通学路
凍星の融けて牧場の夜明けかな

伊藤　隆〈鴻〉［いとうたかし］

ランプ滲ませ煉瓦倉庫の大氷柱
棟梁の足取り軽し梅真白
鉄棒に逆手の構へ夏めきぬ
トゥクトゥクの縦列駐車夏の雲
涼新た紙の乾きに筆のせて
蒼天の木地師の里の冬構
年の湯の手にころころと檜玉

伊藤トキノ〈香雨〉［いとうときの］

電波塔によつきり春の山の上
晩春や池の囲ひに覗き穴
閼伽桶が気に入りらしき青蛙
稲の花しづかに昼の時の過ぎ
廃船に残る羅針儀鳥渡る
寒木瓜の一枝だけが花を付け
満開のやうに河口の百合鷗

伊藤秀雄〈雪解〉［いとうひでお］

小面の生れて幾年初明り
腰浮かせ波やり過す海苔掻女
白波に羽の白妙海猫わたる
観世音背にして座せり花疲
雲の峰しづかに影の育ちつつ
かまつかや朱色を尽す能衣裳
風葬の鴉褪せざり穭枯る

〈菜の花〉
伊藤政美［いとうまさみ］

湧き立つは滅びる力雲の峰
柿の花ばらばら落ちて生き残る
雁渡る人を泣かせて励まして
眼前に欅一本冬へ急
結局は生死の話霜の夜
春埃この世の始末遅遅として
山桜大きなものが通り過ぐ

〈稲・宇宙流〉
伊藤　翠［いとうみどり］

夕虹の池の水輪に乱れ入る
指で繰る父の回忌や余り苗
火取虫ひとりはピエロになりにけり
遠く来てまた遠く見る苔の花
逆落す鳶を見ており夏至の朝
夜に編むレースととのう鳩時計
青桐や地球ひたすら青々と

〈萌〉
伊藤康江［いとうやすえ］

初凪や相寄るごとき夫婦岩
早梅や小流れに沿ふ庵を訪ひ
梅東風や神馬の白き長睫毛
海よりの風をもてなす夏座敷
追風に乗りそこなひし船遊
先生の席空けて待つ今年酒
天窓に星の張り付く狩の宿

〈野火〉
糸澤由布子［いとざわゆうこ］

黒猫の背の黒々と春の月
焼杉の蕎麦屋の格子猫の恋
黒猫の真つ黒な髭風光る
朝涼やねだられて出す猫の餌
真ん中に猫長々と夏座敷
裏口の猫の出口に差す西日
黒猫のふと足元に月冴ゆる

〈藍生〉
糸屋和恵［いとやかずえ］

行秋の湯呑の蓋の軽きこと
二の酉の過ぎて境内掃かれたる
箸で割る豚の角煮や雪催
鉛筆を順に尖らせ大試験
ひとのゐぬ桜のいまも散りつもり
梅雨の月夜更かしの癖今もなほ
翡翠に見らるる川のほとりかな

〈ひまわり〉
稲井和子［いないかずこ］

梧桐咲く神域の隅散り敷きて
朝日受け登校子らの息白し
静けさや墓地に散りこむ山桜
余所見しつ石橋渡る巣立鳥
猫柳コロポックルの帽子かな
鳥居よりすぐに石段天神祭
母在らば語り合いたし沙羅の花

〈ときめきの会〉
稲垣清器［いながきせいき］

お通しは木の芽和なり酒を飲む
春雷の遠のく空を思ひけり
葉桜の枝に頭を小突かるる
手解きをしつつ娘と梅漬ける
新盆の妻の気配の厨かな
しばし待つ干し竿に鳴く秋の蝉
出来映えのよき白菜を二つ割り

〈少年〉
稲田眸子［いなだほうし］

冷房に五臓六腑を横たへし
一摑みほどの水着を着るといふ
弾けゐるあぶく金魚の寝言らし
夜濯ぎの横顔をふと盗み見る
連弾のごとく揺れ合ふ吾亦紅
まだ切らぬ親展の封菊日和
後れ毛にうつすらと汗寒稽古

〈ホトトギス〉
稲畑廣太郎［いなはたこうたろう］

ギヤマンの皿青々と夏大根
冷奴口に広ごる里の景
終章を迎へし人に今朝の秋
天の川少女に還る媼かな
音立てずコルク抜かれてより夜食
むくの群伸び縮みして空を掃く
秋惜む記憶の薄れゆく君と

〈ひまわり〉
井上京子［いのうえきょうこ］

秋寒し一気に豆の熟れゆけり
捗りて秋蒔きの畝三筋生る
枯芙蓉ひざっ小僧を擦りむいて
陽の向きへ掛け直しおり干大根
剝がしゆく畝の覆いや土の春
耕しの畦に賜る缶コーヒー
炊きたてのご飯に卵山笑う

〈燎〉
井上桂子［いのうえけいこ］

夜間部の留学生や十三夜
文化の日時間を決めてユーチューブ
五センチの車内換気や寒に入る
菠薐草体格ちがふ同い年
慈悲心鳥ニューアルバムに反戦歌
安静に育む胎児日日草
一文字づつ絵本読む子やソーダ水

〈鴻〉
井上つぐみ［いのうえつぐみ］

手を振らぬ母へ手を振る冬の朝
メタセコイアの静かな鼓動春立てり
花ミモザ声失ひし母のうた
軽過ぎる母の骨壺蟬時雨
涼新た遺品の鈴の響きけり
冬瓜の自己主張なく転がりぬ
金木犀ポストに切手なき手紙

〈汀・泉〉
井上弘美［いのうえひろみ］

もう声の届かぬ遠さ若布刈
三鬼忌の壁に俯く木偶首
皐月富士とは夕闇に紛れざる
星飛んで水瓶おもき観世音
蒼天の鶴を迎ふる鶴の声
くだら野や白磁となりて日の亘る
雪を呼ぶことばとなれりアヴェ・マリア

〈郭公〉
井上康明［いのうえやすあき］

楪や山気まとひて男来る
春泥に声弾けとぶ子供たち
鳥つぶて立夏の空に紛れたる
深山石楠花あかつきの雨こぼす
絡み合ひたり黄のダリア緋のダリア
身に入むや月のひかりを石に踏み
荒彫りの阿吽の仁王虎落笛

〈上智句会〉
井上泰至［いのうえやすし］

三月のさみどり多き夕餉かな
鳩一羽載せて春一番の空
島の影光の影の聖五月
片蔭を選んで歩く露地の朝
江戸は鳴り南部は響く風鈴屋
コスモスに出会ひに行きし岬かな
月満ちて川面見えなくしてをりぬ

〈暦日〉
伊能　洋［いのうよう］

花水木開くや街路しんとなる
画室の灯窓の守宮に消さず置く
麦秋やゴッホの鴉鳴きわたる
筍の一本ずしりと届きたる
新涼やパレットに置く青の数
冬めくや指から逃げるもの増ゆる
疫身近か杞憂を笑へぬ寒さかな

〈若竹〉
今泉かの子［いまいずみかのこ］

鯉の背の水はなめらか秋高し
つはぶきや水満たしゆく夜の井戸
ダムカレー出すふるさとや残る雪
診療所の医師は青年田水張る
ラヂオ洩れくる作陶の掛すだれ
近所の子来て乗りたがるハンモック
ごめんなすつて艶々の茄子の太刀

〈燎〉
今泉千穂子［いまいずみちほこ］

夫生きし最終章の古暦
夫送る令和三年除夜の鐘
寒満月浴びて独りに戻る部屋
咲き疲れ空に溶けゆく夕桜
春愁や眠れぬ夜は猫を撫で
解体の大黒柱守宮鳴く
かなかなの声を間近に書く手紙

〈いぶき・藍生〉
今井　豊［いまいゆたか］

髪洗ふ奥歯をぎゆつとかみしめて
空蝉や自伝はなやぐこともなく
玻璃越しに青葉に濡れて罹患せり
細ぎれの眠りをつなぐ黒揚羽
母一人子一人新樹さざめきぬ
古書店に蛇笏を探す青葉影
バレリーナ私服に着替へ春の暮

〈対岸・沖〉
今瀬一博［いませかずひろ］

少し凹める初夢の枕かな
春の雪分厚く軽き時刻表
代掻きのにごりそのまま濁り川
涼しさやずしりと重き南部鉄
南北に発たす単線豊の秋
これ以上乾かぬ土偶金木犀
日の温みあり平飼ひの寒卵

〈輪〉
今園由紀子［いまそのゆきこ］

初山河刻のゆくりと移りけり
喧噪を脇に円墳風薫る
更衣白の眩しき女学校
山門に猫居着きをり秋日和
屑鉄の捨て場に絡む秋暑し
リズム良き池の飛び石涼新た
泣き相撲泣くも泣かぬも豊の秋

〈貂〉
今富節子［いまとみせつこ］

春嵐もうトロイカは唄はない
花冷や要らぬ灯は消せの令
地下街を抜け清明の青信号
口開くは水を飲むとき極暑の日
大向日葵どうと首垂れ花に種
稲光夜の新宿突き刺しぬ
赤とんぼ動体視力かきまはす

〈火神〉
今村潤子［いまむらじゅんこ］

野火猛る神の怒りに触れしごと
花樗さやぐ花芯に孤独あり
白鷺の不動や思惟を深めおり
薫風や鯱燦然と肥後の城
河童忌や一枚足りぬスープ皿
万緑や埴輪の大き耳飾り
過疎の村に嫁来る話二重虹

〈杉〉
今村たかし［いまむらたかし］

眼で測る大門松の高さかな
石庭に散つて綾なす梅の花
梅雨茸の土持ち上げる獣道
四阿に象山の賦や月涼し
銭洗ふわれも長者に豊の秋
露ふふむ草に朝日や絹の道
真つ白な富士を遠目に落葉焚く

〈夏爐・椎の実〉

伊予田由美子［いよたゆみこ］

磯鵯のよく来る畑寒明くる
一角に苗床のあり村夕べ
癒ゆる身に夏木はりりと音こぼす
夏衣のゆるやかがよき齢かな
星月夜潮膨れくる船溜り
森にゐて深まる秋を誰も言はず
幾たびも霜傷みして花菫

〈春月〉

入江鉄人［いりえてつじん］

ワクチンの腕の重たき炎暑かな
ポニーとはいへど老体天高し
身に入むやつい後を追ふちんどん屋
富士染めてのち現はるる初日かな
犬も乗る矢切の渡し水温む
麦秋やふはりと上がる熱気球
数へさせまいと目高の動きけり

〈りいの〉

入河 大［いりかわだい］

猿酒や貝塚の空深まりぬ
ゆつくりと風の押し出す雪迎へ
小春日のブーツの似合ふ渋谷かな
陽光を操り冬の虹立ちぬ
ストーブの熱を練り込む膝小僧
彼岸西風赤銅色の沙羅双樹
息ひそめ聞き分くる蚊の数と位置

〈予感〉

入野ゆき江［いりのゆきえ］

菊を切る膾に一輪挿しに切る
地震つづく日本列島十三夜
立冬の日射しへすかし眼鏡拭く
初乗りやどの窓からも見ゆる富士山
「尾上の松」を朗朗と寒稽古
茎立や海光およぶ蜑の畑
菜の花や疲れを知らぬ子等と居て

〈青山〉
入部美樹［いるべみき］

母の住む町まで鰯雲の空
木枯の中や踊りにゆくところ
海よりの風真向に干大根
雪吊の柱ゆつくり立ち上がる
竜天に昇り大きな箱届く
バス降りてもう春荒の波の音
てつぺんまで咲けばあをぞら立葵

〈鳰の子〉
岩崎可代子［いわさきかよこ］

針供養晴着に隠す座り胼胝
研屋来て店出す路傍風光る
隠沼にたゆたふ光水草生ふ
手庇を零るる光朴の花
ブティックの鏡は魔物薔薇真紅
踊りゐる上司常には見せぬ顔
久女忌のごしごし洗ふスニーカー

〈鴻〉
岩佐　梢［いわさこずえ］

皆既月蝕大根が煮くづれる
そばボーロのしゆわつと溶ける霜夜かな
初買ひのとびきり硬き仏蘭西麺麭
燻製の玉子を剝いてパリー祭
辣韮をかんたん漬に日照雨
木の家に住みて麦茶を沸しけり
蟷螂に覗かれてゐる厨ごと

〈祖谷〉
岩田公次［いわたこうじ］

おでん屋の壁に市バスの時刻表
里中が六羽の鶴に息ひそめ
烈風の中初花の呱呱のこゑ
ころがれる恋の雀の砂埃
燕飛ぶ連絡船の巣を追うて
明易の地球の裏でホームラン
故山にも似たる山河を夏炉より

〈藍生・秀〉
岩田由美［いわたゆみ］

海見ゆる兵舎の跡や夏の蝶
小鳥来る老人に窓一つづつ
逝く秋のうち伏す草に消えし蝶
堰を過ぎまた空映す冬の水
芦の角倒れし芦の茎の間に
低く来る燕に広き浜の空
蕗広葉へといくらでも竹落葉

〈鴫の子〉
岩出くに男［いわでくにお］

影ひとつ連れて一日耕せり
石蹴つただけの一日啄木忌
洞窟《ガマ》の闇永遠の闇なり沖縄忌
深秋や唐三彩の駱駝像
平飼の鶏よく歩く神無月
窮鳥のごとく湯婆抱いてをり
命ある限り現役日記買ふ

〈鷹〉
岩永佐保［いわながさほ］

うしほ濃き朝の海峡つばくらめ
一献に添へし板山葵《いたわさ》夏近し
帽子手に茅花流しを父来たり
サンドレス船旋回し景かはる
湧水の波紋幾重や夏花摘
雪加鳴き小舟しばらく横流れ
朝靄や鹿に突つかれ頭陀袋

〈春燈〉
岩永はるみ［いわながはるみ］

初日記空の青さを先づ記す
笹鳴や海に抜けゆく切通し
母の日の母の見てゐる父の海
蛇消えて草に湿りの残りけり
覚悟して捨つるふるさと桐の花
家中を灯してひとり秋の暮
静けさの底の静けさ夜の雪

〈多磨〉
岩本芳子〔いわもとよしこ〕

ほのぼのとこころぬくもる手紙来て
若葉して人それぞれにそれぞれに
どこまでも空どこまでも芒原
萩こぼる只それだけに心揺れ
過去帳に家系を辿る秋彼岸
追慕して心に落葉降る日なり
金剛の山眠りゐて星ひとつ

〈泉〉
植竹春子〔うえたけはるこ〕

真夏の訃句集「真水」の一ページ
白萩を右に曲がれば風の街
潮の香の一時つよし惜命忌
窓開けよ一羽の声の松毟鳥
祝 井上弘美様 星野立子賞
手放しの礼讃なりし黄水仙
祝 句集「夜須礼」小野市詩歌文学賞
泉湧くかさねがさねの受賞かな
短夜の句集「百千」忌の近し

〈陸〉
上田 桜〔うえださくら〕

保護猫の目のギラギラと年立てり
出生地はいずれ火星か初明り
浮き足立ちて眺望の杏花村
みずすまし濁りの増しぬ父祖の池
せせらぎの音をからめて鰍干す
天も地もしばし黙禱震災忌
大雪《たいせつ》の日はことことと筑前煮

〈門〉
上田三昧〔うえださんみ〕

秋暑く尿酸血圧河馬の尻
小鳥来るいつも音楽ある書斎
チアダンスの側転ジャンプ寒波来る
春荒や白寿の母の図りごと
泣き出して捕虫網追ふ捕虫網
かき氷崩して妻にある死角
一般論など犬に食はせて秋団扇

〈ランブル〉
上田日差子［うえだひざし］

広島忌翅あるものは風を持ち
白以上むらさき未満秋の草
葉がくれの寧けさここに竜の玉
先頭は風の小僧ぞ大枯野
直立の紅のまつたし牡丹の芽
初蝶の白きは風になりそこね
捩花に時の戻されゐたりけり

〈梓〉
上野一孝［うえのいっこう］

ブルーブラックインキ裕明より賀状
種浸すモーツアルトを聴かせつつ
教ふるは教はることよ沈丁花
里人も雲水も汲む泉かな
立ち止まることの大切椎の花
菊着るや八艘飛びの判官も
大花野夢のうちにも杖つかひ

〈燎〉
上野洋子［うえのようこ］

蒼天へ色濃き上枝冬紅葉
敷藁に紅ほぐれそむ牡丹の芽
うすうすと天心過ぎる梅雨の月
水馬雨の水輪を蹴り上ぐる
小鳥来る祐勝句碑の白き文字
群雲に遅遅と乗りたる月の舟
月おぼろ逢ひたき人の声を聞く

〈やぶれ傘〉
丑久保　勲［うしくぼいさお］

避雷針が黒く一本冬夕焼
鉄材の音こだまする十二月
鷹化して鳩となる日はカフェに坐し
声上げてくだる自転車花曇
収集車の罎缶の音ハナミヅキ
コンビニへ突つかけでゆく夏の星
さくらんぼのペアーをつまむ午後のお茶

〈栞〉
臼井清春［うすいきよはる］

想ひ出に躓くことも春の宵
大勢と別れて仰ぐ夕桜
春深き花瓶の闇に水を足す
あをあをと父の遺品の吊忍
頑に生く十薬をはびこらせ
繰り言を聞くも看取りや秋深し
もの思ひしてゐて寒さ忘じをり

〈家〉
碓井ちづるこ［うすいちづるこ］

十二月八日コーヒーブラックで
鷹鳩と化して反戦デモの中
鳶の声する清明の潮目かな
キーウへの方舟もがな海朧
鎮魂の祈りを海に沖縄忌
晶子忌やその反戦歌今もなほ
よろこびの聖五月来よウクライナ

〈杉・夏爐〉
内原陽子［うちはらようこ］

水底の水噴くところ養花天
花冷えをまとふさびしさ籠りゐて
雀の鉄砲鳴らして故郷喪失す
大樟の青実がころげ祭笛
ほうたるや村はいまでも神隠し
南吹く醤《ひしほ》の匂ふ裏通り
潮騒や野葡萄もまた海のいろ

〈稲〉
槍田良枝［うつぎたよしえ］

さざなみは夢の入口浮寝鳥
琵琶魚とやさしく云ひて吊しけり
白雨来て洗礼のごと髪しづく
汗の服皮膚剝ぐやうに脱ぎ捨つる
かなかなや欄間の松の透かし彫り
ぶうらりと糸瓜屈託なかりしか
嘘の口ひりひりポインセチアの緋

〈鳴・貂・棒〉
宇都宮敦子〔うつのみやあつこ〕

薄氷にシャトルコックが乗つてゐる
花冷えや国宝仏に手足無く
夏萩の咲けばすぐ来るルリシジミ
半分の西瓜が重し原爆忌
松虫草ケルンに石を一つ足す
山神の機嫌に椿の実が真つ赤
格闘技とも見ゆ蘇鉄の菰巻きは

〈汀〉
宇野恭子〔うのきょうこ〕

桜狩あをぞら翳るところまで
頬杖の窓に映れる藤の昼
水鶏なく百夜通ひの浅瀬より
ふた色のクロスステッチ夜の秋
足裏の砂を払へばぎすの声
羽根雲やオリーブの実にけふの色
水音のやせたる湖尻冬に入る

〈雲取〉
宇野理芳〔うのりほう〕

チューリップ胎は女子と告げらるる
灯台は風哭く岬椿咲く
さびしさの小石抛らば亀鳴けり
行く春の膝を抱へて夜爪切る
葉桜や車はなべて仮眠中
白百合の匂へる朝の礼拝堂
殉教のうら悲しくも花カンナ

〈煌星〉
梅枝あゆみ〔うめがえあゆみ〕

天空の凧の陣形風まかせ
卒業の握手固まるほど強く
ひと月を囃子の空音雛の間
青麦の背丈均して風渡る
掃き寄する音の乾びて秋深し
湯冷めして身ぬちを抜くる風の音
鬼逃ぐる先の闇へも豆を打つ

〈野火〉
梅沢　弘［うめざわひろし］

鉄棒のある公園の落葉かな
そこいらの泡立草に冬来る
バイソンの糞こんもりと冬旱
春愁や使はぬ部屋の帽子掛
春昼の固定電話に呼ばれけり
追ひついて日傘の人を追ひ越さず
バックオーライあぢさゐに触るるまで

〈谺〉
梅津大八［うめつだいはち］

天狼と眼の合うてゐる寒さかな
春一番昨日の風のことらしき
手拭を首の守りに麦を刈る
衣更へて十年程を若返る
キャンプファイヤー流るる坊がつる賛歌
慎重にボートの席を入れ替る
葛引いて葛に引かるる思ひかな

〈輪〉
宇留田厚子［うるたあつこ］

餅花の大きく垂れて福招く
落椿踏まぬやう行く小路かな
これからは佳きことばかり山笑ふ
打水やすつと音たて消えゆかむ
閉館の岩波ホール夏夕べ
淡淡と群れず動じず月冴ゆる
吹雪く朝をさな真中に登校す

〈櫟〉
江崎紀和子［えざききわこ］

風にまだ突き刺すちから梅ふふむ
春の波沖の碧さを引きずり来
くらやみの水ひからせて河鹿鳴く
雲湧いて弁慶蟹の毛むくじやら
呪ひはそはかそはかや柿を干す
天上の青のゆるみぬ返り花
木枯や眉まつしろな尉の面

〈八千草〉
衛藤能子［えとうよしこ］

浅間美し白き狼うちに秘め
梟の声裂く山の闇の底
寒鴉滑る尾羽根の藍の色
南無阿弥陀鉦叩きつつ花の下
義仲の無念吸ひける瀬田蜆
父恋ひの二月の宙の全き日
黒つぐみ浅間の靄をぬぐはんか

〈暖響〉
江中真弓［えなかまゆみ］

ぶだう大粒食めば潤ふ胸中も
蛇穴に入る結論を出さぬまま
鰤大根こつくりと煮て独りなり
切株にたひらにつもり春の雪
明日ありと思ふ日の照る夏蜜柑
春の潮しづかに胸を満たしくる
いろいろに私が映る金魚玉

〈多磨〉
榎並律子［えなみりつこ］

極寒の日の極太の辛い麺
二月はやインク切れたるボールペン
夏兆す浪花土産の塩昆布
吹く風に聞き耳立てて秋となる
初秋や厚切トーストなどいかが
書き出しの決まらぬ冬の始めかな
蜜柑剝き母と分け合ふ夜は静か

〈なんぢや〉
榎本　享［えのもとみち］

砂掘る子それを埋める子浜は春
ふたつ咲く白山吹の葉がきれい
着席の椅子引く音や緑さす
山羊の目の離れ具合も端午かな
竹を挽く粉を被りて著莪の花
冷房の効くに間のあるお寺さま
野葡萄の空色三つ紺一つ

〈雨蛙〉
海老澤愛之助［えびさわあいのすけ］

開帳の仏うららからおもてから
団扇持つ妻の手はたと止まりけり
豊満な志功菩薩や鶏頭花
人生の岐路いくたびか唐辛子
子の土産四合瓶の新ばしり
残照の刻はみじかし冬紅葉
丸椅子のあめ色に座しおでん酒

〈帆〉
海老澤正博［えびさわまさひろ］

散る花や筏組むにはあと三日
四阿の椅子に競馬紙春の昼
二の腕のことに眩しき夏始め
師の著書を曝すや遠き缶ピース
蒙古斑大器を願ふ良夜かな
神橋の擬宝珠に凝つと祈り虫
画筆屋の秋灯といふ手許灯

〈あゆみ〉
遠藤酔魚［えんどうすいぎょ］

立冬のコンクリートに葉擦れ跡
帰り花沖の潮目へ離岸流
気動車の動き出すとき春の雪
やはらかな雨青饅の小鉢出て
轆轤師の厚き胸当春浅し
夕刊がもう来る梨の花に雨
遊歩道逸れて白詰草踏んで

〈なんぢや〉
遠藤千鶴羽［えんどうちずは］

十六夜や明日着る服を枕辺に
うそといふほどでもなくてすいつちよん
水引の淡路結びや初しぐれ
葉牡丹へ飛んでバドミントンの羽根
教会の長椅子堅し蝶の昼
砂粒の動き寄居虫の脚出づる
涼しさや一節づつを読み合うて

〈濃美・家〉
遠藤正恵［えんどうまさえ］

残る鴨水辺に誰も遠目して
島抜けのごとスコールの島を去る
月見の座とて切株の六つあまり
はがすにはをしきまみどりゐのこづち
寄生木の空がうがうと晴れわたり
屈葬の全身寒く曝されて
ぽつぺんを吹きこののちも少数派

〈藍生〉
遠藤由樹子［えんどうゆきこ］

享年九十葛湯の好きな母なりき
日溜りにいのちにぎやか初雀
初蝶や野はどこまでも謎に満ち
あたらしき位牌の金字チューリップ
胸びれをふるはせ合歓の花ひらく
かはほりの去れば蛍の闇となり
なほ続く死者の思索や青葉木菟

〈氷室〉
尾池和夫［おいけかずお］

谷筋へ駆け下りてくる霧襖
竹筋虫と並びおむすび小昼時
軽やかにおさめ長閑や雑踊
億万劫の石の割れ目に蕗の薹
向日葵や元は国境無き地球
国境無き太古に戻れ雨蛙
一億年の地層一気に夏の蝶

〈氷室〉
尾池葉子［おいけようこ］

明るさに白のいや増し初比叡
寄生木のいまぞと冬の影落とす
鳥来るまで鳥鳴くまでと日向ぼこ
はまぐりの気にくもりたり塗の椀
むだづかひめくよろしさの朝寝かな
麻服の質よき皺の身に添はず
月仰ぐ互ひの腕を支へとし

〈野火・猫街〉
近江文代［おうみふみよ］

八月十五日歩道橋の生乾き
新涼のグラスに満ちてけふの水
ふるさとは人の厚さの掛布団
枯野原カラーコンタクトの奥の
血管の透けて兎の耳ふたつ
遺書なくて人死に蜘蛛の巣を払ふ
叱られて団地の黴を見てゐたる

〈鷹〉
大石香代子［おおいしかよこ］

蝶生まれ辞書より消ゆる言葉かな
空よりも代田に星の燦とあり
緑さすダイヤグラムと革鞄
風呂あがる足に水かけ夜の青葉
山霧の湧いてロックの反響す
星間雲分布地上は露けき灯
歩かねば眠り浅しよ返り花

〈陸〉
大石雄鬼［おおいしゆうき］

平手打ちされたるやうに蓮咲けり
月光のずれても犀の動かざる
虫鳴いて歯型のごとき夜である
色鳥のくづれて地球といふ泥水
寝正月より出てくれば烏賊白し
天からの塵の見えたる朝寝かな
あの世から来て剝きだしの雨蛙

〈豈〉
大井恒行［おおいつねゆき］

列島を巡る地震や鹿は四花
流氷の醸すカモシカかも知れない
死に憑ける秋意とならん桂の樹
銀漢へ原動天は恙なく
告げられし余命淡きや冬の雲
秋暑し死に目はビデオコールにて
汝と我不在の秋の陽がのぼる

〈鏡〉
大上朝美〔おおうえあさみ〕

秋の水鯉の背鰭によく切れる
冬銀河バクテリアの末裔我ら
凍結の湖に充ちてある無音
ジオラマの列車走らす雪の夜
葉桜の坂下り葉桜の川
湧水の流水となり音発す
椅子二脚壁に向かひて秋の午後

〈八千草〉
大勝スミ子〔おおかつすみこ〕

秋晴れをコロナといざなう脳悲し
風優し身も心をも健やかに
花火なし自粛ムードに馴らされて
盆飾り君の笑顔をいつまでも
八月のあの苦しみと怒りはいづこ
いつの間に日永の風のやわらかに
今日の命明日の命天高し

〈帆〉
大木　舜〔おおきしゅん〕

雪吊の残る白梅咲きにけり
亡きひとを誘ひ今宵は花の下
沖縄忌子の名を指で辿る母よ
寺町を抜けて花街をみなへし
小鳥来るかつて調布に戦闘機
いつからか似た者夫婦枇杷の花
読初やひらがな多き万太郎

〈夏爐〉
大窪雅子〔おおくぼまさこ〕

格子戸を透かして庭の八重椿
うぐひすの夜宮に鳴いて海しづか
鳥渡る朝虹かかる杜の上
瑞山を映せる川や鮎下る
海凪ぎて帰燕の空となりにけり
旅に聞く野鳥の声も冬めけり
冬鵙や古刹の磴に出水あと

〈やぶれ傘・棒〉
大崎紀夫［おおさきのりお］

晴れわたる日のひまはりのうしろ側
駅前のバスの運転手に西日
ひとりふたりが帚木に触れてゆく
夕日いつぱい初冬の藁ぼつち
涸川の底にからすが立つてゐる
日差しよき十一月の十一時
鮟鱇の腹さすられてより裂かる

〈燎〉
大澤ゆきこ［おおさわゆきこ］

春祭り壜に五色の京駄菓子
牡丹雪音なき韻聞きしかな
水に影ゆれて柳絮の飛ぶ日なり
新社員名刺に託す壮語かな
地震の地を守る接穂の定まれり
利休色海に映して男梅雨
身じろがず眼差し確と岩魚釣

〈やぶれ傘・棒〉
大島英昭［おおしまひであき］

玄関にポインセチアが置かれ留守
道濡らすさきをとひの雪融けて
ふらここにひとりが残り二人くる
犬ふぐり元荒川に出て帰る
かうほねを少し遠くに見るルート
先つぽに花つけたままもう胡瓜
室咲きの並ぶ花屋に丁度客

〈氷室〉
大島幸男［おおしまゆきお］

白日の蟻が土吐く爆心地
坂なりに傾ぐ石仏竹の秋
井月を待つ縁側の月見酒
マスクしてこの世に吾のなきごとし
縄暖簾払ひ厠へ寒の月
大陸の砂が層なす雪の壁
微かなる獣のにほひ木の根開く

〈街・なんぢや・豆の木〉
太田うさぎ [おおたうさぎ]

畑打の何か掘り当てては放る
契約のやうに松立つ大焼野
一事業部門の身売り藻が咲いて
蛇衣を脱いでこの方雨知らず
乳牛の立てる高きに登りけり
目を閉ぢてゐるとき音は竹を伐る
冬鷗吹き戻されて前を向く

〈颪の道〉
大高霧海 [おおたかむかい]

特攻兵命みじかし白むくげ
地球温暖化半鐘鳴らせ鰯雲
北山杉日差し明るき時雨かな
考妣とわが米寿祝ぎ屠蘇の盃
筆始命と大書銘とせん
牡丹の芽くれなゐの命の鼓動
神の杜妍を競へる花菖蒲

〈かびれ〉
大竹多可志 [おおたけたかし]

ほろ酔へば真白き闇に雪女郎
天国も地獄も水の温むころ
花守に命惜しめと言はれけり
緋牡丹の芯を見てをり女寺
からからと孤独まぎらすラムネ玉
思ひ出を手繰り寄せたり秋の海
能面の顔で女が海鼠割く

〈圓〉
太田史彩 [おおたしさい]

冬帽子産毛のやうな母の髪
生くるもの皆眠らせて春の雪
スコッチの色の琥珀や後の月
春の日や遺されをりし俘虜日記
父居りし春のナホトカ香月の黒
春の朝妣のきものがよく馴染む
手袋の歪み撫づれば妣の癖

〈草笛・百鳥〉
太田土男［おおたつちお］

特攻といふ夭折や桜まじ
花ふぶき突つ切つてゆく防護服
樵また木を育てけり春の月
開拓史そのまま寺史や花は葉に
戦災の記念樹といふ大緑蔭
登仙といふ言の葉や朴の花
木枯の目玉のやうな夕日かな

〈野火〉
大谷のり子［おおたにのりこ］

降り出しの雨のひとすぢ白牡丹
追分や白樺の花日に揺れて
草刈機草のにほひを蹴散らして
麦の秋猫はたやすく木に登り
木の実落つくらやみ坂といふところ
午後からの風の尖りや冬の薔薇
日脚伸ぶガラスポットのハーブティー

〈俳句留楽舎〉
大塚阿澄［おおつかあすみ］

ほがらかな西瓜畑やソンブレロ
セクシーな茄子に育って吹かれおり
進水の秋の汽笛が丘を越え
月光や樹間に海のひらひらと
その家をとりまく秋やブンガワンソロ
木と鳥と影と影また冬の町
ワクチンの腕のむらさき山笑う

〈雲〉
大塚太夫［おおつかだゆう］

空つぽの部屋いつぱいに冬の晴
年の夜の器にかづく布白し
まんばうの目の過ぎてゆく花の昼
竹の葉の散る川面なきさびしさに
標準時の町に住み慣れ西日中
螢の夜またつぶやける違ふ声
かなかなの朝を広げて止みにけり

〈鷹・晨〉
大西　朋［おおにしとも］

傘閉ぢる時柊の花匂ふ
日は影を水は光を冬の庭
窓の下自動車通る初句会
ころころと掻きだしてをり蕗の薹
矢車草けぶるやうなる葉の中に
みづうみの色に生まるる蜥蜴の子
雨に音立てぬ水面やとんぼ増ゆ

〈葡萄棚〉
大西富紀子［おおにしふきこ］

鶯の声の聞こゆる会議かな
つつじ野やグラデーションを遠目にす
落蟬や命の残る色をして
流星や暗き田んぼのまつ平
ひらがなを一心に書き文化の日
母の忌の寒菊しかと匂ひけり
水仙や匂ひ誇りし急斜面

〈燎〉
大沼つぎの［おおぬまつぎの］

梅干しを持薬と含み異国旅
雁が音や郷里恋しと泣きし夜も
稲田今金波銀波や群雀
空気ごと食べる小春のポップコーン
山の井は杣の語部根白草
春なれや愁ひをこぼす砂時計
杣人に甘く匂へる朴の花

〈香雨〉
大野崇文［おおのたかゆき］

うろくづや獺の祭のしかとあり
蠅といふ名を負ひしもの生まれけり
父の日や雨声しづかに更けゆくも
余白てふ遊びごころの涼しさよ
雪隠は思案どころやつづれさせ
冷まじや心の底に溜まる澱
まつくらな海へ木枯小僧消ゆ

〈雨月〉
大橋一弘［おおはしかずひろ］

大声はあげぬものよと秋日暮
教へ子のやるせなき胸聴く小春
極月の胸にふりつむ日々の澱
世の都合とて鬼となり豆礫
畳屋に薔薇や二輪の薄紅
明易く玉響の夢流れゆく
梅雨曇己の薄き影追ひて

〈春月〉
大畑光弘［おおはたみつひろ］

藷蔓を刈つて来園待つばかり
黄を散らす大根なます先づ一献
主役ではなきが持味結び昆布
春の昼つられて降りるエレベーター
流るるを忘れたるごと春の水
夕涼やのれんの一句見て入る
筒鳥や木の葉隠れの見晴し台

〈夏爐・藍生〉
大林文鳥［おおばやしぶんちょう］

鹿垣の開け放たれて春田打つ
渡海僧船出の岬霞みをり
鰹船皿鉢《さわち》降ろして発つ支度
大漁旗掲げ市場に鰹焼く
四万十川の河鹿老鶯夕螢
秋草をバケツに活けて蒟蒻屋
塵焼きて火入れ準備の楮蒸し

〈菜の花〉
大堀祐吉［おおほりゆうきち］

どの木にも天辺がある鵙がをり
城跡は町の真ん中小鳥来る
渋柿は渋柿のまま熟れてゆく
枯野来て枯野へ渡る丸木橋
満開のさくらに風の吹きやすし
蝸牛昨日と同じ道通る
向日葵の向き定まらず朝ぐもり

〈花苑〉
大曲富士夫［おおまがりふじお］

手を拍つて牛を呼び込む牧の春
切岸や颪に抗ふ百合一花
蛇の衣河岸の小枝を衣桁とし
父と子のキャッチボールや敗戦忌
いくたびも二階に上がる無月かな
松手入空を揺すりて仕上げたる
年の瀬の勘亭流の招きかな

〈星時計〉
大元祐子［おおもとゆうこ］

集ひきてみな老桜の子となりぬ
夜の落花死者も生者も眠らせて
春落葉踏みて哀しみ深うせり
向日葵といふ一行詩ありにけり
散ることは生み継ぐことよ百日紅
すこやかに眠る校庭十三夜
日日違ふ出会ひありけり竜の玉

〈帆〉
大矢武臣［おおやたけおみ］

季変はりのチャイムのごとき法師蟬
天の川素数の謎の果てしなき
落葉落葉大地の母へダイビング
寒風を食らふ地球の味がする
暗闇の炎の先の明の春
夢込める春のじやがいも土に息
筍や地球の旬は何時なるか

〈都市〉
大矢知順子［おおやちじゅんこ］

聖夜劇終へしお辞儀の深々と
寒紅や日記はときにうそぶきぬ
冬の蠅叩かぬことをよいことに
炒りたての豆の熱さや鬼は外
点景のひとつが動き麦踏みぬ
揚羽歩く羽化せし翅を乾かしつ
旅ひとり夕立雲に追はれけり

〈ランプル〉
大山知佳歩〔おおやまちかほ〕

霊峰の抱き上げたる初御空
跳ばぬ子を待つ縄跳の空回り
ふらここや風は翼に鬣に
酒注げば切子の光鎮もれり
駄菓子屋の露台に集ふ膝小僧
松手入舟人の声近うせり
面影と酌み交はしたる良夜かな

〈輪〉
大輪靖宏〔おおわやすひろ〕

新茶入れ果せぬままの夢を追ふ
生き得たり八十八夜の星仰ぐ
気まぐれに下車し詣でる牡丹寺
病葉や地球は命長くあれ
夜濯ぎの音ひそやかに裏長屋
秋夕焼下校知らせるチャイム鳴る
朝顔や江戸の風吹く裏小路

〈涛光〉
岡崎桜雲〔おかざきおううん〕

地虫穴を出でよ戦のなき国ぞ
洗ふ筆の墨吐きやまぬ花曇り
山笑ふ山のかなたの村消えて
月今宵まろき硯に水そそぐ
柿たわわ若者里を出でしまま
田を廃てし人の身の上秋の風
極月の硯は塵を置きやすし

〈対岸〉
岡崎桂子〔おかざきけいこ〕

川蜷の昨日の道の薄れゆく
ふらと来て水辺に残花惜しみけり
眼を耳をあふれて山の滴れり
ずるずると尾が後につき蛇消ゆる
ふるさとやつうも与ひやうも走馬燈
まなざしの優しき子なり七五三
心浮きたち初雪は七センチ

〈獺祭〉
岡崎さちこ［おかざきさちこ］

化野の万の地蔵や寒椿
Vサインで自撮りの吾子やチューリップ
葉桜やしつかと結ぶ靴の紐
濃山吹石仏並ぶむかし道
遠雷や客はふたりの渡し舟
語り部の語りは尽きず白木槿
鍋仕立て鮭一本をぶつ切りに

〈燎〉
岡崎照美［おかざきてるみ］

辯天橋潜れば花の未来都市
麻酔医も外科医も笑顔夕桜
新涼や手品であやす小児科医
秋日落つまだうすずみの横浜港
小買ひもの師走の銀座四丁目
初雪にいまだときめく心あり
梅東風や志功の如来紅つけて

〈艸〉
岡崎由美子［おかざきゆみこ］

寒月の欠片こつんと空缶に
吸呑みの吸口かたき寒の夜
磯遊び帰りたくない子の背中
雛仕舞ふ雛の吐息と吾が吐息
アリーナへ茅花流しの大通り
炎昼の破裂しさうな瓦斯タンク
かなかなや校舎を繋ぐ渡り廊

〈耕〉
小笠原貞子［おがさわらていこ］

箱膳に昭和の家族お正月
白魚や躍り食ひてふ栞付け
湯上りの菖蒲鉢巻稚児を受く
遠国を憂ふ眼差し白牡丹
朝刊のとどく平穏夏の空
花茣蓙に音読の声まど・みちお
山迫る湖西の駅舎片時雨

〈ろんど〉
尾形誠山［おがたせいざん］

色の名に花の名あまた春景色
八幡宮より青葉の香り段葛
支払は今も現金冷奴
白き風追うて子狐野に遊ぶ
新蕎麦に落つる木洩れ日深大寺
笑ひ声絶へぬ尼寺障子貼
散歩道木の葉木の実の落つる音

〈天頂・あだち野〉
岡田みさ子［おかだみさこ］

囀りやこの頃ひばりの唄が好き
割り箸に捉へてみたき春の雲
黒牡丹てらてら火曜サスペンス
手拭ひに蛍かこうて父帰る
打水や地球に少し肩入れし
指笛を乗せて島唄鰯雲
堀川の鯉も鯰も御所生まれ

〈炎環・豆の木・ユプシロン〉
岡田由季［おかだゆき］

葱坊主てのひらぎゆつと握る癖
非常食どれも旨さう青葉風
コスモスが一番高き花壇かな
少食の亀と暮らしぬ秋彼岸
色鳥の来てそれぞれに意中の木
冬の月旅に少しの化粧品
雪もよひ公民館に湯を沸かす

〈艸〉
岡戸林風［おかどりんぷう］

里山のひかり集めて芹の水
光陰を支柱に委ね老桜
放浪の夢は叶はず目刺焼く
追憶の淡き苦みや青き踏む
再起せる友の便りや青葉木菟
寒風や粛然として楷一樹
寒灯下妻の遺稿に目を通す

〈天頂〉

岡部澄子［おかべすみこ］

つれづれの夜涼に鷺の絵を描きて
大夕焼地球離れて見たきかな
われを呼ぶ母かと風の藤袴
わが面《おも》にふつと亡き姉初鏡
子に逝かれし人を見送る春の雪
難民の数多の世なる白すみれ
ががんぼや家族の中にゐてひとり

〈天頂〉

岡部すみれ［おかべすみれ］

父呼びに行けば四葩の花の前
花桔梗咲くや秘仏を見するやう
けんかしていつでも一緒石榴の実
小瓶の毬藻《まりも》に空の澄みてをり
冬の蠅墨を豊かに命の字
もの恋ふる心の濃さの寒桜
遊び終へし後は供花とす花げんげ

〈雪解〉

岡本欣也［おかもときんや］

犬小屋も菖蒲を葺いてやりにけり
月光冠そふ名月となりにけり
点描の極みの銀河仰ぎけり
流星や隕鉄剣は太古より
送火のいまは領巾振るごとくにも
秋声や誉め殺さるる言葉にも
予後の身を養ふ湯治して避寒

〈門・梟〉

岡本紗矢［おかもとさや］

幻の蝶を深追ひ籐寝椅子
別々に来て翡翠にあつと言ふ
一跳びで老若越えるばつたかな
原風景微かに歪む返り花
魚は氷に上り六歳俺と言ふ
つつがなく膝に皿あり昭和の日
少年老いて菜の花鉄道より帰る

〈風土〉
岡本尚子［おかもとしょうこ］

糸杉の蒼き火をふく朧の夜
花の雲黒豹檻に落ちつかず
蜉蝣の舞ひ尽くしたる湖に月
その中に天邪鬼笑む石榴かな
新米や一斗釜ある相撲部屋
受けとりし上着の夜気やおでん鍋
カーナビの何も映さず山眠る

〈燎〉
岡山祐子［おかやまゆうこ］

穂俵をもじやもじや飾るめでたさよ
男の子らのもの薄氷も棒切れも
紅椿落つる快楽のありにけり
山彦は少年のこゑ雲の峰
草むらの蛇驚かすへび嫌ひ
湧水や風待月の草の丈
深秋の旅にしあれば人を恋ふ

〈茅《ちがや》〉
小川　求［おがわきゅう］

聞え来る犬の寝息や去年今年
日本の善男善女マスクして
三川の出会へる町や初燕
麦熟れてあかるき空の祖国なれ
いなごの子我が指を蹴る日の盛
若き日の蹉跌に似たり昼寝覚
万仞の秋翁も越えし関所たり

〈鷹〉
小川軽舟［おがわけいしゅう］

鶯に財布を軽く出かけたり
早春やまぶしさうなる人の顔
長堤に松疎らなり揚雲雀
マンションの床の間薄し黄水仙
ひとつかみ若布戻せば鍋に満つ
民藝の鉢の厚みや藪椿
春月や風呂屋の煙押しのぼる

〈栞〉
小川美知子［おがわみちこ］

昼顔をどこで見たのか忘れけり
四万六千日こつそりと熟睡す
晩秋の棒となるまで傘巻いて
用のない日は風邪引いてゐたりけり
深皿や大皿や雪降りやまず
つらつら椿警官が立つてゐる
先客の静かに座る昼ざくら

〈鷹〉
沖　あき［おきあき］

霧がくれゆく雷鳥の親子かな
傾城の肌より白し山の薯
息白く軍人の墓仰ぎけり
凍滝に楽湧くごとく入日かな
座禅草寿限無じゆげむと水流る
鎮魂の向日葵の種蒔きにけり
最北の敦盛草や月のいろ

〈鷹〉
奥坂まや［おくざかまや］

ゐのころや日本は川溌溂と
鳰クリッと潜りピョと出づる
凍晴や石工の鑿の弾かるる
吊るすなり重湯のやうな鮟鱇を
夜桜やゲームセンター銃声充ち
チューリップ小太鼓叩くごと赤き
炎昼や面の穴より眼が覗く

〈やぶれ傘〉
奥田温子［おくだあつこ］

縁側に座布団二枚つくつくし
郵便受に大梨二個の届け物
糸を繰る夜なべの記憶もがり笛
他所の猫しきりと通る黄水仙
ごみに来る鴉追ひかけ街余寒
明日は雨今日の内にと花の土手
実千両熟したるらし鳥の来て

〈たかんな〉
奥田卓司［おくだたくじ］

野も山も生命線も今や春
役辞して手に持つ鍬や春うらら
青年の矜持をすでに今年竹
クロールで少年の日の夢を追ふ
きのふ農けふは杣夫や花すすき
鬱の字を覗くルーぺや秋黴雨
まなうらに暗き海峡氷下魚焼く

〈風土〉
奥田茶々［おくだちゃちゃ］

声変りまだせぬ少年新松子
夕暮に帯解くやうな冬の雁
風鐸の音の鳴り止まぬ飛花落花
天蓋の空に近付く花樗
手のひらの分厚き握手青田風
時止めて白き妖精蟬生る
寂しさは見る間に乾く洗ひ髪

〈春野〉
奥名春江［おくなはるえ］

銀漢を巡るとすれば貝の舟
一位の実ふふみ晩節よごすまじ
音までが光となれり冬の滝
雪だるま戯けおどけて消えゆけり
さくらさくら言葉はいつも未完なり
古草の諦念のいろ美しき
夏服を脱ぐわたくしを捨つるごと

〈りいの〉
奥野初枝［おくのはつえ］

運河はや釣瓶落しを灯したり
山に日の移りゆくなり雪迎へ
狸毛の筆の弾力水仙花
日に月に臘梅の香の満ちにけり
背表紙の褪せたる事典卒業す
離り来て花のさざ波空深し
かうほねの黄の閑けさや水明り

〈玉藻〉
小倉くら子［おぐらくらこ］

日の陰り芒一叢づつの色
家事なべて後回しなり柿を剝く
名園も人も息抜き春を待つ
凍蝶の時空を越えて生きてゐる
朝からの翳すものなし若布舟
戻り来るリフトの影や夏近し
剪定に目こぼしのあり鳥止まる

〈毬〉
尾崎人魚［おざきにんぎょ］

囀やバジルソースの森の色
セザンヌの青の深淵芝萌ゆる
恋情の花火明りにくつきりと
虹の橋病みし眼の深きまで
奔放に色置く画布や暮の夏
白桃をゆるゆると剝く聞き上手
年酒酌むふはりふはりの薄にごり

〈郭公〉
長田群青［おさだぐんじょう］

山廬忌の人深くゐる葡萄棚
檀特に選挙ポスター皆笑まふ
辻々に丸石祀る春の風
斑雪嶺や傾きながら身延線
とにもかくにも字がぼやけ山笑ふ
雪しろの瀧のとどろく芭蕉句碑
遺されし対のゲートル天の川

〈鴻〉
小澤　冗［おざわじょう］

石庭の箒目しるき今朝の冬
砂時計の砂のももいろ春眠し
甲羅干しの亀重なりて鳴くことも
海に星あり初夏の美らの島
玫瑰や舟一艘を遺し逝く
引く波に月光吸はれゆく静寂
藪枯らしの野放図といふ絡みやう

〈圓〉
小沢洋子［おざわようこ］

囀りや黄色残して飛び立てり
くり返すことの平安夏来る
青葦の映る水辺やホバリング
すれ違ふ白夜の街の仮装列
朝霧や窓外の森リンデンバウム
さまよへる天使のらくがき雪の街
大切な無駄なる時間浮寝鳥

〈燎〉
小瀬寿恵［おせひさえ］

一瞬に一村沈む霧の秋
三日月の空の明るき霜夜かな
基地跡に命を繋ぐ冬ひばり
滲みたる父の字残る種袋
青饅やいつしか雨となる夕べ
カフェの窓明るく濡らす夏至の雨
瀬音聴く山の湯宿の青簾

〈埴〉
小田切輝雄［おたぎりてるお］

一つ得し今年の安堵つばめ来る
春の夜の正夢なりき本屋消ゆ
五月哀し聖母のマウリポリ陥ちぬ
籠り居の旅に出るごと更衣
青梅雨や石鹸食ひて黴育つ
一尋は彼我のよき距離街薄暑
白南風やサナトリウムのありし町

〈花苑〉
織田美知子［おだみちこ］

晴天に布被すごと霾れり
極彩の羽春禽の恋衣
遺影抱く子の髪に舞ふ白き蝶
梅雨入りや旅立つ人の涙降る
釣果待つ青鷺一羽風光る
星一つこぼれ織女の落し物
夢で逢ふ人懐かしき芙蓉咲く

〈風土〉
落合絹代［おちあいきぬよ］

神鈴を振れば左右の梅薫る
レッスンを終へて米寿の鬼やらひ
花散るやけふ上棟の職人へ
スリッパの先にゐるとは大百足虫
ゆりの木の花や港に豪華船
澄む水の沢音ひびく円位堂
虚子旧居吊りて間なしの柿二連

〈浮野〉
落合水尾［おちあいすいび］

花人の一人となりて佇ちつくす
日本や年を重ねて茶を摘める
青炎天加須熊谷深谷とす
萍のそぞろに湧きて数知れず
いつ見てもいつものごとし紺なすび
弥勒野の深田多どころ萩の花
コスモスの抱くほど採れど物足らぬ

〈少年〉
落合青花［おちあいせいか］

七五三までも前撮りすると言ふ
お揃ひのタオルを首に餅を搗く
画鋲跡残る空室寒々と
ゆつくりと杖つく天に春よ来い
リハビリや蟹さながらに横歩き
諍ひの気まづさ胸に髪洗ふ
千羽鶴未完机上に原爆忌

〈ひいらぎ〉
越智　巖［おちいわお］

人だかり猿廻し見る肩車
寒造蔵それぞれの宮水井
一川は村境なり柳絮飛ぶ
家系図や我は傍系彼岸寒
山径の道標整備山笑ふ
安徳内裡万朶の花に抱かれて
運だめし土器投ぐるもみぢ谷

小野京子［おのきょうこ］
〈少年〉

歌声の満ち祈り満つ聖五月
緑立つ島に一つの中学校
打水の端に生まるる日の匂ひ
銀色の雨滴抱きて蓮開く
オーボエの奏でる夏の夜の夢
光り合ふ瓦光り合ふ稲穂
凮はまた凮に囁き秋深む

小野桂之介［おのけいのすけ］
〈知音〉

ほんたうにあれは不知火なのですか
渡り鳥かしらねえあれねえあなた
母かつて横丁小町お茶の花
あたつてゆかぬかといふ目夕焚火
Uターン同士の恋や山笑ふ
蜥蜴の尾切取り線の見当らぬ
台風の来るぞ来るぞといふて来る

小野田征彦［おのだゆきひこ］
〈繪硝子〉

実朝忌波静かなる由比ヶ浜
青き飴の薄荷が香る巴里の夏
底よりの声に声掛け井戸浚
蓮ひらき法会の庭を明るうす
ハードルを跳ぶ秋風を追ひ越して
藁塚の温さが好きで倚りかかる
さらさらと木洩れ日降りぬ実千両

小野寺みち子［おのでらみちこ］
〈河〉

白秋や漆の椀に金と銀
錠剤に金の刻印小鳥来る
銃口にこめし木の実の金の色
天金の初版の詩集風は秋
天辺に金の星置く聖樹かな
立春大吉カステラに金の寅
三月のひとに繋がれ糸電話

〈薫風・沖〉
小野寿子［おのひさこ］

春ともし形見より引くしつけ糸
夏の帯低く小さくはんなりと
鉛筆を削る日のありけふ白露
法要の父と妹秋の蟬
おしやべりの声を出すなと月見会
コロナ禍にゐて爽やかな県大会
津軽なり冬帝ことに威の張りて

〈樹氷・天為〉
小畑柚流［おばたゆずる］

猫戻り定員となる春炬燵
春うらら猫も鏡に身を映す
ぴよんと跳ね犬も茅の輪を潜りけり
北海の風を味とし鮭乾ぶ
乾鮭の捩れて海を恋ひしがる
育みし海の色なり秋刀魚焼く
鮟鱇に睨まれ視線そらしけり

〈日矢余光句会〉
小原　晋［おはらすすむ］

粥一膳薺やあをき香り立て
穏やかや陽は天心に木瓜の花
蒼茫の海冴返る濤の音
花虻の羽音やひとり庭手入れ
空蟬の葉裏の刻の静かなる
白日の老いの眼細め葉鶏頭
群れ萩のゆらりと白し猫の道

〈知音〉
帯屋七緒［おびやななを］

催眠術雪解雫にかけらるる
猫の妻離れて勝負見てをりぬ
いつもよりきれい日傘に翳る顔
登高や木の間隠れの波頭
ご高説拝聴枝豆食ふばかり
小春日や心頼りに歩を合はせ
口ほどに物を言はざりマスクの目

〈清の會・初蝶〉
小俣たか子［おまたたかこ］

三輪車ごと抱いて越す春の水
山頭火読み老鶯を聴く水辺
居残りの補習ひまはり畑見え
乾杯のグラスに月の乗つてゐる
枯れきつて時が止まつたやうな駅
羊飼枯れ一色の風を負ひ
納屋の屋根に石置き仕事納めとす

〈葦牙〉
尾村勝彦［おむらかつひこ］

あかべこを買うて赤い羽根つけて
たまゆらの秋の蛍火ともりけり
牧牛の凝然として野分あと
木枯や日の縹渺と勇払野
木枯の果てはオホーツク吠える海
高層の灯のくわうくわうと聖夜なる
神さぶの杉百幹の淑気かな

〈椋〉
海津篤子［かいづあつこ］

男の手冬の蝗のにほひして
冬菊の中に梯子の脚がある
てのひらに響く水音沈丁花
釣人も鷺もジオラマ日の永し
雨脚の弾む階段洗ひ鯉
昼深くしづかに蟻のたかりゐる
透きとほりゆく一木の蟬の声

〈百鳥〉
甲斐のぞみ [かいのぞみ]

いいところ似てゐる夫婦草の花
雪催パソコン画面から返事
去年今年なほ続きゐる反抗期
廃手てふ哀しき言葉冬銀河
巻き添へをくらつてしまふ雪礫
満員のロープウェーや山笑ふ
毛布一枚だけの重さや明け易し

〈湧・百鳥〉
甲斐遊糸 [かいゆうし]

水澄むや落城の悲話語り継ぎ
行き倒れ供養の瞽女の赤頭巾
奉納の平家踊りやお元日
思はざる乗馬の高さ菜の花忌
祭神は客死の公卿梅真白
支へ木の十余千年桜咲く
存分に戦後を生きて河鹿聞く

〈湧・百鳥〉
甲斐ゆき子 [かいゆきこ]

ぶらんこに母の迎へを待つ子かな
高麗門開け放たれて花吹雪
他人事と思へぬ戦禍梅雨の月
開懇の父祖の労苦や稲の花
富士山は末広がりや秋の空
学童の言葉遊びや冬ぬくし
子の夢を聞いて弾むやお年玉

〈天為〉
甲斐由起子 [かいゆきこ]

アカシアの花を素揚げに薄月夜
雨粒に言葉を返す金魚かな
青葉木菟たましひの耳澄ますらむ
はるかなる音に覚めたる白露かな
かなかなやしづかに時の醸さるる
ひぐらしの翅も掃き寄せ野分あと
星空へまだ温かき熊吊るす

〈百鳥・晨・湧〉
甲斐よしあき［かいよしあき］

草矢打つオオカミ跋扈せし山に
北限の鉄路ここまで鰯雲
鶏冠の朱極まれる若冲忌
乗り継いでここ雲上の大花野
水澄むや富士を据ゑゐる駿河湾
命懸けて守る人あり秋桜
秋夕焼追ひゆく君の後を追ふ

〈からたち〉
加賀城燕雀［かがじょうえんじゃく］

菜の花もひかりも揺らし予讃線
七夕や笹より大き紙投網
まぎれなき夢のかたまり青蜜柑
酔へば歌ふアリラン峠花木槿
父の忌も母の忌も来て雁渡し
蝶墜つる赤黄男の空や雁渡し
火の粉みなよろづの神のとんどかな

〈りいの・万象〉
加賀葉子［かがようこ］

うらうらと水面に反りし鳥の羽
父の箱にケサランパサラン天瓜粉
クレッシェンドの葉擦れ左右に夏木立
べらばうな櫨の紅葉池に立つ
宵闇に暖簾しまふや踵上げ
ムックリの響きの深し冬に入る
信号の赤連なるや落葉の音

〈磁石〉
角谷昌子［かくたにまさこ］

初燕舞ひをり空を広げをり
白湯ふくみ青水無月の風の音
あをき魚棲むよ額あぢさゐのなか
一尾のみのこりて秋の金魚かな
歳月をいつくしみをり掌の蜜柑
枯蓮の風音聞くも遊行かな
岳よりの風に大鷹流れけり

〈ひたち野・芯〉
鹿熊登志［かくまとし］

太平洋もち上げて出づ初日かな
北京五輪起こしてならぬ眠る山
花の下法師のやうに吾もまた
昼寝覚め元宰相の凶事聴く
八十爺も百日紅に負けぬ意地
キーウの夏壕に潜める無辜《むこ》の民
芭蕉忌や寂聴師も逝く誰かまた

〈若竹〉
加古宗也［かこそうや］

津波跡のこる長堤柳絮とぶ
涼風や白美しき小磯の絵
小椋とは木地師の名前落葉坂
風花や竹人形の長き指
吉良寺をつなぐ路地あり竜の玉
神在月出雲の注連の太々と
紙を漉く音にも律呂小原の灯

〈鴫〉
笠井敦子［かさいあつこ］

剪定の梅の一枝を鶴首に
眠りへの助走となりぬ夜の蛙
継ぐ人のなき紅梅を重機嚙む
きな臭き国境越えて鳥帰る
更衣ついでにモネをシャガールに
枝豆や代替肉を食べる世に
稲雀大きなうねりくり返す

〈まがたま〉
かしまゆう［かしまゆう］

歌声のやはらかに和す春の水
前の世の記憶のかけら昼寝覚
千年の仏画眺めてゐて涼し
立秋の銀座に海の匂ひかな
ミュージカルはねたる街の涼あらた
降り出しの雨音葛湯すきとほる
紅茶濃く淹れたる仕事始かな

〈きたごち〉

柏原眠雨〔かしわばらみんう〕

駐車場にジープ一台敗戦忌
酔芙蓉かつて学童疎開宿
花時計に花足してをり鳥渡る
木枯を来てローソンのドア肩で
海老飾る股旅ものの映画館
湖に向くホテル三軒樺の花
落城の折の抜け径黒揚羽

〈りいの〉

柏やよひ〔かしわやよい〕

時計草ことしも咲かせほまち畑
貝殻を並べ描き出す秋の午後
栗剝くや信濃に九十六の姉
ちちとはは星に遊ぶや文化の日
屋根雪のしづる深夜の鈍き音
たかんなを骰子に切り木の芽和へ
柔らかきたかんな刺身として食うぶ

〈草樹・草の宿〉

片桐基城〔かたぎりきじょう〕

春の色のひとつを載せる時刻表
水甕に不時着をする紙風船
新緑をひかめく真経津鏡かな
幽明の漫ろにかすむ夕立雲
したりげにゆたにたゆたに竹の春
耄碌とあらがふ冬のばつたんこ
寝返りをきらふ毛布を畳む朝

〈今日の花〉

片山直子〔かたやまなおこ〕

風花やまつ毛にとどまる二、三片
春めくや久の出社のピンヒール
東京の忘れたきこと柳絮飛ぶ
ビル狭間江戸の茅の輪に迷ひけり
乗鞍より湧けば崩るる雲の峰
本閉ぢて夜長の雨の香雨の音
木の実置く患ふ母の枕元

〈風樹〉
かつら 澪［かつらみを］

さざなみは星の砂とも銀河澄む
星月夜みづみづしきは化粧井戸
冬ざれや磐座の罅ふかむかに
雪女いま相聞の夢の中
凍星や天心冥く凝りをり
大寒やシリウス尖る闇の奥
春の闇雲間奔るは妖星かや

〈晨・晶〉
加藤いろは［かとういろは］

神立ちの雲を飛ばせり阿蘇主峰
錠太き賽銭箱や冬のこゑ
小春日や逢ひたき人に会ひにゆく
師弟てふ不思議な縁ふゆざくら
絵蠟燭点し春立つ夜なりけり
馬一頭磨きあげたる木の芽風
さくらさくら志功天女のふくふくと

〈家〉
加藤かな文［かとうかなぶん］

ぶつかると蝶倍々になりにけり
差し込んでゐる日のひとつ筍に
厨房に炎の上がる金魚かな
かんたんに外るる網戸ありにけり
椋鳥の好きにする木や南口
毛糸玉聞き分けのいい犬のごと
鬼やらひ声の小さき奴ばかり

〈樹《じゅ》〉
加藤国彦［かとうくにひこ］

秋風や美人介護士供にして
突兀《とつこつ》とわがホーム立つ秋の風
百日紅ホーム暮らしも身につきぬ
秋草に寄りては見れどよろよろと
葱《ねぎ》トマト大葉とごつちやプランター
ピーマンを恋ふミャンマー人実習生
さあ戻ろ秋気一杯吸ひ込みし

〈耕・Kō〉
加藤耕子［かとうこうこ］

人は手を犬は尾を振る秋夕焼
朝顔の紺を垣根に卒寿かな
城山を大き弧の中時雨虹
寒晴れや松にふるまふ酒一合
年祝ふ九谷繪皿の持重み
祈る他術なき両手春雪嶺
花開く人の心を育てつつ

〈蒼穹・銀化〉
加藤哲也［かとうてつや］

秋の田に誰かの翳の映りをり
風切つてゆくつもりなり冬暖
冬芽見て古今伝授の話聞く
遠方に雲ひとつ置き春時雨
茎立の頂上といふ景色あり
暖かな一日終はる何もなく
梅雨茸や闇のしじまに流れ出す

〈悠〉
加藤英夫［かとうひでお］

添ひ添うて五十九年の御慶かな
恋猫の誰もとがめぬ朝帰り
雑草と呼ぶな我が名は花なづな
押さば押せ退けば押せよと牛角力
耕や遠山白き里の畑
御仏の慈愛の黙や風かをる
収穫へ最後の仕上げ落し水

〈鴫〉
加藤峰子［かとうみねこ］

書に栞挟むがごとく寒明くる
吾になき色を探しに初桜
ブルーシートのままの余生や村の秋
台風は急直角に打つて出る
トラクターに座らせてある捨案山子
すりこぎの緩急の渦とろろ汁
裸木の天網夕日やはらかに

〈俳句留楽舎〉
加藤　柚［かとうゆず］

ふきのとう眠くてならぬ赤ン坊
くず大根鋤き込む畑日暮れたり
水槽の水の透明夏兆す
隠元の曲がりくねるを摘み残し
銀杏散る県民ホールすぐそこに
木守柿そろそろシチュー煮える頃
玄関に猫が来ている冬日和

〈清の會〉
金井政女［かないまさじょ］

小学校の屋に集ふ初日の出
友よりのスマホに届く御慶かな
春炬燵片付けねまる猫家族
やぶの中農家の垣根からすうり
木々の間の三角四角夏の空
帰宅せる玄関よりの守宮かな
滝の上落下の後も秋の色

〈ひたち野〉
金澤踏青［かなざわとうせい］

補陀落を目指す一舟雲の峰
蛤と化せり噴火の島雀
永き日の虎の行つたり来たりかな
糸瓜忌の糸瓜三尺有余かな
呼ぶ木魂返す谺や秋の峰
秋日燦ミュシャの女人画いと妖し
風まとふすなはち秋をまとひけり

〈秀〉
金谷洋次［かなたにようじ］

初舞や卒寿の翁の直面
墓銘凍つ吾より若き祖父曾祖父
鳰鳴くや湖光褪せゆく浮御堂
涅槃図の床に届きてなほ余る
囀や山上駅に伝言板
薫風を抱き一樹の永遠に立つ
夏帽を胸に慰霊の鐘を聴く

〈衣・祭演〉
金子　嵩［かねこたかし］

ペン先の文字胡坐かくそぞろ寒
ともかくも生き永らえる冬の蠅
煮凝やシーラカンスの吐息聞く
狛犬に「お手」と声かけ初詣
バスだけが日の丸掲げみどりの日
ひねもすを無為に過ごして水羊羹
自転車のハンドル握る蟬の殻

〈濃美〉
加納輝美［かのうてるみ］

さまざまな音の混み合ふ紅葉山
いつまでも燻る籾殻憂国忌
日短し海を見に行く誕生日
寒林を歩調ゆるめず振り向かず
竹と木の道具ばかりやあたたかし
立ち話する店先や昭和の日
白山はまだ白くあり夏蕨

〈蛮〉
鹿又英一［かのまたえいいち］

ど真ん中に冬の満月横浜港
直角に曲がる木道百千鳥
焼鳥の匂ひを運ぶ桜東風
多摩川のひかりに跳ぬる上り鮎
夏富士へ飛行機雲の一直線
あるがまま生きてゆきたし吊し柿
飯盒を洗ふ人をり下り鮎

〈ときめきの会〉
鎌田やす子［かまたやすこ］

畦を焼く総出の中に新顔も
ふつ切れて見上げる空や山笑ふ
害獣の住家となりて草茂る
ホッと声出して朝顔ひらきけり
コンバインの重なる音や豊の秋
冬の陽の匂ひふくらむ膝の猫
天気図にかかる雪雲ひび薬

上小澤律子［かみこざわりつこ］〈りいの〉

蕗むくや香りの中にゐて無心
花辛夷千手の爪を光らしむ
夕焼けて天地一つにやはらげり
雷鳴の四角三角ころがり来
応答の声真つ直ぐに曼珠沙華
雲の奥初冠雪の富士淡し
冴ゆる夜の無音に星の流れけり

神山市実［かみやまいちみ］〈やぶれ傘〉

足元を照らし犬との草紅葉
音もなく追ひ越す影や冬の朝
年の夜の蛇口を細く細く開け
店の外雪うつすらと積もりけり
母の日の上生菓子に花添へて
牡丹の白き大輪雨の中
出来たての鯛焼き尾から春浅し

神山方舟［かみやまほうしゅう］〈雨蛙〉

初富士の見ゆ処まで杖を曳く
囀りの枝より枝へ弾む影
円空仏膝つき合はせご開帳
一邑の視界閉ざして大夕立
子の丈に屈みをろがむ地蔵盆
月出づる向きに直せる車椅子
平飼ひの鶏卵ぬくし霜の朝

神山ゆき子［かみやまゆきこ］〈からたち〉

ひとり居の息のしづけさ時雨来る
縁小春いつもの親子すずめかな
亥の子餅百年つづく良き家訓
万両はくらがりの華裏鬼門
冬至の湯ゆつくりほどく足の指
炭を継ぐこころの導火線灯り
世の端に坐りしみじみ返り花

〈四万十〉
亀井雉子男［かめいきじお］

地の神の榊に冬芽立ちにけり
箍青き一番樽や寒造
身の丈に火の立ちあがる野焼かな
しやぼん玉しやぼん玉はは亡かりけり
草むらに破船の舵や鴨帰る
羽目板に馬の嚙みあと山笑ふ
亡き母の目覚し時計春深し

〈あゆみ〉
川合正光［かわいまさみつ］

かるがもの親子と出会ふ運河かな
新松子潮騒遠くなりにけり
冬晴や路地からぬつと印度人
氷柱から滴る水の速さかな
春塵を集めてみれば砥粉色
郭公の啼く三日月湖バス停まる
サリーから臍見えてゐる薄暑かな

〈毬〉
河内静魚［かわうちせいぎょ］

深秋や街の灯りが街照らし
さびしさをぴいんと曳いて年移る
七色にこの世の年のはじまりぬ
春雨へ傘つぎつぎに出て濡るる
風鈴や朝より昼のさびしき日
ふはと持つナイフとフォーク南風
空ひろし鷗に秋を描かせて

〈栞〉
川上昌子［かわかみまさこ］

ちやうどいい白梅にゐあはせてゐる
ポケットにしまふ紙屑二月尽
水溜りひとつとびして虚子忌なり
クリムトの永遠の接吻五月憂し
晩秋と言ひ坂道を降りてゆく
日向ぼこりの脚くらいまだ組めて
雨音と気づきてよりの湯ざめかな

〈花野〉
川上良子［かわかみよしこ］

わがひととせここに始まる花野かな
飯桐の実にふかぶかと空のあり
墨色の富士を押し出し寒夕焼
球根植う遠き戦火を胸にため
茫洋たる空にはにかみ春の雲
一日の土の感触二日灸
武蔵野の古木の息の朴の花

〈青草〉
川北廣子［かわきたひろこ］

宰相の揮毫あざやか竹の春
をさな児の靴の片方返り花
底冷えの遺影の部屋の灯りかな
大き鈴付けて下校や草青む
広き畝種置くやうに花の散る
百獣の王の居眠り桜まじ
離陸するＪＡＬの三機や猫じやらし

〈爽樹〉
川口　襄［かわぐちじょう］

残る鴨しづかに己が身を流す
さへづりの輪唱となる禁猟区
あめんぼう水面に映る雲を割る
嘶けば嘶き返す大夏野
遠くより合図の日傘廻さるる
秋扇思ひ出ひとつ閉ぢにけり
若君よいざ初陣の七五三

〈雉〉
川口崇子［かわぐちたかこ］

春めくや潤みて大き昼の月
朧なるままに暮れたり塒山
犬の歩に合はす散歩や花の昼
ハーレーの過ぎて蜜柑の花匂ふ
係留の潜水艦へ海月浮く
倒しある画架の下よりちちろ虫
入れ替り鳥来る小春日和かな

〈豈・鷗座〉
川崎果連［かわさきかれん］

ふるさとへキリンの背伸び晩夏光
端役でも一家のあるじ村芝居
さくらんぼ「いつも一緒」はふしあわせ
十二月八日つかまるものがない
ドヤ街の氷柱の下の紙コップ
小春日や夜逃げの家の三輪車
空っぽの隣のベッド今朝の秋

〈燎〉
川崎進二郎［かわさきしんじろう］

捨てられぬものと年越し春を待つ
同居人増えてジャンケン山笑ふ
畑仕事終へて一服穀雨かな
夕立晴街映し出す水溜り
そよ風と笑ひの通る網戸かな
虫すだく深夜仕事のBGM
そぞろ寒古き砥石を重ね置く

〈海原・青山俳句工場05〉
川崎千鶴子［かわさきちづこ］

あけぼのや春蟬が鳴く耳で鳴く
容容と人はかしずく桜へと
百花へ目移りいずれと遊ばんや
さめざめと物の名落ちる目借り時
日焼けの語り部へ不動の少年
ノアの方舟かコロナ禍の三日月
命の火継ぎ足している薬喰い

〈樹〉
河崎ひろし［かわさきひろし］

妹は兄の背追ひ秋の暮
紅葉散る崖に遺構の水路橋
荒海や地唄流るる暖房車
注文の本の届きしお元日
匂はぬもきゆつと匂ふもえびね展
昼顔や金網越しの軍用機
一葉の井戸のとばしりアマリリス

〈海原・夕凪・青山俳句工場05〉

川崎益太郎［かわさきますたろう］

恋猫の不《ふ》不《ふ》不《ふ》不《ふ》不《ふ》不《ふ》と不義不倫
繰り返すコロナ・クリミア・春の地震
夫にこそマイクロチップほしき夏
毛虫焼く未来の君を知らぬまま
ヤクザより怖い宗教蟻地獄
朝顔の開《ひら》かぬ朝の胸騒ぎ
我が名染《し》む「引揚証」や冬の海

〈なんぢや〉

川嶋一美［かわしまかずみ］

雪見てゐたし水楢の巣穴より
さしも草つめたき風に摘むべしと
げんこつの小さな四角水温む
かぎりなく水の色なる扇風機
青葉木菟しづか神学部は更に
測量の一人と一人夕花野
茶の咲いて茶の木ふくれてゆくばかり

〈火焔〉

川島健作［かわしまけんさく］

喧嘩などすつかり忘れ初秋刀魚
チラシ見る妻の目光る小晦日
小綬鶏の目覚まし時計鳴る如く
花辛夷蝶一斉に飛ぶ如く
芍薬の焦らしに焦らす蕾かな
二年ぶり座間の大凧空高く
七夕竹伐りし翁の鉈一打

〈四万十・雉・鷹〉

川添弘幸［かわぞえひろゆき］

豆粒の勢子が後追ふ阿蘇の野火
田起しの畦に長女の婚約者
重き箸握り直せる夜振人
改札を出れば母郷の青田風
敦煌の銀漢の下草結ぶ
老夫婦樹木葬決め日向ぼこ
左義長の闇抉じ開けて燃え立てり

〈風土〉
川田好子［かわだたかこ］

日向ぼこあの世に少しお邪魔して
月面の吟行句会万愚節
霾や魁夷の駱駝歩み出す
向日葵や戦火にうつむくこと勿れ
籠もりゐる網戸一枚楯として
うすばかげろふ人の天命あしたにも
衣擦れか風のすさびか桔梗咲く

〈ろんど〉
川南　隆［かわみなみりゅう］

腹這ひてマニュアルなしで清水飲む
梅雨の靴メトロの床を占領す
木蓮の白き耳たぶ何を聴く
案山子ドノいつまで着とる体操着
鍋の水椎茸どもが吸ひ尽くす
冬銀河未だ夢追ふ君に降る
果てしなき闇だからこそ飛べホタル

〈銀化〉
川村胡桃［かわむらことう］

初鳩の徐徐に間合を詰め来る
飯蛸が二杯阿闍梨の貌をして
熨斗の字の〈粗品〉下手糞あたたかし
主犯格の男真夏に紛れけり
競泳の底を静かな水のあり
キャンプ張る大地の堅さ慥かなり
どの六角レンチも雪形に合はぬ

〈山彦・四季〉
河村正浩［かわむらまさひろ］

飲むほどに臓器したたか秋暑し
冬枯の蓮田こんなにも自由
おぼろ夜を抜け出してゐる水の音
椿寿忌の連翹密に雨意の空
あららぎの空をそよろに今年竹
脱ぎ捨てしものに躓く夕薄暑
戯れ言の中に箴言生身魂

〈多磨〉
川本　薫［かわもとかおる］

あの人の見てゐたものは春の虹
けふ夏至のわが影を消す雲ひとつ
夏蝶はパセリの匂ひ朝の風
月光が射し込んで谷青ざめぬ
寝足りたる朝のサラダにレモン絞る
雨傘を音立て開く文化の日
いくたびも仔を産んで老いかじけ猫

〈暖響・雲出句会〉
神田ひろみ［かんだひろみ］

引く鳥の大群ときに多角形
戦争のたびに桜は美しく
東京の雨に濡れをり桜桃忌
燦然と玉虫生死とは無縁
涼しくてただまばたきをしてをりぬ
ポケットの団栗に触れ今日終る
窓いつぱいにトラックの胴冬来たる

〈りいの・万象〉
神田美穂子［かんだみほこ］

天窓に青水無月の星の数
爽涼やみるみる和紙に墨吸はれ
暁光の石から石へ石叩き
たつぷりと息吐き出して山眠る
風呂敷をきりりと結び十二月
水が水明るくしたり春立つ日
初夏や鏝絵の飛天足裏見せ

〈野火〉
菅野孝夫［かんのたかお］

一本の棒のあたまに春の雪
たまに来て覗く人あり蝌蚪の池
一匹となつて泳いでゐる金魚
鰹節かけて新生姜を食へり
いつぱい落ちてゐてみんなどんぐり
冬の蚊を打つてしまへり咄嗟の手
雑炊に牡蠣がいつぱい雪が降る

〈泉〉
神戸サト［かんべさと］

くちなしの花あたらしき閑居かな
虫籠の虫の鳴き出す文机
冬日燦々流速も口笛も
雪ばかり見てきし目蓋しばたたく
文庫の開かれてある桃の花
鍬入れて芒種の雨となりにけり
一枚の天水田やほととぎす

〈栞〉
木内憲子［きうちのりこ］

いちにちを冬日のなかにゐて眠し
存問の鐘の音や着ぶくれてゐる
息白く吐きて人間らしくをり
鳥を映してあたたかな水溜り
鳥引くや父に詫びたきこと今も
つい口にしては五月の来たること
よき風が吹く六月の花屋かな

〈帯〉
喜岡圭子［きおかけいこ］

遠ざかるほどに桜の透きとほる
睡蓮にゆきどころなき水の綺羅
噴水のふいに止みたる空のいろ
能面に無垢と狂気や後の月
流れ星確かなものは幽かなり
霜柱踏むや傷みのなきいたみ
ゆるやかに水鳥水につながれて

〈や・晨・唐変木〉
菊田一平［きくたいっぺい］

月山の男料理の雑煮椀
なまはげのゐねがゐねがと夜の底
涅槃図の月あをあをと軸の央
かたばみの花に棹立て測量士
おーしーつくつく褪せて西日の文庫の背
白鷺の百が降り立つ刈田あと
ごろ太この漬物石として手ごろ

〈やぶれ傘〉
きくちきみえ［きくちきみえ］

ピーマンにピーマン色の虫が住む
空蟬のたやすく土にもどる色
ひとつづつ嗅がれてゐたる榠櫨の実
秋の蚊の羽音時計は午前二時
拍手を打つそばにゐる寒鴉
龍の玉もとのとほりに隠しけり
隣国にロシアありけり春の海

〈郭公〉
如月のら［きさらぎのら］

坂の上の一樹がまぶし匂鳥
フラミンゴ花の真昼を眠りゐる
炎帝の攻めをゆるさず烏城
飛び交つて秋燕胸を汚さざる
見返り坂見送り坂の秋しぐれ
七情をマスクに蔽ふ人の波
神奈備に小鳥の嵩のしづり雪

〈汀〉
岸根　明［きしねあきら］

風攫ふとは春昼のシュプレヒコール
一匹の骸を打てる緑雨かな
封を切る刃先のひかり夏つばめ
指ふたつ添へて脈とる十三夜
宣誓の手を置く聖書ケネディ忌
チューナーを廻せばノイズ開戦日
切り抜きの紙の切れ端冬の雨

〈青嶺〉
岸原清行［きしはらきよゆき］

塩田の入江帯なす彼岸花
鳥渡る浦に眠れる義民の碑
初潮の鹿尾菜は佳しと蜑の干す
花すすき灘へ連なる墳丘墓
白亜紀の波の化石を舞ふ鶚
翔ばなむとみな翅を持つ菩提の実
後の月雲の渚へ帰りけり

岸本尚毅［きしもとなおき］〈天為・秀〉

明易や見えて色なき家具調度
外を見る猫を我見る秋の暮
濡れてゐるホースに萩の花が付く
鱈汁の一間のほかは真くらがり
同じはう向いて日永や猫と人
指吸ふ子梅雨のあれこれ面白く
秋の浜わが立つところより続く

北川かをり［きたがわかをり］〈甘藍〉

クリスマスカラーのドレス聖菓切る
初夢は玉三郎と香を聞き
蝶の昼キッチンカーが境内に
山笑ふ顔認証の遊園地
くちなはのS字S字に沼すべる
梅雨鴉鳴いて我にも恋敵
元気なら返信不要夏見舞

北川　新［きたがわしん］〈輪〉

裏山の溜息にして帰り花
首塚を埋み残して落葉かな
農協の独活のラベルに氏素性
ふらここや少女の髪の反抗期
しやぼん玉ストローの先孵るごと
逃水や町に残れる染物屋
正論を言はむと外すサングラス

北城美佐［きたしろみさ］〈鴻〉

春の昼柱時計のぼんと鳴る
気がつけばいつも鼻うた山笑ふ
つばくらめ修復されし天守閣
着流しで薩摩切子と冷奴
被曝せし狛犬のゐて安芸の夏
新酒酌むあては板わさだけで良し
着ぶくれて夫婦似た者同士なり

〈稲〉
北原昭子［きたはらあきこ］

稲架解いて駒岳嶺《こまね》のひとつ居坐らす
霜除の棕梠に夕星蒼さ増す
どんどの焔星吹き寄せて天竜川
舟造り急かす中州の初雲雀
段丘の闇引き締めて初蛙
天竜川の葭切の鳴く風の中
ひっそりと生きて林檎に溜る蜜

〈燎〉
北見正子［きたみまさこ］

陽を溜めて日毎に縮む吊し柿
掃き終へてよりの落葉の二三枚
もう逢へぬ人のたれかれ夢始め
片栗の花を見むとて躓きぬ
さくら咲く窓辺に脈をとられゐて
花冷やコピー紙固く挟まりて
身のどこか醒めて老いゆく初夏の風

〈栞〉
北村敦子［きたむらあつこ］

やすやすと跳ぶ探梅のにはたづみ
風二月社下より荒起し
園丁のかたまり通る薔薇の昼
初蝉の声ならぬ声風の間に
真昼間の谷戸の閑けさ牛蛙
父に似し声に振り向く萩の階
木通蔓たぐるに力使ひきり

〈汀〉
北村　浬［きたむらかいり］

ローマ字の石の表札風光る
麦秋や筆圧つよき賢治の手
万緑や地中にとぼる螢石
狼を真白に画ける秋祭
秋麗や神馬のあつき息づかひ
彫金の焔の真青霙降る
生家にはおほきな日暮インバネス

〈春月〉
喜多杜子［きたもりこ］

動くとは生きてゐること枯蟷螂
雪だるま痩せて人間くさき顔
ゴビ砂漠ゆく蜃気楼追ひかけて
虹の橋の根つこより出て虹仰ぐ
葉桜や水のおもてのささ濁り
文壇も文士も消えて吊忍
スキップで鴉の歩む野分かな

〈燎〉
橘田みち子［きったみちこ］

野遊びの野をひろげゆく鬼ごつこ
水底の砂をまきあげ花うぐひ
たんぽぽの絮舞ひ立たす鼓笛隊
山法師五感がむずと外を焦がる
青嵐湖の浮橋竜と化す
みつ豆や喋りつくして若返る
里神楽ひゆうと加はる風の笛

〈燎〉
木下克子［きのしたかつこ］

漂泊の雲を見てゐる秋はじめ
バー越ゆる弓なりの背や秋高し
秋晴や篩うて干せる鉢の土
髪に針研ぎては母の夜なべかな
抑留者たりし叔父逝く寒の月
桜蘂降るリハビリのゆるき歩に
約束に間のある茶房蔦若葉

〈鶴〉
木村有宏［きむらありひろ］

大根引夕日まみれとなりにけり
日面に手締め起りぬ達磨市
二月尽く無人売場に根の野菜
師曰く古稀は壮年花曇
磴上りきたる汗なり博打の木
白玉や偕老といふ契りあり
蜩のこゑを一つに平林寺

木村行幸［きむらぎょうこう］
〈予感〉

結願の読経ゆつくり空海忌
靴箱の名前張替八重桜
坑道に金の鳥居や滴れる
鎖場果て鎖場上る雲の峰
バザールの裸電球葡萄食む
白鷺の毛を繕へり寒の川
鬼やらひ面を被りて教室へ

木村享史［きむらきょうし］
〈ホトトギス〉

人流の途絶えたる闇みみず鳴く
秋惜しむにも気がかりは病める人
たとふれば冬日は母よ抱きくるる
老の春寡黙は虚子に倣うてや
報恩の一書仕上げて聖五月
父の日の娘に終活を命じらる
師に逝かれたる身を嘆く生身魂

木村瑞枝［きむらみずえ］
〈やぶれ傘〉

後輩が呼びかけてをり赤い羽根
午後の日が冬の椿にうつりをり
おもたせの鶯餅のやはやはと
春の空棒高跳びのバー越しに
暮るるころ柘榴の花に少し雨
雨ぽつと鬼灯市の帰りしな
水貝に箸つけるころ雨の音

木村里風子［きむらりふうし］
〈楓〉

廃屋の障子の桟に雪かかる
朴の葉の鳶色に枯れ阿弥陀みち
藻の色に春立つ色や被爆川
砲台の台座の錆や島万緑
片頬に被爆の地蔵著莪の花
夕立や停留の貨車下乾く
黒南風や舳先崩れし座礁船

〈泉〉
木本隆行〔きもとたかゆき〕

蝶を追ひ雲を追ひかけ青き踏む
夜の風に水の香のありほととぎす
日に焼けしツバメノートや沖縄忌
夏痩せて貝の釦の服を着る
金継ぎのさ走る先の涼しさよ
霜降の松にあつまる雀かな
鳩が二羽マフラーを巻く距離にゐて

〈りいの〉
日下部胔宏〔くさかべしこう〕

口笛は昭和の匂ひ水温む
犀の背に散りとまる花一二片
石楠花の重さある色ひらきけり
紫陽花に深海の色きざしたる
波音の窟に跳ぬる秋燕
草踏んできちきち飛ばす野川かな
岸壁に垂るる纜十二月

〈青草・晨〉
草深昌子〔くさふかまさこ〕

木々高く藪の大きく氷かな
蛭子てふ社のあはれ日向ぼこ
遠足のどつと笑ふは代官所
春林のどこやら星のにほひせる
年寄の四月ひまなき花の世話
手箒を石に遣うて花は葉に
とある日や寄席に笑うて章魚食うて

〈春月〉
九条道子〔くじょうみちこ〕

囮鮎買ひしをのこのピアスかな
暗雲を割りし光芒蕎麦の花
釣果なき魚籠に山ほど茸かな
沈黙のダムの日だまり冬桜
口説かれてみたき日のあり薔薇香る
三椏の花湯けむりの和紙工房
声明に正す背筋や御身拭

〈若竹〉
工藤弘子［くどうひろこ］

雪吊の雪知らぬまま解かれけり
単線のホームの端の初音かな
春なれや球場に鳴る大太鼓
地球儀に破れし山河鳥帰る
制服になじむ校章夏来る
溺れたる日のこと手足泳がせて
十三夜水切籠の菜の立ちて

〈郭公〉
功刀とも子［くぬぎともこ］

忌の話して探梅の目をあぐる
下闇となりゆく小径濡れてをり
青麦の穂の重なりを八ヶ岳の風
とびとびに竹藪寒波来てゐたる
風の眼をして春蘭にめぐり会ふ
焼芋屋通る神代桜の辺
枝々に空充ちてをり十二月

〈清の會〉
久保田庸子［くぼたようこ］

八ヶ岳冬将軍の大股に
雲払ふごと裸木の仁王立
花桃やいつもの道を逆に行く
人もまた歪むときあり竹の春
俯きてもの言ひたげな貝母ゆり
槍《やり》ヶ岳の秀をしばし仰ぎて新茶かな
憂国忌カタカナ文字の氾濫す

〈赤楊の木〉
熊田俠邨［くまだきょうそん］

きのふ波郷忌あすは雨らし一葉忌
春立ちて旬日さぶき札の辻
彼岸会の土のしめりの蹠かな
夏鳶の笛風狂の身ひとつに
はらからの一人拗ね者蛇の目草
真向かひに利かぬ気の貌薬喰
京洛の夢寐に狐火ひとつ揺れ

〈やぶれ傘〉
倉澤節子［くらさわせつこ］

間伐の林を抜けて犬ふぐり
白シャツの行列昼の弁当屋
西日中都電大きくカーブして
畳屋に畳のにほひ涼新た
縁側のある家朽ちて枇杷は黄に
豆大福包む薄紙雪もよひ
紙を漉く土間にやかんが湯気を立て

〈燎〉
蔵多得三郎［くらたとくさぶろう］

家々に数の赤き実冬近し
あたたかき冬日と思ふ妻とゐて
春を待つ天賜の一句待つごとく
梅一輪咲いて一輪ほどの香を
菜の花やことことことと夷隅線
深閑と午後の街角花水木
初夏のこころしきりに詩を欲る

〈雛〉
倉田陽子［くらたようこ］

君とゐて十一月の日のやさし
故師いつも居られしベンチ落葉降る
人に背を向けて枯木を仰ぎをり
木の芽和へ寺の擂鉢大きかり
あこがれは翼あるもの聖五月
掘割の豊かな水や夏柳
浦町に昔の色の鳳仙花

〈火焔〉
倉西さえ子［くらにしさえこ］

土石流跡にも止まる蜻蛉かな
残る蚊に不覚を取りし盆のくぼ
白息を先に降ろせる氷見のバス
電車にて身の箍緩む目借時
夏燕ビルの谷間をエアレース
冷や酒のますます進む蛸の疣
雷鳴の乳虎のごとき唸り声

〈歴路〉
倉橋鉄郎［くらはしてつろう］

奥飛騨や夏蚕しぐれの夜を深め
日を返す白樺林十二月
なまはげや怒声に更くる男鹿の夜
風花や女人高野の塔の色
春浅しカフカの家の壁青く
暮れなづむ二上山を雁帰る
天平の遺構の礎石かげろへる

〈鴻・泉の会〉
倉林はるこ［くらはやしはるこ］

桜葉となり野仏のまろくなる
帰る雁ありうたた寝のごとき空
過ぎてより沈丁の香に捉らはるる
渦灯し低く想ひて蚊遣香
八月の水ぜいたくに使ひをり
遺句集に声透きとほり星涼し
ゆるやかに秋の来てゐる山上湖

〈ひまわり〉
蔵本芙美子［くらもとふみこ］

梅雨の月こちらが異界かも知れぬ
花梨の実置いてそこらの歪みけり
パスワード忘れちまったかなぶんぶん
珈琲ゼリー掬えば星の多面体
曼珠沙華この世の赤という色を
蹼の大きな鴨の残りおり
待春の両手広げて一輪車

〈円錐・小熊座・街・遊牧〉
栗林　浩［くりばやしひろし］

わたくしを捜す放送秋の暮
ゲルニカにただ一輪の帰り花
樺忌やガラスの靴の割るる音
水が水に優しくなりて水ぬくし
ががんぼはとまつてはじめてががんぼ
着膨れて立売の手に『BIG ISSUE』
今年また柱の増ゆる原爆忌

栗原和子［くりはらかずこ］〈花鳥〉

閉ぢてゐるはずの目と合ふ春の闇
散る花も散らざる花も手に遠く
もの云へばまた一片のさくら散る
花の昼髪に顔入れものを食ふ
朱の鳥居百に足らねば椿落つ
フリージア家族のゐない家の匂ひ
マフラーを巻く間に終る話かな

栗原憲司［くりばらけんじ］〈蘭〉

手にすくふ水に重さや黄落期
竹藪の奥の明るさ初しぐれ
白息の中のぼりゆく朝日あり
寒卵割つて朝日の匂ひせり
昨夜の雨木々濡らしたる彼岸かな
武具飾る一間に朝日射し込みぬ
かたばみを踏めば雲よりやはらかし

久留米脩二［くるめしゅうじ］〈海坂・馬酔木〉

大花野百一歳の柩行く
木蓮の冬芽日の粒風の綺羅
コロナ禍無き日月来たれ新暦
菩提寺の山に風鳴る寒波かな
一握り蕨を摘めば足る和尚
花散らす雨聞いてをり夜の湯船
さみだれや明月院の話など

黒川悦子［くろかわえつこ］〈ホトトギス〉

脇道のさらに脇へと葛の花
白萩のしだれに沿うて雨雫
紅葉照る磨き込まれた長廊下
法要の始まるまでの日向ぼこ
師の庭のミモザ静かに黄を放つ
そつと押す館の扉や春寒し
追憶の闇に沈丁濃く匂ふ

〈海棠〉
黒木まさ子〔くろきまさこ〕

ふゆといふやさしきひびき冬来る
大阪や橋の見えくる初明り
啓蟄や吾もそのころ産道に
花冷や静かに抜ける親不知歯
花は葉に昨日のことは忘れをり
あぢさゐの雨にブラウス白く着て
新馬鈴薯の薄皮をむくうれしさよ

〈鷹〉
黒澤あき緒〔くろさわあきを〕

アイロンは水滴に焦れ花ぐもり
調教の言葉短し草若葉
夜は殊に橋の眺めや生ビール
たつぷりと泳ぎし眉間ひろびろと
菊の武者翅音に太刀を抜きてをり
赤き実の一枝挿しけり年守る
青空のはじまつてゆく初日かな

〈燎〉
黒沢一正〔くろさわかずまさ〕

瞬くやおほつごもりの高嶺星
ひとり山眺めてをれば田螺鳴く
酔ひ少し春愁少し八時半
少年の吾立つてゐる夏野かな
雲眩し新緑眩し奥秩父
星点りけり踊り子の指先に
機織が鳴く眠らうとする吾に

〈やぶれ傘〉
黒澤次郎〔くろさわじろう〕

桜木の花芽数へて岸根行
耕しの音にも慣れて虎鶫
まんさくの花弁窄める終にあふ
花筏行きつくところまでは見ず
止むと見せまた降る雨や凌霄花
一と雨を乞ふが如きよスカシユリ
見沼野の緑濃くする赤瓦

〈磁石・秋麗〉
黒澤麻生子［くろさわまきこ］

釣人の小さき椅子や草青む
卒業や自転車置き場にて別れ
母の日の傘立てにあるははの傘
硝子戸の守宮に花のやうな足
雲の峰はるかなる眼をして病める
選ばれて尻のおほきな茄子の牛
鮫過る夜の病棟の長廊下

〈初桜・青林檎〉
桑本螢生［くわもとけいせい］

金泥の御み足撫づる御開帳
入学の子を真ん中に登校班
御旅所へ清酒を提げて老女将
砂に棒刺して積みある浮袋
灯を落し夜坐の僧堂虫しぐれ
稲熟れて夕べ明るき谷戸の村
真つ先に雨の音たて朴落葉

〈野火〉
小池旦子［こいけあさこ］

田の雪解促す灰を花と撒く
月朧明日は毀すと決めし家
草萌の大地を踏みて足場組む
大川の光あまねし袋掛
田植笠脱ぎて流れに足洗ふ
切株の椅子に招かれ夏山家
あれこれと納屋に仕舞ひて冬用意

〈やぶれ傘〉
小泉里香［こいずみりか］

本伏せてなんにもしない春の夕
朧夜の手帖に読めぬ走り書き
うつすらと続く轍とほたる草
長靴に兄貴の名前かたつむり
ワイパーを上げて中古車灼けてゐる
星涼し誰も渡らぬ歩道橋
飲み残す二百十日の缶コーヒー

〈八千草〉
河野絵衣子［こうのえいこ］

窓の猫冬帝の声聞きおるか
涅槃絵図騒がしからん声あらば
花菖蒲活くや淋派の鉢選び
気品ともいや凄みとも白牡丹
ハンカチに包むこのまっさらの朝
迎え火のゆらぎ夫来る父母が来る
百僧の声明果てて千の虫

〈万象・りいの〉
河野尚子［こうのなおこ］

雪残る稜線の雲間鳥帰る
消ゆる迄嬉々と追ひ行くしやぼん玉
もう履かぬ登山靴かも風通す
投下時の記録明かされ原爆忌
驟雨去り立ち上がる影女郎花
冬の雷微か震はす湯呑の茶
百態の枯蓮の田に潮の風

〈樹〉
幸野久子［こうのひさこ］

枯れかけて蓮おもむろに哲学者
薄紙に仕舞ふ雛の目と合ひぬ
大袖にのぞく朱色も男雛かな
キーン氏の通ひたる坂青時雨
バーグマンそしてドヌーブ薔薇赤し
雨粒のぽろと薔薇のひと呼吸
検温と尿と薬の日記果つ

〈雪解〉
古賀雪江［こがゆきえ］

友迎ふ椅子に肘あり夜の秋
鴟尾の金夕月の銀杜涼し
遠き祖の門火に闇のしざりけり
秋風に杉群青をもて応へ
杉襖秋蟬採の子をかくす
はらからと汲みて秋暑の閼伽ふたつ
秋うちわ七日七日の喪の客へ

〈浮野〉

粉川伊賀［こかわいが］

夕映えの初空へ翔けゆけるもの
たんぽぽの絮は音符のごとく飛ぶ
一塊の木に春光を彫る仏師
夏帽子釘一本を掛け具とす
一草の影にも秋の深さあり
滝凍る天に咆哮あるごとし
一命を天に預けて年惜しむ

〈ひろそ火・ホトトギス〉

木暮陶句郎［こぐれとうくろう］

覗かれて覗き返して初みくじ
草がちに榛名山腹はだれ雪
白き音透きとほる音水の春
君の背に滑り落ちゆく花の影
半分は風の明るさ若楓
蘆花夢二泊りし宿の籐寝椅子
島唄は波のリズムや仏桑花

〈豆の木・海原〉

こしのゆみこ［こしのゆみこ］

戦争の箱ながれつく春の星
海市までプロパンガスを配達す
たむろして老人となる桜東風
晩春のこだまを入れる鞄かな
青芝に雨降りやすき椅子を置く
滴りの絶滅哺乳類図鑑より
兄弟に従兄弟の素足混ざりけり

〈河〉

小島　健［こじまけん］

花守の燭配りゆく吉野かな
生き生きと亀が尾を曳く春の泥
花吹雪入れて淡海は詩の器
釣糸を一世垂らさむうららけし
涼しさや小蟹這ひ出す草の上
融雪剤踏んで郵便局に入る
猪鍋や吉野の星を見に出でぬ

〈泉〉
小島ただ子［こじまただこ］

長庚《ゆふづつ》や天領の田の水落とす
こぼれ萩インド木綿の上着かな
まんさくの一枝を活ける卒哭忌
真上なる醤の蔵の夏の月
一天に惑星《ほし》のあつまる夏祓
料峭や銚釐《ちろり》に満たす吟醸酒
白靴のおきなほしおく剣道場

〈栞〉
小島みつ如［こじまみつじょ］

朝寒や濯ぎ物干すのど仏
寒月へ話かけては寝につきぬ
梅薫るフォトウェディング正装も
つつましき草の今はを飾り春
花下に偲ぶ吉野の恋の山ざくら
五月雨や白亜の壁の縞模様
娘病む木戸へ露草かしづきぬ

〈りいの〉
小谷延子［こたにのぶこ］

笙ひちりき聴かむと朧夜の集ひ
父の字の草々不一麦の秋
真つ直にくちなは二匹畦をゆく
カルメンをききに卯月の橋わたる
朝霧につつまれ一番電車待つ
新松子ころがし海の見ゆるまで
しぐるるや蟹しんじようの淡き紅

〈梓〉
小玉粋花［こだますいか］

主無き薔薇の赤芽の増す日かな
猫柳手に抱擁す戦禍の地
曇天の背の荷重し花うばら
これやこの皿鉢料理の具《つま》涼し
晩夏光右手《めて》を翳して屋島過ぐ
新涼やモッツァレラチーズの白小玉
秋の昼包丁研屋の笛の音

〈春耕〉
児玉真知子［こだままちこ］

交番の軒かしましき燕の子
啓蟄や土鳩の胸のふつくらと
水温むごぼりと鯉の泥けむり
歩を移すたびに違ふる虫の声
すがれゆく音まとひけり破蓮
碧落にまがね光りの栃冬芽
忙しなく虫入れ替はる花八手

〈鬣 TATEGAMI〉
後藤貴子［ごとうたかこ］

空爆や国旗無数に流されて
右 聖 戦 左 惰 性 の 麦 の 秋
学舎は明日は瓦礫かロビン鳴く
粛正の夜のドローンの目の光る
向日葵畑あまねく父は兵士なり
トルストイ読み地下鉄に繭ごもる
砲 撃 の 沃 野 に 潜 る 種 有 れ よ

〈俳句スクエア・豈・俳句大学〉
五島高資［ごとうたかとし］

人を撃つ人を撃つ人春うつつ
銃口に挿すべしミモザ花盛り
永き日や道に突き立つ不発弾
パンドラの匣やぶれてや狐館
泣き顔は認識できず夕焼雲
湯に変はる水のゆらぎや憂国忌
冬の星また埋め戻す遺跡かな

〈百鳥〉
後藤雅夫［ごとうまさお］

手招きの妣立つ銀の芒原
霜月の風が研ぎたる星のいろ
雪嶺の白花嫁をかがやかす
老詩人けふ茂吉忌とぽつり云ふ
母在りし日のままの庭風信子
慈悲心鳥不一と結び友へ文
沖にヨットいつも風ある見晴らし台

〈風樹〉
古藤みづ絵［ことうみづえ］

仰ぎ見るは我が「風樹塚」秋高し
とめどなく散るは一会のさくらかな
淋しめば花おぼおぼとそよぐなり
夢の世とも桜吹雪を身にまとひ
ぽつねんと忌明けの夕焼見上げをり
夢醒めのさびしら夜蟬鳴きをりし
隠し田に起つは狼火か曼珠沙華

後藤　實［ごとうみのる］

穭田の堰の水音穏やかに
大寒の川に動かぬ鯉の群
春寒し歩幅を少し広くとり
自転車の姿よきひと風光る
田草引く男と軽く会釈して
黒揚羽雨の切れ目にふはり出づ
炎天より宅配便の男くる

〈子規新報・雫〉
小西昭夫［こにしあきお］

秋茄子は嫁が食わせてくれにけり
八百の中の一つの嘘寒し
死者たちを数字にしたる寒さかな
蝶飛んで時間のゆがみはじめたり
麦青むべし麦青むべしウクライナ
四捨五入してカブト虫六センチ
恋文をもらった気分さくらんぼ

〈たまき〉
小西照美［こにしてるみ］

蓬摘む澱の溜まつてゆく日々に
厚切のジャムトーストや菜の花忌
杏の実煮てをり千曲川光る
忘れると決めたのだらう濃竜胆
その声とその心音と冬の虹
グレゴリオ聖歌の微か棕櫚の花
綿あめをちぎりちぎりて十二月

〈泉〉
小橋信子［こばしのぶこ］

みづうみはカムイのいろに花さびた
リサイクルペットボトルや鳥渡る
兎ゐて亀ゐて冬の隣かな
時の気や冬至南瓜を煮含めて
一滴に年逝くアロマオイルかな
亀鳴くや万年杉のうすき闇
タップ踏む白靴の音そろひけり

〈小さな花〉
木幡忠文［こはたただふみ］

滝風が悍馬のごとく駆け抜けり
青胡桃軋り合ひつつ傷つきぬ
星の間を纏りしごとく舞ふ蛍
日日草昨日をそつと落としけり
三時草ありて三時を待つ暮らし
薔薇に声掛くる子のゐて伐り残す
箱眼鏡覗けば消ゆる海の蒼

〈吾亦紅の会〉
小林和久［こばやしかずひさ］

買物の袋に梨の重み増す
七五調の七草唱へ粥を煮る
桜満つ草地に映る幹の影
明日も植う代田の端の農具かな
雹穿つ穴に青空覗きをり
洗濯挟みぱちり壊るる酷暑かな
大人には解らぬ遊具蟬時雨

〈円座〉
小林　研［こばやしけん］

晩秋や潮の引き際蟹はしる
兄逝けり新幹線に雪の富士
背くらべ杉の匂ひの雪だるま
飛ぶやうに堅雪わたり登校す
天神に仕へて青葉樟大樹
泉まで来て聞く旅籠閉ぢしこと
天辺に結び七夕竹起こす

〈円虹・ホトトギス〉

小林志乃［こばやししの］

寒灯の一つは母の待つ窓辺
冬の海戻らぬ波を追うてをり
けふ一番若き日となる初鏡
堅き石手に和らぎて山笑ふ
春昼を灯し静もる礼拝堂
玉章や思ひを託す結び文
祈りとは人恋ふること夏椿

〈湧〉

小林千晶［こばやしちあき］

天の川遺影の父の笑むばかり
ひまはりに擦り傷つけて戦車過ぐ
夏薊もてあましたる胸の棘
桜蘂降る戦場の縫ひぐるみ
聖堂の碧き絵硝子星冴ゆる
冴返る訪ふことのなき本籍地
新蕎麦や絣刺子の小座布団

〈郭公〉

小林敏子［こばやしとしこ］

紺ひたに流す海原沖縄忌
一湾の雲ほぐれゆく星祭
八月六日ひと息に魚捌く
苧殻焚く還らぬ声を耳底に
紫苑ひと叢またの世のいろ湛へ
枯蘆に風のからまる憂国忌
人棲まぬ島の高空鳥帰る

〈道〉

小林布佐子［こばやしふさこ］

吊されて陽射しにまはる唐辛子
階段を二段上がりに夜学の子
初針やうすくれなゐの貝釦
カーテンが春の形に揺れてゐる
春の月がらんどうなる社員寮
まぼろしの優駿がゆく青嵐
蛍火の思はぬ高さにもひとつ

小林迪子［こばやしみちこ］
〈森の座・群星〉

暮の秋無心となりて皿洗ふ
酢蓮根の花重箱のひとところ
鏡餅丸き地球に住みてをり
風光るゆらゆら乾く僧の足袋
多羅葉に思慕の一行梅ふふむ
尻ポケットに突つ込むマスク青田風
沖縄忌少女ゆつくり「平和の詩」

小林道彦［こばやしみちひこ］
〈道〉

凍裂や屯田兵の萎えぬ志気
凍鶴の啄みゐたる己が影
石狩の大鉄橋を行く暮雪
奔放な風に抗ふ古巣かな
えぞにうや宗谷海峡波どんと
蔦茂る礎のみの城の跡
木枯や番屋を襲ふ波の嵩

小林みづほ［こばやしみづほ］
〈燎〉

年輪の確と現れ炭真つ赤
雪うさぎ目を入れてより掌に跳ぬる
春休み子の告白を聞く夕餉
身ほとりに土筆集めて石仏
髪きりりと庭師は乙女夏来たる
帰る子のテールランプや夜の新樹
丘晴れて出入り自由のコスモス園

小林洋子［こばやしようこ］
〈りいの〉

緑摘む青きみ空を引き寄せて
鳥雲に母の紬に袖通し
起きぬけのこむら返りや敗戦忌
氷菓食ぶ闇に錠前さすりきて
白壁に立冬の影直立す
小鼓のひも締めなほす良夜かな
耳さとく掌にのる鷹の飛ぶかまえ

〈晨〉
小堀紀子［こぼりのりこ］

子の傘に小さき窓あるさくらかな
ひき揚げし錨の錆を舐める蝿
点描の裸寂しげスーラかな
ひめむかしよもぎその先無人駅
皀角子の鳴るや水辺に鹿の糞
一人居の媼ほほゑめば小鳥来る
きのふけふ浪立つ港帰り花

〈やぶれ傘〉
小巻若菜［こまきわかな］

竹寺の膳に紫式部の実
花八つ手ちかちかとゆく宇宙船
ひとりごと言ひつつひとり年用意
春立ちぬ風呂沸くまでのスクワット
高台に大学の塔木々芽ぐむ
雨あがり真下から見る八重桜
葉鶏頭友と電話で笑ひ合ふ

〈不退座・むつみ〉
小松崎黎子［こまつざきれいこ］

折り紙の入れ子の小箱春立てり
鳥雲に伝言板に残る文字
皿盛りの浅蜊の出自問はれたり
鉄塔をぐにやぐにや映す植田かな
螢火や川の臭ひがうしろから
球児らのまつ白な歯や炎天下
雪女ゲランミツコの香りして

〈対岸〉
小松道子［こまつみちこ］

潮入りの川流れゐて仏生会
ふいに湧く涙のごとく滴れり
雁わたし父母に会津の絵蠟燭
紙風船張りつめるまで息を入れ
合歓の花支那の扇に似たるかな
風の吹き抜け空つぽの猪の罠
風の音して梟の首廻す

〈稲〉
小見戸　実［こみとみのる］

安房の風前に後に麦を踏む
かたくりの花の斜面を安房の風
水温む稚魚のしろがね水底に
寄す波の白く平らや春の浜
春寒や今に残れる防空壕
あの利根が小川のごとき青田かな
麦秋のまん真ん中に戦あり

〈門〉
小湊はる子［こみなとはるこ］

大試験頬削ぐ風のありにけり
水草生ふ下に遥かな空のあり
母国語で子を宥めゐる花筵
弁慶の踏んばり風の葱坊主
満月を雲のはなるるまで立てり
木立すでに秋色まとふ父母も
コロナ禍や君は門松見かけたか

〈群青〉
小山玄紀［こやまげんき］

浅い足跡かなしいことのありしごと
あゆみゐるうちにすべての木が平行
君の言ふ勇気湖国では通用せぬ
息とめてゐると螺旋の強まりぬ
暗くなつたり明るくなつたりして苦し
紙の如き夢見てをらむ牡鹿牝鹿
君淡くなる林中にもの書いて

〈努《ゆめ》・翔臨〉
小山森生［こやまもりお］

杉化して割箸となる菫かな
けふもまた俳句とトマト天邪鬼
土用なら幡は黄がよし八咫烏
雅兄とか朴の高みに鳴く蟬の
懸命の悲鳴の爪を羅に
彎曲の瀬を越す瓜のこゑ三たび
考へる人に西日の厠窓

〈燎〉
小山雄一［こやまゆういち］

堅雪の田圃を駆けて登校す
水牛に牽かれて巡る島の春
三陸の森の滋味かと牡蠣すする
浪花忌や師の故郷に遊びし日
魚沼の友が丹精今年米
和田峠越えて佐久へと芒原
手入れ良き雑木林や平林寺

〈やぶれ傘〉
小山よる［こやまよる］

どうでもいい深夜番組栗つまむ
落葉から何か拾つてゐる鴉
加湿器の湯気の立つ音だけがして
カラカラと絵馬が鳴り出す冬社
春の雪買つた覚えのなきブーツ
あたたかや犬ははしやいで叱られて
ロボットがぐつたりとする冬の果て

〈いぶき・藍生・深海〉
近藤　愛［こんどうあい］

悪人の出てこぬドラマ蜜柑むく
窮屈な箱に鮟鱇横たはる
蛇出でて問ふ戦争とは何か
すこしづつ人ゐなくなるさくらかな
実桜を踏んではならぬ踏んでしまふ
ががんぼの迂闊に足を落としけり
欲しいものあるかもしれぬ夜店には

〈郭公〉
雑賀絹代［さいかきぬよ］

百日の赤子のつむり青葉風
佛頭の夢の中まで囀れり
岩千畳灼けてジュラ紀の日の匂ひ
工場の鉄截るにほひ鶏頭花
秋灯をあつめピカソの泣く女
月蝕の始終を庭の葱太る
生牡蠣の粒りんりんと市場の灯

〈花苑〉
西郷慶子［さいごうけいこ］

愛校心にはかに芽生え卒業す
大股の靴光りけり新社員
青田風畦のラジオはジャズ乗せて
墜落機の破片のなべや沖縄忌
月下美人咲き切つて夜の余りけり
船着いて踊り浴衣のどつと降り
「妣」は否「母」の字が好き大根漬

〈鴻〉
西條弘子［さいじょうひろこ］

妹の忌なり筒鳥鳴く日なり
厨口たかんなの香と土の香と
涼新たやわらかく蚊に刺されけり
そそと秋そそと北上川の風
菰巻の木に電飾の灯が入る
横顔の子規の似顔絵伊予の冬
春遅々と格子戸のある酢屋酒屋

〈燎〉
齊藤和子［さいとうかずこ］

ひまはりにピースサインの幼かな
星月夜ぬり絵はみだし描くをさな
十三夜月の形を教はる子
極月や富士に流るる雲早し
濁声の鴉一羽や松の内
そら豆をいただき今日は掻き揚げに
マスク取り万緑の森香り立つ

〈貂〉
斎藤じろう［さいとうじろう］

崩れ落ち火の粉吹き上ぐ大焚火
晴れ着ゆく石焼芋を頬ばりつ
上総掘の井戸よりほとばしる春ぞ
遠くより学校のチャイム蟻の列
大汗の子等と木道すれちがふ
倒れつつ花は上向く秋桜
落ちてなほ一花の気品冬椿

〈東雲〉
齋藤智恵子［さいとうちえこ］

梅雨寒の景色も乗せる五能線
荒梅雨の青沼青を拒みけり
雷雲を呼び込む風の龍飛崎
階段の国道狭し草いきれ
日焼け顔ここが大間と若漁師
主亡き斜陽の館夕焼ける
夫に積む賽の河原の日焼け石

〈鳴・辛夷〉
齊藤哲子［さいとうてつこ］

孤独とは違ふ寂しさ磯遊び
回遊魚のやうな散歩や水温む
目薬をゆつくり点してリラ歪む
不平不満言へる国なり梨を剝く
自然薯や総理辞任の新聞紙
寒月光アンモナイトの渦に塵
マスク捨つひと日の声をくぐもらせ

〈燎〉
佐伯和子［さえきかずこ］

さつさつと米研ぐリズム水温む
笛太鼓聞こえさうなる雛の夜
一匙のぷるんと揺るる水羊羹
蛍消え谷戸に戻りし真の闇
上達を願ふ短冊芋の露
南無南無と眠れぬ夜を虫鳴けり
凍つるごと透きゆく朱の冬のばら

〈朱夏〉
酒井弘司［さかいこうじ］

荒野に立つあした一粒の麦を蒔き
跳んで一歩あるいて三歩草萌える
ウクライナの少女の瞳春はいつ
沖縄の声は叫びにどくだみの白
兵士という言葉は消えず長い雨季
山梔子は夕べの匂いきみの匂い
夏空へ両手あげ脱皮する少女

〈日矢余光句会〉
酒井直子［さかいなおこ］

身ほとりの幸は厨に初明かり
蠟梅の香を聞く話しかけるごと
ゆるやかな体内時計木の芽風
山藤のなだれて昔石切場
さはさはと香立つ田や八月来
遊ぶかに風を離さず竹の春
星々を誘ひ出すごと祭笛

〈河〉
酒井裕子［さかいひろこ］

すみれすみれ誰かに伝へたく一人
韮の花少女の胸の高からず
ひろびろと風吹いてゐる端午かな
寝ころんでそこは郷里ちちろ鳴く
ふるるもの並べて音生む望の夜
塗り椀の手に添うてくる寒露かな
沈黙の重さでありぬ木守柿

〈年輪〉
坂口緑志［さかぐちりょくし］

中央構造線を見にゆく朴咲く日
水恋鳥の谷より引ける田水かな
団扇蜻蜓捕りし子と会ふ木暗かな
百万遍の数珠置いてある野分かな
猩々蜻蛉とぶがぶたの花の風
ひきがへる坐して名月待つてをり
俳祖忌の朝を落ちゆく藻屑蟹

〈春月〉
逆井花鏡［さかさいかきょう］

秋彼岸隣はとうに墓じまひ
角樽の輝く朱塗り新走り
見つからぬ土手の出口や枯草踏む
義太夫の裃の影春の燭
牛遊ぶ北大キャンパス蕗の薹
合戦の哀しき記憶花の山
エリザベスカラーの子犬聖五月

〈嵯峨野〉
阪田昭風［さかたしょうふう］

地に落つるまでを楽しみ木の葉舞ふ
師の句碑に侍る吾が句碑冬ぬくし
倒れ込む走者二日の襷継ぎ
麦の穂に雨の滴の綺羅なして
さくらんぼ数へて皿に一個足す
電柱の影に身を入れ日のさかり
赤ん坊に見詰められをり夜の秋

〈ひたち野〉
坂場俊仁［さかばとしひと］

里山の小道夕星夕蛍
食べ盛り育ち盛りや雲の峰
秋うらら古拙の笑みの飛鳥仏
枯葉道イヴ・モンタンに出会ひさう
耕して耕して土生き返る
余白なき植字めきたる田植かな
息足して子どもに返す紙風船

〈豈・LOTUS〉
酒巻英一郎［さかまきえいいちろう］

このたびは　瓣の　こころてん
春の氣曝の　その巴の　突き出る烟
驀地　械や　呑みにけり

颪の裏　階へ　我を飼ふ
梵天瓜を　最高塔の秋の　薑色の
渇かして　歌　睡蟲

坂間恒子［さかまつねこ］〈豈・遊牧〉

馬鈴薯の植え付け火事は発電所
桜蘂ふる緊急車輌出入口
短夜の夢に家出の母若し
流木の流れ着きたる夏座敷
黒揚羽鏡のなかにもどりけり
空蟬のまろびいでたる現在地
真昼間を呼び出している白木槿

坂本昭子［さかもとあきこ］〈汀〉

北溟の星のにほへる立夏かな
海界へ闇の傾るる鯖火かな
やつちやばの金毘羅童子薄暑光
嘶ける馬をひき向け麦の秋
大麦の穂波繰り出す地平線
夕顔の花の香月光をのぼる
神殿に潮さし来る芒種かな

坂本茉莉［さかもとまり］〈いには〉

秋風や石に目鼻のやうなもの
待宵の餃子に寄せる襞三つ
軍手十組干して動物園小春
対岸へとどく漣冬夕焼
パレットのやうなランチの春野菜
野遊びの丘の向かうに戦争が
月おぼろ角を曲がれば戦場へ

坂本宮尾［さかもとみやお］〈パピルス〉

福笹に重たき鯛を吊しけり
さくら実に年の違はぬ師弟かな
街薄暑花屋の方へ駅を出る
万巻の書架のしづけさ夏至近し
アイロンに古き香水蘇る
月までの距離語り合ふ橋涼し
黒きキリスト西日に両手広げたる

〈都市〉
坂本遊美［さかもとゆうみ］

秋蟬の突とし胸に当たり来し
手を藍に染めて藍染水の秋
しくじりの多き自分史秋惜しむ
岳樺浮き上がらせて冬の山
笹鳴や一歩一歩と上り坂
ふらここの人ゐし如くゆれてをり
夏草や光を囲む牧の馬柵

〈河〉
佐川広治［さがわひろじ］

満月をあびてゐるなり源義忌
紅葉のコロナ禍勲逝きにけり
阿賀野川越えてくるなり雪女
ミサイルの発射の空に春の虹
深吉野は花満月となりにけり
迢空に痣ありさくら咲きにけり
樹のくにに向日葵中上健次逝く

〈鴻〉
佐久間敏高［さくまとしたか］

走り蕎麦燿歌の山をまなかひに
冬紅葉して一碧の山上湖
時雨忌の囲炉裏に残る燠の色
梅白く匂ふ尊皇攘夷の地
若冲の鶏冠のやうな溽暑なる
硝子戸にをさなの指紋終戦忌
母の忌や垣を零るる萩の白

〈松の花〉
櫻井波穂［さくらいなみほ］

初雪や耳の後ろのツボを押す
君は十五記念樹の梅真白
つるみつつ墜ちくる鳥や光りの野
旅の夜を飛ぶ飛魚の姿揚げ
手を伸ばす銀河はさらに遠くへと
衣被つるりと明日への希望
初時雨源氏の講義終了す

〈年輪〉
櫻井　實［さくらいみのる］

年豆の一粒増ゆる重さかな
木枯は吾が畢生のカデンツア
立春のおもちゃの箱のぶちまかる
尺取の頭あぐるたびに懺悔せり
蜷の道ただひたすらに歩むのみ
熟るるとは死への営み桃を剝く
白衣脱ぎ一飯余なる夜食摂る

〈棒〉
櫻井ゆか［さくらいゆか］

初蝶の飛翔を風のすくいあげ
落ちてから大空に会う椿かな
六月の真ん中通る雨の音
滴りの音青空を引き絞り
木の下へ辿り着きたる草毟り
雲のなき空は動かず桐一葉
かたちあるものへ影添う彼岸かな

〈ひいらぎ〉
左近静子［さこんしずこ］

浩瀚の書を開かむと灯の親し
参道に須臾の日ざしや紅葉散る
夭折の子へと卒業証書受く
須磨琴の爪弾く哀史春惜しむ
身に入むや齢二十の兵の辞句
木曾谷の兵火はむかし榾の宿
ねんごろに母のおせちの花細工

〈きたごち・しろはえ〉
佐々木潤子［ささきじゅんこ］

髪切りて現るる福耳二月尽
SLの鼻に弾くる石鹸玉
ぶらんこに座り昼餉の紺スーツ
父の日や長屋の端に床屋の灯
巾着も七夕飾り朝の風
ソックスの指先に穴秋の果
動物の慰霊碑に寄る雪蛍

〈りいの〉

佐々木泰樹［ささきたいじゅ］

正眼に横目に冬の月しづか

春寒し海峡を船まつしぐら

屋上に蛇皮を脱ぐ修司の忌

待宵を木星火星定かなり

十三夜火星木星遠離り

音校に美校に厚き落葉かな

モノラルの音しみじみと夜半の冬

〈りいの〉

笹野泰弘［ささのやすひろ］

瓦斯釜のふつふつ言うて寒の明

春の月庭下駄になほ日のぬくみ

日に雨につぼみ磨かれ白木蓮

虞美人草たての構図に収まりぬ

海果つるまで波照間島の銀河かな

紙焼けの啄木歌集かねたたき

人波を見下ろしてをり大熊手

〈わかば〉

笹目翠風［ささめすいふう］

引く鴨の大群雲居にもう見えず

茄子の苗植ゑて恵みの雨ありし

愛惜の先師のお軸曝しけり

筑波嶺の被る笠雲野分後

今日の月上りぬ一気に躊躇はず

微禄して残りし衡門茶の木咲く

探石会一行散らばる涸れ河原

〈春野・晨〉

佐治紀子［さじのりこ］

すこやかに君老いたまひ初謡

音をたてさうな青空寒見舞

踊り子の脚すこやかや謝肉祭

木曾川を小舟で渡り余花の寺

海境の闇をゆらりと海月かな

野分あと漆黒の羽根拾ひけり

験のよきものを寄せ植ゑ年用意

〈童子〉

佐藤明彦 [さとうあきひこ]

天上は渦のごとしや雪降り来
ムソルグスキー冬の霞の中よりぞ
鴨の羽水搏つばかりにて止みぬ
曝書して函のほころびすこしあり
小生と書き直したりチェーホフ忌
玫瑰や海はかばねを容れつつに
藻だまりに川盛り上がる大暑かな

〈颪の道〉

佐藤一星 [さとういっせい]

十薬の群れ出陣の十字軍
ふいに来る影より大き黒揚羽
西日中無人交番机のみ
江戸は右ひだり日光秋高し
水平線幾つ越え来し渡り鳥
秋深し補聴器で聴くプラターズ
わが影も一景のうち冬木立

〈やぶれ傘〉

佐藤稲子 [さとういねこ]

新盆や兄の写真は本棚に
初秋刀魚小ぶりながらに眼の光
拾はれぬ銀杏あまた樹のまはり
冬日差す畑いち面京野菜
春椎茸榾木に付いたまま売られ
春の蚊が首の周りをふはふはと
春の水跳ね上げてゐる鯉の恋

〈松の花〉

佐藤公子 [さとうきみこ]

まろまろと榠樝の太る星明り
赤ん坊の深きゑくぼや菊日和
熊笹の蔭に真清水十二月
春近しのびのび富士の左裾
少年の春や真白き柔道着
代田また代田ふるさとへの車窓
スタンプのやうにあめんぼの静止

〈鬣 TATEGAMI〉
佐藤清美［さとうきよみ］

夏の朝まだ知らぬ歌ラジオから
いと青く世界塗られる夏休み
草の花ヤギウサギ幼児跳ねている
ぶちあたる空風背骨は負けぬよう
さくらさくら迷えば月についてゆく
転移譚霞の中に建つ庁舎
昨日今日電線にあり鳶の梅雨

〈ひまわり〉
佐藤戸折［さとうこせつ］

花守の腰に分厚き記録帳
念のため男手を問ふ雛飾
手枕にタトゥー隠れる三尺寝
銚子には土産なくてと丸鰹
案山子にも今年で終はることを告げ
ひぐらしの村や塾など知らぬ子ら
連峰の分かつひとかた雪囲

〈ときめきの会〉
佐藤敏子［さとうとしこ］

残雪の吾妻連峰母見舞ふ
軽トラで来たる差し入れ柏餅
そよそよとよき人とゐて青田波
鶫鳴くや古道に小さき投句箱
柿を捥ぐ雲間に見ゆる吾妻山
小春日や茶室麟閣去り難し
かたはらの夫の沈黙賀状書く

〈栞〉
佐藤郭子［さとうひろこ］

桑の実へ荒き雨降る墓参かな
祝ぎ事の仕舞ひを月の出しかな
青空へどこまで本気秋の蝶
笹鳴きの気配の藪となりゐたる
姉の桐わたくしの桐咲き盛る
草笛の草の中より聞こえけり
新涼としづかな空へ書いてみる

〈雛〉
佐藤　弘［さとうひろし］

岩魚釣「疫病」少なき村はづれ
武甲嶺の星明かりもて岩魚釣る
岩魚釣まづ熊除けを鳴らしけり
朝まだき瀞に餌を追ふ岩魚どち
岩魚釣藪掻き分けて掻き分けて
渓たたへ岩魚をたたへ永らふる
岩魚焼き乍らひとりの昼餉かな

〈少年〉
佐藤裕能［さとうひろよし］

木々の間を黄帽子の群天高し
曽孫抱き狭庭に立てば梅真白
連休も田掻きの響き散居村
今年また出来る幸せ梅漬ける
胡瓜苗ぐつと伸ばせし夜半の雨
卒寿越えまあるくなりし今日の月
大地踏み街流しゆく風の盆

〈燎〉
佐藤　風［さとうふう］

振り向けば緞帳落とすやうに秋
ハシビロコウよりも動かず冬一日
四日はや普段の顔となりゐたる
母いつも福助足袋の別珍を
鎮魂の寒満月の上りけり
紙風船突かるるたびに息を吐き
えごの花つのる帰心のやうに降る

〈燎〉
佐藤風信子［さとうふうしんし］

それぞれの色を子の手に雛あられ
ゆつくりと富士を離るる春の雲
初蟬の声のなかなる昼餉かな
伝説の百足は神の使とも
その中のひともと遅れ彼岸花
ふるさとのことなど柿を剝きながら
冬立つやリビング少し模様替へ

〈信濃俳句通信〉
佐藤文子［さとうふみこ］

梅の香や年を重ねて好きになり
春暁やいづれこの足音も消ゆ
初場所やいつもの席にいい女
みかん剝くドラマは今日も続きをり
あなたとは縁のなかりし夏の雲
大夕焼ふるさと行の列車過ぐ
夜の底まそほの芒騒ぎ出す

〈青草〉
佐藤昌緒［さとうまさを］

山小屋の一夜を共にはたた神
竹伐つて竹の始末の匂いかな
蟷螂の影や紳士のごとくあり
鶏頭の赤や夕日の傾きて
蹴伸びしてプールの底に光かな
カーテンを繕ふ一日半夏生
松の花高きにあるや寺の門

〈草原・南柯〉
佐藤雅之［さとうまさゆき］

萩の野や思案の末の知らぬふり
照紅葉かぢ棒下ろす俥夫だまり
湯たんぽの大波小波しづまりて
去年今年かなたの鐘へ犬吠ゆる
絵踏して赤児の足のおよぎをり
面濡れぬまま奈辺まで流し雛
ランナーの折り返す坂夏の雲

〈笹〉
佐藤美恵子［さとうみえこ］

山桜匂ふ吉野の餅配
恋猫のくどきはじめは三下り
五輪描く五機よ真昼の夏の空
幸若の舞も鼓も菊人形
歳月や落葉を掃くも供養めく
冬麗の波のかなたに伊勢の宮
読初の表紙を鳳の舞ひをれり

〈風の道〉
佐藤みちゑ［さとうみちゑ］

初日の出戦禍の子らへ平安を
佐保姫の銀のさざ波より生まる
人憶ひ人忘れゆく桜かな
遠きほど音色寂しき祭笛
風鈴や遊びざかりの風の来て
少年のピアスの光る街薄暑
那珂川の石より石へ鮎のかげ

〈ろんど〉
佐藤良子［さとうりょうこ］

黒豆を煮て夜更けのラジオ講座かな
狐の嫁入り梅園百枝はねず色
腰ジャケツあかごを抱いて青野かな
瀧を観に母と行きしはただ一度
乾杯　は　二　十　八　階　初　鰹
星月夜静かにはしやぐ足湯かな
すすき掻き分け少年の抗へる

〈河〉
佐藤綾泉［さとうりょうせん］

植田まだ濁り残して暮れにけり
栗咲くや縄文土器の五千片
白鳥の声残りたる日暮かな
海へ向く祈る形の冬木の芽
御降のあがりし後の竹の艶
クレープシュゼットの青き炎よ桜の夜
花は葉に戦は人を数に換ふ

〈やぶれ傘〉
眞田忠雄［さなだただを］

壇ノ浦スカル舳《みよし》に春の潮
年惜しむ子等の悦ぶ翔《ショウ》タイム
種床を運ぶ児の背は伸びて居り
南風原《ハエバル》の風の甘庶や慰霊の日
除草剤に閻魔の怒り墓洗ふ
近寄れば蝗くるりと葉の裏へ
黒海に臨む教会ライラック

〈橘〉
佐怒賀直美〔さぬかなおみ〕

大駒の文ン字跳ねたる青龍忌
林檎捥ぐ地軸ばかりに傾きて
朝日子や耀歌の山の冬に入る
身の内の神も仏も日向ぼこ
山茱萸咲く弾くる音の形して
風薫る筑波二峰の彩映えて
残照へかはほり影を翻す

〈橘〉
佐怒賀由美子〔さぬかゆみこ〕

高らかに鴉名乗りて台風圏
わざと音立てて霜夜の雨戸鎖す
傘の雪落ち弔問の列動く
犬ふぐり鳥居は道の向かう側
気づかれて土筆はこころもち曲がる
縦書きの返信葉書梅雨気配
ひらめきの逃ぐるやついと糸とんぼ

〈風土〉
佐野つたえ〔さのつたえ〕

長き裾引きてこそ映ゆ雪の富士
年新たわが干支寅にまた会はむ
受験日の駅の黒板「がんばれ」と
木蓮に咲いてよいかと問はれけり
鳴けるだけ鳴いて飛び去る法師蟬
夫につき歩行訓練処暑の風
折々に思ひ出す人秋の声

〈甘藍〉
佐野眞砂代〔さのまさよ〕

厚氷の中の気泡は水の息
蛇穴を出づ満満の水速し
雨の日は雨を見てをり牡丹の芽
傍らに来し人あふぐ団扇かな
送り火の残りを風がぽと煽り
水呉るる畝間に釣瓶落しかな
鱈汁や猫がどうした話から

〈ときめきの会〉
佐野祐子［さのゆうこ］

引く波に残る足型潮干狩
風待ちの風鈴草や海暮ぬ
百匹のわらわらゆらら目高の子
弓なりの海岸通り鰯雲
明け方の庭の実揺れて鵯の声
奥久慈の婆の詰めたる姫りんご
千年の銀杏黄葉や水鏡

〈笹〉
澤田健一［さわだけんいち］

秋の雨靄り高速密室に
奥浜名入江の多し秋の雨
浜名湖に秋の雷音走る
秋の湯はすぐ下に湖波か雨か
熱帯低気圧去り秋晴晴
対岸の山長々と秋の陽に
故郷の氏神様ぞ秋本山

〈燎〉
沢田弥生［さわだやよい］

義賊のこと語り継ぐ里虫時雨
深々と一湖沈むる山の霧
躊躇はず五年日記を買ひにけり
高架駅の富嶽一望寒日和
全句集の重みを春のたなごころ
鼻筋に神馬の気品風光る
涼しさや飛騨の秘境をめぐる旅

〈艸〉
沢渡　梢［さわたりこずえ］

アネモネのどの色が好き誕生日
糸遊やあやとりの児の指の反り
夏草やインコの墓の当たり棒
ゆるやかに巻かれし母の秋日傘
心だけ寄り添ふ秋の深まりて
冬ぬくし詰襟の子の金釦
父母の月の命日返り花

〈りいの・万象〉
沢辺たけし［さわべたけし］

河骨の芽吹くや水の明るさに
鏝絵師へ漆喰抛る遅日かな
尾根を越え岩肌すべる夏の霧
雪渓の水音澄めり星の夜
穴蜂の虫抱へ飛ぶ秋日和
赴任地は湖の町雪迎
跳躍の助走路長し冬夕焼

〈遊牧〉
塩野谷　仁［しおのやじん］

薄氷はこころの象《かたち》して流る
あるがままとは鞦韆の双つなる
さくらばな闇のどこかに夜泣石
黙契のごとし梅雨星野にひとつ
抛りたる石に暗がりありて夏至
芙蓉咲くもう戻れない距離に咲く
黍嵐ほんじつ家出人ひとり

〈燎〉
塩谷　豊［しおやゆたか］

湖沈め吊り橋浮かべ朝の霧
ジャズにのる膝のリズムや敬老日
昼灯す雁木通りのへぎ蕎麦屋
流氷の吠ゆる宇登呂の尾白鷲
六段の跳箱跳んで卒園す
黒南風や魚臭の強き船着場
雨に濡るる木道池塘水芭蕉

〈ひまわり〉
雫　逢花［しずくおうか］

白雨中しずかに帰る救急車
黙らせて秋の風鈴おろしけり
虫籠窓より目前に燕の巣
提灯屋提灯ともし夜の秋
菩薩より閻魔が強し麦の秋
戦死者は万がひと桁みなみかぜ
夕凪や保健師帰る島渡船

〈青山〉
しなだしん［しなだしん］

墳丘の茅花流しを冠りたる
しほざゐや雲間に月の立ち直る
芋虫のさざなみ立ちて動きだす
バス停の簡素な名前秋桜
琴線の赤を張りつめ曼珠沙華
青空や鵟の胸に獲物の血
空舞へり大鷹の眼に吸ひ込まれ

〈磁石〉
篠崎央子［しのざきひさこ］

かなかなの嗚咽に変はりやがて雨
遺伝子の螺旋ちちろのこゑ高し
なまはげを乗せトラックの到着す
地に触るる花弁より溶け落椿
パン生地の蛹の色も冴返る
夏蝶の白し遺影の奥は海
つぶし煮るトマトよ物価高騰す

〈夏爐・蝶・秋麗〉
篠田たけし［しのだたけし］

梅の香や古鏡のごとき朝の月
妻病むやわれに八面六臂の夏
大西日張りついてゐる島の碇
書を閉ぢてはたとひとりや茅舎の忌
踏み入りて身の火刑めく曼珠沙華
人を呼ぶやうに猫呼ぶ秋の暮
鳴けば憂し鳴かねば淋し夜の鴨

〈鷹・OPUS《オーパス》〉
篠塚雅世［しのづかまさよ］

今生の雨音を聞く涅槃寺
猫の子や身の深きより喉鳴らし
鳥帰る哲人像に女なく
太陽をもみくちやにして水遊び
きちかうのぷくとふくれてぽとひらく
気力へとつながる怒り石蕗の花
梟の翼の下に年越さむ

〈氷室〉
四宮陽一［しのみやよういち］

柴犬の背に一片の春の雪
サファイアは貴人の胸に春の湖
天空の真珠となりぬ春の月
夏の夜のオペラや寝てはならぬとき
ガット船寄れば舟虫散る波止場
はね太鼓背に踏み出せば月の道
寒釣や日時計にして魞の影

〈笹〉
柴田鏡子［しばたきょうこ］

幾千代やうすむらさきの花の雲
水染めし蜘蛛手の橋の杜若
梅雨に濡る草間彌生の玉の色
深海のごときに忽と南瓜の黄
奥木曾の埒の外なる靫草
勾玉の月のゆらめく水の闇
御神体は剣月下の蓬莱宮

〈鳰の子〉
柴田多鶴子［しばたたづこ］

松の木にもたれ松見る日永かな
せせらぎや菫の土手へ板の橋
丸洗ひされ海苔船のまた出航
うぐひすの声せりあがる吉野建
どの人も順路に素直花菖蒲
袋角しきりに首を振つてをり
数の増えさびしきものに盆灯籠

〈青兎〉
柴田洋郎［しばたようろう］

春潮の汀に拾ふ虚貝
偉丈夫の翳して回す春日傘
紫陽花や小庭に余る毬の数
生き残り一尾の顔となる金魚
青蜥蜴尻尾にあらめDNA
街道に名残りの塚や草の市
凩や水無川にも銀の波

〈海棠〉
芝 満子［しばみつこ］

山を吊るほどのクレーン山笑ふ
花吹雪産み月ちかき母と子に
初燕コロナの宙をうらがへす
電線のなき美観地区燕来る
倉敷の緑御殿や若葉雨
くちなしや宛先のなき文を書く
星月夜恋する星のまじりをり

〈海棠〉
澁谷あけみ［しぶたにあけみ］

秋水やきゆつと鳴りたる飯茶碗
沓脱石のひろやかにある時雨かな
灯ともせば寒夜の仏間ただ広し
初明り草に置く霜毛羽立てる
松の芯旧家に老いて夫婦たり
手前に出す父の位牌や夜の秋
外風呂に薪足す夜ふけ星月夜

〈知音〉
志磨 泉［しまいずみ］

脚本の手擦れ折癖鳥雲に
しまひには軍手外して春の土
みんみんに説得されてゐるやうな
爽やかや我が心にも水平線
色鳥やバター香らせ家を守る
凍空やアルミニウムの雲置いて
待春のひかりに預けたる生家

〈門・ににん〉
島 雅子［しままさこ］

人形抱き歩む国境春寒く
螺旋状にわたしが溶ける夜のさくら
天使魚も闘魚もまじる弁護士会
林檎の芯すぽんと抜けたからピアノ
葱焼いて詩人の顔となる日暮
音にしてもいちどふゆのはなわらび
倚りかかるならつんと立つあの冬木

〈春野〉
清水しずか〔しみずしずか〕

鳥渡る我はよいこら磴のぼる
午後五時といふ昏さあり干大根
風花や小さくなつたと子に言はれ
草餅の青しかぐはし母恋し
とも綱の張つてゆるんで風光る
咎の字に人と口あり紫蘇をもむ
おところへは目耳思考大暑来る

〈燎〉
清水徳子〔しみずのりこ〕

夫の背を流すごとくに墓洗ふ
新涼や手に一滴の化粧水
波音の静かや秋の材木座
静けさや茶庭に灯す石蕗の花
冬蝶の飛びゆく日差しありにけり
臘梅の香は風になり瑞泉寺
黒松に風音絡む寒の入

〈玉藻〉
清水初香〔しみずはつか〕

太々と高々と松冬近し
目の端に雀来てゐる日向ぼこ
春風に水かげろふの動く軒
板塀に足長蜂のもぐり込み
その陰をはみ出し来る子大夏木
太陽は一人に一つ炎天下
虹立つやまだ見ぬ町はあの辺り

〈栞〉
清水裕子〔しみずひろこ〕

桜散る川の向かうも桜ちる
水打ちて埃被りぬ昼日中
放水の水の白濁太宰の忌
もの切つてナイフ曇らす原爆忌
桜おちば栞るよ空白のページ
紅薔薇に一竿のシャツ乾ききる
日表にゐて秋風に顔吹かれ

〈閏・神杖〉
清水悠太［しみずゆうた］

ここにゐるわれがわたくし花御堂
古書市に若きわれ置く麦の秋
王羲之の筆の返りや初つばめ
春霙難民母子のなみだとも
短夜や一面記事のざわざわと
省略の活かす言の葉三鬼の忌
孑孑や小惑星のアミノ酸

〈遊牧〉
清水　伶［しみずれい］

花過ぎの孤島のごとき白鍵盤
さくらしべふる瞑目も復活も
みぞおちに牡丹の崩れ持ち歩く
からすうりの花のあたりが黙示録
白桃にゆび溺れたり草田男忌
にんどうの花錆び兄のふかねむり
夕ひぐらし魂函いくつ開け放ち

〈秀・クンツァイト〉
下坂速穂［しもさかすみほ］

探梅や遠き世の人思ひつつ
猫柳きのふゆきすぎたる路の
乗らずに次のバスを待つ若葉風
一礼の涼しき人が指南役
過去世を掌の忘れざる冷し酒
辞めてゆく君は戦友月の友
昭和史の殊に分厚き海鼠かな

〈栞〉
下平直子［しもだいらなおこ］

遠くまで畦とほくまで犬ふぐり
万緑や音たてて飲む山の水
花桐や文箱の蓋に母の文字
雪渓の全き朝日拝しけり
一刷けの雲被て筑波山秋に入る
洩れ来たる賛美歌に和し涼新た
朝寒を言ひ筑波嶺の青さいふ

〈清の會・繪硝子・猫蓑会〉
下鉢清子［しもばちきよこ］

亀鳴くとねつから信じゐて白寿
眦に春の塵浮く埴輪巫女
靴を履くみみずのつぶやきを聞きに
蓑虫の釣られてゐたる枝の先
雁渡し巖打つ濤仰け反つて
星の恋仰ぐ百歳のとばつ口
惜命忌指を開けば生命線

〈群星〉
下山田　俊［しもやまだとし］

朝練や寒気を摑み合気道
放る餌に鯉の奮戦水の春
鐘楼の丹塗りの光梅真白
槌音に太る青柿分譲地
組み上ぐる寄木の菩薩爽やかに
天蓋へ護摩の炎柱秋彼岸
秋陰や一樹根を張る武将塚

〈櫟の木〉
上化田　宏［じょうけだひろし］

さきがけの一葉二葉櫨もみぢ
秋天といふ球体の底に居り
鹿に声かけやる尼僧月輪寺
船出せし移民のその後石蕗の花
春の雪雲の篩にかけられて
赤松の自刃の山や白馬酔木
燃え尽くるまで夕焼を見て帰る

〈風叙音《フュージョン》〉
笙鼓七波［しょうごななみ］

埴色にして褐色の時雨かな
愚鈍なる眠りに堕ちて冬の蠅
冬北斗なぞりて倦みし無聊の子
朴散るや鈍き呻きの聲立てゝ
枝々の吐き出す魂や冬木立
絶え間なき波の舞踊や冬の海
涅色の深淵のぞく冬怒濤

〈円座・晨〉
白石喜久子［しらいしきくこ］

風花に開きかけたる莟かな
淡雪の松を廻りて鳩しづか
いつの間に草の色濃き雛祭
聖杯のごとき古巣を仰ぎけり
万緑に呑みこまれしは巣の記憶
森閑と出口ばかりの蟬の穴
いくたびも夏蝶の影砂遊び

〈宇宙船〉
白石多重子［しらいしたえこ］

身より湧く言葉一片初ざくら
森青葉鳥も獣も子を連れて
雲流れ舟となりゆくハンモック
耳澄ましをり満月の渡る音
月光に真綿のやうに包まるる
除夜詣声出せば闇動きけり
冬凪の海へ帰還の宇宙船

〈やぶれ傘〉
白石正躬［しらいしまさみ］

春彼岸ほのかに甘き白団子
菜の花が花瓶に垂れてをりにけり
いんげんの花咲くそばを通りけり
畑道に土ぼこりたて夕立来る
銀杏の青き実が落つ頃となり
川べりで人の声する小六月
冬灯田圃のそばのラーメン屋

〈白魚火〉
白岩敏秀［しらいわびんしゅう］

夕東風や竹しならせて担ぎ来る
幅跳びの助走に加速風光る
翼あるやうな軽さの更衣
火のつきしごとくに金魚争ひぬ
音すれば音へ走りて椎拾ふ
渡船いま枯野の岸を離れたる
風花の生まるる空の青さかな

〈樹氷〉
白濱一羊［しらはまいちよう］

靴底に重き春泥ウクライナ
ラジオより自分の名前春立つ日
麦秋や鞄の中にサリンジャー
母の日や子育て上手といふパンダ
日焼子の膚何ものも寄せつけず
灯火親し父に絵本を読み聞かせ
立ち漕ぎで坂登りくる盆の僧

〈秋麗・閏・磁石〉
新海あぐり［しんかいあぐり］

桜蘂降るや軍馬の慰霊塔
葱坊主スパイいつしか大統領
田を走る雨雲を追ふ水馬
存分の陽射し正座で豆叩く
流星や地球途方に暮れてをり
干し蒲団叩きに叩く開戦日
紙を漉く音千年の波の音

〈鳰の子〉
新谷壮夫［しんたにますお］

天空に蹄の音や初寝覚
葉桜とは俺のことかと云ひし人
小満や棚田隅々水満々
阿多多羅のほんとの空よさくらんぼ
八月の空とこしへの禱り満つ
フラメンコポーズ決めたるカンナの緋
月天心こころ豊かにひと日終へ

〈海棠〉
新藤公子［しんどうきみこ］

こながれの眩しかりけり春立ちぬ
追伸に見ゆる本音や梅ふふむ
ときたまに開く花伝書かすみ立つ
巻紙に友の達筆あたたかし
明石から絵島へ春の海ゆたゆた
トラクターで姥の田起し鳥したがへ
鞦韆のくさりの錆や三鬼の忌

〈円・帯〉
榛葉伊都子［しんはいつこ］

小鳥来る無銭飲食してゆきぬ
金木犀こぼる双子の乳母車
雁来紅父を送りて三十年《みそとせ》に
声聞いてひと月潤ふ星の恋
海峡の向うはギリシヤ秋夕焼
ほてい草花の動くは何かゐる
国葬に賛否沸騰天高し

〈円虹〉
新家月子［しんやつきこ］

風薫るそらまめ薬局開店す
胸元を流るる水や石榴割る
秋の声ウォッカの減りが早過ぎる
虎狩の屏風一双嫁が君
象白く乾ぶ孤独に春の月
占へばこれが人生小鳥来る
街中が小春日和のど真中

〈博多朝日俳句〉
菅原さだを［すがはらさだを］

蓬萌ゆ防空壕の昭和史に
筑紫次郎行けど行けども花菜風
桜蘂異国の丘の歌に降る
反戦歌茅花流しの橋渡る
朝倉の宮杳として舞ふ水車
秋暑なほ鳥獣戯画の猿走り
幼名で呼んで卒寿の初山河

〈晨・梓・航〉
菅　美緒［すがみを］

泣くものに寝釈迦に月の雫かな
日蓮の胸板厚し梅真白
人の世にあまたの賞や草茂る
駅までの日蔭なき道広島忌
掃き寄せてありぶはぶはの銀杏の実
蠟梅や石に眼鏡の置かれある
金色の尾鰭そよりと寒の水

〈きたごち〉
杉木美加［すぎきみか］

名月のほど良き高さ夕餉どき
こだはりの珈琲淹れて冬籠
風船の飛んで弾んでバス通り
カステラの底の粗目や春の星
開け放つ自治会館に神輿座す
六月の言問橋を人力車
鰻重を運ぶ女将の声の張り

〈風土〉
杉本薬王子［すぎもとやくおうじ］

初鏡傘寿の顔をちよと覗き
追儺終へ握り頬張る禰宜と鬼
大根を下げて梅林通り抜け
暖かや父の胡座に子を納め
畳一畳二畳三畳大芭蕉
鏡台の中まで梅雨の青が占め
下町の弾ける夏や立ち飲み屋

〈燎〉
杉山昭風［すぎやましょうふう］

一句成り初湯ざぶりと上りけり
春眠の覚めてこの世は騒がしき
春の雪いのちあるもの立ち上れ
蛇穴を出でし頭上に戦闘機
師を偲ぶさくら吹雪に一人なり
たつぷりの水が水押す植田風
寒蜆どさりと下ろす舟溜り

〈雉〉
鈴木厚子［すずきあつこ］

子規忌より子規の講義に入りけり
声ひびくとんがり校舎黄砂降る
しばらくは傘をさしかけ雛送る
初桜少年舟に犬をのせ
代田掻泥の青さを返しては
炎天へ顎を突き出し被爆像
のど仏鳴らし水飲む原爆忌

〈百鳥〉
鈴木綾子［すずきあやこ］

卒業や山彦確と受けとめて
渡し待つ盲導犬や朝桜
自転車で巡るふるさと木の芽晴
早苗饗の輪に初孫の披露目かな
黒日傘開き一人になる時間
三百句の綴る半生秋気澄む
着ぶくれて我が青春の上野駅

〈藍生・雪華〉
鈴木牛後［すずきぎゅうご］

火を恋ひぬ深林の一木として
牧閉す牛糞は苔色に崩え
落葉踏む濡れれば濡れた音を踏む
「ふしょくふ」と言へば白息こぼれ出る
吾に呉れよ雪が沈んでゆく力
牧杭のつづく果てまで木の根明く
発情の牛の獣声夏至まぢか

〈草の花〉
鈴木五鈴［すずきごれい］

沼尻に水湧いてをり蘆の角
里巫女の手繰りてゐたる花あけび
ばしやばしやとズックを洗ふ柿若葉
ざりがにの退る速さの泥けむり
噴水を小暗くしたる飛行船
繭蔵のきしむ床板火恋し
蔵壁に苆の見えけり寒夕焼

〈若葉〉
鈴木貞雄［すずきさだお］

自粛・巣籠・在宅けふ啓蟄なり
さくら咲き地震《なゐ》ふる国がわがまほら
霽月の光にしだれざくらかな
闇黒より生まれし宇宙螢の火
蓮の香やほとけの思惟永劫に
合掌す出会ひと別れすずしかり
時の疫《え》を生きぬきし身に初秋風

〈鶴〉
鈴木しげを［すずきしげを］

ジョーカーに憑かるる妻よ初笑
竹林に昨夜のうすゆき弓始
青き踏む兄ぢやの文をふところに
八十に八十のうた五月来る
見覚えの博打の木あり夏の雲
一行詩六十年や沙羅の花
山墓の真葛の照りとなりにけり

〈秋麗〉
鈴木俊策［すずきしゅんさく］

老い宜し月の光の引く力
悉く人の造化や旅の神
神仏の在らぬ閑かさ冬日和
蕗の薹国まだあらぬ野に遊び
封じたる汚染処理水温ましむ
日は昇り沈むと暮らし蝸牛
愛国の敵も愛国蟻の列

〈雨蛙〉
鈴木すぐる［すずきすぐる］

日輪に応へかがやく福寿草
芽吹きたる幹の貫禄楢櫟
水面に四肢のびのびと昼蛙
椿寿忌の御堂に響く南無阿弥陀
桐咲いて故郷のこと姉のこと
凌霄の限なく落つる門構へ
緑蔭に園児をどつと解き放つ

〈鴻〉
鈴木 崇［すずきたかし］

江ノ電で鎌倉に入る秋の暮
萩月夜うどんの湯気のなつかしき
もの憂げなボサノヴァ秋の深むらし
月冴ゆる珈琲館に人魚の絵
髪ばさと切り春節の中華街
灯台の螺旋を登りつめて春
走り梅雨つんとレコード屋の匂ひ

〈浮野〉
鈴木貴水［すずきたかみず］

初糴や早くも声の嗄れて
寒茜筑波は揺るぎ無き孤峰
腹いつぱい食べて空腹鯉のぼり
幾何学は天生の才蜘蛛の網
肩の子の届かぬ月に手を伸ばす
鋭きは鷹の眼光鉤の爪
生牡蠣をつるりと一つ五〇〇円

〈りいの〉
鈴木千恵子［すずきちえこ］

忽然と崩るる薔薇を手の平に
おはやうと雛に声かけ今日はじまる
火事跡はたんぽぽの野となりゐたり
たをやかに伸ぶる一尺松の芯
槍投げの槍青芝に震へ立つ
乱世なる渡御なき祭囃子かな
名月へ仏間の窓を開け放つ

〈草の花・清の會〉
鈴木智子［すずきともこ］

樹の上ににはとりの居る秋彼岸
小さき羽持つ魚干《ほ》さるる漁港秋
露しぐれ硝子のむかうに守宮の腹《はら》
朝露や南天の葉の真紅《まくれな》ゐ
清明や裏干しの足袋良くかわく
露白し終《つひ》の朝顔紺きはめ
檀《だん》家総代かしこまりをり百日紅

〈秀〉
鈴木豊子［すずきとよこ］

凍戻りたる農道の深轍
春筍の五寸ばかりの湿りかな
揺れ揺れて風に糸曳く青毛虫
駅遠き町に住み旧り夏蕨
ゆりの木のもみぢ明りに人を待つ
綿虫の取つたつもりの手を開く
小春日や次の辻まで銘木屋

〈春燈〉
鈴木直充［すずきなおみつ］

繭玉のみんな去つたる後の揺れ
まんさくの空に一朶の雲も無し
どくだみの花やいちにち善き心
武蔵野や夏至の欅の丈きそふ
盆休み家ぢゆうに風とほしけり
湯気立てて難読の書をひもとけり
先客の尻尾出てゐる炬燵かな

〈今日の花〉
鈴木典子［すずきのりこ］

ピンクムーン奇麗にこの世終りたく
行く春や師の晩年の句集繰る
どくだみに地境あらず花さかり
学徒らも戦地に見しや盆の月
到来の松茸ひと日は贅つくし
公園の枯葉砕けて地になじむ
短日や旧家欄間の透かし彫り

〈ろんど〉
すずき巴里［すずきぱり］

浅草の仲見世奥の鳥総松
水茎の美し初釜のお品書
春遅々と人声坂を上り来る
袴着て土筆の大和ごころかな
行く春の一誌に認む一訃報
穀雨かな少年にうつすらとヒゲ
戦意刻々さくら蕊降り止まず

〈なんぢや〉
鈴木不意［すずきふい］

使はざる方の蛇口の飾松
犬小屋の使はれずある甘茶寺
走り梅雨テレビ明りの窓の色
まくなぎやふり返り見るそのあたり
ひまさうな店先に飛ぶ秋の蜂
炉の烟庇出でゆくときに急
暦果つメモの赤き字緑の字

鈴木正子［すずきまさこ］〈胡桃〉

山笑ふ鎖梯子の行者径
潮風の届くホームや夏帽子
月山のぶな百幹の風涼し
紅の花風の重さに堪へけり
存分に方言使ひ帰省の子
定位置の少しずれたる見張鴨
煤払ひ神と仏は一つ部屋

鈴木みちゑ［すずきみちえ］〈萌〉

買初や江戸千代紙の青海波
春耕や時に鋤き込む雲の影
花吹雪弥陀定印の指たをやか
若夏や出窓に小さき魔除獅子
睡蓮の水よりきざす夕ごころ
秋深む空也の呼気のみほとけも
うつ伏せに寝れば母の香干蒲団

鈴木曜子［すずきようこ］

ポケットの電話また鳴る入り彼岸
山肌に夢かうつつか花楝
夏木立全身巡る血の青し
蟬しぐれ少年時刻表の中
秋日濃し跨線橋から小さき手
石畳に禰宜の沓音冬うらら
ポインセチア素直になれぬ貴女にも

須藤昌義［すどうまさよし］〈輪・柵〉

鷹鳩と化して地獄の門の前
傘雨忌の築地に穴子抓みをり
エカテリーナ離宮の噴水開きかな
明易や八十歳は夢も見ず
鯤が呼びしか北溟へ星流る
今日は霧吐く国東の磨崖仏
温室の大いなる葉を仰ぎけり

〈貂〉
須原和男［すはらかずお］

鴨引いて水ひろびろと浜離宮
土蜂来よ蟻も来たれと花御堂
つまんだる翅たくましき黒揚羽
踊るなり野風は笠に荒くとも
天水を含みて重し鶏頭花
落鮎にして喰ひつきさうな貌
ほどほどの闇こそよけれ金屏風

〈翻車魚〉
関　悦史［せきえつし］

造られ潰るる人の群体冬の雲
泥鰌浮いて沈むもう一度浮いて沈む
都市に浮く大金魚見え人を撥ね
マンションをミサイルが削ぎ空は青
死の白のなかを這ふ白三月の
近代をメトロノームの音澄むや
車行く喜雨の路面の舌めく音

〈多磨〉
関　成美［せきしげみ］

日脚伸びしことを素直に喜びて
末黒野の真黒焦げの木の根つこ
遠き日のことのやうにも椿落つ
竈に火は燃えてをりほととぎす
炎天をゆく一と言も発せずに
聖堂の屋根に時雨れて湯島かな
枯蓮に風のさびしく吹く日かな

〈濃美・蒼海〉
関谷恭子［せきやきょうこ］

人日の受賞者を待つリボンかな
春陰や鏡の吾のひだりまへ
入線の灯の現るる駅おぼろ
早苗饗を終へて月下の欅かな
ががんぼの沈みがちなるひとつがひ
啼く鳥も鬼も吾も容れ霧襖
選ばれて牛は荷台へしづり雪

〈濃美〉
関谷ほづみ［せきやほづみ］

春の雪絵筆に水をたつぷりと
西安へつちふる道のますぐなる
囀の山をこぼるる一羽かな
国境の風ひなげしを引きちぎり
溶岩山の命あらたし蓼の花
虫の闇胎児のやうに丸くなり
吊られ行く猪の眼よ青空よ

〈やぶれ傘〉
瀬島洒望［せじましゃぼう］

相客は田植ゑ済んだと露天風呂
明け易しラジオを点けて二度寝する
耳元で乾いた羽音して蜻蛉
懸崖の仕上げに掛かりゐる菊師
秋晴れのかんかん照りの志ん生忌
海人の家蜜柑の皮が干してある
起重機を降りてくるひと冬夕焼

瀬戸正洋［せとせいよう］

遠雷やデータベースが間違つてゐる
昆虫採集正義の味方だから逃げる
険悪な家族水鉄砲の速度
バランス崩す虫眼鏡の中の蟻
デルモンテトマトケチャップ子供の日
生きることに辟易へりおとろーぷかな
紀元節バイタリティーな男かな

〈榧・春野〉
瀬戸　悠［せとゆう］

行く年のゆめの荒野に誰かゐる
抽斗を引けば鈴鳴る春の暮
亀鳴くやわたしがわたしであるときに
愛用の「毒薬《ポアゾン》」かくも匂ふとは
蘭鋳は不機嫌なりしいつ見ても
人逝けり欄間に蛇の潜みゐる
刈り上げし木賊の髄が息を吐く

〈歴路〉
千賀邦彦［せんがくにひこ］

死ぬときも勾玉の形夕月夜
待宵や艫に入日のなほ見えて
月天心危ふき橋を渡りけり
十六夜やここにゴジラの上陸碑
花魁死せり大門を赤い月
とある夜の新宿月の砂漠都市
えぐられて亥月の月となりてをり

〈栞〉
相馬晃一［そうまこういち］

タオル掛け白一色や冬始まる
誘ひ碁のＬＩＮＥの予感花八手
靴下の十一月の小豆色
大綿の綿こんじきの舟溜り
大川を流れゆくもの神無月
定宿の更地となりし寒さかな
抽斗に思はぬ名刺年の暮

〈燎〉
相馬マサ子［そうままさこ］

禅寺の竹百幹の雪間かな
清流に乗りて緩かし花筏
老鶯の長鳴き背に箱根山
近道と言はれ分け入る草いきれ
池の辺の石しろじろと夏惜しむ
宿下駄の飛び入りもあり盆踊
浅草の残暑を背に人力車

〈葦牙〉
園部早智子［そのべさちこ］

夕深し天を支へる朴の花
万緑や動く気配のなき風車
出来秋の三坪に足りぬ見本田
徳利に盃にと秋の舞ひ扇
父似の主審ベースの熱砂掃き清め
碧天へ懸大根の素肌かな
大背黒かもめの黙や油照

〈栞〉
染谷晴子［そめやはるこ］

驟雨過ぐ呆気なく街甦り
電動の槌音の間の暑さかな
洗ひ了へつくづく墓の真正面
定刻に着く逆算を文化の日
咳込むに顔ぢゅう被ひ優先席
菜を漬けて優しい顔になつてをり
ふと迷ふ煮炊きの手順二月尽

〈秀〉
染谷秀雄［そめやひでお］

雪吊の縄百本の男松
立春の明けの明星仰ぎけり
うすらひの空を映して耀へる
薄氷を圧せば零るる甕の水
嘴に泥の付きたる夕燕
すぐに着く連絡船や穴子飯
一滴の水を落として蜻蛉生る

〈残心〉
大胡芳子［だいごよしこ］

束ねても淋しき色や吾亦紅
青空を照らしてゐたる楝の実
凩や使ひ込みたる落し蓋
作陶のともしび一つ雁帰る
ゆつくりと止まる江ノ電蝶の昼
遠くまで凧の見えゐる古代蓮
よりかかるもの欲し雁の来る頃は

〈静かな場所・秋草〉
対中いずみ［たいなかいずみ］

流れゐる水あたらしき屏風かな
家中の鋏古りたり桃の花
ぶらんこの鎖ごと抱きしめられて
夏兆す金の油の浮くスープ
文明の滅びのときも田を植ゑて
万願寺唐辛子苗雨過ぎし
谿川の大方は影葛の花

〈雪解〉
多賀あやか［たがあやか］

一望に須磨よ明石よ春立ちぬ
四更なる梅雨の満月灯の色に
庭石にきのふの蜥蜴けふも来る
海に出て鱗輝くいわし雲
まかげして仰ぐ太陽寒晴るる
うどんやの昼を混み合ふ餅間
風花の卍の中にゐて無音

〈宇宙船〉
髙池俊子［たかいけとしこ］

私が器ならば溜めたし秋の水
子と分かつ秘密の話虫時雨
冬暖か妖怪展に子ら走る
薄絹の蒼き渡来のタイの凧
どうしても上がらぬ凧を作りけり
八月や古墳に籠もる心地して
山眠る滅びし里に日の射して

〈藍生〉
髙浦銘子［たかうらめいこ］

白樺にもみぢ始まる禁猟区
太陽もレモンも眩し耳順過ぐ
枯野行きのエレベーターに乗り合はす
大寒のメタセコイアは光の木
はなびらの降りやまざるよでんでら野
西塔も東塔も麦熟るる頃
山小屋に青水無月の灯を点す

〈鹿火屋〉
高岡　慧〔たかおかさとし〕

遠浅に人影のある夕焼かな
銅鑼響き白露の海を大きくす
縦書でもの考へる十三夜
残菊の黄や沈みゆく陽のかたみ
樹々枝垂れ祈りのかたち雪明り
男湯の暖簾を割れば朧月
やはらかく茶色着てゐる薄暑かな

〈りいの〉
高木美波〔たかぎみなみ〕

占ひの右手左手おぼろ月
六月や傘低くゆくシルエット
鳥眠り腐草螢となる薄暮
散る薔薇の紅の生やか重なりぬ
しづかなる西方秋の虹ふたつ
行き止り四角にまはる落葉かな
三寒四温今日の尾鰭はよく動く

〈空〉
高倉和子〔たかくらかずこ〕

焦点を定め雲雀の揚がりけり
奪はれしごとく老いゆく金玉糖
湧水に磨かれし砂鳥渡る
手放せばすぐに忘れて鳳仙花
柿を干す父の残せし荒縄に
柚子湯出し母の手足を敬へり
闇汁に溺れさせたきもの入るる

〈蘭〉
高崎公久〔たかさきこうきゅう〕

白鳥の蹴るべうべうと朝の靄
皓々と風の彼方の白鳥五羽
歳月とは重なりしもの年新た
初夢の覚めては何も憶ひ出せず
汚染とは汚るることぞ夏の海
遠き戦火想ひつ煽ぐ渋団扇
流雲眩し目瞑れば道秋へ続く

高杉桂子［たかすぎけいこ］
〈風の道〉

日の出づる国に幸あれ初日の出
くぐもれる不織布ごしの御慶かな
七種の粥に足したる枸杞の紅
新雪をかづく旧家の鬼瓦
一羽翔ち一羽迎へて梅白し
スキージャンプ鳥から人に為る着地
薄氷は水のうたたね壊すまじ

高瀬春遊芝［たかせしゅんゆうし］
〈嘉祥〉

輝けば黄が重たしよ榠樝の実
貌鳥の支流の石を離れざる
痩せてなほ山気纏へる北狐
仏頭のうしろ暮れゆく冬どなり
さういへば母の背の傷土用灸
啼き合うて鶴の白息立ち上がり
青天に嘴刺して鶴啼けり

高田正子［たかだまさこ］
〈藍生〉

立つのみの山鉾に梅雨明けにけり
蒟蒻の札を倒して茂りけり
月光のしばらく届く勝手口
てつぺんは日を失はず櫨紅葉
この崖のほつれは狸かよふ径
進み出て膝の冷たし雛祭
武具飾る一間に風を通しけり

高田昌保［たかだまさやす］
〈草の花〉

神域の朝の賑はひ小鳥来る
道祖神の脇に供花めく石蕗の花
ご当地の初雪知らす夕刊来
菜の花の黄を真ん中に花時計
絵画展の案内届き更衣
老妻の愚痴が薬味の冷奴
回向柱の立つ境内に蟬の声

〈栞〉
高橋さえ子［たかはしさえこ］

これよりの一齢重し富士に雪
寒月光流木を吹きさらしたる
調律のパイプオルガン冬三日月
試歩の数馬酔木の花の真下まで
狐の提灯売家の庭のひろびろと
雄鶏に小松菜畑晴れにけり
朴咲くと雲に呼びかけられてをり

〈風叙音《フュージョン》〉
高橋小夜［たかはしさよ］

戻り来て一つつまむや雛あられ
杖の身の光の中を野に遊ぶ
彼方より遺跡かすめてつばめ来る
揺れ合うて風のままなる杜鵑草
ねころべば湖の面なる秋の空
鵙鳴きてもみぢの丘を独りじめ
錆色となりて乾びし冬もみぢ

〈草の宿〉
高橋たか子［たかはしたかこ］

沈黙は生きる術なりかたつむり
紺碧の空へ展ごる草紅葉
遠郭公那須連山の藍深し
薄氷や指で動かす空一枚
蛍火や戦火に惑ふ子の涙
保育器のかそけき声や春立ちぬ
安らかな子らの寝息や終戦日

〈壺・藍生〉
高橋千草［たかはしちぐさ］

母の墨かほどに小さし寒の入
白樺に空流れゆく雪後かな
今生の終の頰擦り雛の灯
きさらぎやたふとき母の頭蓋美し
すれ違ふ人に雪の香桜餅
みづうみに水脈の光芒花さびた
アカシアの花の天麩羅在りし夜も

〈知音〉
高橋桃衣［たかはしとうい］

秋寂し三食昼寝付きなれど
冬籠今日できること一つだけ
冬あたたか何もせぬのに腹のへり
冬晴やゆつくり歩くのは苦手
朝寝して六十九の誕生日
ゴールデンウィーク終る鳩眺め
ふやけをり梅雨の茸も日輪も

〈炎環・銀漢〉
高橋透水［たかはしとうすい］

フクシマの伸び放題の蓬かな
リハビリのカスタネットや夏近し
朝顔に寝不足といふ一花あり
和太鼓に集まつて来し鰯雲
雀来ぬ嫁来ぬ村の案山子かな
秋冷や水車ときをり逆転す
竈猫一眼レフの眸持ち

〈風土〉
高橋まき子［たかはしまきこ］

糸瓜よけつつ先生の近付き来
未だ何か出来さう林檎丸かじり
衾中の耳の働く霜夜かな
花ミモザ光を吸つて丸くなる
歩き初む走り初む子に年新た
一つ家に姉妹たりし日春の雷
六月の植物園の匂ひかな

〈鴫〉
高橋道子［たかはしみちこ］

さめざめと水母は透く身ひらきけり
秋雲のQRコードめく密度
裸木の枝無碍にして妙にして
漂流す東京駅の数へ日を
とうたらり煙の色に山笑ふ
ミニカー期より恐竜期へと進級す
余命とは誰にもひとつ雲の峰

〈やぶれ傘〉
髙橋宜治［たかはしよしはる］

秋空にひとつ雲あり逆さ富士
妻と見る秋の上野の大道芸
つばめの子口で数知る軒の下
陽のあたる棚田に入れば山笑ふ
にぎはひを取戻し湧くビヤガーデン
稜線を這ふ雲海も富士は見ゆ
裏参道ただいちりんの曼珠沙華

〈都市〉
髙橋亘［たかはしわたる］

風とくる水鉄砲の流れ弾
戻されて吹き返されて揚羽蝶
夏蝶は煌めきの中日向雨
腕にゐて鷹は野性の目のままに
歳晩の熟るる街の灯歌舞伎町
飛ぶ鳥の空に張りつく寒さかな
真《ま》つ新《さら》のスーツ一団風光る

〈運河・晨〉
髙松早基子［たかまつさきこ］

絶やすまじ小角《おづぬ》由来の大とんど
振り子時計遅れて告ぐる春の刻
半切を乾して雛も仕舞ひけり
発酵の生醤油香る梅雨の土間
植田澄む峡の日差を集めゐて
こきみよき音して手折る曼珠沙華
時雨ゐてひと日たちまち暮れにけり

〈白鳥〉
髙松文月［たかまつふづき］

山峡の水のきらめき花こぶし
鍵盤を叩く春夜の白き指
貝風鈴海のひかりを奏でけり
白靴を揃へて死ぬ気にはなれず
筆持たば筆の影生る夜長かな
秋の海椰子の実流れては来ぬか
淋しさを蹴飛ばしてゆく枯野かな

〈昴〉
高松守信 [たかまつもりのぶ]

お年玉いらぬと笑顔バイトの子
地獄生る一人の狂気麦の秋
凡々の常こそ良けれ諸葛菜
頬杖の机上の書見夜の秋
夢に乗る銀河鉄道小望月
大寒の仕上げ鉋の削る音
久に訪ふ妻の墓域の片時雨

〈鷹〉
高柳克弘 [たかやなぎかつひろ]

年玉受く何も握れぬ手でありしが
近づくと消ゆるきらめき春の川
求人誌笑顔まみれや四十雀
海風に錆びたるシャワー浴びにけり
あれはみなしごの水筒月の川
秋の夜のスターバックス数ⅡB
きちんと蒲団重ねてホームレスの留守

〈春月〉
高山　檀 [たかやままゆみ]

就活のスーツに疲れ秋暑し
法被の名今は無き町祭髪
秋深し壁に影濃きギタリスト
宿包む闇にも馴染み薬喰ひ
弓始控への射手の深呼吸
枸杞の芽や古地図のままの薬草園
護符となる入山券や花の寺

〈羅《ra》〉
高山みよこ [たかやまみよこ]

ミモザミモザ玉子ボーロは後をひく
春日傘まはすに武骨すぎる肩
スケートボード炎天に影放り投げ
妄想癖あり花合歓もわたくしも
西瓜まるごと家族が旬でありし頃
執事より爺やの欲しき小春かな
水かへて水仙の香を新たにす

〈いには〉
滝口滋子［たきぐちしげこ］

バンジーへ少年眼鏡はづす朱夏
堰落ちし水平らかに白露かな
秋冷の太き筋浮く馬の腹
綿虫の弾道場へ消えゆけり
土匂ふゆきあひの空青すぎて
夕星へはくれんふると飛び立ちぬ
結界の霊気吸ひたる白椿

〈りいの〉
卓田謙一［たくたけんいち］

落葉踏む遊び追ひかけゆく遊び
またこの日来たりて白き辛夷かな
綾子忌の近し空気の澄みをれば
風のいろ吸ひ尽くし白曼珠沙華
山の端を春満月の濡らしけり
修司忌の陽炎を抜け来たりけり
夏帽子深くかぶりて弔問す

〈風のサロン・若竹〉
田口風子［たぐちふうこ］

蝌蚪育つ水や日の斑の揺れやまず
尾を振つて水よろこばす蝌蚪の陣
藤村の書架にニーチェも麦の秋
河馬の目の小さき瞬き青嵐
大南風ほろほろ乾く象の尻
司祭館まへの綿虫日和かな
湯呑みただ置く飯盛りの墓凍つる

〈香雨〉
田口紅子［たぐちべにこ］

口笛の老いることなく春の月
関東平野虫出しの雷走り
禅寺の竹の靴べら夏兆す
離れきて滝音に丈ありにけり
雑布の二針三針涼新た
菊なます越をはなれぬ母のこと
日記買ふ表紙緋色と決めてをり

〈りいの〉
田口雄作〔たぐちゆうさく〕

田仕舞の灰を均せり小半日
一昨日の新聞に巻き泥大根
一兵のごとく指示され年用意
男衆は茶碗で酒や野焼終へ
海藻へ逃ぐる小魚春疾風
鶏鳴のすつとんきやうや初桜
花冷やつるんと丸き膝小僧

〈雨月〉
竹内喜代子〔たけうちきよこ〕

上人の晴を見むとて御忌詣
起重機の遅々と内陣お屋根替
石仏の丸顔よろし苔の花
廃校のアーチ窓の辺小鳥来る
敗戦忌疎開児童でありしかな
華供養の写経筆とる事始
樹齢五百榾の余熱に浴したる

〈街・天為〉
竹内宗一郎〔たけうちそういちろう〕

風船や三菱地所の街に入る
立ち漕ぎのまま陽炎に消えゆけり
乗客はすべて老人アロハシャツ
白シャツや仮眠の後は貧相に
点滅の玩具の走る夏座敷
夜業の二人不定期に笑ひ合ふ
新米を食べて臍より立て直す

〈やぶれ傘〉
竹内文夫〔たけうちふみお〕

やや深くかをるコーヒー秋澄めり
秋光の眉山ドクターヘリ過る
みどりごの下てのひらに受く小春
涅槃雪「あさま山荘」半世紀
石段を下りてくる鳩朝桜
羅や幽かなリストカットあと
包まれてただ眠りたし蟬しぐれ

〈銀漢・炎環〉
竹内洋平［たけうちようへい］

人悼むことにも疲れ桜餅
出典を辿れば紙魚も辿りをり
一輪は滅びのかたち白牡丹
かひやぐら遠き戦さを映しけり
下車駅のつぶやき凍る諏訪郡
主は黙し人は語りて涼しかり
家の灯へあと橋ふたつ月の雨

〈きりん・橡・滑稽俳句協会〉
竹下和宏［たけしたかずひろ］

寿《いのちなが》祈りて沸かす初湯かな
逃げ水や北方領土夢の夢
独裁の果てなき野望青嵐
目閉じたきコロナ速報鑑真忌
引退を決めし汗拭くアスリート
顔見世へ今年の憂さを捨てにゆく
闇をつと抜け出すシテや薪能

〈半島〉
武田和郎［たけだかずお］

芥寄す蘆芽の辺は沼の恥部
花の山雨来て野点大童
新米買う当ての小字に潜む味
亀逃げて産卵隠す春の野辺
俚諺活きて盆働きをせず過す
自然薯の熟れを嗅ぎ分け猪が掘る
神輿飾る上総武田の苗裔たち

〈海原〉
武田伸一［たけだしんいち］

兜太没四年の月日梅の花
春愁とあり文芸の端に座し
黒枠にわが影を嵌め桃の花
津軽よされ老いたる父の男声
たましいに兼ねるものなし栗の毬
大安や曼珠沙華咲く墓地を買う
それらしく塩鮭を負い越後人

〈陸〉
竹内實昭［たけのうちさねあき］

梟のじっと見つめるあしたかな
散りて咲く千年桜ひと一生
原稿のブルーブラック友二の忌
寒鴉コチコチ歩む煉瓦道
六月や沖縄の海いま美しき
桜島父の教えや伸し泳ぎ
夏蜜柑あった家だねクリニック

〈閏〉
竹森美喜［たけもりみき］

見はるかす前も後も芽吹山
銀杏芽吹く直撃弾に焦げしまま
水神の恵み遍し田を植うる
青梅雨の視界の限り棚田かな
報はるる刻ぞ棚田に早稲の花
秋高し幣翻る御神田
菊花展観ての野菊の良かりけり

〈雉・晨〉
田島和生［たじまかずお］

梅東風や疾病《えやみ》籠りの門の鳴り
大鯉のまはりへ稚鯉うららけし
比良ばかり雲に隠るる花菜風
砂浴びのだんだん沈む雀の子
しんしんと泡盛の酔ひ螢の夜
水面よりひらく睡蓮爆心地
雨音の軍靴にも似て開戦日

〈ホトトギス・祖谷〉
多田まさ子［ただまさこ］

噴水の時報のごとく上がりけり
モラエス忌墓前に蝶も蜻蛉も来
子の出番来れば腰上げ運動会
日の光いっぱい浴びて銀杏散る
ビオトープとは春の水染み出せる
螺子の黴とれば動きし腕時計
打つ音の小さくも確か鉦叩

〈海原〉
田中亜美［たなかあみ］

月の出や野武士のごとくピアニスト
ノクターン硯の海といふところ
外套に獣脂の匂ひユーラシア
帰還兵黒き冬帽手放さず
光りたる白骨に似て樹々芽吹く
春の雪踏みしだかれて春の泥
流体の感情なりし桜満つ

〈海棠〉
田中恵美子［たなかえみこ］

ため池の野分濁りややぶれ傘
猫の死を受けとめてより膝寒し
山茶花のもたれ合ひつつくづれをり
町娘Aをよろこぶ聖夜劇
常の日と変らぬ化粧初写真
百歳の母の朝寝をゆるされよ
しばらくは頰にあそばせ菊枕

〈朱雀・香雨〉
田中春生［たなかしゅんせい］

白萩のこぼれて白さ損なはず
あれ畝傍これ香具山と冬田道
楽を追ふごとく手を伸べスケーター
凧揚げて空一枚を私す
城山を離れゆく雲卒業期
頰に来ててのひらに来て春の風
あをぞらへ乗り出してゐる桜かな

〈ときめきの会〉
田中陶白［たなかとうはく］

升酒に塩を少々木の芽和
数独の誰を待つかや花の下
旅語る漢いきいき飲むビール
ちやつかりと連絡船に夏の蝶
満月や記憶の中にゐるアポロ
赤とんぼ夕日に恋をしたらしき
日暦の残り二枚やありがたう

〈主流〉
田中　陽［たなかよう］

家の木に蟬が来ない国葬が来るぞ
悪《にく》む自由二人の大統領に対ってだ
冬は来るが刻刻アルマゲドンへ向かうのか
餡パンや稔典との春もあったっけ
日本はまだ若葉の中に九条がある
島国根性「俳句は旧仮名で書くんです」
裏切り者が裏切られこの星に眠る

〈汀〉
田中佳子［たなかよしこ］

草萌や犬笛ひびく地平線
風追うてゆく蜂飼ひと蜜蜂と
星涼しさらさらつもる山の音
浜干しの投網に月のこぼれけり
鳥渡る地図に消されし島のこと
山籟の地を這ふ伊那の寒夜かな
冬薔薇の白の濃くなる棺かな

〈八千草〉
田中涼子［たなかりょうこ］

鎌倉を巡る一と日や駅に月
絵らふそくわたしに灯す冬はじめ
うすらひに風の一折り心字池
さへづりや牧水歌碑を読み返す
晩年は未だ余白よ文字摺草
七夕や水琴窟の星の音
霧が霧追うてゆきたり樹々立たせ

〈耕〉
棚橋洋子［たなはしようこ］

氏子らの火を仕るどんど焼
舟もやふ岸へさざ波猫柳
春障子声の揃はぬ南無阿弥陀佛
ぼうたんや床の間残す書道塾
黒揚羽古墳の上に神祀る
山の田に三代揃ふ田植かな
独り居へ組長よりの祭鮓

〈あゆみ〉
田邉　明 [たなべあきら]

愛のすき焼き愉快な鮟鱇鍋楽し
指切りす雪の別れの合言葉
温もりの残るパジャマも初昔
好きな子に上履き投げて卒業す
また逝くやまた逝くのかと雲雀鳴く
巴里祭や金子由香里と夜明けまで
秋の海漂着材の続く浜

谷川　治 [たにがわおさむ]

鬼やらふ声褒められてをりにけり
梅雨出水家が丸ごと流れくる
農継ぐと帰省子事もなげに言ふ
はらからの殿を生き墓洗ふ
図書館と呼ぶには奇抜小鳥来る
水禍にもめげず真つ赤に林檎熟る
猟期来る犬もその気になつて来し

谷口一好 [たにぐちかずよし]

真白のシエービングクリーム水温む
白木蓮少し遅れて紫木蓮
明易のひかり啄む雀かな
柿の実の指先ほどを覗かせて
白南風や潮の匂ひの太田川
青空を冷ましてゐたり松手入
ゑのこ草うなづくやうに揺れ合へり

〈運河・里〉
谷口智行 [たにぐちともゆき]

春雷のただよふごとく遠ざかる
春灯をもの言ふくちびるとおもふ
山吹や筏流すに巌毀ち
ひたぶるに白紙忌の戯れごころかな
フエンネルや地図に健次の路地なくて
乞巧奠記紀の山河に囲まれて
すなどりの神に詣でて年迎ふ

〈りいの〉
谷口直樹［たにぐちなおき］

竹林の小鳥帰るや風暮るる
狼を祀る御山の遠霞
雲の峰多摩源流の十三座
入間野に八十八夜の通り雨
竜淵に潜みて渦の鎮まりぬ
野葡萄や托鉢のりん遠ざかる
何気無く枇杷の咲きたる裏の山

〈海棠〉
谷口春子［たにぐちはるこ］

普請場のシートひらひら月高く
真夜の雪デジタル気温計動く
初鏡肩ごしに孫につこりと
雛送り流れに子等は手を振れり
おぼろ夜や遠く過ぎゆく新幹線
這ひ這ひをやめて見てゐる金魚鉢
対岸に避難指示出づ秋の雷

〈鴻〉
谷口摩耶［たにぐちまや］

数式は呪文のごとし春の雨
控へ目な満開であり木瓜の花
青紫蘇を刻む夕暮チャイム鳴る
吾が辞書を子に譲りたる青葉風
夏の月バッテラ買うて帰りけり
底紅の初花ことに可憐なる
水撒いて炎暑の庭を冷ましけり

〈「窓と窓」常連〉
谷　さやん［たにさやん］

枇杷の花さっき訛がでましたね
つわぶきの綿になる頃まど・みちお
この坂が野梅にたどり着く、きっと
抱き帰る残念賞の春みかん
キーウから燕を呼ぶよこの木椅子
花苺ゆれる素振りの膝あたり
窓ガラス人差指でおす緑雨

〈鏡〉
谷 雅子 ［たにまさこ］

人日の青空うすう汚れをり
春大根洗ふ水場の末の段
たんぽぽの絮として崖埋め尽くす
甘く大きな実をひとつ付け巴旦杏
稚児車くすくす笑ひ絮となる
ジェラートのダブルと言ひて老深し
窓外の緑雨濃くなる湯の熱さ

〈炎環〉
谷村鯛夢 ［たにむらたいむ］

存外に晩節難し初しぐれ
伯山の母音響くや十二月
地下鉄を二回乗り換へ日の短か
水色の日記が付録なので買ふ
孫の句を選んでしまふ初句会
二丁目に迷ひインコや寒鴉
ご自愛をと言ふを認むるマスクかな

〈りいの〉
谷渡 粋 ［たにわたりすい］

春の闇手繰れば生き物のにほひ
原子炉の黙鷹鳩と化すみ空
紙ヒコーキ飛べ囀りの高さまで
薙ぎ倒す夏草の香の青々と
稲架解くに男結びを鎌で断ち
あめつちの陰影翔ける大白鳥
初冬のひかりやはらか布を織る

〈薫風〉
田端千鼓 ［たばたせんこ］

初暦静かに余生満たしをり
啓蟄や予防接種の列長き
春の水静かに余生満たしけり
船の名は幸福丸や南風
日の暮れて山は粧ひ沈めゆく
時雨忌や旅を仕事の薬売
狛犬の口の真赤や雪催

〈パティオ〉
環　順子［たまきじゅんこ］

まなうらにさくらあふれてゐたりけり
花の夜の銀座で逢へば恋のやう
貝拾ふ初夏の渚に指ぬらす
人待ちのマデイラワイン青葉の夜
旅果ては旅のはじまり銀河濃し
虫籠に夜さりの耳をあづけをり
浮舟に遊びて月を掬ひけり

〈花鳥・ホトトギス・ＹＵＫＩ〉
田丸千種［たまるちぐさ］

別室に雛飾りある逮夜かな
先生の亡き春の山春の川
紋白蝶袖振山をゆき戻り
西行は法師なりけり山桜
明王の忿怒古りゆく日永かな
ふらここやさくらさくらの時報鳴る
葛うどんふにやりと春の行きにけり

〈鏑の木〉
田宮尚樹［たみやなおき］

白秋の空の白皙姫路城
野を染めて曼珠沙華咲く石舞台
悪縁を絶ちに高きへ登りけり
北溟に遠き熊野の秋刀魚鮨
合ふ靴を探し師走の小半日
遠山を見て読初の手を洗ふ
半仙戯飛ぶ鳥脚を伸ばしけり

〈河〉
田村恵子［たむらけいこ］

初雪のひかり生まるる音のして
宗達の銀泥の鶴雪のこゑ
年酒酌む卒寿の母の割烹着
水面打つ雪解雫の速さかな
あかときの雨の匂やあやめ咲く
憂国の民は沈黙毛虫焼く
一滴の香水海の詩うたふ

〈鴻〉
田邑利宏［たむらとしひろ］

千疋屋のフルーツサンド選りて春
卯月野は鳥の楽園かも知れぬ
鯛飯のおこげの旨し修司の忌
肩すぼめジェームスディーン遠き夏
今年酒鬼灯色の日が落ちる
小春日や呼びかけるごと墓洗ふ
帽子屋に帽子あふるる春隣

〈森の座〉
田山元雄［たやまもとを］

鳥渡る自死せし人の詩を読めば
水切りの水輪銀色冬に入る
万年筆の筆触が好き漱石忌
雪しんしん野良猫どこでどうしてる
つばめ来る小窓ひとつの煙草屋に
時は人待たずや土筆もう杉菜
夏茱萸や戦後の少年痩せつぽち

〈森の座〉
田山康子［たやまやすこ］

白湯熱し薄刃のやうに秋が来て
ひたひたと風の重なる九月かな
罵りのごとく地に群れ曼珠沙華
秋意濃し雲の模様の石拾ひ
冬鵙と冬鵙の距離まさをなり
寒明や薄く湯気立つ馬の胴
久闊を叙す駅員とつばくらめ

〈道〉
田湯　岬［たゆみさき］

お互ひに無関心なる冬木立
一夜明け雪の繭めく乗用車
冬波の鉄路すれすれ日本海
遠き日の成人の日やベ平連
春愁を空へ百年記念塔
田鼠化し鴽へボールパークかな
雲海の向かうはもしや釈迦の指

〈沖〉
千田百里［ちだももり］

夫といふをとこのふしぎ水澄めり
鶴髪の紛れてたのし芒原
煮凝や破裂しさうな黙と黙
年の尾を踏んで右足左足
鷹女忌の鞦韆誰も居ぬから漕ぐ
ロダンの前遠足の列整ひぬ
パリ祭を遠に夫婦の夕歩き

〈繪硝子〉
千葉喬子［ちばきょうこ］

人の世の閉ざさるるまま初桜
ステイホーム薔薇パーゴラを渡り切る
無為の日の過ぎゆく速さ夏木立
厳戒の島ただ灼けて五輪来る
食卓の続きに戦火キャベツ嚙む
鎌倉殿の沙汰やひらりと夏落葉
こはれゆく地球に生きてこの残暑

〈りいの〉
中條睦子［ちゅうじょうむつこ］

山の青川の青さの茅の輪かな
生鮑手早く肝の叩き味噌
天井より蜘蛛おりきたる良夜かな
まさをなる空の果より小鳥来る
黄落の奥なる地獄極楽図
音もなく硝子戸にふれ雪女郎
春満月地球の上に戦火あり

〈鳰の子〉
長野順子［ちょうのじゅんこ］

フラスコに試薬一滴秋澄みぬ
蓮の実の飛ぶやタイより転校生
悪女の顔して買ひに行く冬の薔薇
駅伝の走者に力寒の水
辛夷の芽彼女は少し不機嫌で
送り出す板書は「希望」春の雪
蝌蚪生まる太陽系に躍り出て

津川絵理子［つがわえりこ］〈南風〉

豊年や火ぐちをこぼれ松ぼくり
冬青空銅像の眉翼めく
純白の聖菓の荒野切り分けむ
笑ふ子の大きな前歯春隣
ここも春アクアリウムの光る森
顔洗ひ眼鏡をあらふ朝の薔薇
甲虫ころがりながら尿飛ばす

次井義泰［つぎいよしやす］〈花苑〉

いくさの世否応もなく地虫出づ
たましひの常に先行バタフライ
曝書して蛍雪時代蘇る
啄木の三倍生きて夏の雲
終活を急かす窓辺の法師蟬
彼の世にも田の畔あらむ曼珠沙華
青春を囁き合つてゐる枯葉

津久井紀代［つくいきよ］〈天晴・枻〉

よく嚙んで食べる言葉も枸杞の実も
耳鳴りかアラーの声か蟬なのか
もの想ふときあぢさゐは濡れてゐる
獣に檻人間に枷麦の秋
長き夜の星入れ替はる駅ピアノ
膝まづくことの久しき終戦日
日雷腕失ひしニケの像

筑紫磐井［つくしばんせい］〈豈〉

炎天の影より白きものはなし
諸行無常して毎日を生きてゐる
見ず知らずの妻に出会へり夕ひぐらし
白いマスク黒いマスクと睦み合ふ
東京で巻貝のごと生きてゆく
静かなる前衛といふ風が吹く
どくだみの大好きな子の少し変

〈鷹〉
辻内京子［つじうちきょうこ］

地球儀に歪む大国朧の夜
遠浅のごとく涼しき日暮かな
ごくごくと水を吸ひたるダリアかな
木犀や灯の入りて家懐かしく
リモートの家族会議や霧の夜
角砂糖白く輝く文化の日
寒風や東京はビル持てあまし

〈栴檀・晨〉
辻　恵美子［つじえみこ］

凧糸をぐんぐん伸ばすコロナの世
この岸を終着として花筏
走り根をごつごつと来て春の滝
木豇豆はしみじみ高し晩夏光
くれなゐが草にしたたる曼珠沙華
綿虫はふわふわの綿もて抗す
柚子風呂の一つが自転してゐたり

〈円虹・ホトトギス〉
辻　桂湖［つじけいこ］

みどり児の頬瑞々し初明り
佐保姫の触れて覚めゆく山河かな
東風吹かば寝釈迦の山の鼻揺るる
現し世の色寄せつけぬ白牡丹
鈴なりの青梅に風つきあたる
早苗饗やおらが山の名なる地酒
六月の夜景の端の溶けゐたる

〈多磨〉
辻谷美津子［つじたにみつこ］

佐保姫の降りたちにける野山かな
ありえない夢より覚めて春の闇
チューリップの花には姫がゐるやうな
人恋し恋しと蛍袋剪る
花を食ふ毛虫いかなる蝶となる
山百合は手の届かざる先にあり
椿の実きらきら朝の雨降れり

〈円座〉
辻　まさ野［つじまさの］

あちこちに百合のうつむく敗戦日
犬の死を聞くコスモスの風の中
朽野に測量の棒立ちにけり
灯油注ぐ枯木に日ざしあるうちに
雑炊や庭木ゆさぶる風の見え
二丁目は新築多し冬木の芽
生国は西空はるか羽子日和

〈沖〉
辻　美奈子［つじみなこ］

茶の花のこれが精一杯の白
鎌鼬に遭ひし傷よとのたまへり
白息やことばひとひらづつ開花
切株の同心円に春立てり
卒業に振る手ひかりを放ちけり
亀の子に臍あるといふ裏がへす
打水の中を空気の立ち上がる

〈篠〉
辻村麻乃［つじむらまの］

裏山に本捨つる時乱鶯
皆どこか軋みを抱へ天高し
百千の人の心や浜千鳥
凩や真夜の底ひを掬うては
こゑにこゑ重ぬる白鳥オラトリオ
春愁壁に自転車凭れたる
四千歩ほどの疲れや鳥雲に

〈赤楊の木〉
辻本眉峯［つじもとびほう］

角打ちの焼酎に透く灯の深さ
沙羅の花泛びて法堂の真くらがり
百錬の飴の縞目の虹立ちて
天道蟲だましの星の小ささよ
満月へ右折のランプ点しけり
明け易すや枕返しの仕業めく
温泉《ゆ》の底の滑《ぬ》めを確かむ月の揺れ

〈小熊座・すめらき・墨(BOKU)〉
津髙里永子［つたかりえこ］

針塚の蘇鉄育ちぬ針供養
春手套言葉慎むべくはめる
青葉若葉同時進行中の恋
秋の灯の堤にて旅誘はるる
冬瓜を煮たりしてやや叮嚀語
淡き日にそそのかされて冬の滝
天井のこゑ雪吊の松と聴く

〈草の花〉
土屋実六［つちやみろく］

荒星やもらひ湯にゆく兄妹
初恋をきのふのやうに夕焚火
淡雪の睫毛にかゝる別れかな
啓蟄や架空の島の手書き地図
亀の子のこの子ノコノコ売れ残り
青林檎ロシアの唄は哀しくて
我が丘にわが場所ありぬ鰯雲

〈帆〉
土屋義昭［つちやよしあき］

初日さす山の社に村の衆
竹群のかすかな地鳴き春隣
葉桜や田植写真の母若し
青葉坂ローラーボード抱へ来る
離陸機は南南東へ秋つばめ
再会はコスモス揺るる風の中
里山の朝な夕なや今年米

〈りいの〉
綱川恵子［つなかわけいこ］

農小屋に狸棲み着く秋彼岸
零余子蔓引くや仇のごと打たる
花栗に咽せて鍬打つ手の止まる
郭公の声をリュックに山降る
糸切歯まだ健在と大根引く
跳ねる虫飛ぶ虫増えて四月来る
今日の鎌研ぐや増え来る蝶いろいろ

〈やまぐに〉
恒藤滋生〔つねふじしげお〕

初日の出宇宙のゴミをかいくぐり
初詣終えて難問思い出す
火を配る人の顔暗きとんどかな
枯菊に美しき色残りたる
歩みより声のしきりにひよこたち
春を待つ小さき窓の並びたる
内裏雛下段見ることなかりけり

〈樹〉
津根　良〔つねりょう〕

奪衣婆に供へてありし蟬の殻
しづり雪夜半に「鉢の木」謡ひけり
受験期のこの天神に恋の絵馬
恋心てふ薔薇の芽にはやも刺
妻と漕ぐ白いぶらんこダイヤ婚
薔薇ごしに和服のひとと遠会釈
二つめの鶴折りをれば春の雷

〈燎〉
角田恵子〔つのだけいこ〕

桜湯や遠まなざしの父と娘と
雀きて鳩くる路地の紅椿
久に履く靴の片減り半夏生
夏雲を割つて山稜現はる
許されて野の畑より茄子三つ
狐川渡れば墓域草の花
封緘のきらきらシール紅葉晴

〈清の會〉
椿　照子〔つばきてるこ〕

衣被つるりと八十路近きかな
出来秋の黒部五郎岳屹立す
蚯蚓鳴く天満宮の百度石
星月夜看取り帰りのペダル踏む
試歩の杖栗煮る匂ひの前通る
爺と子とならぶ板敷玉蜀黍
晩秋の移ろひやすき川の色

〈窓と窓〉
坪内稔典［つぼうちねんてん］

叩き割る氷真夏のワンピース
端にいて宇治金時の山崩す
船籍はトルコだろうか雲の峰
ポケットの緑色片岩雲は秋
転がって頑迷固陋のでかい梨
ごろごろと遠雷ころころと心
遠雷だ吊り上げている大理石

〈晨〉
津森延世［つもりのぶよ］

空の青こぼれてきたる犬ふぐり
花吹雪迎へにきたる人の影
穏やかな家居いつまで風知草
保育園に一樹もみづる落羽松
白萩のこぼるるままに暮れにけり
万太郎のしらべかなけりしぐれけり
山茶花や母屋はなれに姉弟

〈梓・晨〉
出口紀子［でぐちのりこ］

うららかや白き太陽高ぐもり
多羅の芽や谷戸の日向はすぐに失せ
キャンパスの緑蔭はいま昼休み
昼寝子や宇宙図鑑を開けしまま
レモン薄切り日曜の朝はじまりぬ
山畑の一畝真っ赤唐辛子
霜を被て砂糖菓子めく落葉かな

〈六曜《むよう》〉
出口善子［でぐちよしこ］

破魔矢もて殺めたきもの疫と何
生涯を女性《にょしょう》や二日を立ち仕事
潔白を開いてみせる紫木蓮
梅雨星を一つ拾いし潦
馴染みたる辞書の重たき戻り梅雨
手鎖《てぐされ》の重さや汗の腕時計
小春日へ書を縛り出す死支度

〈玉藻〉
寺川芙由 ［てらかわふゆう］

落葉踏む少女の時のやうに踏む
悴みて朝勤行の端にをり
幸不幸言へば切りなし春炬燵
祈ることきりなき地球花ミモザ
梵鐘の音にまくなぎ迷ふ宙
菖蒲田を前に寡黙も饒舌も
萩は実に言の葉も実にならむかな

〈鏡〉
寺澤一雄 ［てらさわかずお］

春光や芥捨て場に縞蚯蚓
手で土を掘るは泉の始めかな
拭き掃除して夏館始めけり
標高のこと聞く避暑の家にゐて
末枯と海の間を鉄路かな
眼を見れば狐憑きなり焚火の輪
マスク取り空気枕を膨らます

〈駒草〉
寺島ただし ［てらしまただし］

秋の蜘蛛巣より葉屑を外しをり
喉もとの透明なりし雪女
雪夜の靴妻の小さきに並べ脱ぐ
つくしんぼ摘むふるさとの土手に似て
組み合へる闘牛の眼のかなしめり
白南風やひろがつて飛ぶ新聞紙
落蝉の掟のごとく裏返り

〈閏〉
寺田幸子 ［てらだゆきこ］

見失ふために見つむる綿虫を
鎌鼬我等はどこへ向かふのか
冬銀河ジャズも流れてゐるだらう
鳥雲に入るノーモアとノーモアと
人類のはじめの言葉南吹く
白桃剥く百鬼夜行の暗がりに
方丈の夜の方寸鉦叩

〈絵空〉
土肥あき子［どいあきこ］

言ひ分を聞く下萌に膝を付き
緑蔭に果実のごとき熟睡かな
ブラウスの袖透けてゐる蛍狩
鈴懸の幹に皺寄る半夏雨
土間に敷く筵の厚み西日濃し
崩れ簗水卍なすひとところ
曇天のまだ濡れてゐる枇杷の花

〈栞〉
東條恭子［とうじょうきょうこ］

地震過ぎて木犀の闇深くする
功遂げし菊人形の菊の色
柚子風呂の柚子の数ほど長湯して
葱坊主もうすぐ渡舟着く頃よ
竜天にかつと見開く土偶の目
海桐花咲く風は海へと続きをり
人寄せて鬼灯市の一番地

〈ゆめ〉
東福寺碧水［とうふくじへきすい］

牛つなぐ石だけ残る萩の道
秋暑し象の砂浴び見てゐたり
ボリュームの大きなラジオきのこ山
塩の桶叩き牛呼ぶ花野かな
女郎蜘蛛腹を引き擦り這ひ上がる
懸崖の菊の盛りや無人駅
大いなる水車の軋み赤とんぼ

〈甘藍〉
遠野ちよこ［とおのちよこ］

討入の日やコンビニは発光体
初燕おほきな船を連れて来し
偏差値とお玉杓子の数へ方
まる洗ひされ裸子の生き生きと
夕かなかな木の間透きゆくばかりなり
晩年や手花火の玉あかあかと
新生姜ひと齧りして父のこと

〈春野〉
常盤倫子［ときわりんこ］

机上にサガン抽斗に春愁ひ
青しぐれ良寛の書のこともなげ
ゐそらごと吐くは水蜜桃吸ふは
盾かざすやうに女の黒日傘
騙されさうきらきら雨夜の花芒
夕月の白さあやふき近松忌
芝居跳ね出待のなかに雪女

〈四万十・鶴〉
徳廣由喜子［とくひろゆきこ］

観音の山に猟銃冴返る
頭だけ売られてをりぬ桜鯛
裏山の水湧くところ朴の花
四国より早く梅雨入関東に
遍路石銀杏落葉の中にあり
赤とんぼ雨になるとは思はれず
人日の雨の板橋わたりけり

〈春月〉
戸恒東人［とつねはるひと］

転結のあたりあやふや初寝覚
風花や橋に檜の桁隠し
春の夜や闇のつまりし石舞台
江戸彼岸桜の下の野点かな
林泉に浮かぶ星屑誓子の忌
棒杭にもやふ泥舟燕子花
夏の航浮桟橋の揺れに酔ひ

〈天頂〉
鳥羽田重直［とっぱたしげなお］

弁当の一隅灯すさくらんぼ
枯菊を焚く厳としてある生家
喪主は妻某多くして師走
親鸞に傾倒せし父萩の花
思ひきり叩かれてなほ愚図る野火
負独楽の止まる間際の暴れやう
品行方正などと言はれて山笑ふ

〈ひたち野〉
飛田伸夫［とびたのぶお］

耕して働く畑にしてをりぬ
戦なき空を自在につばくらめ
転勤の別れ幾たび辛夷咲く
父と子の並ぶ釣堀若葉風
串を打つ跳ぬる姿の鮎に打つ
オルガンの音色小春の保育園
家ごとにつはぶき咲かせ浜通り

〈や〉
戸松九里［とまつきゅうり］

椿落つ闇に小さな祠かな
夏草や紙飛行機の真逆さま
夏暖簾来たりし客の氏素性
夏燕底を見つめる水番人
菊人形江戸を昨日の事として
天狼や大東京の俯瞰絵図
死ぬときは死ぬるがよろし良寛忌

〈りいの〉
冨岡悦子［とみおかえつこ］

若冲忌象のちひさき眼かな
低き地にとどまる水や冬浅し
冬の鯉鉛の光とき放ち
ぼたん雪長方形に菱形に
図書館の屋烏《おくう》動かず寒返る
扉あけ額に風受け卒業す
新築の家てらてらと柿若葉

〈悠〉
富沢まみ［とみざわまみ］

里山の喧騒去つて花は葉に
一瞬を生きて一生虹二重
忘れ物届きしやうに虹かかる
朝顔の明日へ水をやりにけり
パリコレのファシヨンもどき黒揚羽
くつきりと空から外れさうな月
落葉踏む余分なことは考へず

冨田拓也［とみたたくや］

冬深し火星隕石《マーズロック》をてのひらに
かもめのみ瞭《あき》らかにして春景色
環状線の一点にゐて春の雨
永日や巨樹の根アスファルトを割りて
園児の絵「ぶらっくほーる」蛙鳴く
アイスクリームの置物アイスクリーム店の前
涼しき夜雲母双晶《スターマイカ》は箱の中

〈栞〉
冨田正吉［とみたまさよし］

ふたりして露けしといふまたも言ふ
燈火親し自叙伝の恋まつしぐら
鶏頭のうしろに印度大使館
まなぶたに日を集めたる日向ぼこ
やすらぎは近くにありて石蕗の花
芭蕉忌の角を曲ればすでに旅
十二月八日の飯はかがやけり

〈南柯〉
富野香衣［とみのかえ］

獅子舞の頭大きく振りて晴れ
春動く甲骨文字の天地人
夏空を蹴り上げてをり蒙古斑
風鈴のこゑ裏返る夕まぐれ
陵に風の生まるる鷹柱
おでん鍋関西弁のまま嫁ぐ
力瘤緩む仁王の日向ぼこ

〈波〉
富山ゆたか［とみやまゆたか］

雪解雫ひかりの中を落ちゆけり
あたたかや静かに閉づる読み聞かせ
蔵王嶺を背ナに万朶の桜かな
せせらぎの三連音符風薫る
廃船のマスト月下へ立ち上がる
古コートあるもので足る暮しにて
一陽来復沼深きより泡一つ

〈海棠・鳳〉
土本　薊［どもとあざみ］

爪立てて鶏頭の種零しけり
貨車の音遠く響けり後の月
名の木枯る乳房の如き瘤を持ち
貝殻の沈む疎水や冬ざるる
初日の出甍の波間より昇る
寝返りの右も左も朧かな
呆気なく解けてしまひぬ笹粽

〈風樹〉
豊長みのる［とよながみのる］

迷ひ路は旅路なるかよ秋曇り
呟くにことば散りけり霧の谷
夕さりの芒かがよふ仏みち
彼岸けふ神立つさまに秋の虹
一羽とて雁鳴き渡る月夜かな
鰯雲この高空を旅に出でむ
曼珠沙華日暮れて百鬼夜行かな

〈門〉
鳥居真里子［とりいまりこ］

吹雪月ふぶく姉さま空へ空へ
ネムノハナ花の合図のきれいな死
死後に預ける鴉の団扇持つて来い
卵黄を舌もて崩すヒロシマ忌
十月桜夜汽車のやうに髪束ね
肉屋の鏡にはなすすきとははと
るり色に生まれ変はつて夜霧売り

〈風土〉
内藤　静［ないとうしづか］

来る人か去りゆく人か月の道
鳥渡る波郷、悟堂と碑の並び
竜の玉ラピスラズリの色に今
暖かや魚籃を提げて観世音
野遊やたえず子供の数かぞへ
一刷のたれは秘伝ぞ穴子鮨
裸子を抱きてたらちねの裸身

〈朱夏〉
内藤ちよみ［ないとうちよみ］

夏薊線路の向こう側は過去
推敲の時空ぷかぷか大海月
躓きのたび夕顔になってゆく
八月や穴を埋めるに土がない
爆心地風の切れ目を鳥渡る
グリとグラいそうな森の栗拾う
街師走ぽつんと姉の袋帯

〈韻〉
永井江美子［ながいえみこ］

七草のそれぞれ伸ばす根のありぬ
羊歯刈つてはるか大和の草の庵
村人の麦生越えゆくとき無音
七夕や三和土に残る人の影
うつくしき水飲みに出る星祭
鵲の橋やはらかく弧となりぬ
黄菊白菊大地傾けつつ母へ

〈遊牧〉
長井　寛［ながいかん］

元日の水に表裏のなかりけり
十重二十重いずれ白雲山桜
巫女卑弥呼小町楊貴妃薔薇の園
よこいとの吊り橋たていとの半夏雨
打水の真中清少納言笑む
無花果に白き原罪ありにけり
外套に己が心を置き忘る

〈田〉
仲　栄司 [なかえいじ]

鉦叩叩きつづけて命尽き
雪吊にしたがふ松の松らしく
一灯のたゆたふ港去年今年
涅槃図の嘆きのなかに釈迦への恋
科学より人間信じ蠅生る
戦争が起こらぬやうに武具飾る
水鉄砲なら人殺すこともなく

〈風叙音《フュージョン》〉
永岡和子 [ながおかかずこ]

人世は禍福倚伏よ虞美人草
初鰹一本捌く祖母の技
安穏の光を零す樟若葉
弱音吐き手首さすりて栗おこは
秘めやかな野紺菊潮風に揺れ
吹き溜まる落葉や谿に滝五つ
ゆるやかに躾糸せし春なかば

〈いぶき・藍生〉
中岡毅雄 [なかおかたけお]

寄生木の吹き揉まれゐる春吹雪
椅子出して机を出して百千鳥
神棚に供へてありぬ余り苗
夕さりの日を浴びてゐる桐の花
一木にして満目の合歓の花
肩のふれあふかなしさよ夏燕
冬菫とほざかりゆくひとばかり

〈貝の会〉
仲　加代子 [なかかよこ]

走る子に英気をもらふお元日
輪島塗りは夫のおもひで雑煮椀
読みすすむ友の句集や夜半の冬
看護師のひと言うれし朝桜
友の名の切り絵並びし春の展
年古りて端居また良き夕景色
師の形見の句入りの杖よ秋野ゆく

〈椰〉
中川歓子［なかがわかんこ］

日溜りの坂や椿の実の爆ぜて
柿熟るる母とのえにしうすかりし
一合の無洗米噴く文化の日
雲を出て雲かがやかす月冴ゆる
初雪や傘をさす人ささぬ人
春寒し花壇は名札ばかりなる
巻貝の模様うするる春愁

〈知音〉
中川純一［なかがわじゅんいち］

配達のゲラを受取り御慶かな
雄鳩のきよとんと振られをりにけり
水替へて目高にそつぽ向かれたる
ゼラニウムあふれ中立国の窓
流れたる星の尾を断つマストかな
秣干す日高の秋日鋤きこんで
渓風に山家の数の女郎蜘蛛

〈樹〉
長久保郁子［ながくぼいくこ］

万年も生きたくなしと亀鳴けり
立葵胸の高さへ咲きのぼる
素のわれが少しづつ透けレース着る
天領の町にたたみぬ秋日傘
てのひらも呑みこむやうに風邪薬
城跡に誰が魂さがす冬の蝶
亡き人の手と重なりて障子貼る

〈春野・晨〉
ながさく清江［ながさくきよえ］

手庇に沖のきらめく花野道
青空を水に見てをり萩の風
形見の書静かに閉ぢて夜の長き
冬紅葉見えぬ深さに渓の音
面影の人惜しみ年惜しむかな
寒満月夢で会ふ人みな故人
風光る万歩へ迫る万歩計

〈花鳥〉
中里三句［なかざとさんく］

夏潮に仏蘭西からの帆を張りて
裏道に空の中心立葵
草刈の日向で休む漢達
虫干の小面横に鑑定書
持ち帰る理科の草花夏休
蟬声の脇の空缶歌ひ出す
観音の掌より風来ぬ白芙蓉

〈磁石〉
長澤寛一［ながさわかんいち］

バレンタインデー仏の妻に鐘鳴らす
清貧や白黒映画目刺焼き
毒舌をやはらかく受け蕨餅
青胡桃カヌーをかつぐ五六人
困つたことに何でも旨き冬隣
長生きに不義理は大事のつぺ汁
冬日差書棚の奥に育児本

〈樹・樹氷〉
長澤きよみ［ながさわきよみ］

春コート手作りなのと裏も見せ
煤けたるうつばり太し柏餅
丸刈りの体育教師朝曇
蕨餅黒文字添へて供へけり
銀漢へ千鳥破風より厨子の舟
団欒といふも二人の大根汁
覚えあるセーター待ちぬメトロ駅

〈河〉
永島いさむ［ながしまいさむ］

健次忌の羽田、新宿、三里塚
夕焼けて人みな今日の影となる
春日傘貌なき母に手をひかれ
鳥雲に少年淋しき火を焚けり
ステーションホテル春の名残の灯の入りぬ
影絵の父が母を抱きゐる修司の忌
父の日や三廻り目の寿司過ぎてゆく

〈やぶれ傘〉
中島和子［なかじまかずこ］

捥ぎたての棘のするどき秋の茄子
火男《ひょっとこ》の背を叩きあふ秋祭
子に持たすバッタの騒ぐ袋かな
親子してころがし歩く青みかん
糠床のふくれてゐたる秋の夜
利き足の靴の片減り秋の草
干瓢の剝くあてもなくころがれり

〈閏〉
中嶋きよし［なかじまきよし］

女車夫駆くる墨堤桜東風
ラッピングバスの花柄蝶が追ひ
ハンカチの白を紫紺にベリー摘む
青柿や時世を拓くハッシュタグ
山あひの村に銀座やばつた飛ぶ
雪凍つるペンギンのごと厳父行く
玻璃窓を叩く木の葉やケトル鳴く

〈栞〉
中嶋孝子［なかじまたかこ］

一条のひかり射し込む岩氷柱
三つ目の橋の向かうの冬景色
初蝶や白いシーツが揺れてゐる
見上げたる薔薇に青空ありにけり
消しゴムで消せさうな雲夏至近し
弁当の厚焼玉子厄日過ぐ
母在さば電話来さうな今日の月

〈風叙音《フュージョン》〉
永嶋隆英［ながしまたかひで］

易々と起きてたまるかこの朝寝
象の鼻だらり〳〵の夏日かな
泳ぎゐる金魚たゝめり秋扇
天高く釣らるゝ魚のまじろがず
大海の波ひく音や律の風
元朝に胸張る犬の巻き尾かな
寒木瓜のくれなゐほのか暮れつ方

〈予感〉
中島たまな［なかじまたまな］

青柿の夜のどこかに落つるかな
夏シャツの胸ポケットにマスク遺る
長月や遺品に飴のひと袋
寒月や地球は病んでゐるだらう
野を焼ける煙の中の御製歌碑
恋猫が畦駆け下りる千枚田
野良猫の子に産まれたる鳴いてをり

〈門〉
中島悠美子［なかじまゆみこ］

おほどかなおかめ桜の蘂降れり
蕗の薹つむりは闇をもたげたる
土筆爆発いちにちは一瞬
目合《まぐあい》の花野いつしかわが墓標
赤梨のずつしり子規のかほ写真
押入れの敷居悶へる真葛原
偏愛の寒泉空の堕ちてゐる

〈風土〉
中嶋陽子［なかじまようこ］

万物に翼のある絵夏休み
月明のジャズピアニスト浮き腰に
リヤカーの木箱に子ども蘆刈女
犬小屋を建てて木の香や春隣
息合はせ回す大縄風光る
蟇鳴くや吉田茂の杖の先
遠泳の水尾の煌めき烏帽子岩

〈残心〉
中島吉昭［なかじまよしあき］

冬麗のひと日浅間の暮るるまで
啄木の歌碑の字ほそし凍てきはむ
薔薇窓に夕日あかあかヨゼフ祭
牛突きや綱持つ人の脚も跳び
残業の窓開けてみる祭かな
幼顔残る人来る盆踊
月に萩かざる城下や下駄の音

〈耕〉
長瀬きよ子［ながせきよこ］

牡丹や日日丹精と作務の僧
夕さりの雨意の風立つ栗の花
日本の痛恨八月六日より
当り前の日日の尊し飛蝗とぶ
城主と径一つ隔てし墓洗ふ
鮭のぼる辺り縄文遺跡群
枯蓮の茎の折れ伏し相寄らず

〈ろんど〉
永田圭子［ながたけいこ］

連絡の無きは良きこと梅真白
小高きに縞馬親子風光る
風入れや怨念の沁む能衣装
スケボーの少年跳んで天高し
少年が席をどうぞと小春風
おでん屋の戸の開く度風の客
行く年の栞を深くして閉づる

〈絵空〉
中田尚子［なかたなおこ］

新蕎麦や番付表の貼り出され
フレンチの店に小面秋深し
鰭酒や揺らして派手なイヤリング
階段を進むじやんけん桃の花
春ショール畳みて角のあやふやに
舟虫の邪魔になるゆゑ帰らむか
駄菓子屋の小暗き硝子凌霄花

〈諷詠・ホトトギス〉
中谷まもる［なかたにまもる］

雛段に田辺聖子の豆本も
二杯酢の骨やはらかき初諸子
種袋振るくせドロップスまでも
幸せの真只中にゐる穀象
新しき命重ねつ蟬しぐれ
川床に下足番ゐる奥貴船
手拭を首に普段着地蔵盆

〈少年〉
中田麻沙子［なかたまさこ］

病棟の母にふきのたう出ましたよ
春ショール鏡台に胸反らす母
春寒き国へエールのヴァイオリン
世界より人道支援花ミモザ
麦の笛ぼくの故郷いま戦場
日々雲とお喋りと母敬老日
流れ着くもみぢ葉森からの手紙

〈俳句大学・秋麗・火神〉
永田満徳［ながたみつのり］

冷房にひとかたまりの人体よ
晴天の氷柱となりて光りゐる
猫の子の地になじまざる足づかひ
牛蛙沼の発するこゑならん
百合鷗いづれの鳥が業平か
平《ヒ》江《ゴ》帯《タイ》の揺れおさまりて山雨来る
振り回すおもちゃのバット憂国忌

〈栞〉
長束フミ子［ながつかふみこ］

信号を待つ大寒の日溜りに
雪凍てて両手ぶらぶら帰りけり
カーブして桜並木の先に駅
一病をなんのなんのと心太
昼顔の径と名付けて又通る
花の名を一つ教はり秋うらら
秋風にひよいと背中を押されけり

〈辛夷〉
中坪達哉［なかつぼたつや］

中庭をもう来る時分黒揚羽
陶枕にそろそろ夜風とどくころ
独りには独りの深さ森の秋
二月堂裏へと至る爽やかに
雨戸繰れば胸にとまりぬ冬の蜂
一日に正座いくたび翁の忌
剪定のどれも錆びたる道具かな

〈残心〉
中戸川由実［なかとがわゆみ］

月に干す雨に遭ひたる旅のもの
ピアノ椅子くるりとまはす秋思かな
行先は決めずにかむる冬帽子
白檀の香に包まれし日向ぼこ
出船入船いづれの笛か春の星
実桜や黒き御影の林火句碑
夏山や膝立ててとく水絵具

〈燎〉
中西秀雄［なかにしひでお］

春光に包まれてゐるさざれ石
明易し夢の残像しかとして
遠郭公牛舎の屋に避雷針
山粧ふ鼻をぺろりと牧の牛
秋気澄む藍ひと色の日本海
ほのほ見る誰もが寡黙焚火の輪
詩詠めば光陰疾し霜夜更く

〈鴻〉
中西富士子［なかにしふじこ］

空へ吹きあげ花吹雪花吹雪
料峭の雀のつつく日の欠片
荷風の忌鼻緒のゆるき宿の下駄
二軒目の外湯巡りの宿浴衣
山間の短きホーム小鳥来る
野良猫にかまつて帰る秋の暮
冷やかや廊下の奥の非常灯

〈都市〉
中西夕紀［なかにしゆき］

休み休み言へといふから土筆摘む
おぼろ夜の踏み込んで聞く話かな
目刺焼くさびしき顔を見てしまふ
鮎釣の一歩に腰の沈みけり
鳳仙花いつかのやうにしやがみゐて
峰雲や味噌欠かさざる漁師めし
走る子につられてゆく子青田波

〈円座・秋草〉
中西亮太［なかにしりょうた］

心太赤子の首に皺多し
雁瘡や紙をやさしくつまみ上げ
あさがほの萎びて色の濃くなりぬ
口拭ひ話しはじめし十夜かな
初湯出て壮年の身になりにけり
指切つて脈の涼しく地虫出づ
麦秋や全集の背の割れる音

〈泉〉
長沼利恵子［ながぬまりえこ］

石筍の一つが太し蚊食鳥
夫恋ひの真つ赤な梅を干しにけり
川越えて紅梅浄土歩きけり
赤ん坊の眉根をひらく百千鳥
たつぷりと松に水遣るほととぎす
明易のラジオの語る軽皇子
立秋を十日過ぎたる水の色

〈笹〉
中根　健［なかねけん］

初夢や五百羅漢に囲まれて
鬼は外丹田からの太き声
風光る畝黒々と盛り上り
ふらここの子に風神のまつはりぬ
観音の足踏み出せり朧の夜
夏立つや鳴子こけしは目を細め
大溽暑不動明王目を剝けり

〈一葦・風土〉
中根美保［なかねみほ］

山峡の雲入れ替はり稲の花
支へ木を土が支へて冬ぬくし
初笑達磨落としが飛びすぎて
白木蓮ひらき方位を見失なふ
籠を編む遅日の膝を組みなほし
八十八夜すでにいぶせき草の丈
田の風の抜くる座敷や洗鯉

〈ひまわり〉
中野乃子［なかのあつこ］

向かい合う仁王のまなこ秋時雨
垣根よりゆるりと伸びて百日紅
明るさを集めて厨子の冬灯
お地蔵に肩欠けしもの長春花
吊り鐘のいまだ無き寺終戦日
海鳴りの遠く台風の予兆かも
竹林をさわがしている寒雀

〈八千草〉
中野ひでほ［なかのひでほ］

ピカソ観て擬念の右脳青胡桃
結び葉や蕎麦屋の女将お節介
老を愛で負を撥ねららららさくらんぼ
水打てば生きてる匂い両手上ぐ
派手が好き孤独が好きの烏瓜
秋の灯や夕刊を置く亡夫の椅子
残照の中央《なか》に目を置くこの秋思

〈濃美〉
長野美代子［ながのみよこ］

呼び止めるかに草むらの虫の声
日の暮は早も山影柿たわわ
風吹き抜ける一竿の干大根
七種の籠土塊のひとかけら
菜の花や雀の遊ぶ石舞台
朝光げに雫おもたし八重桜
田植の子ぬるりと足のままならず

〈帯〉
長浜　勤［ながはまつとむ］

井戸水に風通りけり冬の梅
春月の口約束のやうにあり
山笑ふ黒飴ひとつづつ配り
なつかしき菓子のとどきぬ夕燕
あさつてのことがめんだう冷奴
夢殿の少しとほくにからすうり
意思のごと菊一輪の活けられし

〈清の會〉
中原空扇［なかはらくうせん］

あの頃を焚き火にくべる朝日影
パンドラの匣を探しに冬銀河
けざやかに寒夕焼けの書斎窓
紫陽花の寺町にすむ面変わり
緋牡丹の無印となり柵に
晩秋の峠を越えて糸の里
春立てり天気不明の島処

〈濃美〉
中原けんじ［なかはらけんじ］

疎遠なるうからはらから別れ霜
凩やどこを向いても向かひ風
初雪の眉引くやうにうつすらと
咲き切つて風の重たき山桜
けふの月沈思黙考したまへり
栗の毬息吐き切つて口開く
みそ汁の熱き一杯今朝の秋

〈いばらきの空〉
中原幸子［なかはらさちこ］

人生か人新生か蕗の薹
雲一朶ブックカバーに春憂い
本の山いくつ崩れて猫の恋
ふるさとは紀州紀ノ川赤まんま
飯白しあくまで白し俳句の日
息してるただそれだけのことよ秋
金髪の振り袖がゆくニューイヤー

〈草の花〉
仲原山帰来［なかはらさんきらい］

魞挿すや片手拝みの竹生島
浜砂の頰を打ちたる涅槃西風
釜揚げの白子を均す手の熱り
一歩づつ祖谷の吊橋河鹿鳴く
担ぎたる冬瓜のうぶ毛持て余す
鰡待ちの櫓や漢立ち上がる
冬凪や天使の道を江ノ島へ

〈晶〉
長嶺千晶〔ながみねちあき〕

騎馬始寛ぎの歩に戻しつつ
煮凝や懐かしき人みな遠く
白息に影オペラ座の地下通路
過去よりも未来短し雛飾る
満天の星産卵の海亀に
一途さに言葉返せず秋の浜
末枯や静かに己が意志通す

〈予感〉
仲村青彦〔なかむらあおひこ〕

咲きついでつらつら椿初明り
乗り継いで乗り継いで春街つづき
もちかへる機内スリッパ春の虹
はぐれては電線追へり真葛原
ビルは灯を昼こそ明かく四十雀
葱きざみをれば雪降り雪積もる
大窓にゴディバの時間春隣

〈鶴〉
中村阿弥〔なかむらあみ〕

秘めし夢一つありけり星流る
小鳥来る金平糖は来ぬものか
新宿のホームで別れ月今宵
武蔵野の雨は荒しよ一の酉
崖線は水湧くところ野水仙
薄氷を割れば日の綺羅水の綺羅
朴咲くや刻ゆるやかにででつぽう

〈陸〉
中村和弘〔なかむらかずひろ〕

灯台のレンズ分厚し春一番
流氷にロシアの土か透けて見ゆ
万緑に胎児のネガを翳し見る
掌《て》のみ見え菊人形の髪を梳く
魚の骨きれいに残り厄日かな
五郎太石に汁滴りて芋煮会
石焼芋の石丸丸と朝日かな

中村和代［なかむらかずよ］
〈信濃俳句通信〉

新樹光基地の鉄鎖の獣めく
万緑の風を鎮める棋士の指
掌中にあたためておく落し文
かき氷崩して恋を終らせる
熱風を一太刀にする女子剣士
不条理の一撃に哭く炎帝
大夕焼咎のひとつを抱きとめる

中村かりん［なかむらかりん］
〈稲〉

遠足の子の一人泣きみんな泣き
先生と呼ばれ振り向く遅日かな
ひとつぶのパールのピアス花の冷え
心地よき胎児のかたちハンモック
光跡は傷にも見えて流れ星
本堂のくさめ高らか昼の月
冬蝶の翅を広げしまま石に

中村花梨［なかむらかりん］
〈俳句留楽舎〉

青空を鳶にさらわれゆくみみず
青大将竹のしなりの戻りおり
鳶の声工事現場の秋の昼
雨樋の音のあふれる野分かな
陽が昇る屋根屋根霜の反射板
ポインセチアつついてみたい雨の粒
プードルが腹出して寝るのどかさや

中村香子［なかむらこうこ］
〈予感〉

生れて逝きし歳月還れクリスマス
雪霏々と躰の奥底に降り積もる
ふいに出る泪は無色春寒し
春の雲呼べば応へて眠さうに
鎌倉に文読む集ひ濃紫陽花
なよやかに雨に撓へり今年竹
ほととぎす読書三昧食べて寝て

〈貂・柵・棒〉
中村幸子［なかむらさちこ］

やや古ぶ畳のよかり雛の間
春の人思ひもかけぬ方より来
一ト呼吸おき打止めの大花火
実割れせんばかりの桃や水弾き
虫のこゑ急須の握り手になじみ
白き物よくひるがへる厄日かな
八ヶ岳八峰の晴れ秋じまひ

〈沖〉
中村重雄［なかむらしげお］

一輪や茶屋を統ぶる寒椿
梅の寺言の葉怖き童唄
野の果ては暮れてをらざり花辛夷
六人を育てあげたる豆の飯
島の灯に寄りゆく船や夜の秋
アイガーや月に深まる岩の翳
霧をのみ霧にのまるる山の湖

〈門・帯〉
中村鈴子［なかむらすずこ］

時に連弾ひねもすしずる軒氷柱
廃線の枕木ひとつづつへ霜
砂時計の十秒ながし春の昼
行きすぎてそれと確かむ弟切草
エンドロールのながるる無音十三夜
赤とんぼ死へ観念の翅美しき
水に映る松の緊張冬めけり

〈鴻〉
中村世都［なかむらせつ］

降りさうな空を支へて合歓の花
ピチカートのやうに畑跳ぶ鴉の子
たそがれは野の風となる秋の蝶
豆を煮て窓くもらすも雁の頃
暮れてなほ空の明るき節分会
リラの花薄情といふ情のあり
退屈の極みの雲と葱坊主

中村姫路《なかむらひめじ》〈暦日〉

壺の耳光る稲妻走るたび
雲走る葉つきいてふに実はふたつ
朝の日に塊を解く冬の鯉
坐禅組む蛙の声の遠くなり
稜線にひとときは高き梅雨の杉
雨を待つでんでんむしむし家ごもり
新涼や奉納相撲待つ土俵

中村雅樹《なかむらまさき》〈晨〉

木曾川へ巌をすべり朴落葉
烏瓜喰ひ破られてありにけり
金閣の金の雨樋よりつらら
子供らに火鉢のありて楽しさう
防風のみどりをすすぐ渚かな
山の日に暈のかかりて西行忌
象谷の口の桜のふぶきけり

中村正幸《なかむらまさゆき》〈深海〉

割るたびに自我に当たりし胡桃かな
武士の貌を崩さず蟋蟀死す
しあはせに口を汚して熟柿食ふ
我といふ漂流物や去年今年
大寒の何握りても拳なる
春泥といふ道草のありにけり
土筆摘む指にこころのある如く

中村洋子《なかむらようこ》〈風土〉

買初めの鎌倉殿の歴史本
殉教の島に咲き継ぐ紅椿
もう一人の自分を探し野に遊ぶ
夏に入る非常袋に軍手入れ
シャンパンの泡噴きこぼす巴里祭
桐の実の音となる風一葉忌
朴落葉振り向けばまた朴落葉

〈ひまわり〉 中村瑠実［なかむらるみ］

白子乾し空青ければなお白し
のどけしやお好焼を二度叩く
筍の袋ぶらぶら立読みす
まだ誰れも触れぬ青柿ひっそりと
青芝に砲丸投げの球の跡
遠雷やろうそくの灯の伸び上がる
得意気に雑炊の鍋まぜる人

〈今日の花〉 中村玲子［なかむられいこ］

湯気の中七種粥に野の匂ふ
気は満ちてよき日和なり建国日
花並木速度ゆるめてバスの行く
清和なるこの一刻を逃がすまじ
緑陰の電話ボックス児童園
機器類は単純がよし敬老日
忌を修し安堵障子の白さかな

〈ひまわり〉 永松宜洋［ながまつよしひろ］

ああ桃が咲いたと母のつぶやけり
大丈夫と微笑む医師や春日差し
馬鈴薯の芽を打つ雨のやわらかし
まどろむや雪踏む音の近づけり
新しきくさび打ち込む冬日和
野良猫の視線外して秋遍路
今日ありしこと語り合う炬燵かな

〈道〉 中森千尋［なかもりちひろ］

庭植ゑの桜桃狙ふ鴉かな
垣根越しこぼれて気づく沙羅の花
朝まだきかそけき風に百合匂ふ
工事場の朝の体操秋桜
蓮あまた反りゆるやかに活けらるる
山裾の轍の深き刈田かな
出土仏拝みて拾ふ山の栗

〈ときめきの会〉
中山絢子［なかやまあやこ］

枝移る鳥は姉妹か春の雪
針治療終えて浴びたる花ふぶき
留守電の語りはじめるみどりの日
渡り初めの夫婦三代風五月
亡き夫の寝言も恋し梅雨月夜
風鈴の舌に父の句ひらひらと
冬晴やお客二人の飯田線

〈晨・百鳥〉
中山世一［なかやませいいち］

風待ちの湊の小さき冬菜畑
店先に大きな硯初大師
つくばひに盛り上がる水春隣
貝塚の上にも蓬ちらほらと
春泥を飛ばし巻尺戻りけり
雨だれにゐぐられし穴茗荷の芽
砂地這ふ草の強さや油照り

〈暖響〉
中山洋子［なかやまようこ］

明日あると信じ服買ふ夏はじめ
寄り添へる人ゐる幸よ五月尽
大蟻が一匹玄関より入る
玄関の外灯消せば虫しぐれ
数へ直す葉の陰にある青蜜柑
稲の花頭《こうべ》を上げて咲いてをり
記念写真マスクの中の笑顔かな

〈歴路〉
椰　いつき［なぎいつき］

夕凍ててひねくれオブジェの五葉松
風光るホーム一本だけの駅
勿忘草の一鉢を置きひとりゐる
安穏てふ危うさのとき遠郭公
野に雨の音なく降れる秋意かな
旅に出む空大漁の鰯雲
苅田尽くところ山裾夕茜

〈帆〉
名小路明之［なこうじあきゆき］

盂蘭盆会御目見僧の一分刈
釣人へ寄れぬ静寂や初尾花
常念岳やぱりつと浸みる早生林檎
夜店の灯子供は夢を膨らます
秋の海浅葱斑の台湾行
安曇野の麓へつづく花の雲
青柳を透してのぞむ隅田川

〈藍生〉
名取里美［なとりさとみ］

初日へとまつしぐらなる鳶一羽
珈琲も銃も手に取る余寒かな
生まれたる蝌蚪寄りそふや戦火また
鶯や啼けば啼くほど谷しづか
子燕や親を飲むほど口あけて
星月夜離ればなれに光りあひ
きらきらとあの木この木に来る小鳥

〈多磨〉
行方えみ子［なめかたえみこ］

茶柱の二本も立ちて春めける
子の夢を乗せて大凧舞ひ上がる
梅雨寒を託ち別れのグータッチ
ポケットに小銭重たき夜店かな
存命なれば不惑越えしと思ふ秋
短冊の句を掛け替へてけふ子規忌
お節介すぎしか隙間風が吹く

〈知音〉
行方克巳［なめかたかつみ］

蓬餅生きてゐるものだけが食ふ
明滅の滅を数へて蛍の夜
紅葉且散る石のうへ水のうへ
寂聴も祇王も留守や雪蛍
綿虫や煤け給ひて祇王祇女
葱二本太いのとちよつと細いのと
マフラーの端を弄つてばかりゐる

〈杉・西北の森〉
滑志田流牧〔なめしだるぼく〕

独り居の手枕にして梅雨の雷
くるくると口笛はこぶ日傘かな
国境の歪みし牧野雲の峰
夕立のあと甲虫の匂ひたる
寮生は出払ひてをり籠枕
三体詩胸に置きたるハンモック
水に散る斜陽かけらや赤蜻蛉

〈門〉
成田清子〔なりたきよこ〕

セレナーデいま白桃の無抵抗
葉鶏頭しかられたくて佇つ少年
寒満月亡者は右手より現らはる
いたちぐさ異端の風となら遊ぶ
たんぽぽの吐息を胸に午後の椅子
かたつむり螺旋の先の大宇宙
残されたパセリ案外自由かも

〈対岸〉
成井　侃〔なるいただし〕

噴水の万歳をしてはたと止む
月面に海の痕跡芒原
湖の出口はひとつ鳥渡る
同じ顔揃ひてふくら雀なり
霜降りてよりはつらつと葱畑
仰ぎ見るものは尊し春の星
雨の日の午後は眠たし諸葛菜

〈りいの・万象〉
成瀬真紀子〔なるせまきこ〕

剣岳の白光を縫ひ白鳥引く
水中花泡の真珠の生まれたて
蝮酒にせんとて素手にぶら下ぐる
子ら跳ねて山羊は草食む花野かな
シリウスの風の梢を離れたり
雪像の家に窓あり覗きけり
寂聴の女讃歌や石蕗の花

成海友子［なるみともこ］

欄干を歩く鳩二羽若葉風
チンチーンと都電出発春寒し
池の鳥飛沫をあげて春空へ
睡蓮の葉に隠れゐる花ひとつ
向日葵と親子並びて背比べ
友の母の微笑む遺影桔梗咲く
ベビーカーの双子顔出す春の雪

〈草の花〉
名和未知男［なわみちお］

妻逝きぬ二十日の月の朝かげに
妻無きに慣るる日ありや年用意
酔うて候雪の静かに降る夜を
花馬酔木久しく踏まぬ奈良の土
鰻食ぶ心痩せゆく日々なれば
月見草人なき庭に今宵咲く
白南風や健康優良爺走る

〈日矢余光句会〉
新堀邦司［にいほりくにじ］

団欒の母は聞き役春燈下
鳩よ高く羽撃け憲法記念の日
大鳥居くぐり大路を夏燕
柴又の高木屋古き夏暖簾
千の風になりたる君や秋桜
駒ヶ岳に釣瓶落しや甲斐の国
ランドセル飾りて春を待つ子かな

〈春月〉
西　あき子［にしあきこ］

ふつくらと乾きゆく和紙冬青空
夕星や藍くもりなき冬の空
蛇出でて穴奥の闇かるくなり
バスタオル離さぬゴリラ花吹雪
夏の暁瀬音追ひぬく貨車の音
竹垣の艶あたらしき素秋かな
巌山に拓かれし道鳥渡る

〈岳〉
西澤日出樹〔にしざわひでき〕

連翹が田圃の脇を固めけり
日本語といふ朧なる言語かな
花は葉にはたして子規は恋せしか
苺狩勝ちつづけねばならぬ世よ
杣人の霧を切裂くやうな斧
マスクして空虚な呼吸どこへ行く
弾初や祖先辿れば琵琶法師

〈花苑〉
西田文代〔にしだふみよ〕

二つある器官臓器や天高し
エンジン音枯蘆原へ消えゆけり
献立に悩む憲法記念の日
噺家の手ぬぐひで拭く己が汗
独り居の友一輪の桔梗生く
鴉一羽降り来る落穂拾ひかな
スリッパにある如月の陽の温味

〈多磨〉
西田眞希子〔にしだまきこ〕

雪催ひとて心せかれて道急ぐ
雲の峰みるみる形変へにけり
ポストまで行き着かざるに玉の汗
松手入れ済みて夕陽の透き通る
七五三下駄が気になる晴着の子
枯蓮の茎のくの字に折れ曲り
穏やかな日射しなれども風寒し

〈鴻〉
西野桂子〔にしのけいこ〕

踏み込んで花野に愁ひ置いてきし
煮大根の隠し庖丁一葉忌
ゆふぐれの水鳥の影青くなる
女には女の矜持葱を剝く
蜂蜜の瓶を湯煎に寒の入
地球儀の中はからつぽ朧の夜
山かけの鮪とろりと戻り梅雨

〈香雨〉
西宮 舞［にしみやまい］

初めての街行きずりの夏つばめ
省略を凝らしとうすみとんぼかな
ひめむかしよもぎ電車に手を振る子
口数のごとく花散る木槿かな
霜の世の上書きされてゆく記憶
日の落ちて火色残れる冬の雲
凩やどこかで赤子泣いてをり

〈知音・件〉
西村和子［にしむらかずこ］

先達のたちかはりつつ雁渡る
年神を招く全階灯りけり
金婚の屠蘇ぞ遺影と交はしける
日の名残とどめて妖し懸り藤
背表紙は本の背骨よこどもの日
田を植ゑてみちの奥まで水の国
歩み寄るほど噴水の音粗雑

〈古志〉
西村麒麟［にしむらきりん］

手毬唄影が濃くなり薄くなり
東京の氷柱狸の牙ほどか
信楽の狸の向きを変へて春
リラの花君の見事な遅刻癖
サッフォーの巻き毛に夏の来りけり
風鈴や市川と呼び真間と呼び
形代に確かな衿のありにけり

〈雉・晨〉
二宮英子［にのみやえいこ］

薔薇ほぐれ涙のやうな雨一粒
天高し風車は羽を休めゐる
銀杏をちらし鰯のつみれ汁
笹つかみ羽化の始まる蜻蛉かな
石段に足もつれたるさくら時
図書館に手足の雪をはたきけり
ジョギングのまた一人来る稲穂道

〈架け橋〉
二ノ宮一雄［にのみやかずお］

さくら咲くあといくたびの巡りかな
籠りゐる互ひの月日遠桜
飛花落花ひとは行くのか帰るのか
十薬を結界として咲かせ置く
風花のどこにも触れず消えにけり
遥かから風吹くばかりくだら野は
夕映えは明日への讃歌冬木の芽

〈樹・樹氷〉
丹羽真一［にわしんいち］

付き合ひのない子の家の雪だるま
殿様の和菓子を買うて春の雪
白梅といふにほどよき白さかな
少年はスケボーで来る花吹雪
行く春や七躯彫りゆく遊行僧
脱ぐべきは脱いで素肌に今年竹
一葉の質屋に引いて葭障子

〈やぶれ傘〉
貫井照子［ぬくいてるこ］

さくさくと砂利ふみ夫と菊花展
神棚へお供を子は脚立にて
春の日を透かす鉋の木屑かな
長き髪肩まで切りて卒業す
夏点前茶巾を絞る水の音
鷺草に静かな風の来たりけり
八月の鉄柱を塗るニッカーズ

〈郭公・鹿〉
布川武男［ぬのかわたけお］

今消えし虹のあたりの小学校
山桜手を振つて人呼んでをり
霜柱音立てて子の帰りくる
嚏して細き道より男来る
冷えびえと声登りくる裏の山
極寒の月下を急ぐ老牧師
雪山の日にかがやきて子ら帰る

〈橘〉
沼尾将之［ぬまおまさゆき］

花売りの車の幌や鳥渡る
綿虫へ近づく背筋伸ばしけり
恢々と添へ木組まるる糸桜
番傘の飛花を払うてより返す
檄文に似たる八一の文涼し
簀子踏み鳴らし九月の水使ふ
からすうり乱麻為すまま持ち帰る

〈稲〉
沼田布美［ぬまたふみ］

黄花コスモス拡がりつづく基地の町
律儀さが無口となりて龍の玉
冬耕や農夫孤高の影を曳き
こゑだせば散つてしまひし冬もみぢ
鷹の眼と鷹匠の眼の凜凜と
凍蝶のいのち繕ふ石の上
調律師音を探して春隣

〈りいの〉
塗木翠雲［ぬるきすいうん］

納棺の胸に掛けたり春ショール
ふくよかな風吹くことよ花馬酔木
春一番空と大地のけぢめ失せ
紫陽花や峠越えなる父母の国
天然の風と戯れ秋桜
秋立つ日あけつぴろげな空の紺
凍つる夜を瞬き合へる星と星

〈風土〉
根岸善行［ねぎしぜんこう］

冴返る暮れて一直線の風
大空を小さく使ひ春の雷
ぐいぐいと空を広げて揚羽蝶
山風もガレの器に冷し酒
人声を遠く静かに山法師
天心は無風の光稲の花
かさりと葉こそりと蛇の穴に入る

〈圓〉
祢宜田潤市［ねぎたじゅんいち］

防人はつるぎみがくや風光
鳥雲に渡船の砕く波頭
夏空やスチールギターはアロハオエ
柿に彩移して空焼く日の出かな
立冬の光のつぶ舞ふあしたかな
比内地鶏ふつふつ声出すきりたんぽ
くれない香る一月のやぶ椿

〈すはえ・ソフィア俳句会〉
根来久美子［ねごろくみこ］

澄む水を次々切つて小石飛ぶ
林檎捥ぐ地球の軸のふと傾ぐ
門限に風と駆け込む落葉かな
喧噪も煮込む浪速のてつちり屋
蒼穹に確たる天守梅真白
花冷や翼畳みし麒麟像
掬ひ上ぐ刹那金魚の重みかな

〈やぶれ傘〉
根橋宏次［ねばしこうじ］

田んぼまだ明るいうちに洗鯉
風の寄る紫苑の丈となりにけり
鯉が口揃へてゐたる七五三
葉牡丹が巣鴨信金入口に
海近き匂ひあらせいとう畠
かたまつて草流れくる夕薄暑
ここよりは砂地にかはる夾竹桃

〈樹氷〉
ノア・北見花静［のあ・きたみかせい］

ベゴニアや知能指数の形かな
牛《べこ》通る水溜りにも草紅葉
外路樹や首切られても春の空
克服した癌そんな話でクリスマス
コップ割れ思い出こぼる秋となる
春落陽樹木の顔を決めて逝く
台風やゴジラの頭蓋の山崩る

〈暖響〉
野口　清［のぐちきよし］

野も山も一夜に青む雉のこゑ
全山の水子地蔵に風車
遭難しゐざり下れば怪鵄鳴く
逢し日も今も穂孕む青芒
放置田に猪のぬたばや赤のまゝ
山茶花の俄に咲きて山日和
お互ひに振り返りゐる枯野人

〈やぶれ傘〉
野口希代志［のぐちきよし］

厚さ増すお薬手帳冬ざるる
スキー板はづし歩きのぎこちなく
一斉に放水開始する野焼
揚げ雲雀サイクリストの連なりて
兜煮の醤油濃ひ目に新走り
葉脈の歯に残りをり桜餅
山開きヘッドランプは一列に

〈秀〉
野口人史［のぐちひとし］

探梅や先行く人の指差せる
鎌倉をまるごと今日の花吹雪
雨蛙しきりに鳴いて照り翳り
麦秋の風の匂ひの乾きたる
子かまきり鎌やはらかくたたみをり
水薄く乗りたる蓮の浮葉かな
大仏の膝の雀も小春かな

〈夏爐〉
野崎ふみ子［のざきふみこ］

落椿昨日の雨のにはたづみ
吹き上ぐる落花や空の渚まで
春蟬や松の中なる遍路径
炎天より蝶来ては去る山椒の木
蜩のこゑ澄む山の土用かな
虚空蔵山全景見ゆる曼珠沙華
山川の鴛鴦のひとこゑ夕迫る

〈栞〉
野路斉子［のじせいこ］

風もなく散つて山茶花散り上手
学校へ行く蝶今日は行かぬ蝶
食べず飲まず話さぬマスク梅むしろ
年上の人たち元気ポピー咲く
嵌め込みの窓の老いゆく薔薇の日々
かたつむり飼はれて雨は見るものと
梅雨深く雀激減でも一羽

〈青垣・平〉
野島正則［のじままさのり］

初春や母の得意な飾り切り
初蝶や大道芸の手風琴
モネの睡蓮ロダンの裸像夏近し
星合や連結器にも雄と雌
光起の画中に戻る鶉かな
善の字に牛の笑顔や冬日和
通販の金切り声や十二月

〈草笛・瑞季〉
野乃かさね［ののかさね］

枯蔓を踏めば足首摑み来る
雪道の足跡ふいに途切れけり
荒縄の一本垂るる桜かな
村人のひとりひとりが桜守
音立てて火蛾の骸を掃きにけり
玉虫の翅もて飾れ我が柩
土用入り羊一頭食べ尽くす

〈沖〉
能村研三［のむらけんぞう］

画廊よりついて来たりし秋思かな
十三夜壺中に水を韻かせて
朴冬芽木々の懈怠のなかりけり
寒波急都庁全館灯りをり
鞦韆を大きく漕ぎて別れけり
日本間に椅子ある暮し花明り
あるがまま春は行つたり来たりかな

〈四万十〉
野村里史［のむらさとし］

地球今南無阿弥陀仏菠薐草
春の暮水の行きつくところにて
母の日や母を叱りし日のありぬ
水馬浮葉に脚をかけてをり
半欠けの土用太郎の月の出づ
見慣れたる服を着てゐる案山子かな
雨上がり二百二十日の赤子泣く

〈不退座・棒〉
萩野明子［はぎのあきこ］

水よりも風がつめたい芹を摘む
白の木瓜緋の木瓜鍵の鈴が鳴る
片栗の花だけを見て戻りけり
鳥雲に入る石段に似顔絵師
電波の日音のはじめは雨の音
零余子飯ときどき雨が降っている
冬の海見て来て風呂の湯がぬるい

〈やぶれ傘〉
萩原敏夫（渓人）［はぎわらとしお（けいと）］

福詣二つ三つはビルの中
野漆や橋は車の数珠つなぎ
てんでんに尾鰭で泳ぐ鯉のぼり
雲厚くなりて卯の花腐しかな
猫じやらし女釣師の竿しなる
白菜を四つ切にして一斗樽
あんパンの天辺に胡麻冬星座

〈野火〉
萩原敏子［はぎわらとしこ］

あつけらかんと三月十一日の空
夏来る網目麒麟の網目かな
涼しさや狩野川ありて伊豆の国
水筒の氷のかけら雲の峰
刈り終へて次の稲田へコンバイン
冬日差すデスクトップの薄埃
大寒や人来て人の死を告ぐる

〈梓〉
萩原康吉［はぎわらやすよし］

日脚伸ぶ泥の長靴軒下に
腹太き馬上の春や草千里
緑陰へ地鶏のやうに爺と婆
苦瓜の日除隠れに三尺寝
留守番と称して嬉し秋昼寝
延長戦なしもよきもの良夜かな
無花果食うて家出でもしてみんか

〈emotional〉
漠　夢道［ばくむどう］

鳥はなぜうしろふり向くふり向かぬ
約束のまったくなき日空に雲
気分だけチェロを弾くひとになっている
わたくしの右足左足ですか
未来とはおそらくひだり左側
ブチャという地名を私が知ってから
未来とはおそらく少し風が吹く

〈燎〉
架谷雪乃［はさたにゆきの］

土鍋より気泡あふるる薺粥
全開の牛舎の窓や涅槃西風
彫刻めくダンサーの背風光る
加賀鳶の纏はづむや薄暑光
蹲の円き青空涼新た
蒲の絮神話の風のぬくる湖
恐竜めくビルの重機や冬夕焼

〈ホトトギス・勾玉〉
橋田憲明［はしだけんめい］

畳なはる山溶くる空鷹渡る
外洋《そとうみ》の高さの涯をめざす鷹
雲吸ひし空一枚を鷹渡る
時雨忌や濡れゆく犬も一過客
月花にあくがれ生きて西行忌
車前草の花に大師の道つづく
水垂れて残る重さに鰻筒

〈春月〉
橋　達三［はしたつぞう］

ドローン去り広がる空に揚雲雀
若鮎の一気に遡る朝の堰
斜張橋はハープのかたち南風吹く
一雨に濁りし野川竹煮草
リリースに山女魚まつすぐ上流へ
老鶯の声を嗄らして硫黄谷
源流は雲湧くところ岩魚跳ぬ

〈暦日〉
蓮實淳夫［はすみあつお］

まんさくや綾取りしたき花の縒り
転用を済ませし農地花薺
神々の戦の跡や草いきれ
嫌はるることが力や藪枯らし
薬効の蘊蓄長し青棗
家毎に咲かす盆花村の景
この声が笹鳴ですと耳打ちす

〈春月〉
長谷川耿人［はせがわこうじん］

海霧流れながれ獣の気配なほ
風は足跡を湖上に葉月富士
裏口は勝手踏切神の留守
ふき寄せの辛さと甘み初しぐれ
風籟のすゑを気泡に氷面鏡
沖すでに暮靄の中へ焼栄螺
屋形引く牛の尿へと夏の蝶

〈雷鳥〉
長谷川暢之［はせがわのぶゆき］

新涼へ戸の一枚の定まらぬ
これからのことはさておき初紅葉
ご近所は親戚以上木守柿
一年の早さまにまに竜の玉
これからの一齢重し初仕事
春立つやポーカー・フェースで頑し
その鈴を世界へ満天星の花よ

〈若葉〉
長谷川槙子［はせがわまきこ］

クレソンや光が音をたててゐる
ハモニカの一音飛んで麦の秋
捩花の揺れてますます遠き空
花ひとつ付け青萩の軽くなる
木曾馬の睫毛の長き白露かな
裸木の影が囁きあつてゐる
万華鏡の白の明るき雪もよひ

〈野火〉
長谷部かず代［はせべかずよ］

標高二千三百メートル春スキー
スクワッド十回の壁草青む
雪渓の風に吹かれてしばらくは
駅までの五分と少し旱空
ゴリラの背逆三角形に夏来る
小上りの藍の座布団走り蕎麦
大寒の玉蒟蒻の辛子かな

〈湾〉
籏先四十三［はたさきしとみ］

一碧の天を賜り梅探る
飛ぶ鳥の声を透かして春障子
幽かにも蜷の不在の蜷の道
大海は船のゆりかご南吹く
法師蟬おのが挽歌を翅に込め
露座仏に小銭七八ッ秋の風
時惜しみ人を惜しみて年暮る

〈葦牙〉
畠　典子［はたつねこ］

逃げ上手打たれ上手や紙風船
三越の紺ののれんや春の風
春炬燵足をのばせば猫のゐて
野の花の机になじむ野分あと
溽暑かな日がな一日重機音
隧道抜けいよよ故郷麦の秋
ふところに保護猫のゐる霜夜かな

〈栃の芽・岬〉
畠中草史［はたなかそうし］

虚子の墓詣でてよりの旅始
交番の机に紙の夫婦雛
囀を朝より被り峠茶屋
空の蒼海の碧とも夏兆す
天空へ雲を払ひし五月富士
大川の波なき流れ土用照
山宿のこだま返しに蒲団打つ

〈蘆光・薫風・春耕〉
畑中とほる［はたなかとおる］

海峡は漁夫の戦場桜烏賊
釣船を散らす海峡夏の月
海峡より戻り来る船海猫連れて
夏近し日に日に青き蝦夷の山
駅ごとのホームに咲かす七変化
峠路の小仏かぶる夏帽子
原爆忌聞け川の声草の声

〈燎〉
波多野　緑［はたのみどり］

海風の通ふ緑蔭仁木悦子
退職と決めし子の眉吾亦紅
石に石積んで色なき風の中
金の蕊ふくふく茶の木咲き競ふ
梅探る今朝一粒が一輪に
ゲルニカに今思ふこと春遅々と
餡蜜や雨脚強くまた弱く

〈豈・GA〉

秦 夕美〔はたゆみ〕

たはむれに雲抱く海や花ミモザ
夢みるは縄文の空糸とんぼ
風のまま睡蓮とばぬことにする
波間より声のきこゆる世阿弥の忌
極月や貨車は瀬音をのせながら
木は立つて人は坐りてお正月
どことなく罪の香ぞする鏡餅

〈鏡・刈安〉

八田夕刈〔はったゆかり〕

雛まつり木型を抜ける和三盆
糊つよき女医の白衣と風信子
汗ばみてふつと重力昇降機
志功とふ板極道と栗の花
大津絵の鬼を躱して秋の蠅
大尻の白菜にして晴れわたる
小鬼にも蒙古斑あり福ハ内

〈空〉

服部早苗〔はっとりさなえ〕

ひそやかな真夜の交信ガーベラ黄
大玉がいふことときかぬ運動会
稲刈の棚田いちにち海静か
ポップコーン買うて座席に沈む冬
風呂吹や猫舌の子の知命過ぐ
児童書の形いろいろ春の虹
繋留の杭夏至の日の影つくる

〈草の花〉

服部 満〔はっとりみつる〕

脛濡らす渚の鷗春の波
船渠より昼のサイレン斑山
暑き日や案内乞ふ魚鼓ふた叩き
艇長の漁火を指す天の川
待宵や水にたゆたふ電気浮子
俊寛の墓の罅割れ石蕗の花
月蝕に鳴く海鳥のこゑ寒し

〈天頂〉
波戸岡　旭［はとおかあきら］

目覚めよき朝や桜のどつと咲く
花人の中のひとりとして潤む
おのづから濡れ色見せて柳かな
風なくて日当り重き夏柳
蜘蛛の囲のやや破れゐて知恵の輪めく
饐飯《すえめし》や永き昭和といふ時代
紺碧の湾はみ出して初富嶽

〈璦SECOND〉
波戸辺のばら［はとべのばら］

椿から椿へ郵便配達夫
やさしさの空気感染草のもち
大空をエゴサーチする鯉のぼり
とまととまとわたしを元気にするまっ赤
木のベンチ君の不在が乗る晩夏
あきのてのひらひらひらとさようなら
グレイヘアー押し込む朝のニット帽

〈風の道〉
羽鳥つねを［はとりつねを］

漁火を秋灯として響灘
天網を外しかりがね来るを待つ
先生が生徒のうしろとんぼ追ふ
児の落す小銭探せり夜店の灯
村あげて秘仏守るなり神の留守
一区画宅地にされず大根畑
軽トラの焼藷売りの掌に小銭

〈玉藻〉
花形きよみ［はながたきよみ］

寄りそひて日向ひなたを福寿草
ちらと見ゆ己が終止符竜の玉
花冷やメール着信音軽し
捕まれば死んだふりして蜥蜴の子
てきぱきと看護師の声夏来たる
グラマン機に逃げまどひし日刈田道
海底の闇のうねりや鳥渡る

〈藍〉
花谷　清［はなたにきよし］

侵攻に耐えるハリコフ二月尽
壊滅の街の白地図水温む
照準の十字カーソル告知祭
ものの芽や重火器ひと夜にて錆びる
さくら満開マリウポリ陥落か
黄砂ふる地図の毎日塗り変わる
黄に添える空色の欲し染卵

〈今日の花〉
花土公子［はなどきみこ］

初富士や富士見橋から富士見坂
涅槃図の絵解きに首を揃へたる
岩移り波やりすごす海苔掻女
青葉木菟鳴きて一山司る
麦秋の畑迫り来る着陸機
水打ちて祇園の路地の動き出す
地の底の乗り換へ駅の残暑かな

〈ときめきの会〉
塙　勝美［はなわかつみ］

三世代の運を見せ合ふ初みくじ
街うらら心ばかりの寄付をして
吾に馴染む醤油はヤマサ冷奴
木下闇延命水を汲みにけり
校庭のひょうたん池や赤とんぼ
実の熟れて鵯が鵯呼ぶ水神社
コロナ禍の俄釣り師や小春凪

〈今日の花〉
馬場眞知子［ばばまちこ］

彩雲にその身預けて後の月
宿木を許す大樹や秋遍路
凩や小学生の大荷物
願ふ日に二重丸書き初暦
イーゼルに寄る花虻の独り言
義母と酌む麦酒一本ミニサイズ
地下通る隔離病棟水温む

〈青芝〉
土生依子［はぶよりこ］

昨夜の灯のまだ点いてゐる初景色
年表に石器時代や木々芽吹く
猫の子に兄弟愛を説いてをり
抱きされぬ大樹となりし桜かな
反抗のこぶしを上げぬ葱坊主
岩に座す色なき風になりたくて
蠟燭を消したる匂ひ聖菓切る

〈濤〉
濵田彰典［はまだあきのり］

蜑畑に鍬行き届く秋日和
母の背の呼吸に動く秋の暮
園児らの名札誇らし島大根
押さへ得ぬ木々の昂ぶり木の芽吹く
産み月の眼に優しかり初桜
見上ぐれば星となりゆく蛍かな
海原に風の声聞く沖縄忌

〈栞〉
濱地恵理子［はまちえりこ］

朝よりの蟬朝よりの探しもの
虫の音の間合の狂ひ眠くなる
金木犀離れてをりてわかること
あたたむる息が言葉に返り花
着ぶくれて観てゐるやうで見てをらず
足跡のもう汚れをる春の雪
つらつら椿引き返しそびれては

〈ペガサス・豈・連衆〉
羽村美和子［はむらみわこ］

鳥雲にイマジン大きくうたいつつ
防人のうた千年の飛花落花
ひまわり迷路絶望的に晴れている
水海月もはや来世を過ぎたのか
式部の実ほろほろ風の覚え書き
ガサッと落葉わたしが落ちている
狙撃兵あかく哀しい冬日負い

林　いづみ［はやしいづみ］〈風土〉

師の忌来る積乱雲を先立てて
稲の花歌枕より俳枕
長き夜のことに分厚き山廬集
ひと雨の土の機嫌や雀の子
喫茶去やうぐひすの音の届く席
揚雲雀農学校にある厩舎
薔薇の名はナイチンゲール白尽くす

林　桂［はやしけい］〈鬣 TATEGAMI〉

聖戦《せいせん》の地《ち》の／蟬穴《せみあな》を／塞《せ》く／戦死《せんし》かな
酩酊《めいてい》／迷鳥《めいてう》／冥界《めいかい》なども／目《め》の子算《こざん》
試《こころ》みに／殺《ころ》す能《あた》はず／小雨《こさめ》の／虚空《こくう》
空《そら》は青《あを》ぞら／蚕豆《そらまめ》／総《さう》じて／ソーダいろ
森《もり》を／洩《も》れ出《い》づ／百年《ももとせ》ぶりの／戻《もど》り駕籠《かご》
寄《よ》る辺《べ》なき／夜《よる》の／四葩《よひら》の／黄泉《よみ》あかり
揺《ゆ》るる／ゆゑ／百合《ゆり》てふべしや／夢《ゆめ》あかり

林　誠司［はやしせいじ］〈海光〉

火のついて紙の舞ひをり一遍忌
軽トラの山を下りくる野菊かな
バレンタインデー湘南の波明り
青葡萄ホームに次の運転帽
母の日や遠くやさしく土星の輪
夏ひばり虎の襖の二条城
夏惜しみけり半日のレンタカー

林原安寿［はやしばらあんじゅ］〈俳句留楽舎〉

夕暮れや浜のひじきが黒々と
気まぐれな春の天気やチャイナ服
人住まぬ家に初夏ただよえり
蕪村忌や耳を澄ませば雨の音
白秋の石碑に海に夏の雨
新涼や磯を洗いし波の音
栗の飯ぽろりとこぼす夕餉かな

〈ときめきの会〉
林　三枝子［はやしみえこ］

空海のふところに浮く蝌蚪の紐
アルプスのそわそわしたる田植時
下山して仰ぐ富士山夕焼中
空は海海は空なり雁渡る
案山子とて嫁を欲しがる日暮かな
仰ぎ見る牛久大仏源義忌
青空を乗せて隼来たりけり

〈鴻〉
林　未生［はやしみき］

上げ潮の渡船行き交ふ小春凪
日の落ちて海は凩連れてくる
降誕祭いてふ並木に万の燭
ガラス器に透くクレソンの根の自在
海光へ巨き船出る花蜜柑
鷹の羽すすき日暈のかかりて淡し
鈴ならば鳴れ沼杉の実のたわわ

〈草樹・草の宿〉
林　和琴［はやしわこと］

たんぽぽの絮毛戦のなき野まで
母韻をやどすように膨らむ牡丹の芽
逝きし兵原野に芽吹く木となりぬ
少女にも芽生えし自我や文字摺草
混み合って静かな食堂子供の日
夕蛙田水押しあげ鳴き始む
病窓を大きく開けて月を待つ

〈鹿火屋〉
原　朝子［はらあさこ］

還暦の女に父の手毬唄
豆打てば身内を離る男ごゑ
桃林の径終生の友とあり
黒牡丹長鳴き鳥の尾が制す
眠る嬰に未央柳の金の籠
呼び尽し凩の鶲となりしかな
白を咲く蕾ひしめく冬隣

〈鴫〉
原田達夫［はらだたつお］

小雨降る舗装道路の花筏
落ひばり浚渫船の立つる音
起こし絵は疎開児の日々庫裏本堂
天皇の声ガガガピーピー虱モゾ
鬼やんま一筋をゆく苦楽かな
秋の日をほころばすなり連子窓
なだらかな丘越して来る除夜の鐘

〈鴻〉
原　達郎［はらたつろう］

秋黴雨市場に溜まる火の匂ひ
朝月の空ふかぶかと鴨来たる
逝く秋や剣先烏帽子の狂言師
冬深し雨の歩道に画廊の灯
ハイヒールの追ひ抜いてゆく梅二月
飛花落花大樹のもとの寂光土
銀座の夜時計塔より夏の音

〈初蝶・清の會〉
原　瞳子［はらとうこ］

雪しんしん藍の匂ひの小巾刺し
台本に無き白息と思ひけり
ラ・フランス神の遊びの容なる
ふるさとの春泥拭ふ上野駅
長生きの途中の門火焚いてをり
蔵壁をはみ出す茆や鳥交る
一つづつ佳き名の和菓子涼新た

〈鳰の子〉
春名　勲［はるないさお］

今朝も来る小鳥約束したやうに
枯山の法の火床を仰ぎけり
ぽつぺんを飾る音色は知らぬまま
啓蟄や虫偏の文字百を超え
祇王寺の入り口小さき竹の秋
火山灰降らす浅間の別れ霜
乗尻は並べて美丈夫競べ馬

晏梛みや子〈家・晨〉［はるなみやこ］

つい買ひし葉つき大根に難儀せり
小さき灯に寝る晩秋の雨の音
なんとなく幹を叩いて日短
一睡の後の水仙ちよつと邪魔
風光るミモザサラダをふんはりと
聞いてゐる復活祭の海の音
もの音の身につきさうな夏の月

坂東文子〈青山〉［ばんどうふみこ］

若き日のこゑとなりゆく手鞠唄
薄氷と水のひかりのまじり合ふ
散骨をするなら春の海のここ
さざなみを立てて水汲む五月かな
命終の音のかすかに誘蛾燈
猿酒星のひかりに醸さるる
花野行くここが真中と思ふまで

坂内佳禰〈河〉［ばんないかね］

会津嶺はまこと青嶺よ兄逝けり
朴散華兄の見事な喉仏
ご詠歌の声のさざなみ早苗どき
医王寺の畳に座る涼しさよ
大寺の階の七つを素足にて
郭公や耳吊り石に穴一つ
目薬師の森青蛙孵る時

半谷洋子〈鴻〉［はんやようこ］

ハーバーにマスト林立土用東風
文出しに扉を押せばしぐれゐる
石垣を立たせしづかな冬の水
白菜をざくざく夜が降りてくる
寒鴉翼大きく使ひけり
天井に差し込む日の斑寒明くる
田水張る伊賀も大和もよく晴れて

〈道〉
疋田　源［ひきたげん］

黄葉を蛍光ペンのやうに追ふ
かつかつと腰道具鳴る西日かな
解体の足場の最中虎落笛
弁当といへども今日はクリスマス
初音かなボールパークへ臨時工
掃除機の吸塵力よ四月尽
夏至の日のラッシュアワーの仕事かな

〈方円〉
疋田武夫［ひきたたけお］

初秋やまつすぐ眼《まなこ》見て話す
爽籟や海やはらかに船を押す
蒼海に白き船舶冬さだまる
ぼんやりと父の忌のこと花八手
白き船白き水脈曳き五月来ぬ
泡沫のわが海の詩《うた》夏埠頭
小動《こゆるぎ》の岬に江の島夏は来ぬ

〈あゆみ〉
日隈三夫［ひぐまみつお］

ギイと鳴り竹騒ぎたる梅雨はじめ
行く道も烟りて隠す驟雨かな
梨畑雨後の水玉光りをり
空澄める房総見降ろす伊予ヶ岳
冬帽子戦後の歌をハミングで
賑はひの声聞こえ来る年の暮
豆まきの声懐かしむ夜の静寂

〈汀〉
土方公二［ひじかたこうじ］

山滴れり蒼海の神の島
冬麗の渦削り出す槍鉋
肘高く構へ射初の綾だすき
猫の背に春の雪乗る神楽坂
ジオラマは永遠の爛漫亀鳴けり
双耳壺の釉垂れどまる遅日かな
格納庫通り抜けたる夏燕

〈稲〉
飛田小馬々［ひだこまま］

何気ない言葉のやうに紫苑咲く
秋桜頭痛肩凝り無縁なり
十三夜小さき吾より小さき母
そよぐたび羽になりゆく白木蓮
クロッカス歩けば元気になつてくる
父の日や遠く小さく海が見ゆ
柚子忌やさはさは揺るる今年竹

〈りいの〉
檜山哲彦［ひやまてつひこ］

街灯の滅の長きを守宮鳴く
どびろくや千山万水ゆるみける
頭陀袋さげて朝日は冬に入る
重なりつ唸りつ撫でつ猫の夫
満開の圧あはあはと八重桜
奔放の蛍火となり腐草の香
白無垢の笑み万緑の風集む

〈燎〉
日吉怜子［ひよしれいこ］

たもとほる猿橋の辺や花八手
春浅しまだ色もたぬ雑木山
啓蟄や指揮者が踊るコンサート
プリンセス雅子の桜見上げゆく
解体のはじまる家屋桐の花
過りゆく蛇や蛇年蛇嫌ひ
体形も母や祖母似にアッパッパ

〈四万十・鶴〉
平井静江［ひらいしずえ］

潮風に舫ふ小舟や春の昼
巫女舞の衣装合はせや初ざくら
この世みな一期一会や猫の子も
ただひとつくびれ正しき青瓢
海を背にくぐる鳥居や菊日和
珈琲の匙をしづかに秋惜しむ
磯小屋の鉄瓶の湯気冬深し

〈雛〉
平尾美緒［ひらおみお］

いつも味違ふカレーや日脚伸ぶ
春浅しつくづく電線多き街
ハーレーの長いハンドル風光る
母の日と気にしてくれてゐるだけで
街ひとつ燃やしさうなる大夕焼
片恋も今は懐かし鳳仙花
月冴ゆる自分に嘘はつけずゐて

〈山彦〉
平川扶久美［ひらかわふくみ］

燕来るアトムの空を曳いて来る
パンドラの匣めくスマホ青葉騒
広島忌捌く大魚の白き骨
万葉の衣擦れ引いて秋の蝶
桐一葉天使の羽根は生え変わる
キャンベル缶に根付くハーブや開戦日
線描の鳩の飛び立つ冬木立

〈あゆみ・棒〉
平栗瑞枝［ひらぐりみずえ］

午後も来て首を傾げて尉鶲
朴落葉蟹歩きして渡る沢
鳥交る森ひそひそともぞもぞと
もう春といふから手足大きく振る
充電が切れさう母の日のわ・た・し
掃除機が居場所へ戻る巴里祭
限界集落布施の南瓜が歪です

〈馬酔木〉
平子公一［ひらこうういち］

光明の詩片となれり春の川
信宿のはせを桑名のはまぐりよ
帯占の神意いかがや御神灯
山姥の隠れ祠か月夜茸
金箔は愚考なるぞよあらばしり
火攻めより生れて織部の緑さやか
夢二忌の京の鼓月のつづみ栗

〈予感・沖〉
平嶋共代［ひらしまともよ］

松蟬やにはかに森の眩みたる
海藻の森へ小魚箱眼鏡
セーターの二人シーソー傾けず
水鳥を数へに行こう辞書閉ぢて
啓蟄や忙しいとか眠いとか
春深しガレのランプに葉と虫と
春時雨はらから葬に相別る

〈耕〉
平戸俊文［ひらとしふみ］

読初の石牟礼道子地の吐息
大屋根の雪落つる音子の寝息
摘草やたびたび量る籠の嵩
早苗田や立山へ雲走りゆく
万年の地層巌に青蜥蜴
父母の遺影の笑みや今年米
冬紅葉被さるやうに巌立ち

〈雛〉
平沼佐代子［ひらぬまさよこ］

春満月ふるへるやうに上りけり
ひよつとこの出番を待てる花の下
仕手舞を終へしごとくに牡丹散る
とうすみの軽さを風に託しけり
臆病なポニーにそつと秋の来る
菜を干して富士に夕日の沈む里
冬の川色なきものの流れ行く

〈沖〉
平松うさぎ［ひらまつうさぎ］

繡仏のぬばたまの髪秋に入る
銀漢や包《パオ》の真中に煙穴
凍滝に未だ決心のつかぬ水
切り顎の尉の口もと春兆す
アネモネや腕は武器を喜ばず
貝塚に貝の重なり飛花落花
白桃の眠り覚まさぬやうに剝く

〈帆〉
廣瀬　毅［ひろせたけし］

引き出しの一ドル紙幣秋うれひ
山行の締めは麓の走り蕎麦
少年の目をして開く今年酒
走り根の描く自在画雲の峰
海鼠腸や舌先できく海だより
朝涼や黄身まろやかな目玉焼
下萌や旅行鞄の傷手入れ

〈栞〉
廣瀬ハツミ［ひろせはつみ］

駅までをたれとも会はず雲の峰
青あらし川生き生きと沼へ入る
用二つ済ませて秋の涼しさに
風の巻く刈田の中の無人駅
谷音にふくらみ初むる冬木の芽
早梅や名の無き橋を二つ過ぎ
戦場の空へ飛ばさむしやぼん玉

〈やぶれ傘〉
廣瀬雅男［ひろせまさお］

焼き芋を買ひ小走りになりにけり
晩酌の先づ蕗味噌に箸を付け
明けやらぬ中山道を鴨帰る
ひとり来てボール蹴る子やうまごやし
花は葉に子は鉄棒にさかあがり
葭切のこゑに暮れゆく流れかな
小流れにトマトを冷やす茶店かな

〈郭公〉
廣瀬町子［ひろせまちこ］

ひとつづつ音してひらく蓮の花
草紅葉この先行けるところまで
柿剝いて吊つて濃くなる山の襞
春あけぼの覚めてひとりきりの家
龍太の忌いま瞑目の山の春
木霊言霊天辺の橡の花
合流の瀬音轟く大暑かな

〈藍生・四万十〉
弘田幸子［ひろたさちこ］

空蟬を拾ひ集める原爆忌
悠久の大河土用の海に入る
火消壺燠消えてゆく十三夜
神の留守金毘羅山に太鼓鳴る
猪垣を張り巡らせし捨て田かな
刃物研ぎ冬の真水を使ひをり
委任状出して野焼に来てをりぬ

〈花苑〉
廣見知子［ひろみともこ］

文豪の旧居きれいな小鳥来る
宮大工の耳に鉛筆天高し
野の秋をがばつと活ける備前壺
きらきらと百均店のクリスマス
ドーバーを渡る難民寒北斗
春寒しイマジンを弾く駅ピアノ
時の日や溶けゆく薔薇の角砂糖

〈沖・塔の会〉
広渡敬雄［ひろわたりたかお］

なまはげの零せし藁を祀りけり
殺生の山をけぶらす春しぐれ
ビリヤードのぴかぴかの球三鬼の忌
良き顔となりし加齢や更衣
まだ温き草に坐りぬ揚花火
へうたんは含み笑ひの容とも
風紋は沖よりのふみ浜千鳥

〈対岸〉
福井隆子［ふくいたかこ］

荷崩れのごとくに座せり暑に負けて
手袋の五指冷たげに落ちてをり
口まろく開けてコーラス春来たる
ポケットのふくらみ春の風邪薬
牡丹に重たき夕日届きけり
野に遊ぶどこからか風吹いて来し
辞書ほどの重さ押寿司買ひにけり

〈沖・出航〉

福島　茂［ふくしましげる］

宝船積み荷多過ぎではないか
雁供養かつて青函連絡船
カーテンを白帆のやうに春の風
入学児お巡りさんと会話して
一村は鎮まり返り植田風
月山の麓に返す落し水
ありたけの靴を磨きて年暮るる

〈なると〉

福島せいぎ［ふくしませいぎ］

四日はや室戸の沖の真水汲む
弾初の少年の指母の指
旅人に酒をふるまふ浜節句
裸婦像は昭和の女風光る
鹿の子の痩せてゐるなり東大寺
はつなつの比叡は雲を払ひけり
ヒロシマ忌心ゆくまで鐘を撞く

〈栞〉

福島三枝子［ふくしまみえこ］

綿虫のつれなく消えてひとりなり
山茶花散る喪中はがきの余白かな
柊を挿す玄関の灯を点し
薄氷の離れ離れに浮いてをり
春浅し富士見町より富士見えて
十薬の勢ひにまかせ父母の家
母の忌修す般若心経涼し

〈雛〉

福神規子［ふくじんのりこ］

切山椒母の暮しに亡父いまも
千代紙雛目鼻なければ寄り添ひて
沙羅咲くや今日一日はわが為に
木琴のごとく絵馬鳴る素秋かな
つまべにに四人家族であつた頃
降る雨や末枯るるとは我もまた
何一つ影だに持たず冬の蝶

〈梓〉
福田　望［ふくだのぞむ］

初夏の吾子の言の葉またひとつ
太陽の黒さを纏ふ初茄子
カモシカの反芻静かなる残暑
どんぐりとダース・ベイダー立つ出窓
富士山に電線かかる小春かな
立春の泡やはらかきハイボール
プーチンと糸電話する春の夢

〈深海〉
福林弘子［ふくばやしひろこ］

春愁の草書のごとくからまりぬ
遺伝子てふはるかなるもの鳥雲に
みづからをまだ許せぬか蟇
糸屑のやうな思ひ出涼しかり
偏愛の色となりけりかき氷
胸深く棲むもののあり草いきれ
真実といへどさびしき無月かな

〈暦日〉
福原実砂［ふくはらみさ］

水無月や御手洗池へ水みくじ
湯神楽の巫女の涼しき笹さばき
芒の穂ひかりの波となる古道
南座へマスクの舞妓連れ立ちて
提灯をゆつくり揺らし牡蠣船来
法善寺横丁歌碑へ届きし冬日射
寒九の水不動へ浴びせ法善寺

〈椋〉
ふけ　としこ［ふけとしこ］

夜の青葉今も誰かの通ふ橋
緑蔭へつづく扉を押したまへ
ソーダ水むかしが青く近づきぬ
太陽が揺れはじめたる朝の蝉
すずめいろどき夕萱が透けてくる
陵の草を刈らんと舟を出す
手鏡へ野分の影の差しにけり

〈ホトトギス・円虹〉
藤井啓子［ふじいけいこ］

瀧凍ててしろがね色の龍となる
水温むべこの名前の決まりたる
早春の貝殻はまだ濡れてをり
ポケットに指輪見つかる更衣
香水やフィレンツェ便のいま離陸
レギュラーを逃し晩夏のベンチかな
水の翳風の翳より晩夏かな

〈たまき〉
藤井なお子［ふじいなおこ］

石垣を正しく映す夏の水
狙ひよりかなり左へ蟬時雨
跨線橋過ぎてスワンの文化圏
虎落笛もろとも録画されてをり
草餅をたくさん蒸かし定住す
抽斗に女系のかたち水温む
前年の石の隙間へ瑠璃蜥蜴

〈磁石・秋麗〉
藤井南帆［ふじいなほ］

母と聞く祖母の寝息や春灯
竹の花咲きて鳴らざる枝となる
西へ行く車は赤きカヌー乗せ
手放せる時は一瞬流れ星
水澄めりそつと別れを告げしもの
ぎこちなく動き続ける冬の川
冬晴れを今日を生きゆくエールとす

〈山彦〉
藤井康文［ふじいやすふみ］

少年兵桜にされて征きしまま
梅雨滂沱信心のごと薬飲む
人間に疲れて目高になっており
八月のところどころは黒塗りに
蛇穴に入るマジョリティのふりをして
生も死も一文字綿虫の群れ
初夢と言えど仏の手の平よ

藤井美晴［ふじいよしはる］〈やぶれ傘〉

辛夷散る昨日の雀けふも来て
赤い月ニセアカシアの花が降る
扇風機止まれば昼の雨の音
紅も青も鵯上戸の実
満月へヘリコプターが飛んでゆく
重機来て古屋をむしる冬旱
新しき切株ふたつ枯木立

藤岡勢伊自［ふじおかせいじ］〈河〉

給水塔だんだん見えて帰省かな
炎昼や流しの下の黒砂糖
団栗の記憶の眠る古机
産休の先生来てゐる運動会
行き先を告げずに母の針供養
真白な枕カバーや花の冷え
牛乳飲む駅の売店雲の峰

藤岡美恵子［ふじおかみえこ］〈今日の花〉

冬帝や富士輝きて米寿祝ぐ
存へて「寅」いく巡り日向ぼこ
元日を共に寿ぎ六十年
かみ合はぬ夫婦の会話笑初
あす頼む旅寝に夜半の花の雨
春の野に道草覚えしランドセル
山頭火の句を諳じて麗かや

藤島咲子［ふじしまさきこ］〈耕・Kō〉

五条川木立の間を冬の霧
青空や芽吹きさかんに森の蔦
寛次郎のあけぼののいろの壺や春
墨の香の残る書院や夕牡丹
若葉寒加賀のじろあめつとにせむ
曲輪あと木椅子へ午後の新樹光
理科室は廊下の奥や秋灯す

〈知音〉
藤田銀子［ふじたぎんこ］

通り抜けがてら一福詣でけり
湧水を掬び古道の草芳し
花愛でよ憂ひ止まざるひと日こそ
魚の名訊き返しては島焼酎
初蟬や切り岸に水湧くごとく
谷戸に棲む都合不都合木の実降る
倫敦より明治は遠し漱石忌

〈藍生・いぶき〉
藤田翔青［ふじたしょうせい］

ともしびを見つめるやうに聴く夜蟬
夢に聞く遠雷に覚めいなびかり
水澄めり新車購入契約書
阪神震災忌あかときの影ふたつ
大寒の勉強部屋にある余熱
添削の一字定まり寒明くる
断捨離のこころ花待つわがこころ

〈秋麗〉
藤田直子［ふじたなおこ］

乳張りしことよみがへる白障子
凍蝶を石より剝がし土に置く
つよく折り直して和紙の雛飾る
干戈止まざる春嶺は青けれど
作務衣着て尼のまねごと土筆飯
船星や国を追はれし民のこと
兵ひとりひとりに母や告天子

〈海原・遊牧〉
藤野　武［ふじのたけし］

野卑にして優し焚火に筍焼く
青葉木菟夜を斜めに飾りゆく
夕蜩ふざけ過ぎたる果てにかな
地に撒かれし虫時雨いな星時雨
さびしくて空よじのぼる冬花火
リンゴ咲きだす光に光を塗りかさね
夜が朝日を吐き出し三月十日忌なり

藤埜まさ志［ふじのまさし］〈森の座・群星〉

寒鰤の膚に透けたる糶の札
比奈夫まね妻へ年玉包みけり
白鳥の羽搏てば帆掛つぎつぎと
鵠翔つ倭建命の愛されず
ゆつくりと起てり初陣恋の猫
みすずの絶望久女の狂《たぶ》れ針供養
この街に肩寄せ合うて初燕

藤原佳代子［ふじはらかよこ］〈四万十〉

一声に遠き一声月の鹿
月蝕の軒に大根掛けにけり
冬晴の一日を使ひきりにけり
芹の水太平洋へ流れけり
宿坊に二升徳利や放哉忌
子規の藤不器男の藤や春深し
牛小屋の梁に大型扇風機

冨士原志奈［ふじはらしな］〈知音〉

少年が銃を取る夜のヒヤシンス
雛飾る時止まりをる父母の家
卒業の日も学食のカレーかな
母の日の小さき母に見送られ
地虫鳴き続け買ひ手のつかぬ家
クリスマス箱一杯の星出しぬ
鯨鳴く夜を北上の定期船

藤　英樹［ふじひでき］〈古志〉

玉霰うまづらはぎの旨き頃
読初や旅を栖と声に出し
耳とほき我にしきりと花の声
あちこちに春の水音する山廬
独裁者退がれ退がれと潮まねき
向日葵も戦士の顔をしてゐたり
鮭上る大き頭をぶつけ合ひ

〈ひいらぎ〉
藤村たいら［ふじむらたいら］

忿怒仏指反り返し耐ふ余寒
春行くや旅嚢柱に架けし儘
梅雨霧に包まる摩耶の灯の滲み
山国や襞くつきりと秋の峰
虫籠窓射し込む小春日の明し
時雨るるや一筋町の海べりを
雪しずる造り酒屋の大屋根を

〈ひまわり〉
藤本紀子［ふじもととしこ］

初雪や七つの雪を言うてみる
あたたかき色して阿波の山眠る
オオイヌノフグリここだけには春が
桜咲くあの家賭場があったとか
目高の子光となりて生まれおり
お隣りはクイックターン夜のプール
天高し峠は風の吹き渡る

〈泉〉
藤本美和子［ふじもとみわこ］

み仏に燐寸擦る音冴返る
春かたまけてひと椀の奈良茶粥
ついひぢのうちがは昏し修二月会
立子忌の花ひともとは濃紫
ほのぼのと枇杷にいろのる潮止り
百日紅百日白に後れけり
蕎麦を刈り残す畑やひとつ星

〈鴻〉
藤原明美［ふじわらあけみ］

調剤を終へて戻りの月の暈
チーターの檻の中にも冬の蝶
風切羽見ゆる高さに鷹の舞ふ
爪ほどの稚魚が二月の潮溜り
走馬灯のやうな歳月雛の段
血圧の折れ線グラフ鉄線花
滴りて鍾乳洞にある時空

〈青草〉
二村結季［ふたむらゆき］

元日の富士へ落ちゆく日なりけり
道を掃く男同士の御慶かな
寒の水汲むやすぐさま牛のこゑ
ぽくぽくと菊菜折りとる真昼かな
いつせいに羽ばたく構へ葉鶏頭
毬栗を受くや男の帆前掛
鳥帰る寺の布袋のうすぼこり

〈青海波〉
船越淑子［ふなこしとしこ］

系類は世界に生きて初御空
仮の世は遇うて別れて手毬唄
蒼茫と眉山暮れゆく余寒かな
遺伝子の今を息づく入学期
温顔は現世の如来沙羅の花
秋風や青色発光体の海
水軍の海ゆ岬に冬没り日

〈濃美〉
船戸成郎［ふなとしげお］

啓蟄や絵本ライブのこゑ愛し
春の火祭手力のそらに爆ぜ
山道や空木の花の垂れゐたる
国盗の城を目指して椎の花
青嵐立ちこぎの句を黒板に
姥捨の棚田にひとつ稲架のこす
双魚寂聴並ぶ新暦かな

〈野火〉
古木真砂子［ふるきまさこ］

セロファンの色に影あり一葉忌
翅を持つ虫の来てをり八手咲く
人間に少し疲れて菠薐草
クロッカスある日突然戦争が
啓蟄の東京行の深夜バス
行く春の夕日がとろり海に入る
母の日の母の似顔絵どれも笑ふ

古澤宜友《ふるさわぎゆう》
〈春嶺〉

人混みにマスクを正す神無月
席一つあけて納めの句座につく
目に見えぬ魔物跋扈の年逝けり
啓蟄や迷路のごとき渋谷駅
ビストロに酌む春昼のホットワイン
珈琲を淹れボサノバを聴く日永
ワクチンを打ち白靴の銀座かな

古澤宏樹《ふるさわひろき》
〈歴路〉

しづけさの十一月の大日向
水鳥をかくまふ湖の水心
飄飄と冬帝をりぬ隠岐の海
まづ記す妻の誕辰初暦
我が立つ地球蜃気楼かもしれず
固めたてのアスファルトの色夏匂ふ
草引きて殺生をせし顔となる

古田貞子《ふるたていこ》
〈燎〉

月談義果てて無月の仕舞風呂
生命線二重の女菊の酒
生前のままの書斎や小六月
また一輪ためらひがちに梅ひらく
雛の宴子より招きの糸電話
最後となりし夫との夕餉しじみ汁
津軽野の空の青さや遠郭公

古橋純子《ふるはしすみこ》
〈野火〉

音立てて圧力鍋や豊の秋
陶器市演歌流るる秋日和
鮟鱇の脱力したる箱の中
首に乗る頭の重さ月冴ゆる
引き出して栄螺の穴を覗きけり
肺呼吸して亀の子の立ち泳ぎ
三伏の洗濯物に残る熱

別所博子［べっしょひろこ］

風炉名残金平糖は白ばかり
風花を見上げ宮司の立話
薄布で漆器を包む四日かな
春愁ひ蓋開けられぬだけの事
草餅に焼き印を押すじゆつと押す
暮遅し木綿豆腐は売り切れて
朝曇り車庫のシャッター上がる音

〈栞〉
別府　優［べっぷゆう］

行きあへばそのまま就いて福詣
足跡の散らばつてゐる春並木
啓蟄の音たててゐる椅子の脚
いつよりも厚く皮剝く穀雨かな
冷蔵庫何とはなしに開けてみる
青芭蕉すでに腋下の湿りかな
充足の足拭いてゐる茄子の花

〈りいの〉
紅谷芙美江［べにやふみえ］

多摩川の青き鉄橋冴返る
鼻筋がおたまじやくしに顕るる
つり革の揃ひ揺るるや広島忌
でででつぽう起きよと八月十五日
直角に竹刀響きぬ青蜜柑
天心に立待月の小顔なる
剝落の十一月の青タイル

〈りいの〉
辺野喜宝来［べのきほうらい］

この丘に忌日の梅雨の夕焼濃し
雨音をたつぷり聴けり熱帯夜
月琴と二胡の調べのさやかなり
猫を見て猫に見られて月の道
一眸の空のあをさよ鳥渡る
風濡れて色の増しゆく柿紅葉
陶房の石敢當は蔦の中

〈貂〉
星野恒彦［ほしのつねひこ］

黄梅に色抜けし花ありにけり
芍薬の支柱にすがる立ち姿
がやがやと滝へ戻りは黙然と
街宣車のごとみんみんが庭先に
つながりて真水へ伏せる銀やんま
太陽の色に染みゆく公孫樹
一日のマスクを取つて葛湯かな

〈玉藻〉
星野　椿［ほしのつばき］

なつかしき有馬先生月の友
川波に山家の秋灯こぼれける
思出の紫苑を高く高く活け
名月を迎へる空の落着かず
漁火のチカチカ遠く月見船
野分来る沖の潮目の変りけり
酔芙蓉谷戸の夕風甘かりし

〈トイ・豈〉
干場達矢［ほしばたつや］

秋灯を灯してともす潦
錦絵の刃傷たのし手つめたし
土壇場の心変りは梅のせい
夜は朝に死ねば補ふ熱帯魚
君のこゑ蛍はいかに聞き做さん
テーブルに今朝のパンくづ夜の秋
鹿の子の鹿の世を踏み立つちから

〈草の花〉
細江武蔵［ほそえむさし］

ふるさとは年取魚越より来
酢のかをる飛騨の家並の春祭
山国の飛騨は下国や桃の花
存らへて自適の母や燕子花
渓流の川砂踏みて鰍突く
コスモスの風とは遠き恋のやう
綿虫の近づいてくる母郷かな

〈楽園〉
堀田季何［ほったきか］

寒雲を出でて神の手神の足
春よりもうすき骨あり檻のなか
われわれの侵略行為すみれすみれ
ミサイルに雲雀と名づけ放ちやる
鳥と帰る輪郭だけの人間が
あたたかし粘土が息をしはじめて
万緑の朽ちゆくものを沙漠とす

〈輪〉
堀田裸花子［ほったらかし］

潮騒の長さに応ふ松の芯
もののふ世も鎮めしやゆきのした
大声でどぢやうがいたぞ谷戸田植
軽暖や浜で語らふアミノ酸
病む妻の心和めし縷紅草
青銅の鳥居に奉る茅の輪かな
神主の代替はりして海開き

〈鳳・運河〉
堀　瞳子［ほりとうこ］

疫禍なほ戦禍なほ桃蕾みけり
戦場にあまたの息子母の日来る
くづほれる水の地球や蟬生る
青空の整ひてゆく敗戦忌
一切は修羅鈴虫の飼育箱
眠られぬ秋夜の小川未明かな
十二月八日客乗せてゆく宇宙船

〈蒼海〉
堀本裕樹［ほりもとゆうき］

菊切つて手の甲に散る雫かな
文旦の落ちて仏頭めきにけり
秋霖のときをり錐のひかりあり
小春日や窓を這ひをるてんと虫
冬蜂のしがみつきたる乳鋲かな
太箸に照るや故郷のさんま寿司
春光をつらぬく桐の古木かな

本田　巖〔ほんだいわお〕〈翡翠・WA・ロマネコンティ〉

夕焼の色につながる糸電話
聖五月トラックの上の豚の声
筍を掘ってみるかと鍬もらう
可惜夜の星の下なる会陽かな
海鼠嚙むジュラ紀の海を幻想す
夜の端で七味たっぷり心太
父の日や男は上を向いて泣く

本田攝子〔ほんだせつこ〕〈獺祭〉

反戦歌とどけ弥生の空遠く
南風や貝殻細工のゆらぐ店
ラムネ抜き昭和の匂ひ飲み干せり
墨堤の夜風涼しく人に逢ふ
桐一葉落城の悲話語り継ぐ
虎落笛日暮れて一人無人駅
海鳴りや遠き沖より寒波くる

本多遊子〔ほんだゆうこ〕〈閏〉

田鼠みな鴽となりて目がちかちか
はいつてねと書いて巣箱の完成す
板チョコの斜めに割れて蝶生る
串刺しの鮎の括れの塩だまり
打水を引ずっていく轍かな
わたくしがつけてしまつた桃の疵
冴ゆる夜や空気清浄機の灯る

〈ひたち野〉
眞家蕣風［まいえしゅんぷう］

風光る如意輪観音凜として
美田には良質の水溝浚へ
裏木戸の古びし重石夏兆す
抑留を語らず父の終戦日
紅白の灯台確と今朝の秋
徒長枝は既に真紅に冬木道
冬の雨一旦土壌を落ち着す

前川紅樓［まえかわこうろう］

さくらんぼ可愛いものから食べてやる
草刈機国家も何も刈り倒す
十字架のごときものあり蟻地獄
麦藁帽かぶり一時間バスを待つ
鶏頭はひたむきに生き切られけり
老子来てはや虫売りとなりにけり
名月を磨き一生を終へにけり

〈棒〉
前澤宏光［まえざわひろみつ］

菫草薄きえにしの母思ふ
家出れば旅の思ひや鳥曇
婆の背の見ゆる菜の花畑かな
夕涼や雨後の水呑む雀たち
校門を入ればいつせい油蟬
バスを待つなじみの顔や朝曇
柿の花落つ音ならんうたた寝に

〈りいの・万象〉
前田貴美子［まえだきみこ］

猫を抱く容に眠る朧かな
黒南風や肩甲骨の窪溜
指の血を吸ひ炎天をうべなへり
小鳥来る母亡き武蔵その奥の
武蔵野にけん二ゐなくて赤とんぼ
うしろみな影を集むる秋の声
絶望のあとのあきらめ月きれい

〈漣〉
前田攝子［まえだせつこ］

飲み下すまでが見守り春寒し
打ち上げの締めの菜飯となりにけり
花明かり馬の匂ひの鞍磨く
リハビリの息整ふる山桜
傘の雨聞きて堅田の春惜しむ
薔薇園の薔薇守として夫婦老ゆ
青胡桃太古の森へ続くみち

〈栞〉
前田陶代子［まえだとよこ］

起き抜けのこゑのくぐもる凌霄花
万緑といふ冥さありけり深入りす
コスモスの遠き日の揺れけふの揺れ
野の端を踏み黄落を濃くしたる
枯明し句帳の隅の未完の句
落つることとためらつてゐる紅椿
ひとひらのさくらの冷を胸中に

〈歯車〉
前田　弘［まえだひろし］

青岬死神様に杖を借り
新樹林血のつながりという孤独
仏の座けむりのように歩きたし
空っぽの海を見に行く多喜二の忌
紫陽花はルビをふられてそっぽむく
リラ冷えの内緒話にも落丁
八十を超えあざやかな反抗期

〈知音〉
前山真理［まえやままり］

藤蔓の風つかみてはとき放ち
水打ちて門前の朝動き出す
目を凝らしたれば二羽増え鷹渡る
ふり返りたれば錆色冬紅葉
蟻穴を出て足音聴きすまし
初花や子等と遊びし日の遠く
もつれてはフランス山へ瑠璃揚羽

〈濃美〉
牧　富子［まきとみこ］

飛驒川の瀬音に尖る辛夷の芽
杼の音の滑りひねもす暖かし
昨夜の雨晴れて膨らむ牡丹の芽
繭を湯に日がな躍らせ糸取り女
鉄塔の一脚に触れ烏麦
樟の蔭の広しや夏休み
石垣を滑る日の脚茱萸の花

〈椰〉
正木　勝［まさきまさる］

老松小松挙りて緑立つ古道
掛け小屋の風独り占め心太
秋立つや蔓の葉風に従ひて
文月や父母を偲ぶも墓遠く
旗雲の輝く朝野分過ぐ
鶏頭や山畑満たしたる入日
秋闌くや湧き翔つ雀限りなく

〈鳩の子〉
政元京治［まさもときょうじ］

切り返す竹刀の撓ふ初稽古
菜の花や日に一便の郵便船
軽やかに光を配る風車
始祖鳥の血を滾らせて雉子啼く
紺碧の黒潮育ち初鰹
形代の一つで足りぬ罪穢れ
百粒の大根蒔き終ふ日曜日

〈梶の葉〉
間島あきら［まじまあきら］

新緑の遠つ淡海の口に佇つ
万葉の丘満目の若葉風
万葉に妻問ひの歌花かつみ
麦の穂の揺れて日の丈風の丈
麦の穂のはつはつ風を捉へけり
万葉の空割る一閃夏つばめ
さびしらのこゑ打ち継げよ時鳥

〈やぶれ傘〉
増田裕司［ますだゆうじ］

鈴虫の声澄みわたる通夜の庭
秋うらら傘寿が踊る鷺娘
苔庭の日溜りに散る寒椿
老妻と雛飾り見る美術館
この五月父の享年迎へけり
幼子と小磯に遊ぶ古希の夏
幼子の寝息はかすか蟬時雨

〈花苑〉
枡富玲子［ますとみれいこ］

春塵か爆破の塵か少女泣く
幾度も戦車を阻め春の泥
ミサイルとドローン飛ぶ日の螢かな
演説の元首撃たれし青蜥蜴
北方領土省いた地図や敗戦忌
クラーク博士の伸ばす手の先夏の天
はたた神過ぎし渋谷のスクランブル

〈鴻〉
増成栗人［ますなりくりと］

伊吹嶺に雪直弼の城に雪
一仏浄土散りぎはの花うつくしき
薔薇百花百の雫をこぼしけり
青簾捲けよ狐の嫁入りが
降るは降るは麦生の里の鳥のこゑ
鳴き砂といふ砂浜の土用凪
花擬宝珠一会の色と思ひけり

〈悠〉
増山至風［ますやましふう］

御降に灯のにじむ鎮守宮
花の雨花の彩り消す勿れ
波音に消えし五月雨傘の音
喜雨を呼ぶ農家の屋根の鬼瓦
雨音を聞いて雨月の静心
残業の高層明り小夜時雨
早暁の雨氷きらめく名無し草

〈秀〉
増山叔子［ますやまよしこ］

戻り住む近江寒しと賀状かな
水仙や外に置きたる洗濯機
我が影の堤に淡し草萌ゆる
遠き帆や干潟離れぬ子が一人
動かぬも大道芸や額の花
ひよのけふ綺麗な声の晩夏かな
野分雲しきりに猿の毛づくろひ

〈鴻〉
待場陶火［まちばとうか］

なづな七草妻の囃子で打ちにけり
鳥帰る里曲の風を捕らへては
うたかたの虚空なりけり青蛙
いちめんのネモフィラの野の抱卵期
蚯蚓なく地軸軋ます如く鳴く
あさがほの紺天平の色となる
いてふ散るチェロ負ふ背の軽やかに

〈青草〉
松井あき子［まついあきこ］

信楽を終の住処と初便
植込みのこんな所に蕗の薹
ポピー咲くぷいっと殻を脱ぎ捨てて
十月や立体となる案内状
銀杏散る渦の真中にただ一人
ふつくらと包み千両もたさるる
一升餅背負ひ一と泣きクリスマス

〈八千草〉
松井和恵［まついかずえ］

甲斐駒ヶ岳の風の匂いの冬帽子
連翹のるるるると延びてらら遊ぶ
もひとつの人生あったね風花舞う
後悔をたたんで折って紙風船
新しい我まだあるか七変化
新涼の空にみすゞの詩のリズム
言えぬことば鬱の字となる秋扇

〈ときめきの会〉
松井充也［まついみつや］

玉手箱開けず今日まで春の海
秩父路の声の接待遍路道
朝凪の瀬戸の島々遠汽笛
夏あざみ商船校は瀬戸の島
冒険も家出もできず夏休み
背後より抜き足差し足猫じやらし
古傷は隠したきもの冬木立

〈麻〉
松浦敬親［まつうらけいしん］

徳利を取らんと倒し小殿原
いとまある大宮人の梅見かな
原発と地続きのゆれ松の芯
白靴が四十雀語で軟派する
半身は前後にあらずあつぱつぱ
日めくりの明日見て戻し暮の秋
寒昴はダイダラ坊の蹴つた石

〈椎〉
松浦澄江［まつうらすみえ］

ぶつかつて直角の道日短
貝寄風や裏口に置く海の石
チューリップ町長市長一並び
出刃包丁拭つても拭つても梅雨
なめくじら挟みし箸のたよりなく
アメリカのお台場ですよ鮎膾
一枚の紙に戻れり大水青

〈知音〉
松枝真理子［まつえだまりこ］

水草生ふ流れやさしき処より
変人と思はれ気楽亀の鳴く
冷房やクロスステッチ黙々と
小鳥来る八角形のログハウス
ワセリンを戸棚に探す夜寒かな
読み返す向田邦子枇杷の花
きんぴらの照りのつややか春隣

〈栞〉
松岡隆子［まつおかたかこ］

鵜が羽を広げて見する桜かな
どこをどう歩いて来しや春の夢
睡蓮の白きに心置いてきし
すれ違ふ人に草の香夏深し
秋にはか草樹の影も水音も
秋蝶の高きは風になりゆける
思ひ出の数には足らぬ帰り花

松岡ひでたか［まつおかひでたか］

やらはるる鬼とやらはれざる鬼と
鬼のもつ力浄しとやらはざる
やらはずに鬼をもてなす薦の酒
ひたすらに鬼を畏みやらはざる
悪霊を踏み付け鬼のやらはれず
やらはれぬ鬼の掲げる浄火かな
やらはれぬままに鬼消ゆ海の闇

〈松の花〉
松尾清隆［まつおきよたか］

涅槃図の裏をしきりに風通ふ
たんぽぽの絮のもみあふ旅の朝
プールバーもスタンドバーも梅雨に入る
初蝉の姿はいつも見つからず
八匹の九月のネオンテトラかな
残照に初冠雪の富士の影
鳶の笛降らす名残の空である

〈松の花〉
松尾隆信［まつおたかのぶ］

白南風の中天青きまま昏るる
里芋を食むかに語り部のなまり
神留守の焼き蕎麦に載る紅生姜
竹に日の差せば竹へと寒雀
昼月やはなびらほどの春氷
岩に坐し岩になりきる花の下
亀鳴くをうとうとうとうととうとうとと

〈橘〉
松尾紘子［まつおひろこ］

遍路宿は矢印の先武甲聳つ
桜蘂ふる降る古き舞殿に
神歌のとうとうたらり夜の新樹
巫女舞の胡蝶の羽の涼やかに
麦秋やかつて騎馬武者馳せし道
人生の身に添ふ一歩白地着て
湖昏れてラストダンスは跣なる

〈青草〉
松尾まつを［まつおまつを］

慰霊の日みんみん蟬はしづかなる
せめぎ合ふ二川の水や雲の峰
一点の雲広ごりて処暑の雨
開式を告げる花火や音三つ
手花火の垂れ玉水に落つる音
疲れ目に浮きあがりたる水中花
梵鐘の響く地平やちちろ虫

〈燎〉
松田江美子［まつだえみこ］

山間のダムの放流雲の峰
風船葛青きひかりをふくらます
桔梗や幼き頃の罪ひとつ
遠ざかる水脈のきらめき月の船
牡蠣鍋に夫の好みし酒少し
鼻声の気象予報士春告ぐる
たんぽぽに脇目もふらずベビー靴

〈暦日・花鳥〉
松田純栄［まつだすみえ］

山頭火の空を探しに旅始
煮凝りや汝の返盃にはや酔うて
花冷の窓ウクライナ大使館
山路ゆく師の草笛のひびくかな
海青く名残りの薔薇に囲まるる
新涼の風吹き抜ける物干場
漱石忌都電に乗りて早稲田まで

〈多磨〉
松田年子［まつだとしこ］

紅白の布で飾られ初荷着く
日脚伸びしよと思ひつつ寄り道す
梅咲いて近付く夫の七回忌
秋深し杖を頼りに遠出して
穏やかにひと日が過ぎて秋惜しむ
そぞろ寒星明りにぞ帰り来ぬ
枯葦の風に折れしは水に触れ

〈浮野〉
松永浮堂［まつながふどう］

秋天に触れむばかりに水広し
手に触るるものことごとく冬萌ゆる
暁光に染まる一雲浅き春
一水を縁取るげんげ明りかな
花束のピアノに映る春の宵
未来へと流るる大河みどりさす
寒晴や飛天に水のかがよへる

〈松の花〉
松波美恵［まつなみみえ］

トネリコの花青みたる解夏の月
初秋の水やはらかき指の先
新涼や何やら潜む水の音
氷頭膾こりこりこりと一人旅
暮れがてに求む「とらや」の亥の子餅
眠られぬ真夜に目が合ふ目高かな
三面鏡の左は未来アマリリス

〈街〉
松野苑子［まつのそのこ］

水飲んで寂しくなりぬ啄木忌
海水パンツ脱がせ砂とる母の手よ
芋虫のじやばら歩きの下の足
正座して身にかなかなの溜まりゆく
波音の寄せ来るたびに桃傷む
パソコンの熱に秋の蚊ふはふは来
凩や白盛り上げて裸婦描く

〈夏爐〉
松林朝蒼［まつばやしちょうそう］

紙漉の虚子句碑のあり恵方宮
野火げむり漂ふ空を鴨翔べる
鰹漁夫飯屋に鰹提げて来る
遍路衣の遍照金剛汗にじむ
新しき紙漉槽《ぶね》や秋日入る
初鴨の今日来たりしと蝸蜂捕
波除に鉄梯子立て冬の島

〈栞〉
松原ふみ子［まつばらふみこ］

月の出や諸草の風吹きかはり
短日のマストより昏れ船溜り
信州に四つの平星冴ゆる
白髪を正して夫の冬帽子
墨堤の残花にかなふとの曇
谿川は利根へと逸るえごの花
ひとの世のうつつに覚めて明易き

〈たまき〉
松本かおる［まつもとかおる］

松の花手折れば迷信のひとつ
くるぶしを白く包んで花鎮め
少年の木になりきつて蛍待つ
一軒のための道なり秋涼し
足浸しゐる子の鹿に見られをり
最果ての花野に切手くださいな
淡雪に触れて大地に触れてゐる

〈八千草〉
松本紀子［まつもとのりこ］

虹の橋ちょーと通して下しゃんせ
髪切虫おかっぱの児が逃げてゆく
無愛想なかなぶんぶんのブーメラン
告白は鼻濁音らし牛蛙
雪舞うや「子供の領分」に入る
花ふぶき目を瞑りたくなってくる
この天のどこが国境おぼろ月

松本宣彦〔まつもとのりひこ〕〈樹〉

春菊や土鍋の蓋に穴ひとつ
ふくらんで地球色なる石鹸玉
夕焼は嘘の色して暮れなずむ
嗣治の白い裸婦らの敗戦忌
秋風や男盛りはとうに過ぎ
どぶろくに背徳の味したりける
秋惜しむ即ち惜しむ余生かな

松本英夫〔まつもとひでお〕〈阿吽〉

「阿吽」四百号
よんひやくと声に出したる夜長かな
手相見に左手預け大嚔
頬杖の袖口にある余寒かな
雛納めその夜の雨のしづかなる
帯留の蝶飛びさうな春日傘
口つくる蛇口の飛沫夏来る
便り無き日々の積もりて橡咲けり

松本美佐子〔まつもとみさこ〕〈鳰の子〉

まんさくの花弁に風の迷ひをり
はなむけの鐘の一打や鳥帰る
うす紙で誘ふ眠りや雛納
厠には日本手ぬぐひ昭和の日
遠きほど植田は密にそよぎをり
藻の咲いて水のふくらむ手水鉢
風通ふ庫裏の衣桁の麻法衣

松本龍子〔まつもとりゅうし〕〈俳句スクエア・奎〉

鴨帰る地球に帰還困難区
太陽を盗んだ男花曇
五月場所國投げあげる男かな
亡きひとの聲降りてくる揚花火
言の葉の揺れる時間に魂送
原子炉に赤鬼がゐて鬼城の忌
蜉蝣や翅音にゆれる原爆ドーム

〈羅《ra》〉
まねきねこ［まねきねこ］

初嵐返事せぬ子のなぐり書き
貯水池のスッカラカンや冬に入る
たちまちの噂話や余寒なお
薬歴に目薬加え日照り梅雨
上下巻買いて安堵の昼寝かな
薄ぺらな石鹸汗の吹き出して
明け方の心許なき夏布団

〈野火〉
真々田 香［ままだかおる］

おもむろにイヤホン外す秋日和
秋の日のかすかな苦み焼プリン
雨しかも秋深みゆく日暮かな
たんたんと過ぎていくなりお正月
啓蟄やぱらぱら雨の降りだして
土の香や真昼の風につくしんぼ
人とゐるやすらぎ春の日は暮れて

黛 まどか［まゆずみまどか］

もろともに水を被りて墓洗ふ
ためらはず沈む夕日も秋水忌
年惜しむ遠き一樹を眺めては
五重塔据ゑて寒晴揺るがざる
母許といふ冬の灯のひとつかな
春の坂上つてゆきぬ夢の父
白鳥の帰りゆく地を思ひをり

〈不退座〉
まるき みさ［まるきみさ］

川波のまぶしき午後や鳥帰る
手を上げて「やあ」と近づくうららかに
蛇口から湯の出る暮し桜餅
メーデーの回転寿司の列にいる
昨夜の雨上がり朝日の桐の花
今日からは秋のページとなる日記
棕櫚の葉を揺らせ北風小僧来よ

〈門〉
丸山一耕［まるやまいっこう］

国戦ぐ曲り胡瓜の取り残し
仮初めの命菜虫の一所懸命
悪人が粗塩で揉む秋の章魚
南無寂庵木の間隠れの青木の実
無言なる柱状節理冬鷗
蜃気楼突然トルコ行進曲
短夜やさすらひ人の駅ピアノ

〈りいの〉
丸山　匡［まるやまただし］

ペリカンの足の桃色風光る
朧夜や羽化するやうに嘘をつく
夕焼けと記す日誌の備考欄
円心を支へて蜘蛛の脚細し
曼珠沙華乾ききつたる風の音
枯れ蓮の踊るかたちとなりにけり
生国の空むらさきに冴返る

〈阿吽〉
三浦　恭［みうらきょう］

八月の薄荷飴すぐ口にとけ
吾亦紅そへて花束らしくなり
霧が霧はがしてゆきぬ霧のなか
突指のうづく耕畝《かうほ》の忌なりけり
熱燗に酔へば李白も友のごと
薔薇園の風の中なる白き椅子
古傘の骨のきしみや太宰の忌

〈湧〉
三浦晴子［みうらはるこ］

地を打てる滝音天へ轟けり
嵐過ぎ百日紅の力瘤
邯鄲の一音階を鳴き通す
秋光に輝く鮒を放生す
空にまだ残る水色夕雲雀
咲き満つる八重の桜や化石の忌
初蝶やひかりの産湯浴びてをり

三上隆太郎［みかみりゅうたろう］〈門〉

口中に原野ありけり夏燕
燕より高度上げたる僕のゐる
千年の初期化スイッチあめんぼう
竜の玉ただうつとりとふしあはせ
木犀や雨にみごもる無菌室
大根引く空の眼球痩せ細る
すすきはら水平線をくしけづる

水口佳子［みずぐちよしこ］〈夕凪・銀化・里〉

変人と変人の妻ラ・フランス
画数の多き小鳥の来たりけり
初夢の切り口が見当たらぬまま
さへづりに満ちて来世の多色刷
あぢさゐのきのふとけふがうりふたつ
見開きを駱駝の過る夏至ゆふべ
げつそりと秋水の原爆ドーム

水島直光［みずしまなおみつ］〈秀・青林檎〉

日を弾く鴨の上げたる水しぶき
義士の日のここ一番の寒さかな
井戸塞ぐ蓋の上なる落椿
お彼岸の漣立てる潦
晴るるでも曇るでもなく樗咲く
鳰の子のもぐる水輪の中に浮き
日傘さす日輪はまだ雲の中

水谷由美子［みずたにゆみこ］〈オリーブ・パピルス〉

テーブルにぽつんと帽子花の雨
思ひ出のなかに桜の散り初むる
たましひの放たれて行く花万朶
喪主吾の許すほかなし花の雨
花の夜を黒きもの着て斎の膳
覚めてまだ目を閉ぢてゐる花のころ
明日は満月しんしんとさくら散る

水野晶子［みずのあきこ］〈梓・棒〉

あばらやにほそき煙突冬の菊
ご利益のうするるほどに着ぶくれて
早春はどこかあやふしまた楽し
焦げ色の内より芽ぐむ蘆ならむ
きゆつきゆつと茄子は紫紺のこゑをだす
遠き雲そのまま遠し秋日和
水やれば蜂がその手を叱りに来

水野悦子［みずのえつこ］〈煌星〉

壁に余白一輪挿しの白椿
春光の窓に幼の手形あり
梅を捥ぐ緑の底に沈みては
灯を消してより風鈴の音色澄み
出土器のひび縦横に秋暑し
修行僧椀の半分寒施行
葛湯溶くとろとろ匙の形なす

水野加代［みずのかよ］〈りいの〉

人日の路面まぶしく言葉かはす
ふきのたう水音につつむ涅槃の日
外出許可無傷のはくれんを仰ぐ
八月六日空真青雲真白
晩夏光雑木林が痩せてゆく
蝮草実となる女人高野かな
水鳥の羽撃くは胸美しく

水野幸子［みずのさちこ］〈少年〉

気に入りの枝に来てゐる初雀
双子にも姉と妹牡丹の芽
父恋うて母恋うて亀鳴く夜かな
水打つて一人暮しをつつましく
古代よりの空のありけり蓮の花
よろこびも哀しみもあり髪洗ふ
煤逃げのみやげは飛騨の五平餅

〈煌星〉
水野さとし ［みずのさとし］

大空に小さき穴あけ小鳥来る
無花果の裂けて記憶を噛むごとく
缶蹴りの昭和の音や冬ざるる
散り終へて空明け渡す大銀杏
春光やくるりくるりと鉋屑
天空の北に道標鳥帰る
轟きて白一条の滝の嵩

〈海原・鬣 TATEGAMI〉
水野真由美 ［みずのまゆみ］

一月の子供ひとりで歌ひ出す
樹木図鑑二月の雲を栞とす
麦秋をさびしき鼓手の来たりけり
春の木や戦場に名をなくしつつ
耳ふたつ濡らす相模は著莪の雨
太郎なき次郎の酒に夏の酒
草の実のこぼれて猫になる途中

〈貝の会〉
水間千鶴子 ［みずまちづこ］

浅春の瀬をかちわたる鸛
青空へひびく木の芽のシンフォニー
大橋のともし灯あはく人丸忌
山羊鳴いてしろつめ草の花ざかり
山頭火句碑へそよげる夏の草
しろがねの炎をあげて滝凍てにけり
玄室の石にしみ入る冬日かな

〈不退座〉
三瀬敬治 ［みせけいじ］

十字路の先も十字路冴え返る
鳥帰るまだ東京の空の内
逃げ水を追って多摩川渡り切る
麦秋のいつもの月が上がりけり
外灯のそこだけの灯に蜘蛛の糸
あの街へあと橋一つ大夕焼
欅より今日の日が暮れ冬はじめ

〈萌〉

三田きえ子［みたきえこ］

松明やテープに遺る父の声
桑解きて畦やはらかく走りけり
箸に巻く水飴弥生ぐもりかな
うすものを着て山霊を近づけず
縄持てる指が聞き役鶫を捌く
山荘閉づこほろぎの声置き去りに
雪吊の弦かきならす疾風かな

〈草の花〉

三谷寿一［みたにじゅいち］

大綿やはるかに琵琶湖光りゐて
アルプスの村は寝落ちぬ星月夜
十五戸の終の一戸や小鳥来る
かたかごの花や国分尼寺の跡
蕗味噌や御師の家に聴く山の音
道の辺の草かぐはしや宇陀郡
伊那谷は雲湧きやすし桐の花

〈星時計〉

緑川美世子［みどりかわみせこ］

日めくりの未来ふくらむ大旦
精巧で脆き肢体よ蝶眠る
人見知りしてたんぽぽの絮を吹く
母の日のまだまだ入るエコバッグ
一本の木蔭育てて夫婦老ゆ
校庭は林の名残遠郭公
サルビアの赤の褪せゆく午後眠し

〈風土〉

南　うみを［みなみうみを］

春浅き若狭の雪の横なぐり
をさなさの春のあら草引きにけり
涅槃図のうしろ若狭の潮けむり
初ざくら映して水のあらたまる
観音の臍を見にゆく麦の秋
父の忌のおはぐろ家に入りたがる
蔓たぐり終へたる空のよそよそし

〈山彦〉
三野公子［みのきみこ］

秋天に有精卵を透かしみる
紅葉かつ散るや断捨離始めたり
日記果つ嬉しき日々の文字太く
啓蟄や煤けし和紙の農日誌
影もたぬほどの膨らみ猫柳
滴りに星ひとつづつ語り出す
炎昼の影の動かぬ重さかな

〈やぶれ傘〉
箕田健生［みのだけんせい］

川岸に憩ふ母子や秋日和
去りし子の面影やさし去年今年
冴え返る空に飛行機雲二本
春の富士を眺めて祝ふ米寿かな
幼児の駆け抜けて行く花吹雪
献眼をして逝きし妻五月雨
紫陽花の色鮮やかな雨の朝

〈鳴〉
箕輪カオル［みのわかおる］

移動スーパーを取り巻いてゐる蟬時雨
山裾は雨にけぶらひ稲を干す
陰日向なくていちめん蕎麦の花
石段を踏み外しさう梅早し
諸葛菜折り合ふことば探さねば
大橋を渡りて柏餅を買ふ
聖五月切手夢二の花図案

〈山茶花〉
三村純也［みむらじゅんや］

雪ちらとバレンタインの日なりけり
甘茶仏とはしたたりてをればこそ
何もせず何も起こらず春の昼
大牡丹虻見放せば散りにけり
時計草この世ならざる刻を指す
原稿の遅きを火蛾のせゐにして
ウイルスは変異し海月浮き沈み

〈栞〉
宮尾直美［みやおなおみ］

死をもつて知る消息やうろこ雲
黒潮は沖にあるなり花八つ手
白梅の翳濃くありぬ兜太の忌
一人来てまたひとり来て春田打つ
関所跡過ぎて山路やほととぎす
反骨は土佐の気質や土用波
四万十の鮎簗に日の真つ平ら

〈赤楊の木〉
宮城梵史朗［みやぎぼんしろう］

とつおいつ年の瀬波に呑まれたる
そもそもは昨夜のことなり朧月
春暑し不要不急の道すがら
青鷺の所帯やつれの飾り羽
よく晴れてたまさか梅雨の余り風
短夜のとかく枕は古今亭
戻り寒寝て半畳の手足もて

〈猫街〉
三宅やよい［みやけやよい］

あつあつのカレーにかける寒玉子
春の雪ジュークボックスよりサンバ
花文字より始まる春のスクリーン
仰向いて蜜柑の花に囲われて
群青のマリアの衣夏怒濤
脛長き夏痩の人キリストは
玉ねぎをひきぬくからだ軽くなる

〈羅《ra》〉
宮坂みえ［みやさかみえ］

部屋干しを揺らす微風の扇風機
青柿や子の手に重き蔵の鍵
玉葱の薄切り病寛解に
確認のハザードマップ九月来る
寒月や隣家の明り点かぬ夜
日脚伸ぶ丸めたままのヨガマット
接着剤の口のかたまる四日かな

宮崎夕美［みやざきゆみ］〈OPUS《オーパス》〉

赤ちゃんの来てゐる家の薔薇の花
一りんの白薔薇咲けり空の中
衣更へてすこし淋しくなりにけり
どくだみの花一列に雨上がる
新米の袋立ちをる台所
秋深しまだ俳優の名の謂へて
友がゐて冬月のこと知らせ合ふ

宮澤順子［みやざわじゅんこ］〈紫〉

半仙戯全てがバネになっていた
流行りだす金継ぎ憲法記念日
水中花走り続けることはない
思いきり洗えるニット麦の秋
実力のひとつに無欲熱帯夜
秋澄むや真逆を言ってしまうほど
別れしかなくても芒原に立つ

宮沢美和子［みやざわみわこ］〈百鳥〉

冬青空岩場にさぐる足掛り
動かざることの力や冬の滝
木道の歩荷に蝶のついてゆく
ふらここを漕ぐたび鈴の鳴りにけり
片陰を来て相似比の授業かな
小さき子に小さき影や夏野原
よしきりに急き立てられて歩きけり

宮谷昌代［みやたにまさよ］〈天塚・香雨〉

くつきりと描く眉山お元日
今生に出合ひし縁竜の玉
西行忌我にも消えぬ旅心
花冷の吉野に鳥の切手買ひ
花未だ袖振山は雲の中
美しき夕日蟻地獄の巣穴
浮いてこい明日への力つれてこい

〈南柯〉
宮成乃ノ葉［みやなりののは］

人日や白馬生きてをるにほひ
雨水けふ素直な雨の降りにけり
啄みを模《ま》倣《ね》て拙し雀の子
夏蝶や大きく息をして憩ふ
白百合の華やぎ嫌ふ香も嫌ふ
夕外出の句会へ急ぐ秋袷
ポケットの右には右の手套かな

〈秋草・水輪〉
宮野しゅん［みやのしゅん］

奉納の杖の傍なる蟻地獄
鶏頭を点して月のぎざぎざす
からくりの糸は隠して冬の晴
風花のただ何となく何となく
花水木地球にそつぽ向いてゐる
心地よく梅雨のはじまる水輪かな
蟾蜍水の怯えの伝はり来

〈四万十〉
宮村由美［みやむらゆみ］

山里に梅の香ふはりふはりかな
父の日や二日遅れの墓掃除
天辺に五重の塔や夏の空
柴漬や義《ち》父《ち》の残せし掬ひ網
落葉掃く風に寄り添ふ朝仕事
たわわなる枇杷の実ぐいと捩りとる
日焼濃し若き漁師の片ゐくぼ

〈あした〉
宮本艶子［みやもとつやこ］

早蕨の離さぬ山気日のひかり
史の痛み赤累々と落椿
闇に浮く力を得たり白牡丹
水分にふぶく蛍や宇陀郡
澄む眼血走る眼終戦日
籾殻を焼き原初にかえる宇陀の里
雪霏々と塔は緋色をゆずらざる

〈秀〉
三吉みどり［みよしみどり］

鞄置けば鞄をよけて蟻の列
ふつくらと浮いて築地の川鵜かな
手のひらに水蠆の抜け殻夏旺ん
八月の電話ボックス灯がともり
露草やあれこれ記す雑記帳
蔓に蔓からみて揺れて残暑かな
頬杖を解きて秋扇つかひけり

〈炎環・わわわ〉
三輪初子［みわはつこ］

地球まるいは平和のかたち木の芽風
菖蒲湯のだんだん花になるわたし
隣国へつづく空なり盆の月
フロントのポインセチアのうるささよ
初氷ゆふべの月の欠片かな
いつぽんづつすするカレーうどん夜長
マスク剝ぎ冬青空へあ・い・う・え・お

〈笹・獅子吼〉
三輪洋路［みわようじ］

立春のひかり遍く笹生かな
鬼やんま小学校が遠すぎる
どくだみを軒に吊して老ゆるかな
結界に零れて白きさるすべり
玉入れの玉を数へて空高し
妻がゐて母ゐて蕪蒸美味し
岸離れゆく船頭の頬かむり

〈歴路〉
向田貴子［むこうだたかこ］

絵踏の世もしあらば踏むきつと踏む
一会にもゑにし働く春の泥
花虻の翅音微々微々ねむたしよ
葦牙や風に生まれて一行詩
まだ余る命らしかばパセリ嚙む
三伏のこゑをひそめてめをと古る
支へ合ふ人といふ字の露けくて

〈円座〉
武藤紀子〔むとうのりこ〕

墨の香のして十六夜の松林
立冬を松美しき葉山にて
白く息吐く孟宗竹は父
北山に家一つあり春寒し
古巣よく見えて山吹小学校
先生の庭のまむしはもう出たか
はつなつのしづかなものに鳥と花

〈白魚火〉
村上尚子〔むらかみしょうこ〕

デパートの鏡に春のきてゐたり
二月礼者大福餅を提げてくる
つかみたるものに草の香南吹く
百日紅今日の終りの手を洗ふ
本立てに本の片寄り蚯蚓鳴く
ジャケツ買ふ店の鏡に味方され
初霜や縫ひ目の粗き台布巾

〈南風〉
村上鞆彦〔むらかみともひこ〕

黒眼たひらに神木仰ぐ七五三
遅き昼餉へ綿虫の坂下る
崩れたる濤すぐに澄む寒稽古
初蝶の吹かれつつなほ草つかむ
樅の枝のかすかにそよぎ卒業歌
肝吸のうすき脂や祭笛
優曇華や喝采は散漫に止み

〈門〉
村木節子〔むらきせつこ〕

冬もみぢそこだけ舞ふや小鳥の死
ふらここをこぐや立ち漕ぐ月の舟
おつと固まつてゐる蒲公英は地雷
花水木昼は唇よるはみみ
ふりむくな天竺葵の首切つた
睡蓮は眠つた凪の置き手紙
八月の蟹のさ走るまつ赤な日

〈やぶれ傘〉
村田　武［むらたたけし］

街路樹の枝に鵯鳴く早出かな
釣道具を手に背に肩に草紅葉
スカンポを浅漬けにして食ひにけり
クリニックタウンへの道麦の秋
院内の小さき庭の実梅落つ
高架線の駅の灯りや夜の秋
家並の間より出る望の月

〈雪解〉
村田　浩［むらたひろし］

九頭竜の逆波光る雪解かな
時化あとの潮目際やか鳥帰る
チューリップ首を回して暮色かな
こどもの日十連休も搾乳す
百僧の和して全山霧晴るる
源　流　は　伊　吹　山　系　新　走
己が身をまづ整へて松手入

〈圓〉
村田まみよ［むらたまみよ］

フルートの音色にともす赤とんぼ
追ひかけて追ひ切れぬもの蛍の火
身ぬちまでいざよふ月の息づかひ
初風呂の赤子といのち満たしあふ
戦すな何処にも春の空がない
麗かやゆらゆらガラス光らせて
終はりなき分断梅雨のピカソの絵

〈八千草〉
村松栄治［むらまつえいじ］

父の本ルーペもありて鳥帰る
新緑や術後の窓辺心沁む
花菖蒲潮来の橋を潜りては
闇に浮く首都の灯へ投ぐ夜釣人
西瓜出て声一番の小さき手
我が歩より木の実走るや山の径
秋の夜や隣家と交わす健康談

〈椎・古志〉
村松二本［むらまつにほん］

一本の糸をたぐりて蝶渡る
飛蝗とぶ着地のことは考へず
こがねの星しろかねの星山眠る
黒々と宇宙を映し春の水
花篝熊野の鬼と酌み交し
金箔を脱ぎて涼しき阿弥陀かな
マントラを呼吸に乗せて夜の秋

〈栞〉
室井千鶴子［むろいちづこ］

初神籤嬰に握らせて帰りけり
転校の子にうぐひすのひとしきり
ほほづゑをして春愁を支へけり
ぎしぎしや扉の錆びし格納庫
麦秋や山の裾まで風見えて
十五夜に会うて茶席の座を詰める
幾度の雪の始めを見たるかな

〈雪解〉
毛利禮子［もうりれいこ］

五輪観戦ひと区切りつけ桜餅
蝌蚪育ち水の日向の膨らめる
街路樹の伐りつめられてある暑さ
鶏頭を括れば影の立ち上がる
明日はづす簾に忽と陽の落つる
整理して抽出に隙火恋し
霜夜覚め命をつなぐ水を飲む

〈鳴〉
甕　秀麿［もたいひでまろ］

冬銀河明日へ向かふ船が出る
春立てり秘仏の中に仏師の名
両腕で丸して鰆船帰る
当駅は終日禁煙山笑ふ
あめんぼと潜水艦と伊賀忍者
煤逃の位置情報をオフにして
吊るされて鮟鱇人の世蔑みて

〈澤〉
望月とし江［もちづきとしえ］

親憎むピアスホールの増えて冬
モツ煮屋のルール酒気帯び入店不可
新宿のミニシアターの鏡餅
古書店の帳場畳や日脚伸ぶ
岡持にちゃんぽん三つ梅の花
合格発表web配信やスクロール
水筒のみづなまぬるし蜃気楼

〈宇宙船〉
本林まり［もとばやしまり］

返事して鶯餅に咽びけり
玻璃越しの母の掌あたたかし
健やかな母の茶目つ気チューリップ
牡丹や母と会ふ刻すぐ終る
蜥蜴走る四つ足巧く使ひ切り
わが家より美術館まで芋畑
ビブラートかけるハモニカ鰯雲

〈濃美・松の花〉
森　あら太［もりあらた］

松蟬や礎石ひとつの城の址
リラ咲くと聞けばそぞろの旅ごころ
羽搏ちてはおのれ訝る羽抜鶏
闇ふかしきやくきやくきやくと雨蛙
佳き夢をみたき早寝の菊枕
芥燃すけふ時雨忌と思ひつつ
煮凝りや笑むを忘れし二度童子

〈運河・晨〉
森井美知代［もりいみちよ］

初日浴ぶ日本一の大鳥居
寒明けのお顔おもなが飛鳥仏
山桜ほつほつ開く峠越え
日の永き高天原をたもとほる
采配は老父譲らず田植済む
つつましきやまとまほらの稲の花
かぎろひを見むと霜夜に火を焚けり

森岡正作［もりおかしょうさく］〈出航・沖〉

朱欒下げ大先生に診てもらふ
蛸踊り竹輪笛吹くおでん鍋
釣具屋に溺れてゐたる春隣
牛舎にも楽の流れて木の根開く
大道芸薄暑の街に火を吹けり
蝮捕り人遠ざけて老いにけり
青簾上げて真鯉を捌きをり

森岡武子［もりおかたけこ］〈多磨〉

愛してゐる愛されてゐる花すみれ
イースターなのに悲しいウクライナ
声使ふことなきひと日若葉雨
夜長に想ふ晶子の熱情登美子の恋
蓮根の穴は九つ濁り酒
生家跡は井戸残すのみ枇杷の花
亡き人を忘れるは罪か霜の花

森川淑子［もりかわよしこ］〈鴻〉

山門の赤き仁王よ春北風
雨しろくしろく降らせて梨の花
樟若葉フルーツサンドを二人分
膝裏を伸ばす体操いわし雲
榛名山麓邯鄲のこゑ風を呼ぶ
湖よりの風がときをり草の絮
そここここに穴残りゐる冬菜畑

森島弘美［もりしまひろみ］〈繪硝子〉

時雨来る琵琶湖疏水の坂の道
小雪の午後より雨の本降りに
北風を背にする人と向ふ人
立春の繊月空の明るさよ
古書店の軒端も書籍春兆す
午後よりは雨水の雨となりにけり
神棚も仏壇もあり夏炉焚く

〈帆〉
森下俊三［もりしたしゅんぞう］

紅葉かつ散る吊り橋は谷跨ぎ
笛の音に酔ひて御堂や月冴ゆる
寒月を浴びて石庭砂の波
鳥帰る最終講義は大教室
早春のグランド一人線を引く
夜桜や人の流れをただよひて
帆をたたみ船は桟橋大西日

〈閏・磁石〉
森尻禮子［もりじりひろこ］

夕星や一本杉は野の聖樹
増殖するも詩魂は一つ春の星
田植機に目あり主のこころあり
朴咲くや師の尊顔のありありと
八重山の海もがうなも縹濃し
母のごとし真夜を灯せる冷蔵庫
施餓鬼会を出づれば飽食の巷

〈祭演・衣・豈・ロマネコンテ〉
森須　蘭［もりすらん］

コスモスのおしゃべりチョコボールの匂い
新涼はティッシュペーパーの手触り
梅一輪古民家ふわっと若返る
たんぽぽの返事次々運動靴
肩書は要らぬ私も野の菫
揚げ雲雀明日を意識する姿勢
花は葉にみなゆるやかな妥協する

〈鴻〉
森多　歩［もりたあゆみ］

潮の香のやはらかに踏む松落葉
鑑真忌捨て舟に砂溜まりゐる
水音に添へばつくつくぼふし鳴く
蒲の穂のちから溜めたる色にかな
雲平ら八月の海見てゐたり
波音の高くなりたる青木の実
野辺の澄み生駒嶺の澄みわたりけり

〈かつらぎ〉
森田純一郎「もりたじゅんいちろう」

プーチンのことなど知らず孕鹿
羅に深く沈みて一僧侶
かなかなの包む本宮大社かな
枯木灘根釣の赤を点じけり
レノン忌を知りて開戦日を知らず
常夏の国へ戻る子着ぶくれて
キリンより高くとんどの組まれけり

〈風土〉
森田節子「もりたせつこ」

四歳児のいきなり夢を初電話
声変りの少年無口卒業す
あたたかや子のお話しの「ももたろう」
オムライスに兎の目鼻子供の日
お下りの制服で極め五月かな
水着きて水の天使の姉妹かな
膝の子となぞなぞ遊び日向ぼこ

〈斧・汀〉
森　ちづる「もりちづる」

蜜蜂へ丹波の山は老いにけり
紀の海は夜明けの色や注連作
山中に人ら漂よふ鴨の声
湯ざめごころ二神の生みし島灯る
木菟鳴いて闇うごきけり神の島
柿に色師の七回忌修しけり
雛の日の播州平野気球ゆく

〈雉〉
森　恒之「もりつねゆき」

恋猫の枯山水の垣潜る
石起こす鴉の嘴や春浅し
竹の子と呼ぶを憚る高さかな
身に入むや特攻帽の耳の穴
鵜は潜り鷹は雲間を渡りけり
ひとときの老のぶらんこ秋あかね
空つ風玉川上水旦那橋

〈夕凪〉
森野智恵子［もりのちえこ］

閑けさのなかの水音木の根明く
ひと鉢のおまけに貰ふ種袋
再びは若葉の頃と約しけり
ひと筋の海の道たり朱夏の月
痩身の秋刀魚がのぼる夕餉かな
マニキュアにつままれてをり赤海鼠
日晒しのひと住まぬ家花八手

〈玉藻〉
森　秀子［もりひでこ］

伝へたき言葉なりしが悴みて
春愁や雨の粒にも大と小
書き込みに赤き文字あり春の逝く
梅酒ちびちび人生案内読む
秋の蚊を打つて宿の灯ほの暗く
着てすぐに脱ぎたがる児や七五三
年忘れビルの隙間に富士を見て

〈やぶれ傘〉
森　美佐子［もりみさこ］

校庭の雲梯のわき糸瓜棚
春寒し免許更新講習所
バス停のそばにベンチやえごの花
梅雨あがる犬の散歩は六時から
踏み石に団子虫ゐる朝曇り
秋の暮向きかへきたるコンバイン
発熱の気怠き午後よつくつくし

〈閏・磁石〉
守屋明俊［もりやあきとし］

眼科医のくまなく覗く我が銀河
葬儀社へ木魚が帰る秋の暮
日の当たる裸木に来て神籤読む
母を背負ふかたくりの花歩むべし
負け犬と呼ぶがいいさと恋の猫
鷹化して鳩に鳩からサブレーに
尺取虫が引き返すので引き返す

〈運河・晨・鳳〉
森山久代［もりやまひさよ］

秘境とは斜めの暮し桐の花
宇宙への旅も現に翁の忌
一葉忌捨てねばならぬ物ばかり
泥のなきところ途切れて蜷の道
夏つばめ子に等分の母の愛
音といふもの残らざり日雷
手の寡黙手の饒舌も壬生狂言

〈予感〉
盛　凉皎［もりりょうこう］

一瞬の一景を射す夜の雷
聖五月けふの暁光けふの鳥
一木の一羽鳴きをり秋の空
亡き母を雪に重ねて雪明り
淋しさは捨てるほかなし冬木の芽
山鳩が鳴く一本の楓の芽
遠ちに富士近ちに一山春の山

〈鳰の子〉
師岡洋子［もろおかようこ］

水音のかろき夕べや水草生ふ
船小屋の壁に卯月の潮暦
魚拓とる和紙は美濃なり花うぐひ
花が花押し上げ桜咲きみつる
鞍馬山間近なる軒菖蒲葺く
染め直す母の着物や濃紫陽花
木々の枝のびのび岐れ土用入り

〈風土〉
門伝史会［もんでんふみえ］

色鳥や木立の中のレストラン
隣り合ふ一社と一寺木の実落つ
虫の音に夜の深さを計りをり
棒読みのごと日の過ぎて一葉忌
福寿草もつとも低き日を溜めて
花朧無声映画のごとき町
紅しだれ一人仰げばみなあふぐ

〈栞〉
八木下末黒［やぎしたすぐろ］

みるからにふくら雀となつてゐる
風生忌笑つてゐると梅ひらく
三月十日十一日と悼みけり
山住の焚火にあたる西行忌
遺されて雨の桜を歩くかな
朔太郎忌や麻服に海の風
桐の花一つを拾ひ逢ひにゆく

〈余白句会・かいぶつ句会〉
八木忠栄［やぎちゅうえい］

あやとりの橋が崩れて年の暮れ
雪やんで道はいつぽん父の葬
冬木立かぞへて行く道帰る道
不機嫌な顔してひとり温め酒
向春の土手にむらがる老婆たち
将門の首舞ふ関東梅雨晴れ間
舟出する祭り囃子に送られて

〈海原・棒〉
柳生正名［やぎゅうまさな］

菊膾ついばみに似て母の箸
茹だり浮くしらすにみな眼戦否《いな》
田を打てり眠りと同じ数覚めて
何者にもならず蛞蝓肉繰り出す
撃つ撃たるることのあはひに枇杷を剝く
玲瓏と撃ちてし指へ銀やんま
ずいと出て女踊りを扇ぎけり

〈鹿火屋〉
薬師寺彦介［やくしじひこすけ］

川風に五感の目覚め青き踏む
揚げ雲雀町を大事に四囲の山
初夏や野風親しき理髪あと
サングラス海を宥めて虚心の釣り
出来秋の吉兆ならし野鯉跳ぬ
神の留守岩は木を噛み水を堰く
蜜柑むく生まれ来るものあるやうに

〈層雲〉
安田十一［やすだといち］

連れ立って春愁の影法師
耳を澄まし野の饒舌を聴く春
花が出会いでベンチの両はし
汚れた記憶に白い花が眩しい
相も変わらぬ愚痴聞き流す秋の虫
月と連れ立ち既に荒野の大東京
やり残しがありそうな冬の風鈴

〈晨〉
安田徳子［やすだのりこ］

帽子屋の窓辺明るき二月かな
ここに来て廻りつづける花筏
ひとしきり落花のありて止みにけり
大樹より大樹に歩き夏近し
ほととぎす温泉玉子浸けてあり
上流にダムあるといふ船遊
夕涼し釣人に人寄り来たる

〈ひまわり〉
安富清子［やすとみきよこ］

夕稲架のほのかなほてり明日も晴
黙したる岩石どんと赤とんぼ
帰り道影が先き行く月夜かな
かなかなの響く森径すがし空
くじらめく二つの小島鰯雲
秋渦を丸く切り込む観覧船
渦の巻く鳴門海峡秋の潮

〈松の花・ホトトギス・玉藻〉
安原　葉［やすはらよう］

山寺を守る一生や天の川
ハンカチはいつも真白の老紳士
優勝といふ喜びも爽やかに
御快癒を信じ春待ちゐしも夢
旅路にも師の面影や春夕
微笑める汀子師の夢明易き
ましまさぬ師の邸庭は木下闇

〈ひたち野・森の座〉
矢須恵由［やすやすよし］

残雪の遠山からの風硬し
光りつつ吹かれつつ麦青みけり
ネモフィラも空も瑠璃色聖五月
常陸野のここにも凜と草の花
そばの花昔のままの山野かな
冬将軍いかめしく立つ大手門
売り主も赤き袢纏達磨市

〈玉藻〉
柳内恵子［やなうちけいこ］

円月橋抜けて春風柔らかし
惜春の上堂傘に満つ霊気
七月のそよ風頬にそんな昼
吊し柿甘さ育てる月日かな
見ればすぐ拾ひたくなる木の実かな
小春日を乗せて隅田の荷足船
谷中猫くもがくれして年惜しむ

〈玉藻・松の花〉
矢野玲奈［やのれいな］

梅雨空を蹴るや赤子の足の裏
焼芋を割つて金色あまい色
木犀や空の写真の葉書来る
実柘榴のざつくばらんに割れにけり
冬ざるるアンデルセンはパン屋さん
待春や子の腰掛けとなる私
春寒し慣らし保育の一時間

〈あだち野〉
矢作十志夫 ［やはぎとしお］

燕の巣添へて古民家売られをり
山門をくぐる露店のしやぼん玉
通信簿家族一巡サクランボ
浮輪ごと改札口を抜けにけり
打水や空を見上ぐる割烹着
禿頭の家系そろひて墓洗ふ
朝顔の折紙色に咲きにけり

〈漣〉
矢削みき子 ［やはぎみきこ］

はつまうで天神さんのやきまんぢゆう
にぎやかに落つる古刹の椿かな
遠足の先生の首よくまはる
雲の峰山気にあはす深呼吸
秋澄むや仏足石に雲の影
冬日向猫が潮水舐めにくる
霜の花火伏せの神へまうでけり

〈山茶花・ホトトギス・晨・夏潮〉
山内繭彦 ［やまうちまゆひこ］

新しき眼鏡あつらへ春隣
杉花粉払へば一人芝居めく
都草遠流の島の波止小さき
月白や大津皇子を祀る山
やごとなき方のお手植松手入
と言ふ間に湖北しぐれとなりにけり
冬の鹿濡るるがままに雨に坐す

〈耕〉
山川和代 ［やまかわかずよ］

青空をただ見詰めをり檻の鷹
水滴を拭く硝子戸の霜の朝
花弁の舞ひたつ茶屋の引戸かな
面かぶり暫し足踏み壬生念仏
今朝の雨牡丹宝珠の紅解く
仏桑華沖縄返還五十年
深川に面影のこす杉風忌

山岸明子［やまぎしあきこ］〈鴻〉

師と訪うてその師の墓に秋深む
冬うらら姉が弟に読む絵本
凍蝶の夢は青空飛ぶ夢か
ポストには旅のカタログ春隣
蝌蚪の尾の揺れて日差しのやはらかに
新樹光木馬よ空へ駈け上がれ
空蟬にいのちの気配のこりをり

山口昭男［やまぐちあきお］〈秋草〉

真白き土嚢置きある七五三
恋の猫きれいな庭に出てをりぬ
気持ちよき丸盆の塗つばくらめ
永き日の音して無人精米所
少年に離れて少女雨蛙
ザリガニの馬穴を鳴らす暑さかな
置いてある蠅叩へと蠅の来る

山口梅太郎［やまぐちうめたろう］〈天為・秀〉

上流へ鳥追ひやつて川普請
色溢れ商店街に師走来る
寺静か庭に寒九の水溢れ
ゆつくりと上るもありて花筏
残花また佳し海の日の強ければ
江戸前と呼ばれしところ卯浪立つ
朝の日の優し莢豌豆を摘む

山口佐喜子［やまぐちさきこ］〈清の會〉

額の花地球の病んで居る間にも
梅雨晴間四方に通す風の道
語り部のリモートとなり原爆忌
夜濯や労《いた》はるやうにおしやれ着を
みんみんの競演となり真昼時
元号を四つ生きたり月今宵
金木犀寺苑に香る師弟句碑

〈りいの・運河〉
山口素基［やまぐちそき］

山の字に山が連なる初明り
紙雛の初め三角なるひかり
菜の花を干物二枚と交換す
若竹の一本にして輝けり
蟬生る夢のはじめの色をして
芒折る月光界にひざまづき
鬼やらひ泣かれて鬼がなだめをり

〈鳴〉
山口ひろよ［やまぐちひろよ］

亀鳴くや三度目に合ふパスワード
同じ鳥おなじ木に啼きあたたかし
三輪車漕がねば止まる風車
海霧走るわれを攫うてくれないか
巌抱く木の根の剛気歯朶若葉
話さねば皺める声音秋さうび
鬱積の踏み砕きたる氷面鏡

〈風叙音《フュージョン》〉
山口律子［やまぐちりつこ］

来し方に想ひ巡らす墓参かな
運動会空を手もとへ引き寄せり
潮風に交じりて鵙の猛り声
正月や道それぞれに三姉妹
モノクロの写真の如き冬木立
花の雨幽玄の美の極致かな
新緑へ漕ぎ出す母の車椅子

〈香雨・朱雀〉
山越桂子［やまこしけいこ］

紅梅や賑はつてゐる陶器市
ひとひらを加へ整ふ花筏
連結の音に一揺れ麦の秋
切干にほのと日の色日の匂ひ
流水の白絹めける月下かな
片袖を濡らして戻る初時雨
沈むもの打ち重なりて冬の水

〈ときめきの会〉
山崎　明［やまざきあきら］

みどり児の眼に映る初御空
炎天下機関車の名は桃太郎
名店の薄座布団や泥鰌鍋
翁秘す土用蜆の採れどころ
木の実降る海の匂ひの埋め立て地
月食や月のうさぎも寒からむ
大年の落暉に染まる波頭

〈嘉祥〉
山崎邦子［やまざきくにこ］

立春や天守を回る鳥の群れ
これきりの夜とは知らず涅槃雪
三椏の花や母のゐぬ日常
落日の山はももいろ春惜しむ
飛石のつるんとまるし夏の雨
底紅や夫の指輪は箱の中
ひとりには広き夜空や虫の声

〈紫・豈〉
山崎十生［やまざきじゅっせい］

観潮に際し腹筋鍛へをり
噤むこと多し風船放つべし
力走を続けてゐたる泉かな
青嵐手持ち無沙汰もいいもんだ
秋風をデフォルメすれば羽である
雪吊の柔軟性が欲しかりき
掠り傷などは風花見せざりき

山崎房子［やまざきふさこ］

蓮の実の飛んで旗上げ弁財天
大根の味噌汁一味唐辛子
背の山は大臣山てふ初みくじ
戸袋へ朝の戸春の遠からじ
「太平を開かむと欲す」敗戦日
月育ちをり侵攻の続きをり
うつらうつら時に鬱々深む秋

〈鴻〉
山崎正子〔やまざきまさこ〕

まつさらな沖あり牡蠣を啜るとき
尺を越す棒鱈を干す蜑の小屋
みちのくの入江に春の来てゐたる
烏瓜の花転生は考へず
宵待草沖より舟の戻りくる
味噌蔵の味噌のつぶやく今朝の秋
沖を見る鹿の眼の澄む秋ぞ

〈郭公・枻〉
山崎満世〔やまざきみちよ〕

七彩は戦なきいろしやぼん玉
洛中や人なかを吹く花の風
少し老い少しはなやぎ桜かな
みづうみは太古の匂ひ更衣
妹の白髪美しき後の雛
どの尾根もしづかに伸びて冬桜
仮の世の鎮まるところ鏡餅

〈りいの・絵空〉
山崎祐子〔やまざきゆうこ〕

猫の尾の消え花屑の石畳
うすらひの朝や伝言は訃報
クレソンを摘む春氷こはしつつ
下萌はくすぐつたいか犬駆くる
震災犠牲者芳名百合の蕊赤し
濁点をときどき加へ水鶏鳴く
口元は笑ふ仏に風死せり

〈八千草〉
山下升子〔やましたしょうこ〕

風船に青空われに茹で玉子
ドーナツめく老いの会話やねこやなぎ
思慕ゆえか水減る宵の水中花
残暑を来て書展館内伽藍めく
雨上る京の町屋の釣忍
ひとりには惜しき月の出猫を呼ぶ
白砂利を正す古刹の秋の音

〈風叙音《フュージョン》〉
山下文菖［やましたぶんしょう］

天地の春の色より始まりぬ
横たへていまだ凜々しき桜鯛
夏の波光纏うて跳ねにけり
朝顔の藍高くして空染めぬ
垂れ初むる稲の穂波の重みかな
阿夫利嶺に秋雲ひとつ何を問ふ
旅半ば道半ばなり除夜の鐘

〈河内野〉
山下美典［やましたみのり］

これしきの寒さと言へず初戎
ついな鬼とてささやかな演技力
茎立は畑の生命力として
風の出て広がつていく花吹雪
若竹の勢ひ真青に透くばかり
白南風に徳川の威を張る天守
虫のリズム眠りのリズム合つて来し

〈磁石・花野〉
山田径子［やまだけいこ］

阿修羅見しわが身に鹿の殺到す
人類の試されてゐる咳と熱
雛の唇とほき戦火の朱の走り
海いちまいめくりしごとく五月かな
陽を返しひた行く列車草田男忌
孫弟子われら驟雨ののちに赦さるる
かなかなの声に洗はれ祈りけり

〈波〉
山田せつ子［やまだせつこ］

青空に両翼拡げ二日富士
指先を逃ぐる男雛の烏帽子紐
少女らの笑ひ止まらぬミモザの黄
視て読みて花眼を恃む梅雨籠
時が研ぐ奇巌の谷や霧晴るる
秋水の銀箔なせる糸の鮠
乳を噴く草のままごと小春かな

〈ときめきの会〉

山田孝志［やまだたかし］

白波と風車の唸り初日の出
利根川や春風造る銀の波
春雷や越後湯沢の露天風呂
花冷えや親父の様な恩師逝く
門前の蕎麦屋を覗く若葉風
紫陽花や記録尽くめの空模様
星祭り折り鶴飾る八万羽

〈波〉

山田貴世［やまだたかよ］

湖渡る鳥の鋭声やこつと冬
本尊のうしろ薄闇十二月
行く鴨を見送る鴨もおりにけり
たなごころ薄くれないの桜貝
誰も来ぬ島の抜け道猫の恋
誑かすように山路の黒揚羽
沈みゆく夕日とどめて花カンナ

〈燎〉

山田忠次［やまだちゅうじ］

電柵の奥に鹿鳴く春の暮れ
遠雷や桑摘む母は8ビート
竹皮の買値決めるや竿秤
牛遊ぶベルや清かに夏の露
手作りの機床の間に置く晩夏
一升餅背に乗せ匍匐秋日和
槍ヶ岳穂先で摑む秋の風

〈海原・木〉

山田哲夫［やまだてつお］

なお先へ一筋の道月冴ゆる
春昼やひとりたっぷりパンにジャム
逡巡や落花と共に済んだこと
胸にひとつ納めて無言春霞
目高散るむかしみんなとかくれんぼ
蒲公英や地上に絶え間なき戦火
樹下へ少女急に湧き立つ蟬時雨

〈稲〉
山田真砂年〔やまだまさとし〕

椋鳥の群ゆあんとゆれて日暮れけり
人類に十万年の薬喰ひ
郵便は歩いて配る島の春
合歓の木に風を待ちをる夏帽子
万緑を抜け出す坂を登りけり
白波の消ゆる間もなし釉子の忌
実桜や鳥の聞きなし二つ三つ

〈知音〉
山田まや〔やまだまや〕

卒寿なほ新弟子加へ初茶の湯
礼状の恋文めきて春の宵
女郎花活けて謡つて舞ひにけり
先師の句心に落葉踏みゆけり
刈られたる枯蓮ブッダの匂ひして
冬深し眠ることふと恐ろしく
茶の道に卒業はなし畳拭く

〈円虹・ホトトギス〉
山田佳乃〔やまだよしの〕

梟の何と語つてをりし夜半
ほんのりと目が合ひて初笑ひかな
風折れの小枝に蕾春浅し
佐保姫に何を着せむと花々は
古びたる虫の標本涅槃西風
皆帰りくれば一気に祭町
猫のゐる寄席の木戸口日の盛り

〈六花〉
山田六甲〔やまだろっこう〕

黒髪に銀のひとすぢ秋扇
棹急にくづれて雁の落ちにけり
鳥は背に羽根を背負へる祇王の忌
東向き西向き子規の顔涼し
秋そこに万年筆の吸取紙
雲漢に我らは住みて仰ぎけり
白息を吸うて白息吐きにけり

〈円座・晨〉
山中多美子［やまなかたみこ］

ゆるゆると鯉は深みへ春の雪
設計図なき舟づくり風光る
うすもののごとく波くる早苗月
涼しさのひとりの厨ひとりの灯
秋の蝶日向ひろげてゆきにけり
キリストのごとき影なり枯蟷螂
干魚のまなこの並び寒波来る

〈不退座〉
山中理恵［やまなかりえ］

海までの抜け道茅花流しかな
私より長生きならば金魚飼う
晩夏光橋を怖がる犬つれて
全灯の回送電車秋の暮
秋うらら池に雷魚が睦みあう
月赤し螺旋で登る駐車塔
足で描く地上絵秋の砂浜に

〈泉〉
山梨菊恵［やまなしきくえ］

鳥の名前花の名前や水温む
呼び合へる尾長のこゑの雨水かな
望郷の風出て雀隠れかな
笛一管鞄に春を惜しみけり
波郷忌の櫟林の香なりけり
枇杷の花夕べの雨戸繰りにけり
大歳の雀の参る百度石

〈鶴〉
山根真矢［やまねまや］

逆さまの螇蚸触覚から雫
冬草の香や蟷螂の卵嚢は
まだ餅と蓬それぞれ優しき香
桜湯を揺らせば風の明るさよ
一瞬で人観る小犬苗木市
卒業を明日にいつものメロンパン
春夕焼机と棚を置き換へて

〈百鳥〉
山本あかね [やまもとあかね]

酒蔵の太きうつばり小鳥来る
新涼やスティック糊を押し出して
キヨスクの弁当買うて大花野
秋立つやはたりはたりと象の耳
秋めけり胡座の膝に竹を編む
ぱちんと閉ずる眼鏡ケースや夜の秋
本籍は麻布狸穴芒穂に

〈海棠〉
山本一郎 [やまもといちろう]

新しき連載小説秋の朝
晩学といふ気安さやすいつちよん
着ぶくれて今朝の紙面を叱りをる
一斉に雀隠るる春隣
初音してせせらぎの音の改まる
蒲公英や土地に値段のある不思議
新緑のどの色となくよくはしやぐ

〈谺〉
山本一歩 [やまもといっぽ]

月を待つこころ西行忌とあれば
気がつけばみんな年寄り田水沸く
悪口が聞こえてゐたる籠枕
飛ぶといふ力誇らず川蜻蛉
自転車に乗つて町まで豊の秋
花野なり畑へ辿り着くまでの
女正月部屋の出入りを禁じられ

〈谺〉
山本一葉 [やまもとかずは]

抓まるるままに仔猫のぶらさがる
啓蟄のエスカレーター止まつてをり
われ退るひきがへる近づいて来る
足裏はなんと無防備大昼寝
冷房が効いて地球儀よくまはる
バスが来るのんびりと来る稲の花
眠らせるための絵本やクリスマス

〈艸〉
山本　潔［やまもときよし］

嚙み切れぬ鰑のやうな去年今年
武蔵野の朝の光の枯尾花
平穏と書けば平穏初日記
はうれん草色のカーテン開けて春
縁側に亡母ひとりの菊根分
濡れたくて雨に出て行く桜桃忌
失せ物の出てくるごとく守宮かな

〈ひたち野〉
山本慶子［やまもとけいこ］

あの日より十一年や崖の梅
山頂に小さき祠雲の峰
公園の裸婦像光る緑雨かな
渓流の音の設へ夏座敷
宇宙一青き地球や泉湧く
野良猫と思へぬ器量木下闇
通草棚潜りて絵本美術館

〈八千草〉
山元志津香［やまもとしづか］

明日仰ぐ弥生米寿の杖いっぽん
蟬の殻わが蔵書印見当たらず
レモンスカッシュ辻褄合はぬことごくり
医の神に役立ちたしと鳥兜
億年暦のごきぶりとかや打つ御免
加齢々々と惚けてなるか鵙の贄
しあわせの国見当たらず裂く干鱈

〈帯〉
山本　菫［やまもとすみれ］

花種や月に乾きし海いくつ
蝌蚪よりも影生き生きと水の底
ときに鳥おほむね虚空朴の花
予告なく揚がる花火の投網めく
単純を愛す野の風ゑのこ草
無花果を吾より若き父に捥ぐ
冬の蝶石碑に文字の永らへて

〈今日の花〉
山本輝世［やまもとてるよ］

山鳩のまた鳴いてをり朝曇
磯晴れてセイタカシギの歩の優美
暮の秋一夜に沈む山の色
帰り花この頃会はぬ人いかに
園児らの声ふところに山眠る
教へ合ふスマホの操作女正月
桐箱の父の字褪せぬ雛飾る

〈やぶれ傘〉
山本久枝［やまもとひさえ］

滝音に人ごゑ呑まれ消えにけり
かげろふの中に猫ゐる駐車場
道端の草葉に残る暑さかな
星少し光りて都会夜の秋
雨きざす二百十日の空模様
鬼やんま水あるところ低く飛ぶ
コロナ禍に自粛の暮し蒲団干す

〈若葉〉
山本ふぢな［やまもとふぢな］

行つた切り戻らぬ木霊春の山
喚鐘の大きく小さく春深む
和蠟燭の火影の長き利休の忌
若人の手足すんなり伸びて初夏
ピン光る蝶の標本走り梅雨
聞香の指の白さや初時雨
聖樹なく聖菓なくただ空に星

〈鴻〉
祐　森司［ゆうしんじ］

木道の空のジグザグ太宰の忌
昼寝覚めふと真空の身の回り
鰯雲少し重たきふくらはぎ
壇上に表彰さるる火恋し
寂聴の恋の顚末ぼたん鍋
煮凝に箸きらぎらと昨夜の色
鳥雲に体温計のぴぴぴぴと

〈汀〉
湯口昌彦〔ゆぐちまさひこ〕

雀らの庭に明るき屠蘇祝
初蝶を生み一山の愁ひ消ゆ
朝月の確かな薄さ更衣
軽暖の灯を消してより風の家
涼しさの通り過ぎたるロダンの手
針箱とありしははの座十三夜
鴨のこゑ聞きたるほかは雨の音

〈やぶれ傘〉
湯本正友〔ゆもとまさとも〕

杉玉を提げる酒蔵梅の花
枝垂梅花俯むいて中に蜂
花屑を一面に敷く散策路
満水の田植ゑ済ませし棚田かな
太鼓橋足元深く谷若葉
秋の蟬あみに触れるや飛び去りて
白樺に処暑の日差しの射し込んで

〈泉〉
陽　美保子〔ようみほこ〕

亡き人と語る北窓塞ぎけり
忙中有閑にほどりが声あげて
我が風呂にこぞりて遊べ柚子童子
動き止みたる日の暮の蟬氷
降る雪に波の飛びつく噴火湾
雪解の楡にはじまる峠神
旧交の淡交の夏料理かな

〈鴻〉
横井　遥〔よこいはるか〕

水着の子けんけんで抜く耳の水
澄む秋の象舎の上をモノレール
畑へ行く勝手踏切渡り秋
陰膳に熱燗の湯気立たせけり
諦むることのひとつに土筆摘み
鳥引くや日々壊れゆくウクライナ
人見知りする子との距離柏餅

〈黐の木〉
横内郁美子［よこうちゆみこ］

吾亦紅こころ充して山下る
退院して寒さ嬉しき家の朝
梅の坂杖を忘れて下りけり
啓蟄の友の便りに力湧く
古稀過ぎて再就職の四月とや
久闊の身の上話チューリップ
茄子漬を肴に老女嬉々として

〈四季の会〉
横川　端［よこかわただし］

黙々と耐え忍び居る冬の松
見納めし如何にや鎌倉冬牡丹
籠り居て花の始終を見届けり
山手線降りれば不意の蟬しぐれ
亡き友と共に訪ねし風の盆
かの店の鯛焼きもらふ温きまま
憂き年の日記を締めて除夜の鐘

〈八千草〉
横川はっこう［よこかわはっこう］

遅れまじ転けまじ半里の雪の道
端座せる猛子松陰梅香る
梅雨の波止へミングウェイと云ふ酒場
白南風やアンクルトリスは赤いシャツ
遠祖の地砺波庄川夜釣の灯
涼しさや長押に小槍・小薙刀
吾が畑は砦跡とや鵙日和

〈今日の花〉
横田澄江［よこたすみえ］

灯台の螺旋階段秋高し
白妙の気比の砂浜片しぐれ
お菊井戸底ひに潜む寒さかな
改めて鎌倉探訪松の内
巫女ふたり神の庭掃く梅日和
夏めくや裏江の島の忘れ潮
葛咲くや追分に古る道しるべ

横田裕子［よこたゆうこ］〈晨〉

ひとつ灯の下に皆ゐる良夜かな
遠くから木挽の音や紅葉山
人の輪の足元に来て冬の蝶
夕暮れの桜の下のポストまで
舟つけて風の中なる落花かな
卯の花や山雨ここまでおりて来し
神域といふ涼しさのなかにゐて

横山遊邦子［よこやまゆうほうし］〈草の花〉

ふる里の浦は弓なり盆の月
鈴虫を飼うて野原に寝るごとし
父祖の地の闇の深さや虎落笛
沈みたる竹瓮に利根の水暮るる
木を挽いて鋸の歯くもる養花天
咲き満ちてゆるき傾りの桃畑
万緑に立ちて草木供養塔

好井由江［よしいよしえ］〈棒・不退座〉

咲き満ちてふっとつめたい桜の木
あとかたもない囀と水たまり
夕日より先に暮れたる凌霄花
バスを待つ先頭にいてほととぎす
すぐそこと言うが八方つくつくし
五郎助の声よおでんが煮ぶくれて
鯛焼を半分にして明日は雨か

吉澤久美子［よしざわくみこ］〈りいの〉

秋蝶の離れず路地の水たまり
宵闇や夜間飛行の灯は西へ
紙飛行機すぐに墜落草紅葉
今年米水光るまで研ぎにけり
引越の荷を積み上げて蜆汁
缶振ればジェリービーンズ若葉風
風船虫牛乳瓶に飼ひし日も

〈炎環・豆の木〉

吉田悦花［よしだえつか］

逢ひたきとき冬たんぽぽの絮吹くよ
地の塩となりたる櫻ふぶきかな
夏みかん心の左側にきみ
秋風や吹割の滝駐在所
目黒不動ここほれわんわん冬櫻
春の夜キッチンに踏む黄の輪ゴム
ひとづまとならずゐんどう豆の艶

〈ろんど〉

吉田克美［よしだかつみ］

灰汁抜きや一手間嬉し夏蕨
星座組む谷戸偶々の岩煙草
夏鶯正調度忘れ谷戸の空
十二段涼しき六歩朝刊来
朗朗と声明の寂蓮の花
行く春や土産自慢の姉逝けり
七夕竹伐る思い出の秘密基地

〈たかんな〉

吉田千嘉子［よしだちかこ］

身の内の澱を晒さむ寒月光
立春の日差しや鉢の向きを変へ
楼門の古色をくぐる遅日かな
口笛はかつての唱歌野に遊ぶ
散る桜まづ青空を舞うてより
裸子のまあるき尻の蒙古斑
貝塚に混じる獣骨雁渡し

〈阿吽〉

吉田哲二［よしだてつじ］

きぬかつぎ我が指存外可愛らし
水洟を拭ひつけては父子寧し
名残惜しくてなで回す雪だるま
浅春や触るれば堅き幹の肌
丹田を湯に沈まする彼岸過
投げ捨ててまた草笛を摘みてゆく
雨蛙向きたる方へ跳ばぬなり

〈春野〉
吉田美佐子〔よしだみさこ〕

冬うらら波音だけの九十九里
神苑の日向日影に春惜しむ
ポケットに秘めてゐるのは雨蛙
盆舟を送りし水の暗さかな
秋晴やトラックに満載の豚
夕風の出て空蟬を歩ましむ
姥捨の山より暮れて星月夜

〈漣〉
吉田みゆき〔よしだみゆき〕

よよと泣く醜女の面や月おぼろ
炎熱をしづかに動く庭師かな
いつまでも咲く寂しさや水中花
扇置く今は昔のその話
亡き人へ秋明菊の白を挿す
みせばやの錆色に咲き尽くしたる
たましひの目減りをしたる湯冷めかな

〈祖谷〉
吉田有子〔よしだゆうこ〕

建国の日や城山に登りたる
野遊を終へて小石に躓きぬ
大あくびして亀鳴くを聞きもらし
一花あぐ泰山木に晴つづく
新婚の旅のみやげといふメロン
一本の木道見ゆるほかは霧
冬に入る観音堂に木々の影

〈やぶれ傘〉
吉田幸恵〔よしだゆきえ〕

寒き朝靴音ひびくコンコース
大寒やジオラマの世は今真夏
夕暮れの空まだ青く土筆のぶ
ふつふつとご飯のたける日借時
猫じやらしペットボトルに挿してみる
那須岳の裾より暮れて月見草
足裏に床の湿りや半夏生

〈栞〉
吉田幸敏［よしだゆきとし］

冬尽くやクレヨン匂ふ鬼の面
百合の木の花咲いてゐる鳴つてゐる
武陵桃源こんなにも亀鳴いて
虻若し吾への誰何のなかなかに
囀の始まる森を私す
戻り来し弓手の鷹を甘えさす
十二月八日背後に閉まるドア

〈知音〉
吉田林檎［よしだりんご］

サンタクロースにも検温の電子音
一同の立ち上がりたる御慶かな
言ひ訳にしはぶき咳に言ひ訳す
月山の風鬣に厩出し
赤錆の砂のこぼるる日永かな
青眼の構へ崩さず捕虫網
網戸越し我も叱られゐるごとし

〈汀〉
吉田黎子［よしだれいこ］

空の青寄せて薄氷海に入る
くれなづむ帰雁の空の影細《くわ》し
野を焼けば地より暮色の湧きにけり
遠雷や籬に乾く磯草履
宵闇の沖待船の灯かな
またたかぬ蟷螂の瞳や風の中
深秋の風を追ひゆく測量士

〈万象・りいの〉
吉中愛子［よしなかあいこ］

炎上の火のひと色の寒夜かな
地虫出づお地蔵さんのお引つ越し
蝦蟇鳴くや古寺の扁額木に還り
二筋の白線まぶし青嶺富士
持ち替ふることをためらひ桃剝けり
白雲の調べ良き波望の月
この辺り静かに歩め敗戦忌

〈円虹・ホトトギス〉
吉村玲子［よしむられいこ］

新しき牛舎を置きて草萌ゆる
鶯や山の潤ひ始めたる
育ちゆく色覗きたく袋掛
父の日に貰ひし帽子褪するまで
海神の胸に飛び込み流れ星
海光を巻き込み消ゆる鷹柱
冬薔薇の風に耐へゐる香りかな

〈磁石〉
依田善朗［よだぜんろう］

人の息ほどの風吹き女郎花
稲架の棒肩にしなりてぐんと伸ぶ
光りつつ粒が礫に大鷲に
沈黙が梯子を上り雪卸す
書くうちに出てくるインクヒヤシンス
山霞む瓦屋根減り雀減り
水中花赤子吐く息声となる

〈むしめがね〉
四ッ谷　龍［よつやりゅう］

電線がゆんゆんと鳴り葱育つ
枯芝に坐せば両脚無限に伸び
定食屋出れば光が塵なす冬
実も茎も同色となり枯るる草
おずおずと声が電話に載りて冬
強張った顔の出ている春の家
トンネルを抜け単色の町が来る

〈雪解〉
余田はるみ［よでんはるみ］

榾となる櫟の芽吹したたかに
古民家のカフェ代々の雛飾る
青鷺の漁りの首しなやかに
高原のリフトにかかる夏の月
神苑の朝日にひらく白蓮
座禅堂少し離れて法師蟬
沼杉の錆冬天に炎上す

〈秋・昴〉
米山光郎［よねやまみつろう］

石鹸玉割れて母亡き日曜日
黒坂に老の字太く四月馬鹿
八束の忌手水舎場に水あふれをり
八束の忌げんのしようこの花さがす
びんぼうとひらがなでかくくさしらみ
大根を間引きて妻の長ばなし
鰯雲ポストを開ける郵便夫

〈鴻〉
良知悦郎［らちえつろう］

迎火のひとつは胸の奥に焚く
講中の下る月山黄萱咲く
水の皺伸ばしきれずに薄氷
姨捨のスイッチバック山笑ふ
陽炎を出で来し人とすれ違ふ
万緑や昼のチャペルの閑散と
かつを丼食べて銚子の夏惜しむ

〈栞〉
若槻妙子［わかつきたえこ］

遠富士を望む丘辺の草青む
晩年のあれこれ脆し風知草
露草の色しみじみと逢ひたき人
風の音木の実降る音わが足音
数珠玉を繋ぎ少女の日をつなぐ
手袋の五指に握手の名残りかな
冬の月波の音より立ち昇る

〈杉俳句塾〉
脇村禎徳［わきむらていとく］

鳶鴉相搏ち分る初御空
胸《めくば》せに妻が微笑す鶺鴒
初蝶や卍巴《まんじともゑ》と縺れをり
手を挙げて友来るごとし山笑ふ
六月の竹の大きく撓みをり
あをあをと盆の精霊蜈蚣かな
特急の置き去る駅の秋桜

脇村　碧［わきむらみどり］

校舎から駆けてくる子等チューリップ
テレビから手拍子胡瓜切っており
閉じている酒屋に開く鉄砲百合
つま先で動かしており蠅取蜘蛛
伸びきった蔓が奏でる秋の風
息絶えし蟷螂を置く草の中
そっと持つ陶器の花瓶冬用意

〈甘藍〉
渡井恵子［わたいしげこ］

採血の指先冬の忍び寄る
炬燵して後生楽をば決めこまん
鵜呑みにはできぬ話も春の風
青空へ馬刀貝もぞと汐を吹く
苗障子水かげろふに少し開け
目残しのその目残しの蕨採り
炎帝や視野の限りに島ひとつ

〈諷詠〉
和田華凜［わだかりん］

道ならぬ道も道なり近松忌
死は生の真逆にあらず花は葉に
春蘭や新刊の書に金の帯
宇陀の野に籠もて行かむ薬の日
胎内に心音抱き月涼し
夕といふ別れの時間花木槿
湯浴みして月の女人となりにけり

〈道〉
渡部彩風［わたなべさいふう］

大海へ濁り一筋雪解川
オホーツクの稚貝放流夏はじめ
大雪山を映す代田の大鏡
夕風に牡丹の海大うねり
人類の愚かな禍根原爆忌
ハロウィンの児が押す祖母の車椅子
開拓の地蔵百体鳥渡る

〈六分儀・大阪俳句史研究会〉
わたなべじゅんこ［わたなべじゅんこ］

断線のはじまる玄夜木の実降る
ふしだらな踵であります冬日向
日はながし色紙を書きに教室へ
冴返る白磁の壺の縁欠けて
春野菜天麩羅無双のおひるごはん
ぶらんこに親ワニ子ワニベビーワニ
豆柴の小さな怒り薬雨

〈小熊座〉
渡辺誠一郎［わたなべせいいちろう］

臍の緒は闇に縮まり春の家
ゼレンスキーもプーチンも来よ春炬燵
毛虫百匹戦乱やまぬ今日の朝
阿武隈の山重くして蟇
姉亡くも空青くして冬すみれ
我いつか鯨を追って呆けたし
大地へと鱄を走らす鏡餅

〈やぶれ傘〉
渡邉孝彦［わたなべたかひこ］

夕方の波が岩場に浜おもと
石仏が石屋の前に秋の蝶
秋楡の樹皮の斑や小鳥来る
種茄子が埃に塗れ畝隅に
比叡より湖を見てゐる淑気かな
梅雨晴の路に飛ぶ影見れば鳩
赤四手の木立に雨後の蟬時雨

〈若竹〉
渡邊たけし［わたなべたけし］

潮待ちの雁木に憩ふ秋燕
大きめな鏡花の褞袍父をふと
黄水仙運河の町の修道院
水路ゆくとろき艪の音よし雀
のどけしや笛師の音取り嘵嘵と
俵屋の水飴冷やし暑気払ひ
卯波寄す九鬼水軍の五輪塔

〈燎〉
渡部悌子［わたなべていこ］

悲しみはいつかは消ゆる去年今年
ゆるゆると包丁を研ぐ小春かな
みどり児の双手五月の風つかむ
ふと消えて消えぬものあり秋の雲
唖蟬の聞いて居りたる蟬時雨
百年を立ち話して冬木立
母の香を今も縦縞ちやんちやんこ

〈風叙音《フュージョン》〉
渡辺眞希［わたなべまき］

人知れぬ谿の暮れゆく冬桜
遠山の陽光浴びて春動く
恙無く一日終はりて花月夜
やはらかき薄紙の如白菖蒲
紫陽花や些些たることを忘れをり
混迷の世相を凌ぐ蓮咲けり
散り際にひそと風待つ凌霄花

〈花鳥〉
渡辺光子［わたなべみつこ］

桃の花古壺に挿して女系かな
遺影みな切れ長の目の晩夏かな
巨人かもしれぬ鳥居へ小鳥来る
秋声のひしめきを鎖す御所の門
闇凍てて薬師如来の細く立つ
捧げたる火の香が指に寒詣
火の匂ひ髪に移れり女正月

〈風の道〉
渡邉美奈子［わたなべみなこ］

青葉冷歯科医の容赦なき研磨
万緑や野良着の下の岩田帯
告白と知らず草笛聞いてをり
更衣終へてきのふを遠くにす
盲信の火蛾の捨身や夜もすがら
滴れりその一瞬を永遠を
町沈みゆく夕焼の跨線橋

〈風土〉
渡辺やや［わたなべやや］

きゆつきゆつと靴を鳴らして浴衣の児
露草の地を這ふ茎の猛々し
歳の市客も売り子も膝ついて
お年玉見上ぐる丈の子に授く
交番も町屋造りや吊し雛
百千鳥布袋の耳の大きこと
カステラのざらめの湿り七変化

〈藍〉
綿貫伸子［わたぬきのぶこ］

黙契のあるごと野梅曇天に
その中に闇雪柳咲き満ちて
あるべくして在る眺望の青比叡
緑陰に日の斑本にはあそび紙
満月のわが家の上にある深夜
枯れてゆく野へ午後の日の遍かり
冬の川見てるわたしを見る私

〈南柯〉
和田　桃［わだもも］

病葉を活けて山居の上がり口
母の忌の母の姉来て盆用意
乳満たす乳房や牛の秋湿り
島陰に兵学校の春嵐
春怒濤いのちの電話ある此岸
指先の麗し壬生の狂言師
春宵やまばたき深き聞き上手

〈湾〉
和田洋文［わだようぶん］

菜の花に囲まれてゐて一人かな
馬健やか暮春の砂の蹄跡
谺して瀬を五線譜に河鹿笛
垂直に滝紆余曲折の瀬音かな
頬杖のわれ出目金は水の中
新涼や風鐸ふたつ音違へ
天麩羅は揚げ立て耳にクリスマス

〈郭公〉
度会さち子［わたらいさちこ］

白鳥の眠る百羽に星ひとつ
水仙や光まみれの鳥のこゑ
今朝春の匂ひと思ふ雨の音
日をゆらし山脈ゆらし鳥帰る
蕉翁の杖亀鳴くか鳴かせむか
ポタージュの匙にときどき青伊吹
はうらつに奔る輪中の曼殊沙華

編集後記

●2022年は2回しか釣りにいけませんでした。4月には徳島・高知と釣り歩き、仁淀川のワンドではいい釣りができ、さらに支流の破介川でも面白い釣りができました。
6月は岡山県の旭川にいき、中流のあたりですべて40㎝以上というヘラブナの心地よい引きを味わったものです。

その岡山の釣りを終えたあとは鳥取県へ出て、まずは山中鹿之介の墓を見にいき、そのあとはひたすら海沿いを走って小浜市の古いホテルに泊まりました。そのすぐそばの飲み屋にいくと、地元の漁師らしき男たちが集まっていて、どこか懐かしいムードにひたれたものです。ことしも4月には出かけるつもりでいますが、どうなることやら。（の）

●とにもかくにも、新年を迎えることができた、という思いが殊に強い年頭だった。世の中の大きなうねり。自身の歳回りの危うさ。かつては〝新人類〟と呼ばれた世代に属するのだが、一歳年上の知り合いに会うと、勤め人の彼と、「六十五歳になる頃には、七十まで仕事してね、と言われるね」と、定年延長ができやすいことを目出度いとは思いつつ、苦笑まじりにのんびり話したりするのである。
先日郵便局で封筒を差し出すと、請求書在中の表書きを見た局員から「翌日配達はなくなりましたが、普通郵便で大丈夫ですか」と、妙に念を押されてしまった。何か「うっかり者」と見透かされたようでもあり、実際急いでいたのでギクリともしたのである。（土）

●足の筋肉が衰えたかどうかのチェック。まず、椅子に腰掛けて背筋を伸ばし、腕を胸の辺りで組む。片方の膝を直角に曲げて足はゆかに着ける。もう片方の足は真っ直ぐ前に伸ばす。そして、立つ。そんなこと、オチャノコサイサイで、簡単に出来るはず。が、いざ、立ち上がろうとすると、体はまるで石のよう。びくりとも動きません。腕を解いて弾みをつけて何とか、ググッと立ち上がることができました。何かの間違い？　いや、これが、悲しい現実。
「老いは足から」と聞いたことがあります。新しく体力をつけないまでも、いまの体力はできるだけ維持したいものです。それには、どうするか。よく歩くこと。わかってはいるのですが・・。（き）

ウエップ俳句年鑑
2023年版
2023年1月30日発売　定価：3000円（税込）

発行・編集人　大崎紀夫
編集スタッフ　森口徹生　土田由佳
菊地喜美枝
デザイン・制作　(株)サンセイ

発行　(株) ウエップ
〒160-0022　東京都新宿区新宿1-24-1
藤和ハイタウン新宿909
Tel 03-5368-1870　Fax 03-5368-1871
URL.http://homepage2.nifty.com/wep/
郵便為替00140-7-544128

印刷　モリモト印刷株式会社

俳人名簿

【凡例】氏名、所属先、郵便番号、住所、電話番号、FAX番号（電話番号と同じ場合は＊印）、メールアドレス、生年月日、出生地、句集・著書名の順に記載。

あ行

相川　健《鴻》〒270-1176我孫子市柴崎台1-16-19（☎04-7184-9386＊）昭19.12.1/山梨県生/『五風十雨』
相子智恵《澤》〒114-0034北区上十条5-37-4（☎03-3905-5540＊）昭51.2.25/長野県生/『呼応』
会田　繭《郭公》山梨県生
青木澄江《鬣TATEGAMI》〒399-4117駒ヶ根市赤穂16709-3/長野県生/『薔薇のジャム』『薔薇果』
青木千秋《羅ra》〒390-1701松本市梓川倭1445/長野県生/『泰山木』
青木ひろ子《門》〒340-0002草加市青柳5-36-3（☎080-5388-3332 FAX048-935-2256）昭20.3.2/秋田県生
青島哲夫《青岬》〒214-0036川崎市多摩区南生田6-32-1（☎044-977-5083）静岡県生
青島　迪《不退座》昭20/大分県生
青谷小枝《やぶれ傘・棒》〒134-0085江戸川区南葛西3-19-4（☎03-3687-1082 FAX03-3687-1307/saeko@atelix.net）昭21.7.28/福井県生/『藍の華』
青山　丈《栞・棒》〒120-0026足立区千住旭町22-7（☎03-3881-3433 FAX03-3881-3194）昭5.6.18/東京都生/『象眼』『千住と云ふ所にて』
青山幸則《郭公》〒410-0303沼津市西椎路766-14（☎055-967-7124＊）昭24.5.30/山梨県生
赤石梨花《風土》〒244-0001横浜市戸塚区鳥が丘12-4-304（☎045-864-2492＊）昭8.2.25/愛知県生/『レクイエム』『望潮』
赤木和代《笹》〒522-0047彦根市日夏町2680-49（☎0749-25-3917＊）昭32.6.10/京都府生/『近江上布』
赤瀬川恵実《汀・りいの》〒189-0026東村山市多摩湖町4-32-16（☎042-398-5234＊）昭19.3.24/愛知県生/『今日はいい日』（共著）
赤瀬川至安《りいの》〒189-0026東村山市多摩湖町4-32-16（☎042-398-5234＊）昭17.12.18/大分県生/『今日はいい日』（共著）
赤塚一犀《代表 吾亦紅の会》〒186-0011国立市谷保7106-4（☎042-574-9455＊）昭10.11.10/東京都生/合同句集『吾亦紅』
秋澤夏斗《都市》〒195-0072町田市金井5-12-2（☎090-7711-0875/natsuo.akizawa@gmail.com）昭19.8.9/東京都生
秋山朔太郎《主宰 夏野》〒170-0004豊島区北大塚2-24-20-601（☎03-3367-2261 FAX03-6770-0056）昭17.6.1/東京都生/「俳人ならこれだけは覚えておきたい名句・山口青邨」（雑誌掲載）
秋山恬子《海棠》〒600-8388京都市下京区坊門町782-1-204（☎075-821-2058）昭16.6.20/岡山県生
秋山しのぶ《不退座・ろんど》〒167-0023杉並区上井草2-24-1/昭23.2.16/福島県生
秋山信行《やぶれ傘》〒336-0932さいたま市緑区中尾103-15（☎048-874-0555）昭20.5.14/埼玉県生
秋山百合子《家・円座・晨》〒464-0802名古屋市千種区星が丘元町14-60-201（☎052-783-3810＊）昭16.7.7/愛知県生/『朱泥』『花と種』『花音』
浅井民子《主宰 帆》〒186-0002国立市東4-16-17（☎042-577-0311＊/tamiko-asai@dream.jp）昭20.12.14/岐阜県生/『黎明』『四重奏』
浅田光代《風土》〒569-1041高槻市奈佐原2-13-12-704（☎072-696-0488＊）昭20.12.27/福岡県生/『みなみかぜ』
安里琉太《銀化・群青・滸》〒901-2101浦添市西原6-16-5エキミエールII 102号室/平6/沖縄県生/『式日』
浅沼千賀子《樹》昭32.2.21/東京都生
芦川まり《八千草》〒189-0011東村山市恩多町1-47-3（☎042-397-0883＊）昭17.10.24/山形県生
東　國人《ペガサス・青群・祭演・蛮》〒299-2521南房総市白子673-1（☎0470-46-2915 FAX0470-

46-3072/xbcfb800jp@yahoo.co.jp）昭35.4.3/千葉県生
東　祥子《閏》〒187-0025小平市津田町3-11-704（☎042-342-1368＊）昭12.4.20/神奈川県生
足立枝里《鴻》〒154-0014世田谷区新町2-2-16-602/昭41.10.1/東京都生/『春の雲』
足立和子《ろんど》〒257-0006秦野市北矢名1085-2（☎0463-76-4661＊）昭15.11.10/神奈川県生
足立幸信《香雨》兵庫県生/『一途』『狩行俳句の現代性』
安達みわ子《予感》昭35.10.28/島根県生
穴澤紘子《昴》〒207-0033東大和市芋窪6-1377-1（☎042-562-1472＊）昭17.10.30/満州生/『水底の花』
阿部鷹紀《羅ra》〒381-0043長野市吉田1-10-3-6（t-abe@shinmai.co.jp）昭45.6.19/東京都生
阿部　信《雛》〒222-0037横浜市港北区大倉山4-1-13-B505（☎045-545-9091＊/makotob5052002@yahoo.co.jp）昭26.5.7/北海道生
天野かおり《花鳥》〒810-0062福岡市中央区荒戸3-1-26（☎070-8933-0238）昭37
天野眞弓《今日の花》〒142-0064品川区旗の台2-13-10/昭10.3.9/山梨県生
天野美登里《やぶれ傘》〒856-0827大村市水主町2-986-2（☎080-5468-5840）昭27.1.13/長崎県生/『ぽつぺん』
新井秋沙《帯》〒350-1251日高市高麗本郷745（☎042-982-2817＊/akisa-470jk-@ezweb.ne.jp）昭25.4.16/長野県生/『巣箱』
荒井一代《鴻》〒440-0853豊橋市佐藤2-28-11（☎0532-63-9690＊）昭32.10.14/愛知県生
新井京子《ろんど》〒262-0012千葉市花見川区千種町330-26（☎043-250-8526）昭22.2.20/神奈川県生
荒井千佐代《沖・空》〒852-8065長崎市横尾3-28-16（☎095-856-5165＊）昭24.3.24/長崎県生/『跳ね橋』『系図』『祝婚歌』
新井洋子《艸》〒125-0061葛飾区亀有3-27-27（☎03-3601-4078）昭17.10.27/東京都生
荒川心星《鴻・松籟》〒472-0006知立市山町山83（☎0566-82-1627＊）昭6.10.19/愛知県生/『ふるさと』『花野』『旦夕』
荒川英之《伊吹嶺》〒475-0915半田市枝山町40-160/昭52.6.2/愛知県生
荒木　甫《鳴》〒277-0827柏市松葉町4-7-2-305（☎04-7133-7632＊/araki-h@nifty.com）昭12.5.6/京都府生/『遍舟』
荒巻信子《萌》昭18.8.6/静岡県生/『花あはせ』『蛍の記憶』『あの日この日』
有住洋子《発行人 白い部屋》（☎03-6416-8309＊）東京都生/『残像』『景色』『陸の東、月の西』
有本惠美子《ろんど》〒635-0831奈良県北葛城郡広陵町馬見北2-5-6（☎0745-55-2118＊）昭11.9.25/鳥取県生
有賀昌子《やぶれ傘》〒330-0044さいたま市浦和区瀬ケ崎1-37-2（☎048-886-7448）昭16.7.21/大阪府生/『余花あかり』
粟村勝美《獺祭》〒338-0832さいたま市桜区西堀1-17-19（☎048-861-9077 FAX048-838-7898/k-awa@pure2z.com）昭8.4.26/大阪府生/写真俳句集『ひねもす俳句』①②
安西　篤《代表 海原》〒185-0013国分寺市西恋ケ窪1-15-12（☎0423-21-7192＊/0414atsu@jcom.home.ne.jp）昭7.4.14/三重県生/『多摩蘭坂』『秋の道（タオ）』『素秋』、評論『秀句の条件』『金子兜太』『現代俳句の断想』
安藤久美子《やぶれ傘》〒124-0012葛飾区立石4-30-6（☎03-3691-1473）昭19/東京都生/『只管（ひたすら）』
安養寺美人《阿吽・香雨》〒359-0027所沢市松郷81-26（☎042-944-4147）昭8.11.3/北海道生/『月下』『二重虹』
飯川久子《鴻》〒004-0011札幌市厚別区もみじ台東2-3-2/昭12.3.28/北海道生/『珊瑚草』『真珠婚』
飯島ユキ《代表 羅ra》〒390-0815松本市深志3-8-2（☎0263-32-2206）東京都生/『一炷』『らいてうの姿ちひろの想い』『今朝の丘−平塚らいてうと俳句』
飯田冬眞《豈・編集長 磁石》〒179-0075練馬区高松5-18-4-303（☎090-9141-1378/toumaiida@gmail.com）昭41.11.14/北海道生/『時効』
飯塚勝子《濃美》〒465-0055名古屋市名東区勢子坊1-1127（☎052-701-9625＊）昭16.7.22/茨城県生
飯野深草《波》〒520-0865大津市南郷4-14-21（☎077-534-3958＊）昭18.2.25/奈良県生/『俳句の宙 2015』
飯野幸雄《代表 夕凪》〒734-0004広島市南区宇品神田1-5-25（☎082-251-5020＊）昭

15.5.24/広島県生/『原爆忌』、『戦後広島の文芸活動』(共著)

五十嵐秀彦《代表 itak・代表 アジール・藍生・雪華》〒062-0025札幌市豊平区月寒西5条10丁目1-7-104(☎090-6261-3438 FAX011-852-7014/hide.ig@nifty.com)昭31.3.12/北海道生/『無量』

井川水衛《ひたち野》〒310-0851水戸市千波町1338-3(☎029-241-2247)昭24.1.22/茨城県生/『思ひのまま』

藺草慶子《秀・星の木》

生島春江《ひまわり》〒770-8003徳島市津田本町3丁目1-73-203/昭21.11.14/徳島県生/『すきっぷ』

井口時男《豈・鬣TATEGAMI》〒214-0012川崎市多摩区中野島6-29-5-1305(☎080-6333-1542 FAX044-946-5057/hojo9m2@hotmail.co.jp)昭28.2.3/新潟県生/句集『天来の獨樂』『をどり字』『その前夜』、評論『金子兜太』

池田瑛子《小さな花》〒123-0842足立区栗原3-10-19-1001/昭17.1.2/長野県生/『初蝶』

池田和子《燎》〒176-0014練馬区豊玉南2-20-12-408(☎03-3557-6532)昭22.11.1/秋田県生

井桁君江《あゆみ》〒273-0851船橋市馬込町1194-16(☎047-438-5461＊)昭10.1.4/千葉県生

池田啓三《野火》〒272-0827市川市国府台4-7-52(☎047-371-6563＊)昭7.5.17/岡山県生/『玻璃の内』『自画』『蒙古斑』『春炬燵』『美点凝視』『自註池田啓三集』

池田澄子《豈・トイ》〒166-0015杉並区成田東4-19-15/昭11.3.25/神奈川県生/『たましいの話』『思ってます』『此処』他

池田友之《主宰 ぐる芽句会》〒104-0043中央区湊3-17-8-1107/昭13.9.19/東京都生/『惜春』『夏雲』

池田光子《風土》〒649-6217岩出市山田89-191(☎0736-79-3363＊)昭20.2.27/和歌山県生/『月の鏡』

井越芳子《副主宰 青山》〒354-0035富士見市ふじみ野西2-1-1 アイムふじみ野南一番館1104(☎049-266-3079＊)昭33.4.19/東京都生/『木の匙』『鳥の重さ』『雪降る音』『自註井越芳子集』

生駒大祐《共同発行人 ねじまわし》(seventhfox@gmail.com)昭62.6.4/三重県生/『水界園丁』

井坂 宏《風の道》〒203-0004東久留米市氷川台2-30-2/『深海魚』『白き街』

伊澤やすゑ《閏》

石井美智子《風土》〒018-1856秋田県南秋田郡五城目町富津内下山内字高田147-7(☎090-7320-6418/tomo55@ae.auone-net.jp)昭29.11.29/秋田県生/『峡の畑』

石垣真理子《鴻》

石 寒太《主宰 炎環》〒353-0006志木市館2-8-7-502(☎048-476-4505＊)昭18.9.23/静岡県生/『あるき神』『炎環』『翔』『風韻』他、『わがこころの加藤楸邨』他

石工冬青《河》〒933-0134高岡市太田4821(☎0766-44-8364)昭8.10.27/富山県生/『松太鼓』『東風』、『双髪』(合同句集)、富山県合同句集第1集〜第46集

石倉夏生《代表 地祷圏・響焰》〒328-0024栃木市樋ノ口町130-13(☎0282-23-8488＊)昭16.8.2/茨城県生

石﨑 薫《梓・杉》〒112-0006文京区小日向2-10-26-306(☎03-3945-4909＊/kaoru-music@mvb.biglobe.ne.jp)昭18.7.22/東京都生/『小日向』

石﨑宏子《百鳥》〒168-0081杉並区宮前2-13-22-113/昭14.8.20/東京都生/『水の旋律』『自註石﨑宏子集』

石嶌 岳《主宰 嘉祥》〒173-0004板橋区板橋1-50-13-1301/昭32.2.16/東京都生/『岳』『虎月』『嘉祥』『非時』

石田慶子《今日の花》〒900-0014那覇市松尾2-19-39-1102(☎098-864-0241 FAX098-864-0245)昭10.8.12/東京都生/『きびの花』『沖縄発の句文集 青き踏む』

石田蓉子《鴻》〒257-0003秦野市南矢名2-1-1(☎0463-78-1448)昭14.9.18/神奈川県生/『薩摩切子』

石地まゆみ《秋麗・磁石》〒195-0053町田市能ケ谷6-46-8(☎042-708-9136＊)昭34.6.4/東京都生/『赤き弓』

石塚一夫《ひたち野》〒300-1274つくば市上岩崎762(☎029-876-0465＊)茨城県生

伊集院兼久《海棠》〒594-1111和泉市光明台1-29-7(☎0725-56-7726)昭24.12.20/鹿児島県生

伊集院正子《海棠》〒594-1111和泉市光明台1-29-7(☎0725-56-7726)昭26.1.8/福岡県生

石渡道子《波》〒248-0027鎌倉市笛田2-22-7

(☎0467-32-1812*)昭11.12.4/東京都生
泉　一九《やぶれ傘》〒336-0041さいたま市南区広ヶ谷戸548(☎048-887-6069*/yuji19jiyu@gmail.com)昭21.6.1/埼玉県生/『住まいのかたち』
和泉すみ子《道》〒061-1125北広島市稲穂町東10-1-13(☎011-372-4984*)昭9.10.3/静岡県生/『氷晶』
磯　直道《主宰 くさくき》〒332-0023川口市飯塚4-4-7(☎048-251-3033*)昭11.2.26/東京都生/『東京の蛙』『初東風』『連句って何』
磯部　香《ろんど》〒262-0045千葉市花見川区作新台1-6-21(☎043-259-5775)昭29.10.9/東京都生
板垣　浩《燎》〒191-0012日野市日野1111-1 C-604(☎042-585-2314*)昭19.7.19/山形県生
市川浩実《汀》〒111-0035台東区西浅草3-28-17-1401(☎03-3845-5445*)昭36.1.30/東京都生
市村明代《馬酔木》〒593-8312堺市西区草部805-4(☎072-271-9278*)昭29.6.29/大阪府生
市村栄理《秋麗・むさし野》〒194-0041町田市玉川学園4-10-23竹重方(☎042-720-4213*)昭35.10.14/東京都生/『冬銀河』
市村健夫《馬酔木・晨》〒593-8312堺市西区草部805-4(☎072-271-9278*)昭29.8.12/大阪府生
市村和湖《汀》東京都生
井出野浩貴《知音》〒332-0017川口市栄町1-12-21-308/昭40.12.15/埼玉県生/『驢馬つれて』
伊藤亜紀《森の座・群星》〒343-0023越谷市東越谷6-32-18エピデンドルム107(☎048-966-8967*)昭29.7.5/栃木県生
伊藤麻美《泉》(popono3@outlook.jp)東京都生
伊藤一男《河》〒983-0021仙台市宮城野区田子2-42-14(☎022-258-1624 FAX022-258-4656)昭22.5.13/宮城県生
伊藤啓泉《鴻・胡桃》〒990-1122山形県西村山郡大江町大字小見215(☎0237-62-2012)昭11.8.15/山形県生/『舟唄』
伊藤左知子《ペガサス・縷縷》東京都生
伊東志づ江《あゆみ》山梨県生
伊藤　隆《鴻》〒497-0038愛知県海部郡蟹江町桜3-653(☎090-8959-6572/homeranian@gmail.com)昭49.2.14/愛知県生/『筆まかせ』
伊藤トキノ《香雨》〒249-0004逗子市沼間3-17-8(☎046-872-5087)昭11.3.3/岩手県生/『花蕊』他4冊、『自註伊藤トキノ集』、入門書『季語を生かす俳句の作り方』(共著)他
伊藤秀雄《雪解》〒910-3402福井市鮎川町95-3-2(☎0776-88-2411*)昭10.6.11/福井県生/『磯住み』『仏舞』『自註伊藤秀雄集』
伊藤政美《主宰 菜の花》〒510-0942四日市市東日野町198-1(☎059-321-1177*)昭15.9.3/三重県生/『雪の花束』『青時雨』『四郷村抄』『父の木』『天音』等9冊
伊藤　翠《稲》〒392-0131諏訪市湖南3321-1(☎0266-53-5052)昭9.3.3/長野県生/『里時雨』『桜しべ』『一握の風』
伊藤康江《萌》〒157-0066世田谷区成城9-30-12-505(☎03-3483-7479 FAX03-3483-7489/yasue@fa2.so-net.ne.jp)昭16.2.15/大阪府生/『花しるべ』『いつもの窓』『濤のこゑ』『結び柳』『自註伊藤康江集』
糸澤由布子《野火》〒308-0052筑西市菅谷1797(☎090-2318-0315 FAX0296-22-5851/kichiemo.5851@gmail.com)茨城県生
糸屋和恵《藍生》
稲井和子《ひまわり》〒770-0805徳島市下助任町2-18(☎088-626-2817*)昭8.12.24/徳島県生/『文字摺草』
稲垣清器《ときめきの会》〒293-0002富津市二間塚1806-4(☎0439-87-9188 FAX0439-88-0782)昭14.9.5/長野県生
稲田眸子《主宰 少年》〒341-0018三郷市早稲田7-27-3-201(☎090-3961-6558/boshi@peach.ocn.ne.jp)昭29.5.2/愛媛県生/『風の扉』『絆』
稲畑廣太郎《主宰 ホトトギス》〒152-0004目黒区鷹番1-14-9(☎03-3716-5714)昭32.5.20/兵庫県生/『玉箒』『閏』
井上京子《ひまわり》〒771-5204徳島県那賀郡那賀町中山字小延15-4/昭26.10.1/徳島県生
井上桂子《燎》
井上つぐみ《鴻》〒277-0831柏市根戸470-25-916(☎04-7133-5251*/rekoinoue@yahoo.co.jp)昭27.1.15/長崎県生
井上弘美《主宰 汀・泉》〒151-0073渋谷区笹塚2-41-6-1-405(☎03-3373-6635*)昭28.5.26/京都府生/『あをぞら』『汀』『顔見世』『夜須礼』『京都千年の歳事』『読む力』他
井上康明《主宰 郭公》〒400-0026甲府市塩部

4-9-9(☎055-251-6454*)昭27.5.31/山梨県生/『四方』『峡谷』
井上泰至《上智句会》〒153-0063目黒区目黒2-6-14-801(☎03-6417-0959*/yinoue@a011.broada.jp)昭36.3.31/京都府生/『正岡子規』『山本健吉』
伊能　洋《暦日》〒156-0043世田谷区松原4-11-18(☎03-3321-3058*)昭9.4.12/東京都生/『紫陽花の湖』
今泉かの子《若竹》名古屋市/愛知県生/『背なでて』
今泉千穂子《燎》〒190-0001立川市若葉町2-52-4(☎042-536-3236)昭23.9.25/佐賀県生
今井　豊《代表 いぶき・藍生》〒673-0881明石市天文町2-1-38(☎090-3827-2727)昭37.8.27/兵庫県生/『席捲』『逆鱗』『訣別』『草魂』
今瀬一博《対岸・沖》〒311-4311茨城県東茨城郡城里町増井1319-1(☎029-288-4368)茨城県生/『誤差』
今園由紀子《輪》東京都生
今富節子《貂》〒157-0071世田谷区千歳台6-16-7-313/昭20.5.20/富山県生/『多福』『目盛』
今村潤子《主宰 火神》〒862-0971熊本市中央区大江6-1-60-206(☎096-362-0267*)昭15.5.29/熊本県生/『子別峠』『秋落暉』『中村汀女の世界』
今村たかし《会長 練馬区俳句連盟・杉》〒177-0041練馬区石神井町3-27-6(☎03-3996-1273/imataka@dream.com)昭15.2.14/『百会』『遊神』
伊予田由美子《夏爐・椎の実》昭24.3.10/高知県生/『仮の橋』『彩雲』
入江鉄人《春月》〒134-0084江戸川区東葛西9-8-15(☎03-3689-4292*/hitonihaehae@yahoo.co.jp)昭25.1.5/長崎県生/『おんぶばつた』
入河　大《りいの》〒273-0002船橋市東船橋4-35-3イーストワンビル906号(☎047-422-9967)
入野ゆき江《予感》〒190-0032立川市上砂町3-6-14/昭10.7/東京都生/『清流』
入部美樹《青山》〒247-0006横浜市栄区笠間2-10-3-210(☎045-893-5730*)昭33.3.25/広島県生/『花種』
岩崎可代子《鳰の子》〒651-1212神戸市北区筑紫が丘7丁目12-32(☎078-581-1812*)昭18.11.24/静岡県生
岩佐　梢《鴻》〒271-0097松戸市栗山519-3(☎047-364-9866*)昭19.11.19/千葉県生
岩田公次《主宰 祖谷》〒773-0010小松島市日開野町字行地1-17(☎0885-32-4345*)昭19.6.7/徳島県生
岩田由美《藍生・秀》〒221-0854横浜市神奈川区三ツ沢南町5-12(☎045-323-3319*)昭36.11.28/岡山県生/『春望』『夏安』『花束』『雲なつかし』
岩出くに男《鳰の子》〒569-1031高槻市松が丘2-3-17(☎072-687-0552*)昭14.10.6/兵庫県生/『晏』
岩永佐保《鷹》〒252-0303相模原市南区相模大野1-16-1(☎042-744-6775*)昭16.6.6/福岡県生/『海響』『丹青』『迦音』『自註岩永佐保集』
岩永はるみ《春燈》〒389-0111長野県北佐久郡軽井沢町三井の森1102(☎090-1055-0081/iwanagaharumi3@gmail.com)東京都生/『白雨』『追伸』、合同句集『明日』
岩本芳子《多磨》〒632-0052天理市柳本町1065(☎0743-66-1204*)昭13.5.1/奈良県生
植竹春子《泉》〒213-0032川崎市高津区久地4-4-23(☎044-822-1955*)昭22.4.30/山梨県生/『蘆の角』
上田　桜《陸》〒174-0046板橋区蓮根3-15-1-209(☎090-2249-6399 FAX03-3965-7841)昭25.4.14/福岡県生/共著『現代俳句精鋭選集13』『平成俳人大全集』
上田三味《門》〒362-0075上尾市柏座3-1-48パーク上尾1-302(☎048-772-1184)昭24.12.14/山口県生
上田日差子《主宰 ランブル》〒151-0053渋谷区代々木2-37-15-204都筑方(☎03-3378-9206*)昭36.9.23/静岡県生/『日差集』『忘南』『和音』
上野一孝《代表 梓》〒171-0042豊島区高松3-8-3(☎03-3530-3558 FAX03-5995-3976/azusa-iu@able.ocn.ne.jp)昭33.5.23/兵庫県生/『萬里』『李白』『迅速』『風の声を聴け』『森澄雄俳句熟考』『肉声のありかを求めて』『俳句の周辺』
上野洋子《燎》〒186-0013国立市青柳1-12-13/昭21.5.21/山梨県生
丑久保　勲《やぶれ傘》〒338-0013さいたま市中央区鈴谷9-4-19(☎048-853-3856*)昭14.2.5/栃木県生
臼井清春《栞》〒227-0033横浜市青葉区鴨志田町806-18(☎045-962-6569*/kiyoharu

2505@quartz.ocn.ne.jp）昭17.3.21/岐阜県生
碓井ちづるこ《家》〒458-0812名古屋市緑区神の倉3-99（☎052-876-9027＊/usuichi@k4.dion.ne.jp）昭14.1.1/大阪府生/『洋々会35年記念合同俳句集』
内原陽子《杉・夏爐》〒781-0015高知市薊野西町1-14-13（☎088-845-1829）昭2.11.19/東京都生/『雲井』
槍田良枝《稲》〒187-0003小平市花小金井南町2-9-32-1（☎042-462-3214＊）昭24.10.25/東京都生/『風の日』、『俳句で歩く江戸東京』（共著）
宇都宮敦子《鴫・貂・棒》〒336-0021さいたま市南区別所5-9-18/昭10.2.14/岩手県生/『錦玉羹』『琴弾鳥』
宇野恭子《汀》〒615-8225京都市西京区上桂森下町1-33（☎075-391-3780＊）『樹の花』
宇野理芳《雲取》〒114-0034北区上十条5-10-9（☎03-3909-2349＊）昭17.4.1/東京都生
梅枝あゆみ《煌星》昭39.4.13/三重県生
梅沢　弘《野火》〒344-0007春日部市小渕179-11（☎048-761-0283/ume.satoyama@gmail.com）昭31.8.31/埼玉県生『ふるさとの餅』
梅津大八《鴧》〒244-0816横浜市戸塚区上倉田町1803-5（☎045-861-4930/umetsudai8@gmail.com）昭24.1.2/青森県生/『富士見ゆる』『梅ひらく』
宇留田厚子《輪》新潟県生
江崎紀和子《櫟》〒791-0222東温市下林1646-2（☎089-964-8048）昭25/愛媛県生/『風の棚』『月の匂ひ』
衞藤能子《八千草》〒170-0003豊島区駒込3-4-2（☎090-3478-9018 FAX03-5394-0359）昭22.3.29/東京都生/『水の惑星』
江中真弓《「暖響」選者》〒180-0006武蔵野市中町1-11-16-607（☎0422-56-8025＊）昭16.7.11/埼玉県生/『雪径』『水中の桃』『武蔵野』『六根』、アンソロジー『俳句の杜4』
榎並律子《多磨》〒659-0021芦屋市春日町13-2-301（☎0797-23-2526＊）昭39.6.4/奈良県生
榎本　享《なんぢや》〒674-0074明石市魚住町清水1364（☎078-942-0527＊）昭14.8.3/兵庫県生/『明石』『おはやう』『守宮&燕の子』
海老澤愛之助《雨蛙》〒359-1132所沢市松が丘1-5-2（☎04-2922-0259＊/aij9607@yahoo.co.jp）昭17.12.8/東京都生
海老澤正博《帆》〒336-0911さいたま市緑区三室636-74（☎048-711-1776＊）昭20.9.22/東京都生
遠藤酔魚《あゆみ》〒274-0067船橋市大穴南1-11-23（☎047-462-0721＊/rs-endo@cotton.ocn.ne.jp）昭24.10.17/京都府生
遠藤千鶴羽《なんぢや》〒197-0004福生市南田園3-10-17（☎042-553-7661＊/chizuha0213@yahoo.co.jp）昭39.2.13/東京都生/『コウフクデスカ』『暁』『新現代俳句最前線』
遠藤正恵《濃美・家》〒465-0055名古屋市名東区勢子坊1-1109（☎052-703-9463 FAX052-908-9021）愛知県生/『野遊び』
遠藤由樹子《藍生》〒154-0024世田谷区三軒茶屋2-52-17-203（☎03-6450-8988＊）昭32.7.13/東京都生/『濾過』『寝息と梟』
尾池和夫《主宰　氷室》〒611-0002宇治市木幡御蔵山39-1098（☎0774-32-3898 FAX0774-33-4598/oike-kazuo@nifty.com）昭15.5.31/東京都生/『大地』『瓢鮎図』
尾池葉子《氷室》〒611-0002宇治市木幡御蔵山39-1098（☎0774-32-3898 FAX0774-33-4598/oike.yoko@mbi.nifty.com）昭16.1.25/高知県生/『ふくろふに』
近江文代《野火・猫街》〒146-0095大田区多摩川2-11-23（w_jinjiang@yahoo.co.jp）昭42.1.15/埼玉県生
大石香代子《鷹》〒173-0004板橋区板橋1-50-13-1301/昭30.3.31/東京都生/『雑華』『磊磊』『鳥風』ほか
大石雄鬼《陸》〒183-0054府中市幸町3-1-1-435/昭33.7.31/静岡県生/『だぶだぶの服』
大井恒行《豈》〒183-0052府中市新町2-9-40（☎042-319-9793＊）昭23.12.15/山口県生/『風の銀漢』『大井恒行句集』『教室でみんなと読みたい俳句88』など
大上朝美《鏡》昭28/福岡県生
大勝スミ子《八千草》〒171-0051豊島区長崎5-1-31-711（☎03-3955-6947＊）昭8.6.25/鹿児島県生/「あの調べ」（写真とつづる俳句集）、「旅日記と17音の裾野」（小冊子）
大木　舜《帆》〒184-0013小金井市前原町3-17-17（☎090-1403-2064）昭20.8.7
大窪雅子《夏爐》〒781-0304高知市春野町西分213-1（☎088-894-2299）昭17.12.8/高知県生
大崎紀夫《主宰　やぶれ傘・棒》〒335-0022戸

田市上戸田1-21-7(☎048-443-5881*)昭15.1.28/埼玉県生/『草いきれ』『釣り糸』『麦藁帽』他
大澤ゆきこ《燎》昭20.3.19/東京都生
大島英昭《やぶれ傘・棒》〒364-0002北本市宮内1-132(☎048-592-5041*/usagi-oshima@jcom.zaq.ne.jp)昭17.7.12/東京都生/『ゐのこづち』『花はこべ』
大島幸男《氷室》〒618-0012大阪府三島郡島本町高浜3-3-1-606(☎090-1244-1161/yukimachio@gmail.com)昭23.1.20/新潟県生/『現代俳句精鋭選集9』
太田うさぎ《街・なんぢや・豆の木》〒177-0051練馬区関町北3-43-3寺澤方(☎090-8086-5177/jwoufsf@gmail.com)昭38.1.31/『俳コレ』(共著)、『また明日』
大高霧海《主宰 風の道》〒150-0032渋谷区鶯谷町19-19(☎03-3461-7968 FAX03-3477-7021)昭9.2.6/広島県生/『水晶』『鵜飼』『白の矜持』『無言館』『菜の花の沖』『鶴の折紙』
大竹多可志《主宰 かびれ》〒116-0011荒川区西尾久8-30-1-1416(☎03-3819-1459*)昭23.6.23/茨城県生/『気流』『熱気球』『青い断層』『0秒』『水母の骨』『芭蕉の背中』『空空』『自註大竹多可志集』、エッセイ『自転車で行く「奥の細道」逆回り』『自転車で行く「野ざらし紀行」逆回り』
太田史彩《同人会長 圓》〒176-0021練馬区貫井3-20-6-306(☎03-3999-0424*/kiyomi-sisai.ohta-729@docomo.ne.jp)昭29.7.29/秋田県生
太田土男《代表 草笛・百鳥》〒214-0038川崎市多摩区生田3-5-15(☎044-922-7886*)昭12.8.22/神奈川県生/『草泊り』ほか、評論『季語深耕 田んぼの科学』
大谷のり子《野火》群馬県生/『豚の睫毛』
大塚阿澄《代表 俳句留楽舎》昭17.9/愛媛県生
大塚太夫《雲》〒184-0003小金井市緑町3-5-12グリーンタウン小金井11-106(☎042-332-6969*)昭27.12.28/秋田県生
大西　朋《鷹・晨》〒305-0041つくば市上広岡501-2(☎029-895-3732*/tomo@onishi-lab.jp)昭47.10.16/大阪府生/『片白草』
大西富紀子《葡萄棚》〒573-0047枚方市山之上1-10-5(☎072-843-2439*)昭27.1.1/兵庫県生
大沼つぎの《燎》〒206-0811稲城市押立543-3(☎042-377-4822)宮城県生
大野崇文《香雨》〒277-0005柏市柏4-11-3(☎04-7163-1382*)昭26.1.16/千葉県生/『桜炭』『酔夢譚』『遊月抄』
大橋一弘《雨月》〒565-0851吹田市千里山西5-8-1雨月発行所(☎06-6338-8431*)昭43.5.13/広島県生
大畑光弘《春月》〒332-0012川口市本町2-1-20-204(☎048-222-7358)昭20.1.1/島根県生/『雲海の島』
大林文鳥《夏爐・藍生》〒787-0023四万十市中村東町3-9-2/昭28.1.6/高知県生
大堀祐吉《菜の花》〒510-0834四日市市ときわ1-8-15(☎059-353-4849*)昭17.9.8/三重県生/『冬星座』
大曲富士夫《花苑》〒665-0024宝塚市逆瀬台5-2-5(☎0797-77-7041*)昭22.1.3/福岡県生/『俳句の杜 2021』、合同句集『いずみ』
大元祐子《主宰 星時計》〒252-0314相模原市南区南台5-2-7-204(☎042-744-2432*)昭31.10.25/東京都生/『人と生れて』
大矢武臣《帆》〒277-0074柏市今谷上町22-13第3ドリームコーポ105(☎04-7179-5930*)昭38.1.17/千葉県生
大矢知順子《都市》〒243-0037厚木市毛利台2-7-7(☎046-247-4844*/junoyachi@gmail.com)昭18.5.28/愛知県生/『揚ひばり』
大山知佳歩《ランブル》昭36.1.11/神奈川県生
大輪靖宏《主宰 輪》〒248-0012鎌倉市御成町9-21-302(☎0467-24-3267*)昭11.4.6/東京都生/『海に立つ虹』、評論『なぜ芭蕉は至高の俳人なのか』他
岡崎桜雲《主宰 涛光》〒782-0031香美市土佐山田町東本町2-1-41(☎0887-53-4211*)昭7.11.1/高知県生
岡崎桂子《対岸》〒310-0056水戸市文京2-4-22(☎029-226-0344*)昭20.1.27/茨城県生/『大和ことば』
岡﨑さちこ《獺祭》〒146-0093大田区矢口2-29-3(☎03-3750-5684*)昭16.10.25/東京都生
岡﨑照美《燎》〒231-0801横浜市中区新山下3-15-6-106(☎045-621-4237*)
岡崎由美子《艸(そう)》〒273-0005船橋市本町6-7-10(☎047-424-7635/yumi-221036@t.vodafone.ne.jp)昭18.10.16/千葉県生
小笠原貞子《耕》〒455-0857名古屋市港区秋葉1-130-96(☎052-301-5095*)昭22.1.3/長野

県生
尾形誠山《ろんど》〒262-0019千葉市花見川区朝日ケ丘3-4-21（☎043-271-6939*/ogata@fg8.so-net.ne.jp）昭23.7.8/東京都生/『潦』
岡田みさ子《天頂・あだち野》〒121-0071足立区東六月町6-19（☎03-3883-6345）昭16.1.19/群馬県生
岡田由季《炎環・豆の木・ユプシロン》〒598-0007泉佐野市上町1-8-14-4津村方（☎080-1464-1892/yokada575@gmail.com）昭41.10.9/東京都生/『犬の眉』
岡戸林風《艸（そう）》〒273-0866船橋市夏見台1-2-2-203（☎047-438-0519/okady@muc.biglobe.ne.jp）昭10.3.14/東京都生
岡部澄子《天頂》〒430-0805浜松市中区相生町15-12/静岡県生
岡部すみれ《天頂》〒430-0805浜松市中区相生町15-12/静岡県生
岡本欣也《雪解》〒552-0011大阪市港区南市岡3-1-17（☎06-6581-5635*）昭13.11.27/大阪府生/『山径』
岡本紗矢《門・梟》〒225-0021横浜市青葉区すすき野3-3-19-303（☎045-530-3166*）昭31.9.23/奈良県生/『向日葵の午後』
岡本尚子《風土》〒252-0176相模原市緑区寸沢嵐3109（☎042-685-1070）昭30.3.6/京都府生
岡山祐子《燎》〒214-0037川崎市多摩区西生田4-24-16（☎044-954-8065*）昭14.3.17/鹿児島県生
小川　求《茅》〒247-0063鎌倉市梶原3-3-11/昭22.2.26/宮城県生/『赫いハンカチ』
小川軽舟《主宰　鷹》〒222-0003横浜市港北区大曽根1-5-7-32（☎045-642-4233*）昭36.2.7/千葉県生/『朝晩』『俳句と暮らす』
小川美知子《栞》〒143-0021大田区北馬込1-7-3（☎03-3778-6793*/sora409@hb.tp1.jp）昭24.5.15/静岡県生/『言葉の奥へ―岡本眸の俳句』『私が読んだ女性俳句』
沖　あき《鷹》〒192-0032八王子市石川町2971-13-501（☎042-646-7483*）昭19.1.31/鳥取県生/『秋果』『吉事』
奥坂まや《鷹》〒156-0052世田谷区経堂3-20-22-701（☎090-2201-5277）昭25.7.16/東京都生/『列柱』『縄文』『妣の国』『うつろふ』『鳥獣の一句』『飯島晴子の百句』
奥田温子《やぶれ傘》昭15.9.1/埼玉県生
奥田卓司《編集長　たかんな》〒039-1109八戸市大字豊崎町字下永福寺42-1（☎0178-23-2410*）昭12.3.18/東京都生/『夏野』『夏潮』『俳句で詠むみちのく風土記』
奥田茶々《風土》〒154-0016世田谷区弦巻3-24-12-203（☎03-3426-7863*）昭16.1.29/兵庫県生
奥名春江《主宰　春野》〒259-0311神奈川県足柄下郡湯河原町福浦349-3（☎0465-62-8954*）昭15.11.8/神奈川県生/『沖雲』『潮の香』『七曜』『春暁』
奥野初枝《りいの》昭20.9.11/東京都生
小倉くら子《玉藻》昭21.7.8/東京都生
尾崎人魚《毬》〒144-0031大田区東蒲田1-16-11-104（☎03-3737-3147*）昭30.2.3/東京都生/『ゴリラの背中』
長田群青《郭公》〒409-3607山梨県西八代郡市川三郷町印沢54（☎055-272-4376*）昭22.12.3/山梨県生/『霽日』『押し手沢』
小澤　冗《鴻》〒270-0034松戸市新松戸3-3-2・B-101（☎047-344-2616*）昭12.8.14/千葉県生/『ひとり遊び』
小沢洋子《編集長　圓》〒447-0851碧南市羽根町3-13（☎0566-42-7551*）昭26.2.14/愛知県生/『四季吟詠句集34』、詩集『天花』
小瀬寿恵《燎》
小田切輝雄《主宰　埴》〒234-0052横浜市港南区笹下1-10-14（☎045-843-4921*）昭17/長野県生/『千曲彦』『甲武信』
織田美知子《花苑》〒593-8301堺市西区上野芝町4-22-5（☎072-241-7807）昭13.12.15/大阪府生/合同句集『いずみ』
落合絹代《風土》〒242-0024大和市福田6-1-13（☎046-267-6451*）昭12.10.25/広島県生
落合水尾《主宰　浮野》〒347-0057加須市愛宕1-2-17（☎0480-61-3684*）昭12.4.17/埼玉県生/『青い時計』『谷川』『澪標』『平野』『東西』『徒歩禅』『蓮華八峰』『浮野』『日々』『円心』、『山月集―忘れえぬ珠玉』
落合青花《少年》〒818-0122太宰府市高雄2-3849-12（☎092-924-5071*）昭21.10.8/福岡県生/俳句とエッセイ集『思考回路』
越智　巖《副主宰・編集長　ひいらぎ》〒663-8154西宮市浜甲子園3-4-18（☎0798-49-6148*）昭16.10.5/愛媛県生
小野京子《少年》〒870-0873大分市高尾台2-8-4（☎097-544-3848*）昭11.6.14/大分県

生/俳句とエッセイ集『新樹』『風の道』『ときめき』、随筆集『癒し』『続癒し』『風の囁き』、『俳句の杜2021・精選アンソロジー』

小野桂之介《知音》〒227-0036横浜市青葉区奈良町2762-87(☎045-962-8150/onokei1940@gmail.com)昭15.10.30/東京都生/『蝸牛』『都々逸っていいなあ』

小野田征彦《繪硝子》〒247-0061鎌倉市台1638(☎0467-46-4483/y-onoda@sage.ocn.ne.jp)昭13.11.15/神奈川県生/『縦笛の音』『妙妙の』

小野寺みち子《河》〒981-0942仙台市青葉区貝ケ森1-17-1(☎022-279-7204*/elmer1212@gmail.com)宮城県生

小野寿子《代表 薫風・沖》〒038-0004青森市富田2-10-10(☎017-781-6005*)昭8.12.1/青森県生/『角巻』『夏帯』『羽織』

小畑柚流《樹氷・天為》〒020-0877盛岡市下ノ橋町1-30-807(☎019-654-4767)昭3.10.1/岩手県生/『山意』『川音』

小原　晋《日矢余光句会》昭19.3.3/岡山県生/『旅にしあれば』

帯屋七緒《知音》〒152-0003目黒区碑文谷4-10-16(☎03-3712-4176*/nanaobi@k06.itscom.net)昭22.8.5/長崎県生/『父の声』

小俣たか子《清の會・初蝶》〒270-1142我孫子市泉41-22(☎04-7182-9234*)昭16.3.23/東京都生/『文机』

尾村勝彦《主宰 葦牙》〒064-0919札幌市中央区南19条西14丁目1-20-705(☎011-563-3116*)昭9.10.20/北海道生/『流氷原』『海嶺』

か行

海津篤子《椋》〒158-0083世田谷区奥沢7-23-14-301(☎03-3704-6423*)昭28.9.29/群馬県生/『草上』

甲斐のぞみ《百鳥》〒751-0874下関市秋根新町18-20青池方/昭48.7.5/静岡県生/『絵本の山』

甲斐遊糸《主宰 湧・百鳥》〒418-0015富士宮市舞々木町935(☎0544-24-7489 FAX0544-29-6489)昭15.12.16/東京都生/『冠雪』『月光』『朝桜』『時鳥』『紅葉晴』

甲斐ゆき子《湧・百鳥》〒418-0015富士宮市舞々木町935(☎0544-24-7489 FAX0544-29-6489)昭22.11.22/静岡県生

甲斐由起子《天為》〒192-0153八王子市西寺方町1019-313/『春の潮』『雪華』『近代俳句の光彩』『耳澄ます』

甲斐よしあき《百鳥・晨・湧》〒567-0007茨木市南安威2-11-34(☎080-6109-6527 FAX072-641-0645)昭23.5.4/静岡県生/『抱卵』『転生』

加賀城燕雀《主宰 からたち》〒799-3763宇和島市吉田町浅川182-5(☎0895-52-0461*)昭24.10.4/愛媛県生

加賀葉子《りいの・万象》昭23.8.25/東京都生

角谷昌子《磁石》〒408-0306北杜市武川町山高3567-269(☎0551-26-2711*)『奔流』『源流』『地下水脈』、評論『山口誓子の100句を読む』『俳句の水脈を求めて』

鹿熊俊明(登志)《ひたち野・芯》〒310-0005水戸市水府町1406-1(☎029-227-1751*/kakuma99@vesta.ocn.ne.jp)昭11.8.2/富山県生/『御来迎』『巨根絡む』、著書『八百万の神』『世界を観て詠んでみて』

加古宗也《主宰 若竹》〒445-0852西尾市花ノ木町2-15(☎0563-56-5847*)昭20.9.5/愛知県生/『舟水車』『八ツ面山』『花の雨』『雲雀野』『茅花流し』

笠井敦子《鴫》〒272-0812市川市若宮3-59-3(☎047-338-4594*/maykasai@s3.dion.ne.jp)昭9.5.1/福島県生/『モナリザの声』

かしまゆう《主宰 まがたま》〒194-0011町田市成瀬が丘1-14-12 E103-25/昭51.7.30/東京都生/『Tシャツ』『感じたままを表現できるじょうずな俳句の作り方50のポイント』

柏原眠雨《主宰 きたごち》〒980-0802仙台市青葉区二日町9-12-1202(☎022-263-2774*)昭10.5.1/東京都生/『炎天』『草清水』『露葎』『夕雲雀』『花林檎』『風雲月露』

柏やよひ《りいの》〒921-8149金沢市額新町2-37(☎076-298-8938)昭12.4.15/東京都生

片桐基城《草樹・草の宿》〒324-0064大田原市今泉434-144(☎0287-23-7161/kijyou@m8.dion.ne.jp)昭9.2.25/東京都生/『昨日の薬罐』『水車小屋』

片山直子《今日の花》〒152-0012目黒区洗足2-25-14(☎03-3781-5395 FAX03-3781-0589/nnkktym@yd5.so-net.ne.jp)昭27.7.26/東京都生

かつら　澪《風樹》〒560-0084豊中市新千里南町3-24-8(☎06-6831-0283*)昭7.6.30/兵庫

県生/『銀河鉄道』『四季吟詠句集』『平成俳人大全書』
加藤いろは《晨・晶》〒862-0908熊本市東区新生2-6-2(☎096-365-0846 FAX096-367-9039/iroha@r.sannet.ne.jp)昭26.7.15/熊本県生
加藤かな文《代表 家》〒470-0113日進市栄3-1307-3-602(☎0561-72-4075＊)昭36.9.6/愛知県生/『家』
加藤国彦《樹》〒300-0045土浦市文京町8-3サンテーヌ土浦908(☎029-825-4415 FAX029-826-6333/peter9215@i.softbank.jp)昭9.3.13/大阪府生/『宗教から和イズムへ』
加藤耕子《主宰 耕・Kō》昭6.8.13/京都府生/『空と海』他、翻訳集『A Hidden Pond』他
加藤哲也《主宰 蒼穹・銀化》〒444-0815岡崎市羽根町陣場222(☎0564-53-3548＊/HZC03167@nifty.com)昭33.6.22/愛知県生/『舌頭』『美しき尾』、評論集『俳句の地底I〜IV』他
加藤英夫《悠》〒270-0131流山市美田69-248(☎04-7154-0412＊)昭12.2.5/東京都生
加藤峰子《代表 鳴》〒260-0852千葉市中央区青葉町1274-14(☎043-225-7115＊/mi-kato@jcom.zaq.ne.jp)昭23.10.20/千葉県生/『ジェンダー論』『鼓動』
加藤　柚《俳句留楽舎》昭27/神奈川県生
金井政女《清の會》〒273-0048船橋市丸山1-21-10/昭16.4.23/千葉県生
金澤踏青《ひたち野》〒312-0012ひたちなか市馬渡3266(☎029-273-0293＊)昭12.2.28/茨城県生/『人は魚』、アンソロジー『現代俳句精鋭選集10』『同18』
金谷洋次《秀》〒178-0064練馬区南大泉2-5-43(☎03-3925-3464＊)昭26/富山県生/『天上』
金子　嵩《衣・祭演》〒235-0045横浜市磯子区洋光台6-17-13(☎045-833-1407)昭10.12.15/東京都生/『ノンの一人言』『みちのり』『天晴(てんせい)』
加納輝美《濃美》〒501-3704美濃市保木脇385-5(☎0575-35-2346＊)昭19.11.25/岐阜県生/『青嶺』
鹿又英一《主宰 蛮》〒221-0814横浜市神奈川区旭ヶ丘5-18(☎090-6178-9706 FAX045-491-5745/eichan6@gmail.com)昭25.7.20/神奈川県生
鎌田やす子《ときめきの会》〒296-0125鴨川市横尾284(☎0470-97-0876)昭25.11.25/千葉県生
上小澤律子《りいの》〒403-0022山梨県南都留郡西桂町小沼1450(☎0555-25-2460＊)昭17.11.13/山梨県生
神山市実《やぶれ傘》〒331-0825さいたま市北区櫛引町2-82(☎048-652-8229＊/kankuro1921@kne.biglobe.ne.jp)昭25.4.16/埼玉県生
神山方舟《雨蛙》〒359-1133所沢市荒幡9-3(☎04-2926-6355＊/makoto.k406@gmail.com)昭6.4.6/埼玉県生/『命存ふ』
神山ゆき子《からたち》〒426-0007藤枝市潮152-21(☎090-8151-5789)昭20.11.7/静岡県生/『桜の夜』『うすくれなゐ』
亀井雉子男《主宰 四万十・鶴》〒787-0023四万十市中村東町1-10-8(☎0880-35-3109＊)昭21.8.19/高知県生/『朴の芽』『青山河』
川合正光《あゆみ》〒297-0029茂原市高師2141-5(☎0475-24-3191＊/mbrkawai2016@tf7.so-net.ne.jp)昭15.4.17/兵庫県生
河内静魚《主宰 毬》〒113-0022文京区千駄木3-43-17-802(☎090-4121-9967/seigyo@vivid.ocn.ne.jp)昭25.8.11/宮城県生/句集『夏夕日』他5冊、評論『わが心の俳人伝』他
川上昌子《栞》〒403-0007富士吉田市中曽根3-11-24(☎0555-22-4365＊)昭24.7.30
川上良子《主宰 花野》〒167-0052杉並区南荻窪3-7-9(☎03-3333-5787＊)昭18.5.23/旧朝鮮生/『大き礎石』『聲心』
川北廣子《青草》〒259-1145伊勢原市板戸480-6(☎0463-95-3186)昭25.1.3/神奈川県生
川口　襄《爽樹》〒350-1103川越市霞ケ関東4-5-8(☎049-231-5310＊/jkoshuusan@gmail.com)昭15.5.8/新潟県生/『王道』『マイウエイ』『蒼茫』『自註川口襄集』『星空』、紀行エッセイ集『私の道』
川口崇子《雉》昭17.11.12/広島県生
川崎果連《豈・鷗座》
川崎進二郎《燎》昭22.11.15/栃木県生
川崎千鶴子《海原・青山俳句工場05》〒730-0002広島市中区白島中町12-15(☎082-222-1323＊)昭21.6.3/新潟県生/『恋のぶぎぶぎ』
河崎ひろし《樹》(hiroshi.kawasaki65@gmail.com)昭19.1.14/神奈川県生
川崎益太郎《海原・夕凪・青山俳句工場05》〒730-0002広島市中区白島中町12-15(☎082-222-1323＊/masutaro@wine.plala.or.jp)昭21.4.3/岡山県生/『秋の蜂』
川嶋一美《なんぢや》〒661-0951尼崎市田能

3-18-3(☎06-6491-4361*)昭24.4.22/京都府生/『空の素顔』『円卓』

川島健作《火焔》〒243-0813厚木市妻田東19-9(☎046-225-1117)昭23.1.12/神奈川県生

川添弘幸《四万十・雉・鷹》〒781-2123高知県吾川郡いの町天王南2-6-12(☎088-891-6330*)昭29.11.1/大阪府生

川田好子《風土》〒145-0075大田区西嶺町29-14(☎03-3758-3757)

川南英隆(隆)《ろんど》〒273-0864船橋市北本町2-40-1-102(☎047-423-7558*/haikunotomoryu@gmail.com)昭18.1.1/長崎県生

川村胡桃《銀化》〒630-8365奈良市下御門町17-1(819koto@ymail.ne.jp)昭41/東京都生

河村正浩《主宰 山彦》〒744-0024下松市花岡大黒町526-3(☎0833-43-7531*)昭20.12.21/山口県生/『桐一葉』『春宵』『春夢』など13冊、『自解150句選』『俳句つれづれ』

川本　薫《副主宰 多磨》〒207-0014東大和市南街5-34-5(☎042-565-9199)昭24.2.7/東京都生

神田ひろみ《暖響・代表 雲出句会》〒514-0304津市雲出本郷町1399-19(☎059-238-1366*/shkanda@blue.plala.or.jp)昭18.11.29/青森県生/『虹』『風船』『まぼろしの楸邨』

神田美穂子《りいの・万象》〒417-0861富士市広見東本町14-14(☎0545-78-0591*/mihokohaduki15@yahoo.co.jp)昭21.8.15/静岡県生

菅野孝夫《主宰 野火》〒344-0007春日部市小渕162-1-2-304(☎048-754-2158 FAX048-754-2180/kanno304@helen.ocn.ne.jp)昭15.3.19/岩手県生/『愚痴の相』『細流の魚』『ことばを正しくすれば俳句が良くなる』

神戸サト《泉》〒206-0012多摩市貝取1300-1クオス永山408(☎042-371-4119*)昭26.5.21/新潟県生

木内憲子《栞》〒188-0002西東京市緑町3-6-2/昭22.5.4/長野県生/『窓辺の椅子』『夜の卓』

喜岡圭子《帯》〒277-0871柏市若柴173-8-151街区E-405(☎04-7132-8202*/yuukei06@pck.nmbbm.jp)昭18.12.6/徳島県生/『雲とわたしと』

菊田一平《や・晨》〒189-0002東村山市青葉町3-27-22(☎042-395-1182*/ippei0128@ozzio.jp)昭26.1.28/宮城県生/『どつどどどどう』『百物語』

きくちきみえ《やぶれ傘》〒235-0036横浜市磯子区中原2-18-15-202(☎045-772-5759)昭32.6.26/神奈川県生/『港の鴉』

如月のら《郭公》〒395-0004飯田市上郷黒田768-4(☎090-2915-4764)昭28.3.13/長野県生/『The Four Seasons』『実生』

岸根　明《汀》〒182-0023調布市染地1-19-41(☎090-2326-9914)昭24.3.9/熊本県生

岸原清行《主宰 青嶺》〒811-4237福岡県遠賀郡岡垣町東高倉2-7-8(☎093-282-5890 FAX093-282-5895)昭10.7.30/福岡県生/『草笛』『青山』『海境』『天日』、秀句鑑賞集『一句万誦』

岸本尚毅《天為・秀》〒221-0854横浜市神奈川区三ツ沢南町5-12(☎045-323-3319*/ksmt@mx7.ttcn.ne.jp)昭36.1.5/岡山県生/『十七音の可能性』『生き方としての俳句』『文豪と俳句』

北川かをり《甘藍》〒418-0054富士宮市光町10-15(☎0544-24-7113 FAX0544-22-0067)昭30.4.11/東京都生

北川　新《輪》〒247-0008横浜市栄区本郷台5-32-15(☎045-893-0004*)昭21/神奈川県生

北城美佐《鴻》〒060-0003札幌市中央区北三条西17-2-16-502(☎011-618-2571*/misa-sun@aa.isas.ne.jp)昭37.11.21/北海道生

北原昭子《稲》〒399-3202長野県下伊那郡豊丘村神稲353-4(☎0265-35-6282)昭9.9.12/南鮮生

北見正子《燎》〒177-0054練馬区立野町3-23(☎03-3594-2879*)昭10.6.25/東京都生

北村敦子《栞》〒227-0033横浜市青葉区鴨志田町569-1, 12-102

北村　浬《汀》〒104-0045中央区築地3-5-13(☎090-7724-8921/kitamura@kra.biglobe.ne.jp)昭36.11.2/神奈川県生

喜多杜子《春月》〒302-0119守谷市御所ヶ丘4-9-10戸恒方(☎0297-45-7953*)昭18.5.19/茨城県生/『てのひら』『貝母の花』

橘田美智子(みち子)《燎》〒184-0011小金井市/昭13.5.21/東京都生

木下克子《燎》〒187-0004小平市天神町1-9-15/石川県生

木村有宏《鶴》〒352-0016新座市馬場4-5-7/昭27.3.4/埼玉県生/『無伴奏』

木村行幸《予感》〒289-1115八街市八街ほ967(☎043-443-5507)昭22.11.12/新潟県生

木村享史《ホトトギス》〒252-0131相模原市緑区西橋本5-2-13-2402(☎042-855-8537＊)昭8.2.16/徳島県生/『行雁』『花朴』『夏炉』
木村瑞枝《やぶれ傘》〒336-0911さいたま市緑区三室1454(☎048-873-2268＊/mizu-e.bce.428.ki-mura@docomo.ne.jp)昭21.1.1/埼玉県生
木村里風子《主宰 楓》〒734-0007広島市南区皆実町2-6-17(☎082-253-8679)昭12.1.30/広島県生/『歩み板』『自註木村里風子集』『楓声』
木本隆行《泉》昭44.11.15/東京都生/『鶏冠』
日下部觜宏《りいの》〒183-0055府中市府中町2-12-1-402(☎042-364-4546＊)昭17.11.23/千葉県生
草深昌子《主宰 青草・晨》〒243-0037厚木市毛利台1-15-14(☎046-247-3465＊/masakokusa.0217@tiara.ocn.ne.jp)昭18.2.17/大阪府生/『青葡萄』『邂逅』『金剛』
九条道子《春月》〒304-0055下妻市砂沼新田32-9鯨井方(☎0296-44-2803 FAX0296-44-2807/km_kujirai@ezweb.ne.jp)昭20.4.7/茨城県生/『薔薇とミシン』
工藤弘子《若竹》〒371-0837前橋市箱田町643-3(☎027-253-1567＊)昭17.8.17/東京都生/『若菜摘』
功刀とも子《郭公》山梨県生
久保田庸子《清の會》東京都生/『土の髄』
熊田俠邨《赤楊の木》〒596-0073岸和田市岸城町1-25-602(☎072-438-7751＊)昭10.3.14/兵庫県生/『淡路島』
倉澤節子《やぶれ傘》(☎042-564-9346＊)昭20.10.22
蔵多得三郎《代表 燎》〒186-0005国立市西1-17-30-303(☎042-575-0426＊/t7-m1-ku@jcom.zaq.ne.jp)昭14.7.23/鳥取県生
倉田陽子《雛》〒213-0033川崎市高津区下作延6-10-23(☎044-812-3882＊)昭26.4.25/福岡県生
倉西さえ子《火焔》〒243-0432海老名市中央3-4-9-1006(☎046-234-8943)昭42.8.28/神奈川県生
倉橋鉄郎《歴路》昭11.2.26/京都府生
倉林治子(はるこ)《鴻・共同代表 泉の会》〒372-0031伊勢崎市今泉町1-1227-6(☎0270-22-0485＊)昭5.5.1/岐阜県生
蔵本芙美子《ひまわり》〒770-0024徳島市佐古四番町13-7/昭22/徳島県生/『魔女の留守』
栗林 浩《小熊座・街・遊牧・円錐》〒242-0002大和市つきみ野7-18-11/『うさぎの話』『SMALL ISSUE』『新俳人探訪』『昭和・平成を詠んで』など
栗原和子《花鳥》〒151-0066渋谷区西原1-31-14-301
栗原憲司《蘭》〒350-1317狭山市水野923(☎04-2959-4665＊)昭27.7.25/埼玉県生/『狭山』『吾妻』
久留米脩二《主宰 海坂・馬醉木》〒436-0342掛川市上西郷332-1(☎0537-22-9806＊)昭15.8.29/旧朝鮮生/『満月』『桜紅葉』『花の城下』
黒川悦子《ホトトギス》〒659-0011芦屋市六麓荘町24-19(☎0797-34-3188 FAX0797-34-3178/e.kurokawa2525@gmail.com)昭22.7.25/福岡県生
黒木まさ子《海棠》〒560-0001豊中市北緑丘2-1-17-103(☎06-6854-3819＊)昭11.3.7/大阪府生
黒澤あき緒《鷹》〒352-0034新座市野寺4-10-2(☎042-476-5857＊)昭32.10.24/東京都生/『双眸』『5コース』『あかつきの山』
黒沢一正《燎》〒368-0005秩父市大野原2817-7/昭36.1.24/埼玉県生
黒澤次郎《やぶれ傘》昭9.4.22/埼玉県生
黒澤麻生子《秋麗・磁石》〒245-0061横浜市戸塚区汲沢2-1-5-D513(☎045-862-3657＊mukimakityu@yahoo.co.jp)昭47.4.28/千葉県生/『金魚玉』
桑本螢生《初桜・青林檎》〒240-0046横浜市保土ケ谷区仏向西47番1-403(☎045-334-3182＊mulberrykkeisei@yahoo.co.jp)昭23.7/大分県生/『海の虹』『海の響』
小池旦子《野火》〒949-7104南魚沼市寺尾451(☎025-776-2226)昭11.10.17/東京都生
小泉里香《やぶれ傘》石川県生
河野絵衣子《八千草》〒168-0072杉並区高井戸東4-27-17パークウエルステイト浜田山211(☎03-5941-3456＊)昭12.5.28/栃木県生
河野尚子《万象・りいの》〒920-1152金沢市田上2-45-2(☎076-223-8334＊)岐阜県生
幸野久子《樹》〒140-0002品川区東品川3-3-3-907/三重県生
古賀雪江《主宰 雪解》〒231-0003横浜市中区北仲通5-57-2ザ・タワー横浜北仲1608(☎045-900-1881＊/urara_yukie7@yahoo.co.jp)昭

15.12.9/東京都生/『花鳥の繪』『雪の礼者』『自註古賀雪江集』
粉川伊賀《浮野》昭24.6.16/埼玉県生/『南北』『一庵』『十五夜十三夜』
木暮陶句郎《主宰 ひろそ火・ホトトギス》〒377-0102渋川市伊香保町伊香保397-1(☎0279-20-3555 FAX0279-20-3265/hirosobi@gmail.com)昭36.10.21/群馬県生/『陶然』『陶冶』『薫陶』
こしのゆみこ《代表 豆の木・海原》〒171-0021豊島区西池袋5-14-3-408(koshinomamenoki@gmail.com)昭26/愛知県生/『コイツァンの猫』
小島　健《河》〒165-0035中野区白鷺3-2-10-1024(☎03-3330-3851*)昭21.10.26/新潟県生/『爽』『木の実』『蛍光』『山河健在』他。『大正の花形俳人』『俳句練習帖』他
小島雅子(ただ子)《泉》〒190-0031立川市砂川町3-18-3(☎090-4599-7250/hhh0723@docomo.ne.jp)東京都生
小島みつ如《栞》〒256-0812小田原市国府津5-13-7(☎0465-43-1382*)昭6.11.10/三重県生/『夏の午後』
小谷延子《りいの》〒920-1302金沢市末町14-5-40(☎076-229-1858*)昭17.3.2/石川県生/『楓の実』
小玉粋花《梓》〒331-0062さいたま市西区土屋490-1(☎048-625-2651*)昭22.8.3/東京都生/『風のかたち』
児玉真知子《春耕》〒206-0804稲城市百村1628-1-602(☎042-378-4208*)『風のみち』
後藤貴子《鬣TATEGAMI》〒950-0864新潟市東区紫竹7-11-14-305(takako.m@mbg.nifty.com)昭40.1.25/新潟県生/『Frau』『飯蛸の眼球』
五島高資《代表 俳句スクエア》〒320-0806宇都宮市中央3-4-7-901(☎090-4751-5527 FAX028-333-5077/takagoto@mac.com)昭43.5.23/長崎県生/句集『海馬』『雷光』『五島高資句集』『蓬萊紀行』、評論集『近代俳句の超克』『芭蕉百句』など
後藤雅夫《百鳥》〒290-0002市原市大厩1820-7(☎0436-74-1549 FAX0436-74-1228)昭26.12.27/神奈川県生/『冒険』
古藤みづ絵《風樹》〒560-0082豊中市新千里東町2-5-25-606/大阪府生/『遠望』
後藤　實〒338-0013さいたま市中央区鈴谷7-6-1-604(☎048-852-4198*/m.goto-hm@cilas.net)昭17.7.1/愛知県生
小西昭夫《子規新報・雫》〒790-0924松山市南久米町750-6(☎089-970-2566*)昭29.1.17/愛媛県生/『花綵列島』『ペリカンと駱駝』『小西昭夫句集』、朗読句集『チンピラ』
小西照美《たまき》〒567-0864茨木市沢良宜浜1-11-27(☎072-634-2703)昭33/大阪府生
小橋信子《泉》〒193-0943八王子市寺田町432-131-105/昭23/茨城県生/『火の匂ひ』
木幡忠文《小さな花》〒123-0844足立区興野1-7-13(kohata1234567@gmail.com)
小林和久《吾亦紅の会》〒344-0032春日部市備後東6-3-19(waremokounokai@kobayashi.so-net.jp)東京都生/合同句集『吾亦紅』
小林　研《円座》〒503-0008大垣市楽田町7-32(☎0584-73-5491*)昭17.2.14/新潟県生
小林志乃《円虹》〒663-8102西宮市松並町3-9-105(☎0798-65-1047*/sinono31313@gmail.com)昭23.3.4/愛媛県生/『俳句の杜2020精選アンソロジー』
小林千晶《湧》〒567-0832茨木市白川2-15-2(kob@hcn.zaq.ne.jp)昭32.2.17/大阪府生
小林敏子《郭公》昭22.7.2/香川県生
小林布佐子《道》〒071-0172旭川市西神楽南2条3-250-128(☎0166-75-4550*/yukinotobari63@yahoo.co.jp)昭27.11.15/北海道生/『雪の帳』
小林迪子《森の座・群星》〒343-0046越谷市弥栄町4-1-13(☎048-978-3395*)昭18.7.27/東京都生
小林道彦《道》〒063-0812札幌市西区琴似二条2丁目2-21-702(☎011-311-6246*)昭30.3.25/北海道生
小林みづほ《燎》〒192-0913八王子市北野台4-28-2(☎042-637-5077*)昭19.2.3/長野県生
小林洋子《りいの》昭18.3.25/宮城県生
小堀紀子《晨》昭15.4.3/福島県生/『夏木立』『冬の雲』
小巻若菜《やぶれ傘》〒330-0072さいたま市浦和区領家7-17-14,D-405(☎048-832-8233*wakana-dance0406@ezweb.ne.jp)昭15.4.6/東京都生
小松崎黎子《不退座・むつみ》〒315-0057かすみがうら市上土田874(☎0299-59-3330*)昭22.2.14/茨城県生/『男時』
小松道子《対岸》〒310-0032水戸市元山町

2-1-26(☎029-231-3932*)昭19.2.21/茨城県生/『桜雫』
小見戸　実《稲》
小湊はる子《門》〒124-0005葛飾区宝町2-34-24グリーンコーポ109/昭17
小山玄紀《群青》〒326-0822足利市田中町907-1-902(☎080-4333-4324)平9.10.23/大阪府生
小山森生《代表 努・翔臨》〒945-1435柏崎市森近328(☎0257-27-3199)昭27.12.14/新潟県生/共著『岡井省二の世界−霊性と智慧』
小山雄一《燎》〒187-0011小平市鈴木町1-241-2/昭19.9.22/新潟県生
小山よる《やぶれ傘》昭45.5.17/東京都生
近藤　愛《いぶき・藍生・深海》〒462-0825名古屋市北区大曽根3-6-3-604/岐阜県生/『遠山桜』

さ行

雑賀絹代《郭公》〒640-8158和歌山市十二番丁30/『うろこ雲』
西郷慶子《花苑》〒598-0062泉佐野市下瓦屋5-10-6/昭22.7.6/大阪府生/合同句集『いずみ』
西條弘子《鴻》昭21.11.8/宮城県生
齊藤和子《燎》昭28.2.5/東京都生
斎藤じろう《編集長 貂》〒270-0034松戸市新松戸5-117-2(☎047-346-2482*)昭20.1.7/栃木県生/『木洩れ日』
齋藤智恵子《代表 東雲》昭16.4.25/東京都生/『微笑み』『黎明』『現代俳句精鋭選集Ⅱ』
齊藤哲子《鴫・辛夷》〒273-0116鎌ケ谷市馬込沢8-8/昭18.8.23/北海道生
佐伯和子《燎》〒186-0005国立市西2-28-49
酒井弘司《主宰 朱夏》〒252-0153相模原市緑区根小屋2739-149(☎042-784-4789*)昭13.8.9/長野県生/『蝶の森』『青信濃』『地気』、評論集『金子兜太の100句を読む』
酒井直子《日矢余光句会》昭26.3.12/福岡県生
酒井裕子《河》〒272-0004市川市原木1-3-1-602(☎047-327-9080*)昭14.2.24/富山県生/『麓』
坂口緑志《代表 年輪》〒516-0051伊勢市上地町1814-3(☎0596-24-7881*/ryokushi7@yahoo.co.jp)昭23.7.21/三重県生
逆井花鏡《春月》千葉県生/『万華鏡』
阪田昭風《名誉主宰 嵯峨野》〒227-0036横浜市青葉区奈良町1566-38/昭10.9.5/京都府生/『四温』
坂場俊仁《ひたち野》〒311-1244ひたちなか市南神敷台5-15(☎029-263-4679/skb6725@yahoo.co.jp)昭23.10.7/茨城県生
酒巻英一郎《豈・発行人 LOTUS》〒338-0003さいたま市中央区本町東7-6-11(☎048-853-6558*/sakamakie@jcom.home.ne.jp)昭25.1.22/埼玉県生/共著編集『安井浩司読本Ⅰ・Ⅱ』他
坂間恒子《豈・遊牧》〒298-0126いすみ市今関957/昭22.10.28/千葉県生/『残響』『クリスタル』『硯区』、共著『現代俳句を歩く』同『現代俳句を探る』同『現代俳句を語る』
坂本昭子《汀》〒133-0051江戸川区北小岩6-17-4/昭21.7.7/東京都生/『追伸』
坂本茉莉《いには》昭39.1.29/新潟県生/『滑走路』
坂本宮尾《主宰 パピルス》〒177-0041練馬区石神井町4-22-13(sakamotomiyao@gmail.com)昭20.4.11/旧満州生/『別の朝』『真実の久女』『竹下しづの女』
坂本遊美《都市》〒157-0066世田谷区成城8-5-4(☎03-3483-0800*)昭20.6.21/東京都生/『彩雲』
佐川広治《河》〒358-0004入間市鍵山3-1-4-302(☎04-2936-6703*)昭14.10.10/秋田県生/『光体』『遊牧』『俳句ワールド』
佐久間敏高《鴻》〒301-0043龍ケ崎市松葉5-8-11(☎0297-66-5222*)昭14.7.13/東京都生
櫻井波穂《松の花》昭16.1.11/神奈川県生/『メビウスの帯』
櫻井　實《年輪》〒514-0007津市大谷町83-17(☎059-227-3128*)昭11.1.29/三重県生
櫻井ゆか《棒》〒615-8193京都市西京区川島玉頭町71(☎075-381-5766)昭9.5.26/京都府生/『石の門』『いつまでも』
左近静子《ひいらぎ》〒661-0953尼崎市東園田町2-54-211(☎090-4030-0064 FAX06-6499-0256/gmsakon.157.gfyo@docomo.ne.jp)昭16.3.3/京都府生
佐々木潤子《代表 しろはえ・きたごち》〒983-0851仙台市宮城野区榴ヶ岡105-2-P1105(☎022-209-3498*)『遠花火』
佐々木泰樹《りいの》〒130-0011墨田区石原2-26-8-1102(☎03-5819-1028*/taiju.sasaki@

gmail.com）昭36.2.14/東京都生/『白憂集』『玄躁録』『青寥譜』『朱樸抄』（第一～第四歌集）
笹野泰弘《りいの》〒300-1235牛久市刈谷町5-121-1/昭27.4.27/兵庫県生
笹目翠風《わかば》〒311-3433小美玉市高崎1702（☎0299-26-5239）昭20.8.15/茨城県生/『葭切』、共著『富安風生の思い出』
佐治紀子《春野・晨》〒470-0132日進市梅森町新田135-192（☎052-805-4815＊）昭12.2.21/愛知県生
佐藤明彦《童子》〒359-1153所沢市上山口1833-5（☎04-2928-8432＊/akikusa-s-satoh@h4.dion.ne.jp）昭27.10.6/北海道生/『怪力・ポップコーン』（梶川みのりとの共著）
佐藤一星《風の道》〒241-0005横浜市旭区白根8-19-20（☎045-951-8533＊）昭13/群馬県生/『夜桜の上』
佐藤稲子《やぶれ傘》〒168-0071杉並区高井戸西3-3-5-304（☎03-3334-8610）昭19.6.10/岩手県生
佐藤公子《松の花》〒215-0011川崎市麻生区百合丘1-17-5-604（☎044-954-9952＊）昭18.11.20/神奈川県生/『山恋譜』『明日の峰』『自註佐藤公子集』『母』
佐藤清美《鬣TATEGAMI》〒379-0133安中市原市2045-4（kymyj2005@yahoo.co.jp）昭43.2.23/群馬県生/『空の海』『月磨きの少年』『宙ノ音』
佐藤戸折《ひまわり》〒292-0814木更津市八幡台3-3-8（☎0438-36-5983＊）昭22.9.10/山形県生
佐藤敏子《ときめきの会》〒314-0112神栖市知手中央10-8-11（☎0299-96-5272）昭25.2.17/福島県生
佐藤郭子《栞》〒370-0857高崎市上佐野町239-2（☎027-325-2853＊）昭21.3.7/群馬県生
佐藤　弘《雛》昭15/岩手県生/『鮎の宿』、合同句集『風』
佐藤裕能《少年》〒359-1132所沢市松が丘2-50-6（☎04-2926-7611 FAX04-2939-9263）昭6.8.14/東京都生
佐藤　風《燎》〒186-0003国立市富士見台4-24-5（☎042-576-4035＊）昭21.2.9/福岡県生
佐藤風信子《燎》〒186-0003国立市富士見台4-12-2-404（☎042-849-2733＊）東京都生
佐藤文子《主宰　信濃俳句通信》〒390-0804松本市横田1-28-1（☎0263-32-0320 FAX0263-32-8332/fumiko@go.tvm.ne.jp）昭20/三重県生/『邂逅』『火の一語』『火炎樹』
佐藤昌緒《青草》昭19.5.12/神奈川県生
佐藤雅之《草原・南柯》〒634-0051橿原市白橿町5-2-4-103（☎0744-28-3094＊/minami420suger722hiromi1023@docomo.ne.jp）昭33.7.22/奈良県生/私家版句集第一、二、三、四、五、六、七、八、九
佐藤美恵子《笹》〒491-0376一宮市萩原町串作1471（☎0586-68-1411 FAX0586-68-1156）昭30.9.5/愛知県生/『花籠』『化石の魚』
佐藤みちゑ《風の道》〒150-0033渋谷区猿楽町5-10-2A（☎03-3462-5204＊）昭16.5/東京都生
佐藤良子《ろんど》〒571-0052門真市月出町16-18/昭16.7.26/大阪府生
佐藤綾泉《河》〒988-0852気仙沼市松川157/昭23/宮城県生
眞田忠雄《やぶれ傘》〒346-0034久喜市所久喜150（☎0480-21-0628＊/tadaosanada@hotmail.com）昭14.11.28/宮城県生
佐怒賀直美《主宰　橘》〒346-0038久喜市上清久828-1（☎0480-23-6377＊）昭33.9.11/茨城県生/『髪』『眉』『髭』『心』ほか
佐怒賀由美子《橘》〒346-0038久喜市上清久828-1（☎0480-23-6377＊）昭36.2.12/東京都生/『本当の顔』『空飛ぶ夢』『風の旋回』『仔猫跳ねて』
佐野つたえ《風土》昭13.8.29/山梨県生
佐野眞砂代《甘藍》〒418-0047富士宮市1293-1（☎0544-23-7457）昭27.2.13/静岡県生
佐野祐子《ときめきの会》〒288-0001銚子市川口町2-6385-382（☎090-8686-9258）昭32.1.20/茨城県生
澤田健一《笹》〒471-0005豊田市京ヶ峰2-1-93（☎0565-80-6974＊/fa24758@tk9.so-net.ne.jp）昭14.11.4/台湾生
沢田弥生《燎》〒197-0003福生市熊川1642-8/昭17.1.8/旧満州生/『源流』
沢渡　梢《艸》昭20.8/『たひらかに』『白い靴』
沢辺たけし《りいの・万象》〒270-0138流山市おおたかの森東4-99-34/昭25.10.20/東京都生
塩野谷　仁《遊牧》〒273-0033船橋市本郷町507-1-2-307（☎047-336-1081 FAX047-315-7738/you-boku@dune.ocn.ne.jp）昭14.11.20/栃木県生/『私雨』『夢祝』『兜太往還』他

塩谷　豊《燎》〒245-0067横浜市戸塚区/昭22.7.31/茨城県生
雫　逢花《ひまわり》〒770-0037徳島市南佐古七番町9-7/昭16.10.18/香川県生/合同句集『瑠璃鳥』『珊瑚樹』『万緑』『踊』『桐の実』『宙』
しなだしん《主宰　青山》〒161-0034新宿区上落合1-30-15-709(☎03-3364-6915*/shinadashin@wh2.fiberbit.net)昭37.11.20/新潟県生/『夜明』『隼の胸』
篠崎央子《磁石》〒179-0075練馬区高松5-18-4サンフラワー大門光が丘303号室(☎090-8567-1714 FAX03-6676-7709/hisako.shinozaki@gmail.com)昭50.1.20/茨城県生/『火の貌』、共著『超新撰21』
篠田たけし《副主宰　夏爐》〒788-0005宿毛市萩原4-16(☎0880-63-3001*)昭11.3.30/高知県生/『有心』
篠塚雅世《鷹・OPUS》〒270-0164流山市流山7-621-2(☎090-4723-3945/shinozuka.masayo@gmail.com)昭41.10.16/岐阜県生/『猫の町』
四宮陽一《氷室》〒606-8344京都市左京区岡崎円勝寺町91-204(☎090-1717-5208 FAX075-754-5234/kappa.suisui@gmail.com)昭24.4.5/大阪府生/『片蔭』
柴田鏡子《代表　笹》〒451-0035名古屋市西区浅間2-2-15(☎052-521-0571*)昭11.3.23/愛知県生/『薔薇園』『惜春』
柴田多鶴子《主宰　鳰の子》〒569-1029高槻市安岡寺町5-43-3(☎072-689-1543*)昭22.1.8/三重県生/『苗札』『恵方』『花種』
柴田洋郎《主宰　青兎》〒299-3236大網白里市みやこ野1-4-1-104(☎0475-53-6319*/yougosan@chorus.ocn.ne.jp)昭14.7.7/宮城県生/『青兎』、詩文集『貰ひ乳の道』
芝　満子《海棠》昭20.4.24/和歌山県生/『絆』
澁谷あけみ《海棠》〒584-0031富田林市寿町2-2-34/昭28.3.6/大阪府生
志磨　泉《知音》〒162-0064新宿区市谷仲之町1-7-109(☎090-6177-0113)昭43.1.13/和歌山県生/『アンダンテ』
島　雅子《門・ににん》〒252-0311相模原市南区東林間7-19-7/兵庫県生/『土笛』『もりあをがへる』
清水しずか《春野》〒250-0126南足柄市狩野52(☎0465-74-7211*)昭14.5.2/宮城県生
清水徳子《燎》〒245-0063横浜市戸塚区原宿3-57-1-12-405/昭15.2.11/島根県生
清水初香《玉藻》〒166-0012杉並区(☎03-3381-1223*/y.shimizu1@jcom.home.ne.jp)昭26.3.4/愛知県生
清水裕子《栞》〒270-0034松戸市新松戸7-223 F901(☎047-345-8693*)昭10.6.25/東京都生
清水悠太《閏・神杖》昭15.3.3/山梨県生
清水　伶《代表　遊牧》〒290-0003市原市辰巳台東5-3-16大西方(☎0436-74-5344*)昭23.3.31/岡山県生/『指銃』『星狩』
下坂速穂《秀・クンツァイト》〒123-0856足立区本木西町9-9(kosuzup4@jcom.zaq.ne.jp)昭38.4.8/静岡県生/『眼光』
下平直子《栞》〒300-1158茨城県稲敷郡阿見町住吉2-3-16(☎029-834-2351*)昭19.12.28/東京都生/『冬薔薇』
下鉢清子《主宰　清の會・顧問　繪硝子》〒277-0052柏市増尾台2-13-5/大12.7.13/群馬県生/『沼辺燦燦』など。句集11冊
下山田　俊《群星》〒125-0054葛飾区高砂6-16-2(☎03-3607-9922*)昭18.9.13
上化田　宏《麴の木》
笙鼓七波《主宰　風叙音》〒270-2212松戸市五香南2-13-9(☎047-384-5864*/fusion73@live.jp)昭27.9.25/静岡県生/『凱風』『勁風』『花信風』
白石喜久子《円座・晨》〒466-0044名古屋市昭和区桜山町3-52(☎052-852-7117*)昭23.10.30/東京都生/『水路』『鳥の手紙』
白石多重子《主宰　宇宙船》〒136-0076江東区南砂2-11-10(☎03-5606-0359*)昭16.4.30/愛媛県生/『釉』
白石正躬《やぶれ傘》〒370-0503群馬県邑楽郡千代田町赤岩125-1(☎0276-86-2067*)昭15.5.21/群馬県生/『渡し船』
白岩敏秀《主宰　白魚火》〒680-0851鳥取市大杙34(☎0857-24-0329*)昭16.7.15/鳥取県生/『和顔』
白濱一羊《主宰　樹氷》〒020-0114盛岡市高松1-5-43(☎019-661-4667*/iti819@yahoo.co.jp)昭33.5.7/岩手県生/『喝采』
新海あぐり《秋麗・閏・磁石》〒359-0025所沢市上安松1054-19(☎04-2994-0522*)長野県生/『悲しみの庭』『司馬遼太郎と詩歌句を歩く』『季語うんちく事典』『季語ものしり事典』
新谷壯夫《鳰の子》〒573-0013枚方市星丘2-12-17(☎072-840-7654*/mshintanijp@

hotmail.com）昭16.2.19/兵庫県生/『山懐』
新藤公子《海棠》〒639-1055大和郡山市矢田山町1184-83/昭10.2.5/徳島県生
榛葉伊都子《門・帯》〒330-0042さいたま市浦和区木崎5-16-31（☎048-887-5730＊）昭14.8.7/東京都生/合同句集『菊日和』
新家月子《円虹》〒662-0867西宮市大社町11-37-807（☎0798-70-2109＊）昭46.12.25/千葉県生/『赤い靴』
菅原さだを《代表　博多朝日俳句》〒838-0068朝倉市甘木泉町2057-9（☎0946-22-4541）昭7.7.1/福岡県生/『生かされる』
菅　美緒《晨・梓・航》〒251-0035藤沢市片瀬海岸3-24-10-508（☎0466-52-6167＊）昭10.3.19/京都府生/『諸鬘（もろかつら）』『洛北』『左京』『シリーズ自句自解Ⅱベスト100菅美緒』『片瀬』
杉木美加《きたごち》昭39.10.9/神奈川県生/『初雀』
杉本薬王子《風土》〒602-0915京都市上京区三丁町471室町スカイハイツ415（☎075-366-6377＊/hsugimot@mail.doshisha.ac.jp）
杉山昭風《燎》〒319-2131常陸大宮市下村田2000番地（☎0295-53-2610）昭14.2.25/茨城県生/『田の神』『私の運転人生』
鈴木厚子《副主宰　雉》〒729-6333三次市下川立町188-2（☎0824-67-3121＊）昭19.9.20/広島県生/『鹿笛』『紙雛』『盆の川』、随筆『厚子の歳時記』『四季の花籠』、評論集『杉田久女の世界』『林徹の350句』
鈴木綾子《百鳥》〒101-0063千代田区神田淡路町2-101-3913（☎03-3525-4383＊/ayako-suzuki@kyi.biglobe.ne.jp）昭23.10.17/栃木県生
鈴木牛後《藍生・雪華・itak》〒098-1213北海道上川郡下川町三の橋564（gyuugo.suzuki@gmail.com）昭36.8.30/北海道生/『根雪と記す』『暖色』『にれかめる』
鈴木五鈴《副主宰　草の花》〒349-0218白岡市白岡926-4（☎0480-93-0563＊）昭25.12.18/埼玉県生/『枯野の雨』『浮灯台』『十七音を語ろう』
鈴木貞雄《主宰　若葉》昭17.2.1/東京都生/『月明の樫』『麗月』『うたの禱り』
鈴木しげを《主宰　鶴》〒185-0005国分寺市並木町1-21-37（☎042-324-6277　FAX042-328-0866）昭17.2.6/東京都生/『並欅』『小満』『初時雨』
鈴木俊策《秋麗》〒325-0002栃木県那須郡那須町高久丙5086-4/昭17/福島県生
鈴木すぐる《主宰　雨蛙》〒359-1143所沢市宮本町1-7-17（☎04-2925-5670＊）昭12.3.22/栃木県生/『神輿綱』『名草の芽』
鈴木　崇《鴻》（rinmu2010@gmail.com）昭52.10.8/神奈川県生
鈴木貴水《浮野》〒347-0016加須市花崎北4-2-108（☎0480-66-1992＊）昭13.6.8/栃木県生/『雲よ』
鈴木千恵子《りいの》昭4.12.15/神奈川県生/『田打舞』『余白』
鈴木智子《草の花・清の會》〒270-1165我孫子市並木5-5-19（☎04-7182-1461＊）昭14.1.14/東京都生
鈴木豊子《秀》〒709-0802赤磐市桜が丘西7-19-12/昭17.7.29/奉天生/『管絃祭』『関守石』
鈴木直充《主宰　春燈》〒350-1175川越市笠幡4004-2-4-506（☎049-233-3166＊）昭24.3.14/山形県生/『素影』『寸景』
鈴木典子《今日の花》〒214-0013川崎市多摩区登戸新町188（☎044-932-2100）昭9.9.30/東京都生
すずき巴里《主宰　ろんど》〒262-0042千葉市花見川区花島町432-10（☎043-258-0111＊）昭17.7.14/中国南昌市生/『パリ祭』『櫂をこそ』
鈴木不意《代表　なんぢや》〒166-0002杉並区高円寺北3-21-17-504/昭27.1.23/新潟県生
鈴木正子《主宰　胡桃》〒990-0011山形市妙見寺3-1（☎023-642-6055＊）昭16.7.10/山形県生/『有心』『粉雪』
鈴木みちゑ《萌》〒433-8124浜松市中区2-2-49（☎053-471-0682＊）昭10.10.15/静岡県生
鈴木曜子〒530-0043大阪市北区天満3-5-21（☎06-6354-2487）昭22.1.18/大阪府生
須藤昌義《輪・柵》〒244-0001横浜市戸塚区鳥が丘47-13（☎045-864-6620＊）昭15.11.24/栃木県生/『巴波川（うづまがわ）』
須原和男《貂》〒270-0021松戸市小金原5-16-19（☎047-341-9009＊）昭13.4.13/東京都生/『五風十雨』、評論『川崎展宏の百句』など
関　悦史《翻車魚》〒300-0051土浦市真鍋5-4-1/昭44.9.21/茨城県生/『六十億本の回転する曲がつた棒』『花咲く機械状独身者たちの活造り』、評論集『俳句という他界』

関　成美《主宰　多磨》〒207-0014東大和市南街6-65-1（☎042-562-0478＊）大15.10.26／奈良県生／『霜の華』『朱雀』『空木抄』『東籬集』『丹土』『止牟止』『道草』など
関谷恭子《濃美・蒼海》〒501-0118岐阜市大菅北16-11-207（☎090-2137-5666）昭38.6／岐阜県生
関谷ほづみ《濃美》〒501-1108岐阜市安食志良古26-29金川方（☎090-5005-8661）昭26.12.6／岐阜県生／詩集『泣般若』、『火宅』
瀬島洒望《やぶれ傘》〒330-0063さいたま市浦和区高砂4-2-3（☎048-862-2757 FAX048-862-2756/syabo@nifty.com）昭15.9.11／東京都生／『異人の館』『印度の神』『葷酒庵』ほか
瀬戸正洋〒258-0015神奈川県足柄上郡大井町山田578（☎0465-82-3889/lemon7_0308@yahoo.co.jp）昭29.5.24／神奈川県生／『俳句と雑文A』『俳句と雑文B』他
瀬戸　悠《枻・春野》〒250-0011小田原市栄町3-13-7（☎0465-23-2639＊）神奈川県生／『涅槃西風』
千賀邦彦《歴路》〒107-0062港区南青山4-5-17（☎03-3401-0080）昭15.4.12／愛知県生／『地球の居候』
相馬晃一《栞》〒261-0003千葉市美浜区高浜3-5-3-405／昭18.4／北海道生
相馬マサ子《燎》〒168-0064杉並区永福1-20-13（☎03-3327-6885＊）昭22.5.9／兵庫県生
園部早智子《葦牙》〒065-0025札幌市東区北25条東3-1-35（☎011-704-0912＊）昭12.9.28／北海道生
染谷晴子《栞》〒274-0814船橋市新高根5-13-14（☎047-465-9006＊）昭18.12.1／東京都生
染谷秀雄《主宰　秀》〒266-0005千葉市緑区誉田町3-30-93（☎043-291-5957＊/someyahideo@nifty.com）昭18.8.31／東京都生／『誉田』『灌流』

た行

大胡芳子《残心》昭24.3.7／石川県生
対中いずみ《代表　静かな場所・秋草》〒520-0242大津市本堅田4-18-11-307（☎077-574-3474＊）昭31.1.1／大阪府生／『冬菫』『巣箱』『水瓶』
多賀あやか《雪解》〒589-0023大阪狭山市大野台2-8-9（☎072-366-9353）昭12.12.19／大阪府生／『雲詠まな風詠まな』
髙池俊子《宇宙船》〒279-0011浦安市美浜3-20-2（☎047-353-1286＊）昭24.2.9／東京都生／『透明な箱』、著書『カリフォルニア思い出ノート』
高浦銘子《藍生》〒215-0017川崎市麻生区王禅寺西4-13-16（☎044-955-3915）昭35.4.23／千葉県生／『百の蝶』
髙岡　慧《鹿火屋》〒158-0082世田谷区等々力1-15-10（☎090-3807-5701）昭22.11.17／兵庫県生
髙木美波《りいの》昭17.7.11／広島県生
高倉和子《空》〒812-0054福岡市東区馬出2-3-31-302（☎092-643-2370＊）昭36.2.26／福岡県生／『男眉』『夜のプール』
高﨑公久《主宰　蘭》〒970-8004いわき市平下平窪中島町6-12（☎0246-25-8392＊）昭14.2.8／福島県生／『青巒』『青瀧』
高杉桂子《風の道》〒230-0011横浜市鶴見区上末吉4-5-3朝日プラザ三ツ池公園202（☎045-575-0755＊）昭16.10.29／東京都生／『現代俳句精鋭選集12』
高瀬春遊芝《嘉祥》〒351-0035朝霞市朝志ヶ丘1-7-12ニチイ朝霞426／埼玉県生
高田正子《藍生》〒215-0018川崎市麻生区王禅寺東1-29-7／昭34.7.28／岐阜県生／『玩具』『花実』『青麗』『自註髙田正子集』『黒田杏子の俳句』
高田昌保《草の花》〒240-0011横浜市保土ヶ谷区桜ケ丘2-44-1-402（☎045-334-5437＊）昭26.10.27／東京都生
髙橋さえ子《栞》〒190-0004立川市柏町4-75-3そんぽの家S玉川上水／昭10.3.22／東京都生／『萌』『瀬音』『緋桃』『浜木綿』『自解100句選髙橋さえ子集』『自註髙橋さえ子集』
高橋小夜《風叙音》〒194-0215町田市小山ヶ丘5-7-1-832
髙橋たか子《草の宿》〒325-0058那須塩原市錦町6-19（☎0287-63-6874＊）昭27.11.2／栃木県生
髙橋千草《主宰　壺・藍生》〒064-0952札幌市中央区宮の森2-13 11-21-206（☎011-611-3030＊/t-chigusa2@yahoo.co.jp）昭29.11.30／北海道生／『初雪』
髙橋桃衣《知音》〒171-0031豊島区目白2-5-1（☎03-6338-9255＊/toy@chi-in.jp）昭28.3.10／

神奈川県生/『ラムネ玉』『破墨』『自註高橋桃衣集』
高橋透水《炎環・銀漢》〒164-0002中野区上高田4-17-1-907(☎090-3231-0241 FAX03-3385-4699/acenet@cap.ocn.ne.jp)昭22.3.21/新潟県生
高橋まき子《風土》〒249-0006逗子市逗子4-11-27クレドール新逗子103(☎046-871-2853)昭23.2.21/神奈川県生
髙橋道子《名誉代表 鴫》〒260-0003千葉市中央区鶴沢町2-15(☎043-225-5393*)昭18.5.19/千葉県生/『こなひだ』
髙橋宜治《やぶれ傘》〒330-0071さいたま市浦和区上木崎8-4-4(☎048-825-0934*/yotakahashi@gmail.com)昭26.4.18/埼玉県生
髙橋政亘(亘)《都市》〒214-0008川崎市多摩区菅北浦4-15-5-411(☎044-945-2707)昭17.4.1/静岡県生
髙松早基子《運河・晨》〒639-2223御所市本町1363(☎0745-62-2012)昭26.12.5/奈良県生/『練供養』
髙松文月《主宰 白鳥》〒337-0042さいたま市見沼区南中野553-15(☎048-876-8403*)昭21.7.30/福島県生/『楷』『白鳥』『白鳥100句』『エッセイ集』
髙松守信《主宰 昴》〒352-0023新座市堀ノ内2-7-15(☎048-201-2819*/7488skmy@gmail.com)昭11.10.10/福岡県生/『野火止』『湖霧』『桜貝』『冬日和』
髙柳克弘《鷹》〒185-0032国分寺市日吉町2-37-47(☎090-7042-4134)昭55.7.1/静岡県生/『未踏』『寒林』『涼しき無』『凜然たる青春』『究極の俳句』
高山 檀《春月》〒134-0081江戸川区北葛西4-25-9-205(☎03-3687-8229*)昭22.9.23/東京都生/『雲の峰』
高山みよこ《羅ra》(☎090-7218-8104/kaba-kun@jcom.zaq.ne.jp)昭22.4.21/東京都生
滝口滋子《いには》〒292-0041木更津市清見台東3-30-29/神奈川県生/『ピアノの蓋』
卓田謙一《りいの》〒240-0025横浜市保土ケ谷区狩場町26-1 コープ保土ケ谷D503(☎045-716-4756)昭27.3.21/岩手県生
田口風子《代表 風のサロン》〒487-0035春日井市藤山台6-2-21(☎0568-92-6525*/fuu5taguchi@yahoo.co.jp)昭24.3.25/佐賀県生/『フリージア』『朱泥の笛』
田口紅子《香雨》〒343-0025越谷市大沢3-4-50-405
田口雄作《りいの》〒305-0046つくば市東2-17-22(☎029-851-4768*/santoshoichi@hotmail.com)昭20.1.5/東京都生
竹内喜代子《雨月》〒600-8357京都市下京区五条通大宮東入/昭9.12.28/京都府生
竹内宗一郎《街・天為》〒173-0004板橋区板橋2-1-13-402(takeso819@yahoo.co.jp)昭34.9.16/鳥取県生
竹内文夫《やぶれ傘》〒330-0061さいたま市浦和区常盤9-15-20-1303号(☎090-4092-7198/takeuchisin53@gmail.com)昭28.12.7/埼玉県生
竹内洋平《銀漢・炎環》(☎042-487-3569 FAX042-486-0376/yohei-t@mbr.nifty.com)昭16.3.16/長野県生/『f字孔』
竹下和宏《きりん・橡・滑稽俳句協会》〒606-0032京都市左京区岩倉南平岡町60-2(☎075-711-6377*)昭10.3.10/京都府生/著書『想いのたまて箱』、合同句集『猪三友』、『傘寿記念句文集』、句集『泉涌く』『青き踏む』『打ち水』
武田和郎《半島》〒290-0244市原市南岩崎558(☎0436-95-3119*)昭2.7.3/千葉県生/『黒文字』『一文字』『俚諺』他
武田伸一《海原》〒272-0024市川市稲荷木2-14-9(☎047-377-7510*)昭10.1.8/秋田県生/『武田伸一句集』『出羽諸人』
竹内實昭《陸》〒152-0021目黒区東が丘/昭11.12.2/東京都生
竹森美喜《閏》昭19.11.18/静岡県生
田島和生《主宰 雉・晨》〒520-0532大津市湖青2-13-7(☎077-575-0532*/haiku-tjm@iris.eonet.ne.jp)昭12.12.29/石川県生/『青霞』『鳰の海』『天つ白山』、『新興俳人の群像—「京大俳句」の光と影』他
多田まさ子《ホトトギス・祖谷》〒776-0013吉野川市鴨島町上下島300-2(☎0883-24-9223*)昭29.5.1/徳島県生/『心の雫』
田中亜美《海原》〒213-0011川崎市高津区久本3-14-1-216(☎044-822-1158*)昭45.10.8/東京都生/共著『新撰21』『いま兜太は』
田中恵美子《海棠》〒584-0037富田林市宮甲田町2-26/昭22.10.9/大阪府生
田中春生《主宰 朱雀》〒590-0113堺市南区晴美台3-5-3-306(☎090-8190-0575 FAX072-284-

8636/syunsei575@outlook.jp)昭28.4.21/大阪府生/『シュプール』『直幹』『山花』
田中　白(陶白)《ときめきの会》〒314-0128神栖市大野原中央4-6-11(☎0299-92-3924)昭21.6.27/徳島県生
田中　陽《主宰 主流》〒427-0053島田市御仮屋町8778(☎0547-37-3889 FAX0547-37-3903)昭8.11.22/静岡県生/『傷』『愉しい敵』『ある叙事詩』
田中佳子《汀》昭35.1.28/東京都生
田中涼子《八千草》〒178-0062練馬区大泉町6-29-20-510(☎03-6763-9577*)昭19.11.3/鹿児島県生
棚橋洋子《耕》〒480-0104愛知県丹羽郡扶桑町斎藤御堂61/昭22.1.1/岐阜県生
田邉　明《あゆみ》〒294-0047館山市八幡19-1(☎090-4380-4580)昭25.5.19/東京都生
谷川　治〒194-0032町田市本町田1790-14/昭7.7.24/群馬県生/句集『畦神』『種袋』、歌集『吹越』『草矢』
谷口一好〒733-0823広島市西区庚午南2-39-1-304(☎090-4753-3428)昭30.1.18/鳥取県生
谷口智行《主宰兼編集長 運河》〒519-5204三重県南牟婁郡御浜町阿田和6066(☎05979-2-4391*)昭33.9.20/京都府生/『藁嬶』『媚薬』『星糞』、評論『熊野概論』『窮鳥のこゑ』
谷口直樹《りいの》〒198-0052青梅市長淵1-894-19(☎0428-25-0868*)昭17.2.3/東京都生
谷口春子《海棠》〒616-8342京都市右京区嵯峨苅分町4-11(☎075-871-5427)昭4.2.22/京都府生
谷口摩耶《鴻》〒271-0087松戸市三矢小台2-4-16(☎047-363-4508 FAX047-366-5110/mayapilki@hotmail.com)昭24.4.10/東京都生/『鍵盤』『風船』『鏡』、著書『祖父からの授かりもの』
谷　さやん《「窓と窓」常連》〒790-0808松山市若草町5-1-804(☎089-945-5049*/sayan@ma.pikara.ne.jp)昭33.3.4/愛媛県生/『逢ひに行く』『芝不器男への旅』『空にねる』
谷　雅子《鏡》〒112-0002文京区小石川1-24-3-501/昭22.9.7/大阪府生/『慈庵句集』
谷村鯛夢《炎環》〒204-0003清瀬市中里3-886-4(☎090-4002-3110 FAX042-493-7896/kazutanimura@jcom.home.ne.jp)昭24.10.20/高知県生/『胸に突き刺さる恋の句―女性俳人百年の愛とその軌跡』『脳活俳句入門』『俳句ちょっといい話』
谷渡　粋《りいの》〒929-2126七屋市大津町ナ-70(☎0767-68-2187*)昭23.3.2/石川県生
田端千鼓《薫風》〒031-0023八戸市大字是川字楢館平30-1/昭24.1.26/青森県生
環　順子《主宰 パティオ》〒179-0071練馬区旭町2-31-14(☎03-3939-1921*/vegajun351@ybb.ne.jp)昭21.3.15/北海道生/句集『夢帽子』、句文集『俳句からエッセイの世界へ』
田丸千種《花鳥・ホトトギス・YUKI》〒156-0053世田谷区桜3-17-13-608(☎090-7189-1653/chigusa.tam@gmail.com)昭29.11.8/京都府生/『ブルーノート』
田宮尚樹《主宰 黐の木》〒670-0876姫路市西八代町1-27-203(☎079-298-5875*)昭19.3.30/愛媛県生/『截金』『龍の玉』
田村恵子《河》〒982-0837仙台市太白区長町越路19-1393-1-311(☎022-229-4682*)昭33.5.20/秋田県生
田邑利宏《鴻》〒270-0151流山市後平井5-26(☎090-4702-4145)昭21.9.14/山口県生
田山元雄《森の座》〒225-0021横浜市青葉区すすき野3-6-11-306(☎045-901-5699*)昭15.1.9/東京都生
田山康子《森の座》〒225-0021横浜市青葉区すすき野3-6-11-306(☎045-901-5699*)昭21.2.24/東京都生/『森の時間』
田湯　岬《主宰 道》〒001-0901札幌市北区新琴似1-7-1-2(☎011-765-1248*/tayu@mint.ocn.ne.jp)昭23.3.29/北海道生/『天帝』『階前の梧葉』
千田百里《沖》〒272-0127市川市塩浜4-2-34-202(☎047-395-3349*)昭13.8.2/埼玉県生/『巴里発』
千葉喬子《繪硝子》〒248-0031鎌倉市鎌倉山4-12-10(☎0467-31-1586*)昭22.2.19/富山県生/『蝶の羽化』
中條睦子《りいの》〒920-0926金沢市暁町18-38/昭19.4.8/石川県生/『青蘆』
長野順子《鳰の子》〒662-0811西宮市仁川町1-2-12(☎0798-53-1087*)昭29.6.6/兵庫県生
津川絵理子《南風》昭43.7.30/兵庫県生/『和音』『はじまりの樹』『夜の水平線』
次井義泰《主宰 花苑》〒596-0105岸和田市内畑町1526(☎072-479-0138*/ty-1526u@sensyu.ne.jp)昭13.4.5/大阪府生/『プラトンの国』『卑弥呼の空』『野遊び』

津久井紀代《代表　天晴・椪》〒180-0003武蔵野市吉祥寺南町3-1-26（☎0422-48-2110＊/minokiyo@jcom.zaq.ne.jp）昭18.6.29/岡山県生/『命綱』『赤の魚』『てのひら』『神のいたづら』、評論集『一粒の麦を地に』『有馬朗人を読み解く』（全十巻）

筑紫磐井《豈》〒167-0021杉並区井草5-10-29国谷方（☎03-3394-3221＊）昭25.1.14/東京都生/『我が時代』『筑紫磐井集』『婆伽梵』『野干』

辻内京子《鷹》〒222-0032横浜市港北区大豆戸町875-4-3-710（☎045-547-3616＊）昭34.7.30/和歌山県生/『蝶生る』『遠い眺め』

辻　恵美子《栴檀・晨》〒504-0911各務原市那加門前町3-88-1-401/昭23.10.1/岐阜県生/『鵜の唄』『萌葱』『帆翔』、『泥の好きなつばめ—細見綾子の俳句鑑賞』

辻　桂湖《円虹・ホトトギス》〒652-0064神戸市兵庫区熊野町4-4-21（☎078-531-6926＊）昭31.1.19/兵庫県生/『春障子』

辻谷美津子《多磨》〒633-0253宇陀市榛原萩原2411-1（☎0745-82-5511　FAX0745-98-9777）昭22.2.15/奈良県生

辻　まさ野《円座》〒502-0858岐阜市下土居1-6-17（☎058-231-2232＊/masano.kiki@icloud.com）昭28.3.25/島根県生/『柿と母』

辻　美奈子《沖》〒350-0024川越市並木新町19-16（☎049-235-7833＊）昭40.3.9/東京都生/『魚になる夢』『真咲』『天空の鏡』

辻村麻乃《主宰　篠》〒351-0025朝霞市三原2-25-17（rockrabbit36@gmail.com）昭39.12.22/東京都生/『プールの底』『るん』

辻本眉峯《赤楊の木》〒569-1029高槻市/昭28.6.30/大阪府生

津髙里永子《小熊座・すめらき・墨 BOKU》〒168-0065杉並区浜田山4-16-4-230（lakune21blue.green@gmail.com）昭31.4.22/兵庫県生/『地球の日』『寸法直し』、エッセイ『俳句の気持』

土屋実六《草の花》〒594-0004和泉市王子町443-2（☎090-3707-4189）昭24.12.30/大阪府生

土屋義昭《帆》〒289-1717千葉県山武郡横芝光町虫生490-2（☎0479-85-1285　FAX0479-85-0767）昭35.8.17/千葉県生

綱川恵子《りいの》〒277-0014柏市東3-6-4（☎04-7166-3578）昭15.2.3/栃木県生

恒藤滋生《代表　やまぐに》〒671-2131姫路市夢前町戸倉862-1/『山国』『青天』『外套』『水分（みくまり）』

津根　良《樹・鶴》〒214-0036川崎市多摩区南生田2-3-8（☎044-953-4678＊/tsunetsubaki@yahoo.co.jp）昭10.9.21/宮崎県生

角田惠子《燎》〒164-0012中野区本町6-27-17/昭15.3.8/福井県生

椿　照子《清の會》〒276-0045八千代市大和田274-17（☎047-482-2239＊）昭9.3.25/千葉県生/『予定表』

坪内稔典《窓と窓》〒562-0033箕面市今宮3-6-17/昭19.4.12/愛媛県生

津森延世《晨》〒811-3104古賀市花鶴丘3-5-6（☎092-943-8715＊）昭20.10.26/山口県生/『しろしきぶ』

出口紀子《梓・晨》〒248-0027鎌倉市笛田4-15-9（☎0467-31-8722＊/nokongiku@jcom.zaq.ne.jp）昭16.10.14/和歌山県生/『由比ヶ浜』

出口善子《六曜》〒543-0027大阪市天王寺区筆ヶ崎町5-52-621（☎090-4031-7907　FAX06-6773-5338/haiku575@dolphin.ocn.ne.jp）昭14.8.12/大阪府生/『羽化』『娑羅』など7冊、伝記小説『笙の風』

寺川芙由《玉藻》〒156-0045世田谷区桜上水4-1,G312/昭17.4.20/東京都生

寺澤一雄《代表　鏡》〒114-0016北区上中里1-37-15-1004（☎03-6356-6500＊）昭32.1.11/長野県生/『虎刈』

寺島ただし《駒草》〒273-0125鎌ケ谷市初富本町1-18-43（☎047-445-7939＊/tadterashima@jcom.home.ne.jp）昭19.2.15/宮城県生/『木枯の雲』『浦里』『なにげなく』『自註寺島ただし集』

寺田幸子《閏》

土肥あき子《絵空》〒146-0092大田区下丸子2-13-1-1206（☎03-5482-3117＊/akikodoi@me.com）昭38.10.13/静岡県生/『鯨が海を選んだ日』『夜のぶらんこ』『あそびの記憶』

東條恭子《栞》〒189-0025東村山市廻田町1-32-19（☎042-395-1390）昭15.5.7/大分県生

東福寺碧水《主宰　ゆめ》〒380-0911長野市稲葉39-1（☎026-226-2845　FAX026-228-6206/nqk25204@nifty.com）昭21.11.13/長野県生/『碧』

遠野ちよこ《甘藍》〒410-2114伊豆の国市103-1（☎055-949-7307＊）昭23.1.24/山梨県生

常盤倫子《春野》〒213-0033川崎市高津区下

作延4-18-5(☎044-877-8784*)昭16.2.8/北海道生
德廣由喜子《四万十・鶴》〒789-1932高知県幡多郡黒潮町下田の口138(☎090-4508-5164)昭32.10.3/高知県生
戸恒東人《主宰 春月》〒213-0001川崎市高津区溝口2-32-1-1209(☎044-811-6380*)昭20.12.20/茨城県生/『福耳』『旗薄』『いくらかかった「奥の細道」』
鳥羽田重直《天頂》〒300-1237牛久市田宮2-11-9(☎029-872-9133*)昭21.1.19/茨城県生/『蘇州行』
飛田伸夫《ひたち野》〒311-1125水戸市大場町598-2(☎029-269-2498*)昭22.3.1/茨城県生
戸松九里《代表 や》〒166-0015杉並区成田東3-2-8(☎090-7202-6849/qri949@gmail.com)昭24.3.20/群馬県生/『や』
冨岡悦子《りいの》〒143-0023大田区山王3-37-6-607
富沢まみ《悠》〒270-0114流山市東初石3-98-33/東京都生
冨田拓也〒574-0042大東市大野1-2-17(☎072-870-0293*)昭54.4.26/大阪府生
冨田正吉《栞》〒189-0012東村山市萩山町3-4-15/昭17.6.22/東京都生/『父子』『泣虫山』『卓球台』
富野香衣《南柯》〒639-1134大和郡山市柳町556-504/昭31.6.24/岡山県生
富山ゆたか《編集長 波》〒251-0037藤沢市鵠沼海岸2-16-5-408/昭24.3.27/東京都生
土本 薊《海棠・鳳》〒586-0077河内長野市南花台6-4-1/和歌山県生
豊長みのる《主宰 風樹》〒560-0021豊中市本町4-8-25(☎06-6857-3570 FAX06-6857-3590)昭6.10.28/兵庫県生/『幻舟』『方里』『一会』『風濤抄』『北垂のうた』『天籟』『天啓』『阿蘇大吟』他。『俳句逍遥』他著書多数
鳥居真里子《主宰 門》〒120-0045足立区千住桜木2-17-1-321(☎03-3882-4210*)昭23.12.13/東京都生/『鼬の姉妹』『月の茗荷』

な行

内藤 静《風土》昭12.3.30/千葉県生
内藤ちよみ《朱夏》〒241-0816横浜市旭区笹野台4-42-18(☎045-361-9157*/tyukuma@gmail.com)昭23.2.8/福岡県生
永井江美子《韻》〒444-1214安城市榎前町西山50(☎0566-92-3252*)昭23.1.9/愛知県生/『夢遊び』『玉響』『風韻抄』
長井 寛《遊牧》〒273-0117鎌ヶ谷市西道野辺2-11-103(☎047-445-1549*/nagai-kan3@m7.gyao.ne.jp)昭21.3.27/新潟県生/『水陽炎』
仲 栄司《田》〒188-0013西東京市向台町3-5-27-107(☎042-455-5851*/7203sknc@jcom.zaq.ne.jp)昭34.11.27/大阪府生/『ダリの時計』、評論『墓碑はるかなり』
永岡和子《風叙音》〒270-0021松戸市小金原9-20-3(☎047-343-2607*/n.kazuko@minos.ocn.ne.jp)昭20.5.16
中岡毅雄《代表 いぶき・藍生》〒673-0402三木市加佐981-4(☎0794-82-8419*)昭38.11.10/東京都生/『一碧』『啓示』『高浜虚子論』『壺中の天地』
仲 加代子《貝の会》〒669-1412三田市木器572/大15.7.22/兵庫県生/『奥三田』『躾糸』『夫婦旅』
中川歓子《椰》〒564-0072吹田市出口町34・C1-113(☎06-6388-7565)昭16.6.4/兵庫県生
中川純一《副代表 知音》東京都生/『月曜の霜』
長久保郁子《樹》昭18.8.21/北海道生
ながさく清江《顧問 春野・晨》〒107-0052港区赤坂6-19-40-402(☎03-3583-8198*)昭3.3.27/静岡県生/『白地』『月しろ』『蒲公英』『雪の鷺』『自註ながさく清江集』
中里隆一(三句)《花鳥》
長澤寛一《磁石》〒133-0052江戸川区東小岩5-35-7(☎03-3659-5736*)昭2.5.1/東京都生/『太日川』
長澤きよみ《樹・樹氷》〒279-0031浦安市舞浜3-35-1(☎047-351-9292*)昭23.11.28/兵庫県生
永島いさむ《河》〒248-0011鎌倉市扇ヶ谷4-27-8(☎080-3019-3600 FAX0467-24-8557/like-a-rollingstone_1958@jcom.zaq.ne.jp)昭33.3.16/東京都生
中島和子《やぶれ傘》〒335-0021戸田市新曽1318(☎048-444-4100)昭15.4.28/埼玉県生
中嶋きよし《閏》〒187-0032小平市小川町1-436-95(☎090-9242-3543 FAX042-344-1548/

k-1938@jcom.zaq.ne.jp）昭13.10.13/茨城県生
中嶋孝子《栞》〒379-0222安中市松井田町松井田138-1（☎027-393-1808*/takako1229.0210@gmail.com）昭17.2.10/群馬県生
永嶋隆英《風叙音》〒242-0014大和市上和田1772-20/昭19.3.12/神奈川県生
中島たまな《予感》〒296-0034鴨川市滑谷788（☎04-7093-2229）昭38.4.2/千葉県生
中島悠美子《門》〒116-0001荒川区町屋3-14-1（☎03-3892-5501*）昭14.11.9/東京都生/『俳句の杜 2016 精選アンソロジー』
中嶋陽子《風土》〒154-0001世田谷区池尻4-28-21-308（☎03-3795-8346*）昭41.9.5/岐阜県生/『一本道』
中島吉昭《残心》〒236-0052横浜市金沢区富岡西6-39-8（☎045-773-1113*）昭18.9.2/東京都生/『貿易風』
長瀬きよ子《耕》〒484-0083犬山市犬山字東古券756（☎0568-61-1848*）昭16.5.26/岐阜県生/『合同句集』
永田圭子《ろんど》〒541-0048大阪市中央区瓦町1-6-1-1502（☎06-6202-8879*）昭17.1.1/大阪府生
中田尚子《絵空》〒120-0005足立区綾瀬6-13-9大池方（☎090-1841-8187 FAX03-3620-2829）昭31.8.20/東京都生/『主審の笛』『一声』
中谷まもる《諷詠・ホトトギス》〒562-0024箕面市粟生新家5-14-19（☎072-729-4395*/nakatani-m@hcn.zaq.ne.jp）昭14.3.4/和歌山県生
中田麻沙子《少年》〒270-0111流山市江戸川台東4-416-18（nakata-liburu@jcom.zaq.ne.jp）昭21.10/埼玉県生
永田満徳《学長 俳句大学》〒860-0072熊本市西区花園6-42-19（☎096-351-1933*/mitunori_n100@hotmail.com）昭29.9.27/熊本県生/『寒祭』『肥後の城』、共著『新くまもと歳時記』
長束フミ子《栞》〒123-0843足立区西新井栄町3-10-5（☎03-3840-3755）昭12.4.26/東京都生
中坪達哉《主宰 辛夷》〒930-0818富山市奥田町10-27（☎076-431-5290/tatuya@pa.ctt.ne.jp）昭27.2.13/富山県生/『破魔矢』『中坪達哉集』『前田普羅 その求道の詩魂』
中戸川由実《代表 残心》〒226-0019横浜市緑区中山3-9-60（☎045-931-1815 FAX045-931-1828）昭33.3.31/神奈川県生/『プリズム』
中西秀雄《燎》〒198-0043青梅市千ヶ瀬町3-551-15/昭19.7.4/新潟県生
中西富士子《鴻》
中西夕紀《主宰 都市》〒194-0013町田市原町田3-2-8-1706（☎042-721-3121*）昭28.9.4/東京都生/『都市』『さねさし』『朝涼』『くれなゐ』『相馬遷子・佐久の星』
中西亮太《円座・秋草》〒113-0001文京区白山1-31-6-501（☎090-6467-1983/nryota1128@yahoo.co.jp）平4.11.28/石川県生
長沼利恵子《泉》〒193-0832八王子市散田町2-54-1（☎042-663-2822）昭14.2.18/千葉県生/『虫展』
中根　健《笹》〒465-0064名古屋市名東大針2-71（☎052-701-4613*/appi.ken.nakane@qc.commufa.jp）昭18.12.17/東京都生/『絵馬』
中根美保《一葦・風土》〒214-0022川崎市多摩区堰2-11-52-114（☎044-573-3209*）昭28.3.29/静岡県生/『首夏』『桜幹』『軒の灯』
中野仍子《ひまわり》〒770-0872徳島市北沖洲1-8-76-5（☎0886-64-1644*）徳島県生/『鼓草』
中野ひでほ《八千草》〒176-0002練馬区桜台4-18-1（☎03-3994-0529）昭14.11.25/群馬県生
長野美代子《濃美》〒503-0021大垣市河間町4-17-2（☎0584-91-7693*）昭5.3.26/岐阜県生/『俳句の杜アンソロジー①』
長浜　勤《主宰 帯・門》〒335-0002蕨市塚越1-11-8（☎048-433-6426*）昭29.11.10/埼玉県生/『黒帯』『車座』
中原空扇《風・清の會》昭25/東京都生/『現代俳句精鋭選集』『新鋭随筆家傑作撰』
中原けんじ《濃美》〒480-1158長久手市東原山34-1 LM413（☎090-1101-4462）昭21.6.21/大分県生/『二十三夜月』
中原幸子《いばらきの空》〒567-0032茨木市西駅前町4-503（☎072-623-6578*/snsn1216@cap.ocn.ne.jp）昭13.1.3/和歌山県生/『遠くの山』『以上、西陣から』『柚子とペダル』『ローマの釘』
仲原山帰来《草の花》昭25.1.7/沖縄県生/『冠羽』
永松宜洋《ひまわり》〒770-0053徳島市南島田町4-105（☎088-633-0368/epine3100@yahoo.

co.jp）昭35.3.10/徳島県生
長嶺千晶《代表 晶》昭34.11.3/東京都生/『晶』『夏館』『つめた貝』『白い崖』『雁の雫』『長嶺千晶集』、『今も沖には未来あり―中村草田男『長子』の世界』
仲村青彦《主宰 予感》〒292-0064木更津市中里2-7-11（☎0438-23-1432＊/ao_yokan-world@yahoo.co.jp）昭19.2.10/千葉県生/『予感』『樹と吾とあひだ』『夏の眸』『輝ける挑戦者たち』
中村阿弥《鶴》〒201-0002狛江市東野川3-17-2-201/昭16.12.29/京都府生/『宵山』『山鉾』『自註中村阿弥集』
中村和弘《主宰 陸》〒174-0056板橋区志村2-16-33-616/昭17.1.15/静岡県生/『東海』等
中村和代《副主宰 信濃俳句通信》〒390-0805松本市清水2-8-10（☎0263-33-2429＊）昭23.1.2/徳島県生/『魔法の手』『現代俳句精鋭選集15』
中村かりん《稲》〒211-0063川崎市中原区小杉町3-434-5-602（☎044-711-3002＊/nokorih@ybb.ne.jp）昭44.5.3/熊本県生/『ドロップ缶』（中村ひろ子名義）
中村花梨《俳句留楽舎》昭37/神奈川県生
中村香子《予感》〒204-0004清瀬市野塩4-93-12（☎080-3495-8024）昭8.2.4/東京都生
中村幸子《貂・椎・棒》〒400-0867甲府市青沼2-11-1サーパス青沼704（☎055-235-8828＊）昭16.12.20/山梨県生/『笹子』『烏柄杓』
中村重雄《沖》〒264-0025千葉市若葉区都賀2-15-12（☎043-232-5857＊）昭10.4.22/千葉県生/『朴』
中村鈴子《門・帯》〒340-0005草加市中根1-1-1-407（☎048-948-8518＊）/長野県生/『ベルリンの壁』
中村世都《鴻》〒275-0012習志野市本大久保2-6-6（☎047-475-4069＊）昭17.2.3/東京都生/『知足』
中村姫路《主宰 暦日》〒194-0021町田市中町3-22-17-202（☎042-725-8435＊）昭16.7.29/東京都生/『赤鉛筆』『千里を翔けて』『中村姫路集』『青柳志解樹の世界』
中村雅樹《代表 晨》〒470-0117日進市藤塚6-52（☎0561-72-6489＊/nmasaki575@na.commufa.jp）昭23.4.1/広島県生/『果断』『解纜』『晨風』、評論『俳人宇佐美魚目』『俳人橋本鶏二』他
中村正幸《主宰 深海》〒445-0853西尾市桜木町4-51（☎0563-54-2125＊）昭18.4.5/愛知県生/『深海』『系譜』『万物』『絶海』
中村洋子《風土》〒225-0011横浜市青葉区あざみ野3-2-6-405（☎045-902-3084＊）昭17.11.23/東京都生/『金木犀』
中村瑠実《ひまわり》〒770-0011徳島市北佐古一番町3-30-803/昭17.1.23/兵庫県生
中村玲子《今日の花》〒359-0041所沢市中新井4-24-9（☎04-2943-1422＊）昭10.11.4/宮城県生
中森千尋《道》〒004-0802札幌市清田区里塚2条4-9-1/昭24.5.3/北海道生/『水声』
中山絢子《ときめきの会》〒399-2221飯田市龍江7162-4（☎0265-27-2503）昭12.8.21/長野県生
中山世一《晨・百鳥》〒270-1432白井市冨士198-44（☎047-445-4575＊）昭18.10.1/高知県生/『棟』『季語のこと・写生のこと』『雪兎』『草つらら』
中山洋子《暖響》〒339-0033さいたま市岩槻区黒谷814-2（☎048-798-6834＊）昭17.3.16/東京都生/『大欅』（寒雷埼大句会800回記念句集）
梛 いつき《歴路》昭28.11.28/福岡県生
名小路明之《帆》〒184-0004小金井市本町2-8-29（☎042-381-9550＊/a.nakoji@river.ocn.ne.jp）昭18.11.2/長野県生
名取里美《藍生》三重県生/『螢の木』『あかり』『家族』『森の螢』
行方えみ子《多磨》〒630-8133奈良市大安寺1-17-10（☎0742-61-5504＊）昭18.1.1/大阪府生
行方克巳《代表 知音》〒146-0092大田区下丸子2-13-1-1012（☎03-3758-4897 FAX03-3758-4882）昭19.6.2/千葉県生/『知音』『素数』『晩緑』
滑志田流牧《杉》〒202-0013西東京市中町5-14-10/昭26.8.31/神奈川県生/小説集『埋れた波濤』、『道祖神の口笛』
成田清子《門》〒340-0014草加市住吉1-13-13-702（☎048-929-3537＊）昭11.1.31/神奈川県生/『春家族』『時差』『水の声』『自註成田清子集』
成井 侃《対岸》〒311-2424潮来市潮来996-1（☎0299-62-3543＊）昭24.1.2/茨城県生/『手力男』『素戔嗚』

成瀬真紀子《りいの・万象》〒939-0364射水市南太閤山13-24/昭26.11.24
成海友子〒336-0018さいたま市南区南本町2-25-9(☎080-3210-7682 FAX048-825-6447)
名和未知男《主宰　草の花》〒182-0012調布市深大寺東町7-41-8(☎090-3597-6854)昭7.8.29/北海道生/『くだかけ』『榛の花』『羇旅』『草の花』
新堀邦司《日矢余光句会》〒196-0012昭島市つつじが丘3-4-7-1009/昭16.2.16/埼玉県生
西　あき子《春月》〒176-0021練馬区貫井3-12-1-521(☎03-5987-3250)昭27.4.23/茨城県生/句集『魚眼レンズ』
西澤日出樹《岳》〒399-7504長野県東筑摩郡筑北村乱橋806(☎0263-66-2431*/mail@nishizawahideki.com)昭56.8.5/長野県生
西田文代《花苑》〒596-0044岸和田市西之内町32-3(☎072-441-3145*)昭34.6.28/大阪府生/合同句集『いずみ』
西田眞希子《多磨》〒639-1123大和郡山市筒井町1257-4(☎0743-59-0034*)昭19.8.15/奈良県生
西野桂子《鴻》〒270-2252松戸市千駄堀792-1-412(☎047-387-5705*)昭22.1.25/東京都生
西宮　舞《香雨》〒544-0002大阪市生野区小路2-22-28石川方(☎06-6755-2141 FAX06-6755-2661/sunstone@oct.zaq.ne.jp)昭30.2.19/大阪府生/『夕立』『千木』『花衣』『天風』『鼓動』、共著『あなたも俳句名人』など
西村和子《代表　知音》〒158-0093世田谷区上野毛2-22-25-301(☎03-5706-9031*)昭23.3.19/神奈川県生/『夏帽子』『心音』『椅子ひとつ』『わが桜』『虚子の京都』
西村麒麟《古志》〒136-0073江東区北砂5-20-7-322/昭58.8.14/大阪府生/『鶉』『鴨』
二宮英子《雉・晨》昭12.4.13/神奈川県生/『出船』
二ノ宮一雄《主宰　架け橋》〒191-0053日野市豊田2-49-12(☎042-587-0078*)昭13.4.5/東京都生/『水行』『武蔵野』『旅路』『終の家』、評論『俳道燦燦』『檀一雄の俳句の世界』、俳句エッセー『花いちもんめ』
丹羽真一《代表　樹》〒112-0011文京区千石2-12-8(☎03-5976-3184*/sniwa11@gmail.com)昭24.2.25/大阪府生/『緑のページ』『お茶漬詩人』『風のあとさき』『ビフォア福島』
貫井照子《やぶれ傘》〒335-0004蕨市中央1-20-8/昭22.1.1/東京都生/『花菖蒲』
布川武男《郭公・代表　鹿》〒322-0036鹿沼市下田町2-1099(☎0289-64-2472 FAX0289-65-4607)昭8.3.28/埼玉県生/『虫の夜』『積乱雲』
沼尾將之《橘》〒340-0206久喜市西大輪1653-11(☎090-9388-4820)昭55.9.15/埼玉県生/『鮫色』
沼田布美《稲》〒192-0911八王子市打越町1481-13(☎090-8082-8270 FAX0426-25-5512/fumi.prettywoman5.15@docomo.ne.jp/fumi5.15@outlook.jp)昭23.5.15/東京都生
塗木翠雲《りいの》
根岸善行《風土》〒362-0042上尾市谷津1-7-2(☎048-771-1727*)昭11.6.13/埼玉県生
祢宜田潤市《主宰　圓》〒447-0855碧南市天王町4-71/昭24/愛知県生/『夏小菊』
根来久美子《代表 すはえ・代表 ソフィア俳句会》〒213-0002川崎市高津区二子3-13-1-201(m-k-negoro@nifty.com)昭32.8.9/広島県生/『たゆたへど』
根橋宏次《やぶれ傘》〒330-0071さいたま市浦和区上木崎8-7-11(k.nebashi@able.ocn.ne.jp)昭14.8.22/中国撫順市生/『見沼抄』『一寸』
ノア・北見花静《編集長　樹氷》〒071-8142旭川市春光台2条3-5-20(☎0166-54-4587*)昭36.3.27/北海道生
野口　清《暖響》〒369-1302埼玉県秩父郡長瀞町大字野上下郷2088(☎0494-66-0109)昭10.4.13/埼玉県生/句集『紅の豆』『祈りの日日』、歌集『星の祀り』『流星雨』
野口希代志《やぶれ傘》〒335-0016戸田市下前2-1-5-515(☎048-446-0408/kiyoshi-noguchi@ra2.so-net.ne.jp)昭20.5.17/東京都生
野口人史《秀》埼玉県生
野崎ふみ子《夏爐》〒782-0041香美市土佐山田町346-33(☎0887-52-0315*)昭11.10.25/高知県生
野路斉子《栞》〒108-0072港区白金4-10-18-702(☎03-3280-2881*)昭12.7.21/東京都生
野島正則《青垣・平》昭33.1.15/東京都生
野乃かさね《草笛・代表瑞季》〒329-1577矢板市玉田404-298 コリーナ矢板H-1851/『鱗』『瑞花』
能村研三《主宰　沖》〒272-0021市川市八幡6-16-19(☎047-334-4975 FAX047-333-3051)昭

24.12.17/千葉県生/『騎士』『海神』『鷹の木』『磁気』『滑翔』『肩の稜線』『催花の雷』『神鵜』
野村里史《四万十》〒781-4212香美市香北町美良布1106(☎090-3186-2407)昭25.2.21/高知県生

は行

萩野明子《不退座・棒》〒290-0022市原市西広1-10-32坂倉方/昭35.7.2/愛媛県生
萩原敏夫(渓人)《やぶれ傘》〒336-0021さいたま市南区別所6-9-6(☎048-864-6333＊)昭18.1.30/埼玉県生
萩原敏子《野火》〒289-1601千葉県山武郡芝山町香山新田30-4(☎0479-78-0356＊/toshiko.hagiwara@gmail.com)昭25.1.29/千葉県生/『話半分』
萩原康吉《梓》〒347-0124加須市中ノ目499-1(☎0480-73-4437)埼玉県生
漠　夢道《emotional》〒891-1108鹿児島市郡山岳町447-1(☎099-298-3971)昭21.4.22/北海道生/『くちびる』『棒になる話』
架谷雪乃《燎》〒274-0815船橋市西習志野2-18-39/昭34.11.11/石川県生
橋田憲明《主宰　勾玉》〒780-8064高知市朝倉丁1793-9(☎088-843-2750＊)昭8.2.11/高知県生/『足摺岬』、共編『若尾瀾水俳論集』
橋　達三《春月》昭18.1.29/満州生
蓮實淳夫《暦日》〒324-0243大田原市余瀬450(☎0287-54-0922＊)昭15.7.22/栃木県生/『嶺呂讃歌』
長谷川耿人《春月》〒212-0012川崎市幸区中幸町2-12-12(☎044-533-2515＊)昭38.11.14/神奈川県生/『波止の鯨』『鳥の領域』
長谷川暢之《代表　雷鳥》〒601-8043京都市南区東九条西札辻町6(☎075-691-0471＊)昭16.2.12/京都府生
長谷川槙子《若葉》〒248-0007鎌倉市大町2-6-14/昭37.3.25/東京都生/『槙』
長谷部かず代《野火》
籏先四十三《湾》〒850-0822長崎市愛宕3-12-22(☎095-825-6184＊)昭16.5.28/長崎県生/『言霊に遊ぶ』『たけぼうき』『長崎を詠む』
畠　典子《葦牙》〒063-0845札幌市西区八軒5条西8-3-11(☎011-611-4789＊)昭3.10.12/岩手県生/『一会』
畠中草史《選者　栃の芽・岬》〒194-0015町田市金森東1-17-32(☎042-719-6808＊)昭22.3.19/北海道生/『あいち』『みやぎ』
畑中とほる《主宰　蘆光・薫風・春耕》〒035-0083むつ市大平町34-10(☎0175-29-2640＊)昭14.12.5/樺太生/『下北半島』『下北』『夜明け』
波多野　緑《燎》〒245-0066横浜市戸塚区俣野町480-24(☎045-851-9507＊)昭17.1.28/新京生
秦　夕美《主宰　GA・豈》〒813-0003福岡市東区香住ケ丘3-6-18(☎092-681-2869＊)昭13.3.25/福岡県生/『五情』『深井』『赤黄男幻想』等30冊以上
八田夕刈《鏡》〒160-0008新宿区四谷三栄町13-22(bankosha@yahoo.co.jp)昭27.5.25/東京都生
服部早苗《空》〒330-0064さいたま市浦和区岸町1-11-18(☎048-822-2503＊)昭21/埼玉県生/『全圓の海』
服部　満《草の花》〒425-0032焼津市鰯ヶ島234-2(hmitsuru@kxd.biglobe.ne.jp)昭23.6.30/静岡県生
波戸岡　旭《主宰　天頂》〒225-0024横浜市青葉区市ケ尾町495-40(☎045-973-2646＊)昭20.5.5/広島県生/『父の島』『天頂』『菊慈童』『星朧抄』『湖上賦』『惜秋賦』『鶴唳』
波戸辺のばら《瓔SECOND》〒601-1414京都市伏見区日野奥出11-34(☎075-571-7381＊)昭23.2.20/『地図とコンパス』
羽鳥つねを《風の道》〒306-0417茨城県猿島郡境町若林4125-3(☎0280-87-5503 FAX0280-87-5485)昭26.12.3/茨城県生/『青胡桃』
花形きよみ《玉藻》昭10.8.3/東京都生
花谷　清《主宰　藍》昭22.12.10/大阪府生/『森は聖堂』『球殻』
花土公子《今日の花》〒155-0031世田谷区北沢2-40-25(☎03-3468-1925＊)昭15.2.7/東京都生/『句碑のある旅』
塙　勝美《ときめきの会》〒314-0112神栖市知手中央2-8-27(☎090-2420-7297)昭23.1.18/茨城県生
馬場眞知子《今日の花》〒143-0025大田区南馬込4-43-7(☎03-3772-4600＊)昭26.8.12/東京都生
土生依子《青芝》〒252-0222相模原市中央区

由野台2-7-2(☎042-757-4616*/y.habu7.1@coral.dti.ne.jp)昭27/東京都生/『良夜』
濵田彰典《湾》昭31.11.5/鹿児島県生
濱地恵理子《栞》千葉市/昭32/兵庫県生
羽村美和子《代表 ペガサス・豈・連衆》〒263-0043千葉市稲毛区小仲台7-8-28-810(☎043-256-6584*/rosetea_miwako@yahoo.co.jp)山口県生/『ローズティー』『堕天使の羽』
林 いづみ《風土》〒167-0023杉並区上井草3-1-11/昭21.11.28/東京都生/『幻月』
林 桂《代表 鬣TATEGAMI》〒371-0013前橋市西片貝町5-22-39(☎027-223-4556*/hayashik@gf7.so-net.ne.jp)昭28.4.8/群馬県生/『動詞』『雪中父母』『百花控帖』他
林 誠司《代表 海光》〒239-0842横須賀市長沢2-10-31-305(☎090-4812-1470/seijihys@yahoo.co.jp)昭40.3.30/東京都生/『ブリッジ』『退屈王』『俳句再考』
林原安寿《俳句留楽舎》昭21.10/神奈川県生
林 三枝子《代表 ときめきの会》〒314-0258神栖市柳川中央1-9-6(☎090-4821-7148/0479-46-0674*/mieko.h.55623@docomo.ne.jp)昭18.5.16/長野県生/『砂丘の日』
林 未生《鴻》〒558-0001大阪市住吉区大領2-5-3-601(☎06-6691-5752*)昭14.11.24/和歌山県生
林 和琴《草樹・草の宿》〒515-0204松阪市櫛田町43-17(☎0598-28-4665*)昭20.6.11/福島県生
原 朝子《主宰 鹿火屋》〒259-0123神奈川県中郡二宮町二宮588(☎0463-72-0600 FAX 0463-71-9779)神奈川県生/『やぶからし』『鳥の領』、著書『大陸から来た季節の言葉』
原田達夫《鴫》〒270-0034松戸市新松戸7-173,A-608(☎047-348-2207*/harada@kashi.email.ne.jp)昭9.4.15/東京都生/『虫合せ』『箱火鉢』
原 達郎《鴻》
原 瞳子《初蝶・清の會》〒270-1158我孫子市船戸3-6-8森田方(☎04-7185-0569*)昭15.4.30/群馬県生/『一路』
春名 勲《鳰の子》〒573-1121枚方市楠葉花園町5-3-706(☎072-855-6475*)
晏梛みや子《家・晨》〒492-8251稲沢市東緑町2-51-14(☎0587-23-3945)愛知県生/『槇垣』『楮籠』
坂東文子《青山》
坂内佳禰《河》〒989-3128仙台市青葉区愛子中央2-11-2(☎090-5187-3043/022-392-2459*)昭22.2.25/福島県生/『女人行者』
半谷洋子《鴻》〒456-0053名古屋市熱田区一番2-22-5ライオンズガーデン一番町502号(☎052-653-5090*)昭20.4.7/愛知県生/『まつすぐに』
疋田 源《道》〒065-0006札幌市東区北六条東8-1-1-403(☎011-743-6608*)昭39.4.9/北海道生
疋田武夫《方円》〒239-0803横須賀市桜が丘1-31-2(☎046-834-1915)昭19.5.9/神奈川県生/『春埠頭』
日隈三夫《あゆみ》〒274-0825船橋市前原西1-31-1-506(☎047-471-3205*)昭19.9.21/大分県生
土方公二《汀》〒116-0003荒川区南千住8-1-1-1718(☎03-3891-5018*/koji.hijikata1@gmail.com)昭23.8.25/兵庫県生/『帰燕抄』
飛田小馬々《稲》〒260-0011千葉市中央区亀井町4-11(☎090-1037-4885 FAX043-222-7574/koma1121@tbz.t-com.ne.jp)
檜山哲彦《主宰 りいの》〒167-0043杉並区上荻4-21-15-203(☎03-6323-4834*/zypresse-hiyama@jcom.home.ne.jp)昭27.3.25/広島県生/『壺天』『天響』
日吉怜子《燎》〒190-0001立川市若葉町4-25-1-19-406/昭16.9.12/沖縄県生
平井靜江《四万十・鶴》〒781-2110高知県吾川郡いの町4016-1(☎090-2783-3816 FAX088-893-3410/shizue22@smail.plala.or.jp)昭22.10.16/広島県生
平尾美緒《雛》東京都生/『鳥巣立つ』
平川扶久美《山彦》〒751-0863下関市伊倉本町14-3(☎083-254-3732*)昭31.10.21/山口県生/『春の楽器』
平栗瑞枝《主宰 あゆみ・棒》〒274-0067船橋市大穴南1-30-5(☎047-465-7961*/mizue-hiraguri@xqg.biglobe.ne.jp)昭18.4.7/東京都生/『花蘇枋』『天(やままゆ)蚕』
平子公一《馬醉木》〒216-0033川崎市宮前区宮崎2-6-31-102(☎044-567-3083*)昭15.10.10/北海道生/『火襷』
平嶋共代《予感・沖》〒294-0823南房総市府中87-3(☎090-2430-9543)昭17.6.17/千葉県生
平戸俊文《耕》〒509-0207可児市今渡1272-2(☎0574-26-7859)昭30.7.17/岐阜県生

平沼佐代子《雛》『遥かなるもの』
平松うさぎ《沖》練馬区/昭28/東京都生/『襲(かさね)』
廣瀬　毅《帆》〒179-0081練馬区北町3-17-1-705/昭20.8.24/東京都生
廣瀬ハツミ《栞》〒302-0131守谷市ひがし野1-29-4ミマス守谷102(☎0297-37-4790＊)昭20.6.6/福島県生
廣瀬雅男《やぶれ傘》〒335-0026戸田市新曽南1-3-15-605/昭13.4.16/埼玉県生/『素描』『日向ぼつこ』
廣瀬町子《郭公》〒405-0059笛吹市一宮町上矢作857/昭10.2.6/山梨県生/『花房』『夕紅葉』『山明り』
弘田幸子《藍生・四万十》〒787-0008四万十市安並3995(☎0880-35-5657)昭14.8.1/高知県生
廣見知子《花苑》〒619-0216木津川市州見台6-1-2アルス木津南D308(☎0774-73-8548)昭29.3.27/京都府生/合同句集『いずみ』
広渡敬雄《沖・塔の会》〒261-0012千葉市美浜区磯辺3-44-6(☎043-277-8395＊/takao_hiro195104@yahoo.co.jp)昭26.4.13/福岡県生/『遠賀川』『ライカ』『間取図』『脚註名句シリーズ能村登四郎集』『俳句で巡る日本の樹木50選』
福井隆子《対岸》〒276-0049八千代市緑が丘3-1-1-H903(☎047-459-6118＊)昭15.1.1/北海道生/『ちぎり絵』『手毬唄』『雛簞笥』など。エッセイ集『ある狂女の話』
福島　茂《沖・出航》〒235-0033横浜市磯子区杉田3-7-26-321(☎045-776-3410＊)昭25.8.24/群馬県生
福島せいぎ《主宰　なると》〒770-0802徳島市吉野本町5-2(☎088-625-1500 FAX088-625-1538)昭13.3.15/徳島県生/『沙門』『遊戯』『台湾抄』ほか、著書『古玩愛贋』『台湾の風』ほか
福島三枝子《栞》〒190-0031立川市砂川町2-71-1-A102/昭23.1.4/東京都生
福神規子《主宰　雛》〒155-0033世田谷区代田6-9-10(☎03-3465-8748 FAX03-3465-8746)昭26.10.4/東京都生/『雛の箱』『薔薇の午後』『人は旅人』『自註福神規子集』、共著『鑑賞女性俳句の世界』
福田　望《梓》〒350-0823川越市神明町62-18(☎090-9839-4957/fnozomu@gmail.com)昭52.10.28/岡山県生
福林弘子《深海》
福原実砂《暦日》〒547-0026大阪市平野区喜連西5-1-8-107(☎06-6704-9890＊/toratyan29@yahoo.co.jp)大阪府生/『ミューズの声』『舞ふやうに』
ふけ　としこ《椋》〒535-0031大阪市旭区高殿7-1-27-505(☎06-6167-6232＊)昭21.2.22/岡山県生/『鎌の刃』『インコに肩を』『眠たい羊』他
藤井啓子《ホトトギス・円虹》〒655-0039神戸市垂水区霞ヶ丘6-4-1(☎078-708-5902＊/sumire-sakura-575@triton.ocn.ne.jp)昭29.12.21/兵庫県生/『輝く子』
藤井なお子《代表　たまき》〒567-0845茨木市平田2-37-3-5(☎072-638-0010＊/bronze.usagi@gmail.com)昭38/愛知県生/『ブロンズ兎』
藤井南帆《磁石・秋麗》〒177-0051練馬区関町北2-31-20-904堀米方/昭52.6.11/兵庫県生
藤井康文《山彦》〒745-0882周南市上一ノ井手5457(☎0834-21-3778＊)昭21.6.28/山口県生/『枇杷の花』
藤井美晴《やぶれ傘》〒180-0004武蔵野市吉祥寺本町4-31-6-120(☎090-6127-3140/yfujii216@yahoo.co.jp)昭15.2.16/福岡県生
藤岡勢伊自《河》〒170-0012豊島区上池袋4-10-8-1106(☎090-4120-1210/fjoksij_19900915@docomo.ne.jp)昭37.10.16/広島県生
藤岡美恵子《今日の花》〒158-0098世田谷区上用賀1-26-8-305/昭13.2.9/『些事』
藤島咲子《耕・Kō》〒485-0068小牧市藤島2-117(☎0568-75-1517＊)昭20.3.14/富山県生/『尾張野』『雪嶺』、エッセイ集『細雪』
藤田銀子《知音》(gin.gin.saito@gmail.com)昭39.11.1/東京都生
藤田翔青《藍生・いぶき》〒655-0044神戸市垂水区舞子坂1-5-17(☎090-3966-5314/shosei819@gmail.com)昭53.6.29/兵庫県生
藤田直子《主宰　秋麗》〒214-0034川崎市多摩区三田1-15-4-104(☎044-922-2335＊/lyric_naoko@yahoo.co.jp)昭25.2.5/東京都生/『極楽鳥花』『秋麗』『麗日』『自註シリーズ藤田直子集』『鍵和田秞子の百句』
藤野　武《海原・遊牧》〒198-0062青梅市和田町2-207-8(☎0428-76-1214＊)昭22.4.2/東京都生/『気流』『火蛾』『光(かげ)ひとり』
藤埜まさ志《代表　群星・森の座》〒270-0102流山市こうのす台1010-12(☎04-7152-7151＊/

fujino575@lemon.plala.or.jp）昭17.5.18/大阪府生/『土塊』『火群』『木霊』
藤原佳代子《四万十》〒786-0523高知県高岡郡四万十町浦越59-1（☎0880-28-5632）昭25.9.1/高知県生
冨士原志奈《知音》〒231-0804横浜市中区本牧宮原11-1-604/昭44.12.26/東京都生
藤　英樹《古志》〒232-0072横浜市南区永田東1-31-23（☎080-5413-8278）昭34.10.12/東京都生/『静かな海』『わざをぎ』、著書『長谷川櫂200句鑑賞』
藤村たいら《副主宰　ひいらぎ》昭19.1.8/滋賀県生
藤本紀子《ひまわり》〒771-2303三好市三野町勢力884-3（☎0883-77-2091＊/tosiko-f0225@mb.pikara.ne.jp）昭19.2.25/徳島県生/『黐の木』
藤本美和子《主宰　泉》〒192-0914八王子市片倉町1405-17（☎042-636-8084＊）昭25.9.5/和歌山県生/『跣足』『天空』『冬泉』『綾部仁喜の百句』
藤原明美《鴻》
二村結季《青草》〒243-0204厚木市鳶尾1-8-4/昭13.6.23/神奈川県生
船越淑子《青海波》〒770-0802徳島市吉野本町5-8-1（☎088-625-3157＊）昭7.3.5/徳島県生/『追羽根』『神楽舞』『遊月』
船戸成郎《濃美》〒502-0903岐阜市美島町4-33（☎058-231-5068＊）昭26.1.15/岐阜県生
古木真砂子《野火》〒276-0023八千代市/昭24.10.29/千葉県生/『時の雫』
古澤宜友《主宰　春嶺》〒145-0066大田区南雪谷5-17-7（☎03-3729-7085＊）昭19.12.24/山形県生/『蔵王』
古澤宏樹《歴路》〒226-0027横浜市緑区長津田3-14-1（☎090-3957-6082/hurusawahiroki@gmail.com）平1.9.17/静岡県生
古田貞子《燎》〒162-0067新宿区富久町15-1-3003/昭16.6.19/宮城県生
古橋純子《野火》昭37.10.21/茨城県生
別所博子〒115-0055北区赤羽西2-21-4-403（hirokobes@hotmail.com）昭26.8.4/大分県生/『稲雀』
別府　優《栞》〒120-0026足立区千住旭町18-9（☎03-3882-2344）昭21.2.12/栃木県生
紅谷芙美江《りいの》〒241-0024横浜市旭区本村町110-4（☎080-5483-2539）昭22.5.27/神奈川県生
辺野喜宝来《りいの》〒903-0807那覇市首里久場川町2-18-8-302（☎090-9783-6688）昭34.8.7/沖縄県生/『向日葵 俳句·随筆作品集』、『台湾情 沖縄世』
星野高士《主宰　玉藻》〒248-0002鎌倉市二階堂231-1（☎0467-22-0804＊）昭27.8.17/神奈川県生/『無尽蔵』『顔』『残響』
星野恒彦《代表　貂》〒167-0033杉並区清水3-15-18-108（☎03-3390-9323＊）昭10.11.19/東京都生/『月日星』など5冊、評論集『俳句とハイクの世界』など3冊
星野　椿《玉藻》〒248-0002鎌倉市二階堂227-4（☎0467-23-7622＊）昭5.2.21/東京都生/『金風』『マーガレット』『雪見酒』『早椿』ほか
千場達矢《代表 トイ·豈》（tatsuya.hoshiba@gmail.com）昭48.7.19/大阪府生
細江武蔵《草の花》〒277-0812柏市花野井1535-27（☎04-7100-8413＊）昭18.12.16/岐阜県生
堀田季何《主宰　楽園》〒114-0014北区田端3-1-12-502（☎070-6401-1771/vienna_cat@yahoo.co.jp）昭50.12.21/東京都生/『亞剌比亞』『星貌』『人類の午後』他
堀田裸花子《若葉·岬·輪》〒251-0036藤沢市江の島1-6-3（☎090-3310-5296 FAX0466-28-2045/rakashi92@gmail.com）昭18.8.29/東京都生
堀　瞳子《運河·鳳》〒651-2272神戸市西区狩場台4-23-1（☎078-991-1792＊）昭25.12.21/福岡県生/『山毛欅』、句文集『百の喜び』『水恋鳥』
堀本裕樹《主宰　蒼海》〒160-0011新宿区若葉2-9-8四谷F&Tビル ㈱アドライフ 堀本裕樹事務所/昭49.8.12/和歌山県生/『熊野曼陀羅』『一粟』
本田　巖《翡翠·ＷＡ·ロマネコンティ》〒379-2121前橋市小屋原町741-1/昭17.3.27/群馬県生/『夕焼空』
本田攝子《主宰　獺祭》〒125-0042葛飾区金町2-7-10-801（☎03-3608-5662＊）昭8.2.19/熊本県生/『水中花』
本多遊子《閏》〒141-0022品川区東五反田4-1-27-2-906（☎090-6011-8700 FAX03-5421-0906/yuchin117manybooks@gmail.com）昭37.11.7/東京都生/『Qを打つ』

ま行

眞家舜風《ひたち野》〒311-3116茨城県東茨城郡茨城町長岡3840-57(☎029-293-7941)昭26.5.11/茨城県生

前川紅樓〒270-0117流山市北134-138(☎04-7154-0218*)昭12.2.27/東京都生/『魚神』『春潮』『火喰鳥』、歌集『水は流れず』『花のワルツ』

前澤宏光《棒》〒263-0051千葉市稲毛区園生町449-1コープ野村2-505(☎043-256-7858*)昭11.8.14/長野県生/『天水』『空木』『春林』『真清水』『人間の四季 俳句の四季―青柳志解樹俳句鑑賞』他

前田貴美子《りいの・万象》〒900-0021那覇市泉崎2-9-11金城アパート301号(☎098-834-7086)昭21.10.17/埼玉県生/『ふう』

前田攝子《主宰 漣》〒520-0248大津市仰木の里東1-18-18(☎077-574-2350*)昭27.11.26/京都府生/『坂』『晴好』『雨奇』

前田陶代子《栞》〒270-0034松戸市新松戸7-221-5D-110(☎047-345-6350)昭17.10.3/群馬県生

前田　弘《代表 歯車》〒186-0012国立市泉2-3-2-3-505(☎042-573-8121*)昭14.6.11/大阪府生/『掌の風景』『光昏』『余白』『まっ直ぐ、わき見して――』

前山真理《知音》〒216-0011川崎市宮前区犬蔵2-36-6-301(☎044-975-6639*)昭31.3.5/東京都生/『ヘアピンカーブ』

牧　富子《濃美》〒466-0815名古屋市昭和区山手通5-15/昭8.10.26/岐阜県生

正木　勝《梛》昭18.3.8/石川県生

政元京治《鳰の子》〒573-1113枚方市楠葉面取町1-7-8(☎072-868-3716/kounugun_0001@nike.eonet.ne.jp)広島県生

間島あきら《主宰 梶の葉・風土》〒426-0075藤枝市瀬戸新屋431-19(☎054-641-8706*)昭22.4.13/山梨県生/『方位盤』、合同句集『里程』

増田裕司《やぶれ傘》〒336-0911さいたま市緑区三室1157-19(☎048-874-4983*/yuji.masuda3166@gmail.com)昭29.5.28/埼玉県生

枡富玲子《花苑》〒770-8079徳島市八万町大坪40-10/昭35.3.24/大阪府生

増成栗人《主宰 鴻》〒270-0176流山市加3-6-1 壱番館907(☎04-7150-0550*)昭8.12.24/大阪府生/『燠』『逍遙』『遍歴』『草蜉蝣』

増山至風《悠》〒270-0128流山市おおたかの森西4-177-85(☎04-7152-1837*)昭11.6.22/長崎県生/『少年少女向 俳句を作ろう』『大鷹』『稲雀』『望郷短歌帖』『昭和平成令和至風全句集3523』

増山叔子《秀》〒171-0051豊島区長崎4-21-3(☎090-4373-7916/yoshiko-m45.mi@docomo.ne.jp)昭33.1.2/群馬県生

待場陶火《鴻》〒666-0034川西市寺畑1-3-10/昭15.8.25/兵庫県生

松井あき子《青草》

松井和恵《八千草》〒168-0073杉並区下高井戸4-28-6(☎03-3303-6939)

松井充也《ときめきの会》〒314-0114神栖市日川1671-16(☎0299-96-5037)昭22.7.9/山口県生

松浦敬親《麻》〒305-0051つくば市二の宮1-8-10,A209(☎029-851-2923)昭23.12.11/愛媛県生/『俳人・原田青児』『展開する俳句』

松浦澄江《椎》静岡市/昭20.10.15

松枝真理子《知音》〒171-0021豊島区西池袋2-10-10-207(matsueda@kb3.so-net.ne.jp)昭45.8.7/愛知県生/『薔薇の芽』

松岡隆子《主宰 栞》〒188-0003西東京市北原町3-6-38(☎042-466-0413*)昭17.3.13/山口県生/『帰省』『青木の実』

松岡ひでたか〒679-2204兵庫県神崎郡福崎町西田原字辻川1212(☎0790-22-4410*)昭24.9.11/兵庫県生/『磐石』『光』『往還』『白薔薇』『小津安二郎の俳句』ほか

松尾清隆《松の花》〒254-0045平塚市見附町2-17-504(☎0463-79-8383*)昭52.5.5/神奈川県生

松尾隆信《主宰 松の花》〒254-0046平塚市立野町7-9(☎0463-37-3773 FAX0463-37-3555)昭21.1.13/兵庫県生/『雪溪』等9冊、評論『上田五千石私論』。他に季語別句集等

松尾紘子《橘》〒367-0055本庄市若泉3-20-7/昭15.2.6/東京都生/『シリウスの眼』『追想』

松尾まつを《青草》〒243-0204厚木市鳶尾2-24-3-105(☎046-241-9810/matsuo@tokai.ac.jp)昭13.10.1/東京都生

松田江美子《燎》〒244-0004横浜市戸塚区小雀町2148(☎045-851-0510*)東京都生

松田純栄《暦日・花鳥》〒153-0064目黒区下目

黒4-11-18-505/東京都生/『眠れぬ夜は』『旅半ば』
松田年子《多磨》〒633-2162宇陀市大宇陀出新1831-1(☎0745-83-0671*)昭9.6.12/兵庫県生
松永浮堂《浮野》〒347-0058加須市岡古井1373(☎0480-62-3020*)昭31.3.24/埼玉県生/『平均台』『肩車』『げんげ』『遊水』『麗日』『落合水尾と観照一気』
松波美惠《松の花》〒254-0821平塚市黒部丘11-23(☎090-5823-5721 FAX0463-31-7566/kmhkstar@gmail.com)昭25.9.13/宮城県生/『繕ふ』
松野苑子《街》〒252-0814藤沢市天神町3-6-10(☎0466-82-5398*)『誕生花』『真水(さみづ)』『遠き船』
松林朝蒼《主宰 夏爐》〒780-8072高知市曙町1-17-17(☎088-844-3581*)昭6.8.29/高知県生/『椿の花』『遠狭』『夏木』
松原ふみ子《栞》昭7.9.23/大阪府生
松本かおる《たまき》〒567-0006茨木市耳原1-9-24(☎072-641-7415*/yamaniwanishi@gmail.com)昭36.4.30/大阪府生
松本紀子《八千草》川崎市麻生区/富山県生
松本宣彦《樹》〒270-0034松戸市新松戸7-222新松戸西パークハウスD-705(☎047-343-6957*/olimatsumoto@knd.biglobe.ne.jp)昭17.11.7/東京都生
松本英夫《阿吽》〒178-0061練馬区大泉学園町1-17-19(☎03-5387-9391*)昭22.6.4/東京都生/『探偵』『金の釘』
松本美佐子《鳰の子》〒560-0051豊中市永楽荘2-13-15(☎06-6853-4022*)昭19.7.23/山口県生/『三楽章』
松本龍子《俳句スクエア・奎》〒659-0082芦屋市山芦屋町11-6グランドメゾン山芦屋407号(☎0797-23-2106*/saruhekusaida@yahoo.co.jp)昭31.4.15/愛媛県生/『龗神』
まねきねこ《羅ra》〒386-0023上田市中央西2-11-11(☎0268-71-0626*/yoshiko3@mx1.avis.ne.jp)昭30.8.10/長野県生
真々田　香《野火》〒142-0041品川区戸越1-12-16第3コーポサンコウ202/昭55.4.10/埼玉県生/『春の空気』
黛　まどか〒192-0355八王子市堀之内3-34-1-303(☎042-678-4438*/mmoffice@madoka575.co.jp)昭37.7.31/神奈川県生/『てっぺんの星』『北落師門』『奇跡の四国遍路』『ふくしま讃歌』
まるき　みさ《不退座》東京都生
丸山一耕《門》〒270-2216松戸市串崎新田156-1-307(☎047-389-8005)昭22.6.3/東京都生
丸山　匡《りいの》〒380-0803長野市三輪8-17-23(☎026-235-4791)昭27.11.17/長野県生
三浦　恭《阿吽》〒359-0038所沢市北秋津739-57-401(☎04-2992-5743*)昭25.7.4/東京都生/『かれん』『暁』『翼』
三浦晴子《湧》〒421-0137静岡市駿河区寺田188-7/昭24.5.30/静岡県生/『晴』、「村越化石の一句」(『湧』連載)
三上隆太郎《門》〒135-0011江東区扇橋3-13-1(☎03-3645-0417 FAX03-3644-3070/mikami1@helen.ocn.ne.jp)昭22.11.17/東京都生
水口佳子《夕凪・銀化・里》〒731-5113広島市佐伯区美鈴が丘緑1-7-3/昭27.12.25/広島県生
水島直光《秀・青林檎》〒114-0023北区滝野川2-47-15(☎03-3910-4379*)昭29.11.2/福井県生/『風伯』
水谷由美子《代表 オリーブ・パピルス》〒146-0082大田区池上7-18-9(☎03-3754-7410*/CBL22812@nifty.com)昭16.7.30/東京都生/『チュチュ』『浜辺のクリスマス』
水野晶子《梓・棒》〒247-0074鎌倉市城廻140-37(☎0467-44-3083*/souun1944@gmail.com)昭19.1.4/兵庫県生/『十井』
水野悦子《煌星》〒510-1323三重県三重郡菰野町小島1585/昭24.12.18/三重県生
水野加代《りいの》〒359-1103所沢市向陽町2130-37(☎04-2922-2893*)昭17.3.24/愛媛県生
水野幸子《少年》昭17.11.17/青森県生/『水の匂ひ』
水野さとし《煌星》〒512-0934四日市市川島町6652-2/滋賀県生
水野真由美《海原・鬣TATEGAMI》〒371-0018前橋市三俣町1-26-8(☎027-232-9321*/yamaneko-kan@jcom.home.ne.jp)昭32.3.23/群馬県生/『陸封譚』『八月の橋』『草の罠』、評論集『小さな神へ—未明の詩学』
水間千鶴子《貝の会》〒651-2276神戸市西区

春日台9-14-13(☎078-961-3082＊)昭23.2.20/広島県生
三瀬敬治《不退座》昭18.2.4/愛媛県生
三田きえ子《主宰　萌》〒158-0081世田谷区深沢4-24-7(☎03-3704-2405)昭6.9.29/茨城県生/『嬬恋』『旦暮』『九月』『初黄』『結び松』『藹藹』『雁来月』『自註三田きえ子集』
三谷寿一《草の花》〒206-0034多摩市鶴牧5-7-17(☎042-371-1034＊)昭12.9.21/京都府生
緑川美世子《星時計》〒252-0321相模原市南区相模台2-8-21(miseko-midorikawa@note.memail.jp)昭40.3.22/新潟県生
南　うみを《主宰　風土》〒625-0022舞鶴市安岡町26-2(☎0773-64-4547＊/umiwo1951@gmail.com)昭26.5.13/鹿児島県生/『丹後』『志楽』『凡海』『南うみを集』『神蔵器の俳句世界』『石川桂郎の百句』
三野公子《山彦》〒744-0032下松市生野屋西1-1-13/昭19.7.2/台湾生/『八重桜』
箕田健生《やぶれ傘》〒335-0023戸田市本町3-12-6(☎048-442-2259＊)三重県生
箕輪カオル《鴫》〒270-1132我孫子市湖北台10-1-13(☎04-7187-1401＊/m.kaorara@jcom.zaq.ne.jp)岩手県生
三村純也《主宰　山茶花》〒657-0068神戸市灘区篠原北町3-16-26(☎078-763-3636＊)昭28.5.4/大阪府生/『Rugby』『常行』『一(はじめ)』
宮尾直美《栞》〒788-0001宿毛市中央3-6-17(☎0880-63-1587＊)昭24.3.30/高知県生/『手紙』
宮城梵史朗《主宰　赤楊の木》〒639-0227香芝市鎌田438-76(☎0745-78-0308＊)昭18.5.9/大阪府生
三宅やよい《猫街》〒177-0052練馬区関町東1-28-12-204(☎03-3929-4006＊/yayoihaiku@gmail.com)昭30.4.3/兵庫県生/『玩具帳』『駱駝のあくび』『鷹女への旅』
宮坂みえ《羅ra》〒390-0812松本市県2-3-3サンハイツ県ヶ丘1-111/長野県生
宮崎夕美《OPUS》〒272-0031市川市平田1-14-22(☎047-324-8519＊)昭16.9.12/東京都生/『北ウィング』『山の上ホテル』
宮澤順子《紫》
宮沢美和子《百鳥》木更津市/昭27.6.24/千葉県生
宮谷昌代《主宰　天塚・香雨》〒611-0042宇治市小倉町南浦81-5(☎0774-22-9799＊/mmiyatani1945@yahoo.co.jp)昭20.3.6/三重県生/『母』『茶の花』
宮成乃ノ葉《南柯》〒630-8115奈良市大宮町2-7-1-606(☎090-5673-2363/nonoha2018@gmail.com)昭32.9.21/大阪府生
宮野しゆん《秋草・水輪》〒759-4211長門市俵山5055-11(☎0837-29-0435＊)昭15.12.2/山口県生/『器』『燕の子』
宮村由美《四万十》〒787-0151四万十市竹島896-1(☎0880-31-5448)
宮本艶子《あした》〒362-0014上尾市本町4-11-2-101(☎048-772-0816＊)昭21.10.15/奈良県生/合同句集『座唱』I, II, IV
三吉みどり《秀》〒133-0065江戸川区南篠崎町4-16-5-405/『花の雨』
三輪初子《炎環・代表　わわわ》〒166-0004杉並区阿佐谷南3-41-8(☎03-3398-5823＊)昭16.1.13/北海道生/『初蝶』『喝采』『火を愛し水を愛して』『檸檬のかたち』、エッセイ集『あさがや千夜一夜』
三輪洋路《笹・獅子吼》〒509-5301土岐市妻木町1871-4(☎0572-57-8080＊)昭14.4.9/岐阜県生
向田貴子《主宰　歴路》〒158-0083世田谷区奥沢3-44-14(☎03-6421-9012　FAX03-6421-9019/mukouda@vesta.dti.ne.jp)昭18.2.6/東京都生/『母屋』『蓮弁』
武藤紀子《主宰　円座》〒467-0047名古屋市瑞穂区日向町3-66-5(☎090-4407-8440/052-833-2168＊)昭24.2.11/石川県生/『円座』『冬干潟』など5冊、著書『たてがみの摑み方』『宇佐美魚目の百句』
村上尚子《白魚火》〒438-0086磐田市住吉町1065-20(☎0538-34-8309＊)昭17.8.14/静岡県生/『方今』
村上鞆彦《主宰　南風》〒124-0012葛飾区立石3-26-16-205(☎03-3695-6789＊/hayatomo_seto@yahoo.co.jp)昭54.8.2/大分県生/『遅日の岸』『芝不器男の百句』
村木節子《門》〒345-0045埼玉県北葛飾郡杉戸町高野台西2-5-17(☎0480-34-0578＊)昭23.1.5/秋田県生
村田　武《やぶれ傘》〒335-0005蕨市錦町6-6-8(☎048-441-8904＊/tasogarebito.123.@docomo.ne.jp)昭18.1.23/宮城県生
村田　浩《雪解》〒918-8066福井市渡町114

(☎080-8695-0018 FAX0776-36-9754)昭18.11.5/石川県生/『能登育ち』

村田まみよ《顧問 圓》〒514-0806津市上弁財町11-18/『宇宙のらんぷ』

村松栄治《八千草》〒214-0032川崎市多摩区枡形5-6-5(☎044-933-9296*)昭15.2.12/東京都生

村松二本《主宰 椎・古志》〒437-0125袋井市上山梨1489(☎0538-48-6009*)昭36.10.2/静岡県生/『天龍』『月山』

室井千鶴子《栞》〒931-8312富山市豊田本町2-3-23(☎076-437-7422*)昭21.11.24/富山県生/『花曇』

毛利禮子《雪解》〒543-0045大阪市天王寺区寺田町1-7-3-502(☎06-6771-6701*)長野県生/『初浅間』

甕　秀麿《鴫》〒270-1175我孫子市青山台3-8-37(☎04-7183-1353*/motai@io.ocn.ne.jp)昭15.11.10/東京都生

望月とし江《澤》(t-mocchi@jcom.home.ne.jp)昭33.1.24/静岡県生

本林まり《宇宙船》〒183-0053府中市天神町3-6-25(☎042-365-5617*)

森　あら太《濃美・松の花》昭6.4.10/新潟県生

森井美知代《運河・晨》(☎0745-65-1021 FAX0745-62-3260)昭17.7.6/奈良県生/『高天』『螢能』

森岡正作《主宰 出航・副主宰 沖》〒253-0001茅ヶ崎市赤羽根2241小野方(☎090-4613-1658 FAX0467-54-9440)昭24.3.14/秋田県生/『卒業』『出航』『風騒』

森岡武子《多磨》〒637-0113五條市西吉野町神野159(☎0747-32-0321*)昭24.12.26/奈良県生

森川淑子《鴻》昭27.1.2/北海道生

森下俊三《帆》〒530-0042大阪市北区天満橋1-8-10-1506(☎090-5888-0525 FAX06-6351-2811/s.morishita@rouge.plala.or.jp)昭20.4.8/三重県生

森島弘美《繪硝子》〒165-0026中野区新井3-20-3/長野県生

森尻禮子《閏・磁石》〒161-0032新宿区中落合2-12-26-802/昭16.2.17/東京都生/『星彦』『遺産』

森須　蘭《主催 祭演・衣・豈・ロマネコンテ》〒276-0046八千代市大和田新田1004-4宮坂方(☎047-409-8152 FAX047-409-8153/morisuranran8@gmail.com)昭36.1.7/神奈川県生/『君に会うため』『蒼空船(そらふね)』、著書『百句おぼえて俳句名人』

森多　歩《鴻》〒558-0056大阪市住吉区万代東2-2-15(☎06-6691-1003*)昭12.1.6/兵庫県生/『とほせんぼ』

森田純一郎《主宰 かつらぎ》〒665-0022宝塚市野上4-8-22(☎0797-71-2067 FAX0797-72-6346/jaymorita961@gmail.com)昭28.12.1/大阪府生/『マンハッタン』『祖国』『旅懐』

森田節子《風土》〒215-0017川崎市麻生区王禅寺西2-32-2(☎044-965-2208*)昭16.2.3/東京都生

森　ちづる《斧・汀》〒654-0151神戸市須磨区北落合3-1-360-103(☎078-791-0385*)

森　恒之《雉》〒193-0832八王子市散田町3-40-9(☎042-663-2081*)昭21.8.18/長崎県生

森野智恵子《夕凪》〒731-0124広島市安佐南区大町東4-5-4/昭17.9.30/広島県生

森　秀子《玉藻》〒166-0001杉並区阿佐谷北3-16-6(☎03-5938-3236*/beckyhideko@yahoo.co.jp)昭26.5.4/千葉県生

森　美佐子《やぶれ傘》〒331-0804さいたま市北区土呂町1-28-13(☎048-663-2987*)昭15.6.22/埼玉県生

守屋明俊《代表 閏・磁石》〒185-0024国分寺市泉町3-4-1-504(☎080-6770-5485 FAX042-325-5073/moriya3a@yahoo.co.jp)昭25.12.13/長野県生/『西日家族』『蓬生』『日暮れ鳥』『象潟食堂』ほか

森山久代《運河・晨・鳳》〒661-0035尼崎市武庫之荘9-31-5(☎06-6433-6959*/hfd59001@hcc6.bai.ne.jp)昭16.8.27/愛知県生/『大祓』

盛　凉皎《予感》昭23.5.18/福島県生

師岡洋子《鳰の子》〒530-0041大阪市北区天神橋3-10-30-204(☎06-6353-8693*)昭15.1.16/京都府生/『水の伝言』

門伝史会《風土》〒215-0017川崎市麻生区王禅寺西3-9-2(☎044-953-9001*)昭15.4.5/東京都生/『羽化』『ひょんの笛』

や行

八木下末黒《栞》〒264-0028千葉市若葉区桜木3-14-19-2/昭24.4.1/千葉県生/『日車』

八木忠栄《余白句会·かいぶつ句会》〒273-0012船橋市浜町1-2-10-205(☎047-431-8092＊)昭16.6.28/新潟県生/句集『雪やまず』『身体論』、詩集『やあ、詩人たち』
柳生正名《海原·棒》〒181-0013三鷹市下連雀1-35-11(☎0422-47-3405＊/myagiu@kjc.biglobe.ne.jp)昭34.5.19/大阪府生/『風媒』、評論『兜太再見』
薬師寺彦介《鹿火屋》〒798-1113宇和島市三間町迫目132(☎0895-58-2094＊)昭11.3.9/愛媛県生/『陸封』『無音界』
安田十一《代表 層雲》〒190-0021立川市羽衣町2-12-33(☎090-3500-8183/yasutoichi@yahoo.co.jp)昭17.11.26/東京都生
安田徳子《晨》〒665-0024宝塚市逆瀬台3-9-8(☎0797-73-1926＊)昭27.4.23/兵庫県生/『歩く』
安富清子《ひまわり》徳島市/昭23.2/徳島県生
安原　葉《主宰 松の花·ホトトギス·玉藻》〒949-5411長岡市来迎寺甲1269(☎0258-92-2270 FAX0258-92-3338)昭7.7.10/新潟県生/『雪解風』『月の門』『生死海』
矢須恵由《主宰 ひたち野》〒311-0113那珂市中台64-6(☎029-353-1156＊)昭14.12.29/茨城県生/『天心湖心』『自愛他愛』『自註矢須恵由集』
柳内恵子《玉藻》〒214-0037川崎市多摩区西生田3-3-1(☎090-3446-9501 FAX044-955-8082/k-yana@cmail.plala.or.jp)昭16.6.5/東京都生
矢野玲奈《玉藻·松の花》〒254-0045平塚市見附町2-17-504(☎0463-79-8383＊)昭50.8.18/東京都生/『森を離れて』
矢作十志夫《代表 あだち野》〒123-0873足立区扇1-14-17(☎090-3066-1313/aun_yahgi@kind.ocn.ne.jp)昭23.9.14/東京都生
矢削みき子《漣》昭23.8.25/島根県生
山内繭彦《山茶花·ホトトギス·晨·夏潮》〒547-0032大阪市平野区流町3-14-1/昭27.4.6/大阪府生/『ななふし』『歩調は変へず』『透徹』『診療歳時記』『歳時記の小窓』
山川和代《耕》〒458-0812名古屋市緑区神の倉4-261/昭19.11.20/愛知県生/『葉桜』
山岸明子《鴻》〒270-2267松戸市牧の原1-36(akky_yamagishi@yahoo.co.jp)昭23/東京都生
山口昭男《主宰 秋草》〒657-0846神戸市灘区岩屋北町4-3-55-408(☎078-855-8636＊/akikusa575ay@dream.bbexcite.jp)昭30.4.22/兵庫県生/『書信』『讀本』『木簡』
山口梅太郎《天為·秀》〒177-0042練馬区下石神井4-13-6(☎03-3997-0805＊)昭6.1.28/東京都生/『名にし負ふ』『種茄子』
山口佐喜子《清の會》東京都練馬区/大14.3/長野県生
山口素基《りいの·運河》〒358-0011入間市下藤沢1279-45(☎04-2963-7575＊)昭24.5.31/奈良県生/『夢淵』『風袋』『雷鼓』『花筐』『山口素基の三百句』
山口ひろよ《鴨》〒270-1168我孫子市根戸650-9(☎04-7149-2952＊)昭20.8.18/東京都生
山口律子《風叙音》〒270-2261松戸市常盤平2-32-1サンハイツ常盤平A-110(☎080-1013-6682 FAX047-386-4030/gr.yamaguchi@gmail.com)昭23.1.5/山口県生
山越桂子《香雨·朱雀》〒630-8033奈良市五条1-16-14/『墨の香』
山﨑　明《ときめきの会》〒261-0004千葉市美浜区高洲3-4-3-304(☎043-278-5698)昭14.1.17/千葉県生
山﨑邦子《嘉祥》
山﨑十生《主宰 紫·豈》〒332-0015川口市川口5-11-33(☎048-251-7923＊)昭22.2.17/埼玉県生/『悠悠自適入門』『未知の国』『銀幕』他8冊
山﨑房子〒247-0053鎌倉市今泉台4-18-10(☎0467-45-2762＊)昭13.3.15/『巴里祭』
山﨑正子《鴻》宮城県生
山﨑満世《郭公·椎》〒514-1138津市戸木町2083(☎059-255-2515 FAX059-202-3479)昭20.1.5/三重県生/句集『水程』I～Ⅲ、鑑賞評論文『飯田龍太の詩情』
山﨑祐子《りいの·絵空》〒171-0021豊島区西池袋5-5-21-416(yamazakiyuko@live.jp)昭31.6.12/福島県生/『点睛』『葉脈図』
山下升子《八千草》昭21.5.9/東京都生
山下文菖《風叙音》
山下美典《主宰 河内野》〒581-0004八尾市東本町3-1-12(☎072-991-1707 FAX072-991-1864)昭3.11.7/大阪府生/『海彦』『花彦』『風彦』『鶴彦』『河彦』『城彦』『森彦』『里彦』『龍彦』、『美典のミニ俳句教室』①②
山田径子《磁石·花野》〒251-0043藤沢市辻堂元町3-15-8(☎0466-33-1630 FAX0466-33-5860/keiko@yamadas.net)昭32.9.26/東京都生/

『無限階段』『径』『楓樹』、句文集『日時計』
山田せつ子《波》〒158-0082世田谷区等々力1-15-10/昭26
山田孝志《ときめきの会》〒314-0127神栖市木崎780(☎090-9306-5455)昭31.2.28/茨城県生
山田貴世《主宰 波》〒251-0875藤沢市本藤沢1-8-7(☎0466-82-6173*)昭16.3.9/静岡県生/『わだつみ』『湘南』『喜神』『山祇』
山田忠次《燎》〒234-0051横浜市港南区日野2-47-46(☎045-841-1423*)昭24.3.11/山梨県生
山田哲夫《海原・木》〒441-3421田原市田原町新町64(☎0531-22-3389*/santetsu@mva.biglobe.ne.jp)昭13.8.22/愛知県生/『風紋』『兹今帖』
山田真砂年《主宰 稲》〒249-0005逗子市桜山3-12-6(mcyamada575@gmail.com)昭24.11.3/東京都生/『西へ出づれば』『海鞘食うて』
山田まや《知音》〒178-0063練馬区東大泉3-35-28(☎03-3922-3186*)昭6/東京都生
山田佳乃《主宰 円虹》〒658-0066神戸市東灘区渦森台4-4-10辻方(☎078-843-3462 FAX078-336-3462)昭40.1.29/大阪府生/『春の虹』『波音』『残像』
山田六甲《主宰 六花》〒675-0101加古川市平岡町新在家2000-65(☎079-420-5419*)昭19.7.1/愛媛県生/『薔薇盗人』『クレマチスな人びと』
山中多美子《円座・晨》〒462-0813名古屋市北区山田町4-90(☎052-914-4743*/yamanakati@snow.plala.or.jp)昭24.10.16/愛知県生/『東西』『かもめ』
山中理恵《不退座》〒260-0021千葉市中央区新宿1-23-5/昭38/東京都生
山梨菊恵《泉》〒192-0906八王子市北野町169-3(☎042-645-1690*)昭25.11.3/山梨県生
山根真矢《鶴》〒610-0361京田辺市河原御影30-57(☎0774-65-0549*)昭42.8.5/京都府生/『折紙』
山本あかね《百鳥》〒654-0081神戸市須磨区高倉台8-26-17(☎078-735-6381*/camellia@wa2.so-net.ne.jp)昭10.1.3/兵庫県生/『あかね』『大手門』『緋の目高』
山本一郎《海棠》〒648-0101和歌山県伊都郡九度山町九度山904-2(☎0736-54-3916)昭29.4.24/和歌山県生
山本一歩《主宰 谺》〒194-0204町田市小山田桜台1-11-62-4(☎042-794-8783*/ichiraku-y@nifty.com)昭28.11.28/岩手県生/『耳ふたつ』『谺』『春の山』ほか
山本一葉《谺》〒194-0204町田市小山田桜台1-11-62-4(☎042-794-8783*/kazuha.y@nifty.com)昭57.1.21/神奈川県生
山本　潔《主宰 艸(そう)》〒180-0011武蔵野市八幡町3-3-11(☎090-3545-6890 FAX0422-56-0222/kmtbook@nifty.com)昭35.3.28/埼玉県生/『艸』
山本慶子《ひたち野》〒312-0001ひたちなか市佐和2252-2(☎029-285-5332*/keiko.finerunrun@icloud.com)昭24.1.5/茨城県生
山元志津香《主宰 八千草》〒215-0006川崎市麻生区金程4-9-8(☎044-955-9886 FAX044-955-9882)昭9.3.10/岩手県生/『ピアノの塵』『極太モンブラン』『木綿の女』
山本　菫《帯》〒333-0866川口市芝1-10-20(☎048-268-0332*)昭24.1.27/埼玉県生/『花果』
山本輝世《今日の花》〒239-0831横須賀市久里浜8-6-10/昭18.10.13/東京都生
山本久枝《やぶれ傘》〒335-0021戸田市新曽1292-1(☎048-444-7523*)昭15.3.10/埼玉県生
山本ふぢな《若葉》〒263-0024千葉市稲毛区穴川3-12-23(☎043-251-1256)/千葉県生
祐　森司《鴻》昭28.1.30/高知県生
湯口昌彦《汀》〒185-0024国分寺市泉町1-15-7(☎042-321-2728*/myugu@nifty.com)東京生/『幹ごつごつ』『飾米』
湯本正友《やぶれ傘》〒338-0012さいたま市中央区大戸5-20-6(☎048-833-7354*/masatomo_yumoto@jcom.home.ne.jp)昭21.2.25/埼玉県生
陽　美保子《泉》〒002-8072札幌市北区あいの里2-6-3-3-1101(☎011-778-2104*)昭32.10.22/島根県生/『遥かなる水』
横井　遥《鴻》〒482-0043岩倉市本町神明西6-8AP朴の樹805/昭34.2.21/長崎県生/『男坐り』
横内郁美子《鞆の木》〒672-8072姫路市飾磨区蓼野町11(☎079-234-7815*/himejyo@leto.eonet.ne.jp)昭29.1.17/兵庫県生
横川　端《四季の会》〒106-0047港区南麻布5-2-5-601/昭7.1.21/長野県生/『牡丹』『白雨』
横川はっこう《八千草》〒215-0007川崎市

麻生区向原3-14-14(☎044-953-9141*)昭19.1.31/長野県生
横田澄江《今日の花》〒221-0005横浜市神奈川区松見町2-380/昭12.2.8
横田裕子《晨》昭39.7.24
横山遊邦子《草の花》〒270-1142我孫子市泉22-11(ky9215ky@ybb.ne.jp)長崎県生/『山の子』
好井由江《棒・不退座》〒206-0823稲城市平尾3-1-1-5-107/昭11.8/栃木県生/『両手』『青丹』『風の斑』『風見鶏』
吉澤久美子《りいの》昭16.11.27/東京都生/『吾亦紅』
吉田悦花《炎環・豆の木》〒273-0035船橋市本中山4-8-6(FAX047-335-5069)千葉県生/『わん句歳時記』『いのちの一句』など
吉田克美《ろんど》〒191-0032日野市三沢3-26-33(☎042-591-8493*)昭17.4.23/山形県生
吉田千嘉子《主宰 たかんな》〒039-1166八戸市根城5-2-20(☎0178-24-3457*)昭27.1.21/北海道生/『朳囃子』『一滴の』、著書『藤木倶子の百句繚乱』
吉田哲二《阿吽》〒178-0061練馬区大泉学園町1-17-5(☎03-6315-8656)昭55.6.25/新潟県生
吉田美佐子《春野》〒251-0033藤沢市片瀬山5-28-7(☎0466-25-4022*)
吉田みゆき《漣》〒611-0011宇治市五ヶ庄戸の内50-67(☎0774-32-5914*)昭22.7.8/兵庫県生/俳句とエッセイ集『早春の花』等
吉田有子《祖谷》〒770-0021徳島市佐古一番町12-7-502(☎088-623-1455*)昭24.8.14/徳島県生
吉田幸恵《やぶれ傘》〒330-0045さいたま市浦和区皇山町31-4/昭20.8.7/埼玉県生
吉田幸敏《栞》〒224-0006横浜市都筑区荏田東4-30-26(☎045-942-3152*)神奈川県生
吉田林檎《知音》〒154-0001世田谷区池尻2-31-20清水ビル5F/昭46.3.4/東京都生/『スカラ座』
吉田黎子《汀》〒213-0022川崎市高津区千年215-3(☎044-788-9292)
吉中愛子《万象・りいの》〒195-0055町田市三輪緑山1-3-2-315(☎044-986-1667)昭17.7.10/愛媛県生
吉村玲子《円虹・ホトトギス》〒669-1337三田市学園6-8-5(☎079-559-2719*/bafde902@jttk.zaq.ne.jp)昭28.6.13/兵庫県生/『冬の城』、句評集『「円心集」を読む』
依田善朗《主宰 磁石》〒349-0127蓮田市見沼町2-5(☎048-764-1337*/zenro0329@gmail.com)昭32.3.29/東京都生/『教師の子』『転蓬』『ゆっくりと波郷を読む』
四ッ谷　龍《代表 むしめがね》〒176-0002練馬区桜台3-15-14-302/昭33.6.13/北海道生/『慈愛』『大いなる項目』『夢想の大地におがたまの花が降る』、散文集『田中裕明の思い出』
余田はるみ《雪解》東京都生
米山光郎《秋・昴》〒400-1502甲府市白井町672(☎055-266-2807*)昭13.9.30/山梨県生/『諏訪口』『種火』『稲屑の火』

ら行

良知悦郎《鴻》〒270-0034松戸市新松戸7-222-A1002(☎047-342-4661*)昭12.10.19/静岡県生

わ行

若槻妙子《栞》〒305-0044つくば市並木2-9-409(☎029-851-3144*)昭9.4.14/徳島県生
脇村禎徳《主宰 杉俳句塾》〒649-0306有田市初島町浜56(☎0737-82-5303*)昭10.9.23/和歌山県生/『素心』『而今』、評論『森澄雄』
脇村　碧昭59.2.3/神奈川県生/『歩一歩』
渡井恵子《主宰 甘藍》〒418-0022富士宮市小泉1117-10/昭19.3.13/静岡県生/『水引草』『霜の声』
和田華凜《主宰 諷詠》〒658-0032神戸市東灘区向洋町中1-1-141-816(☎078-858-0447*)昭43.9.5/東京都生/『初日記』『月華』
渡部彩風《道》〒090-0803北見市朝日町29-29(☎0157-69-6232*)昭20.2.13/愛媛県生/『オホーツクの四季』
わたなべじゅんこ《六分儀・大阪俳句史研究会》〒654-0002神戸市須磨区明神町5-16-73(☎090-5960-6148/gonngonn@poem.ocn.ne.jp)昭41.12.1/兵庫県生/『seventh_heaven@』『junk_words@』『歩けば俳人』他
渡辺誠一郎《小熊座》〒985-0072塩竈市小松崎11-19(☎022-367-1263*)昭25.12.13/宮城

県生/『余白の轍』『地祇』『赫赫』

渡邉孝彦《やぶれ傘》〒225-0002横浜市青葉区美しが丘2-11-3プラウド美しが丘509(☎045-901-5063*/t-nabesan@ac.cyberhome.ne.jp)昭15.4.27/兵庫県生

渡邊たけし《若竹》〒470-2101愛知県知多郡東浦町大字森岡字下今池61-16(☎0562-84-4817*)昭6.12.17/東京都生/『野仏』

渡部悌子《燎》〒245-0063横浜市戸塚区原宿3-57-1-4-106(☎045-852-8856)昭13.5.7/東京生

渡辺眞希《風叙音》〒252-0317相模原市南区御園5-2-24(☎090-4058-0279)昭23.9.20/神奈川県生

渡辺光子《花鳥》葛飾区/昭49.2/北海道生

渡邉美奈子《風の道》〒216-0033川崎市宮前区宮崎1-4-5-201(☎044-855-8055*)昭31.3.7/福島県生

渡辺洋子(やや)《風土》〒611-0002宇治市木幡南山73(☎0774-32-0509*)昭19.2.7/東京都生

綿貫伸子《藍》〒573-1194枚方市中宮北町1-27-208(☎072-849-8369*)昭17.10.24/東京都生/『植樹祭』

和田　桃《主幹　南柯》〒630-8357奈良市杉ケ町57-2-813(☎090-7109-6235)昭39.12.16/高知県生

和田洋文《主宰　湾》〒899-7103志布志市志布志町志布志2573-3(☎099-472-0288 FAX099-472-0205/wada-hari@arion.ocn.ne.jp)昭28.5.28/鹿児島県生

度会さち子《郭公》〒503-0971大垣市南一色町447-14(☎0584-82-2223 FAX0584-75-1387/sachiwatarai@nifty.com)昭21.5.6/岐阜県生/『花に問ふ』